Dieses Buch ist meiner wunderbaren Gegenwart gewidmet, namentlich meinen Eltern, meiner Schwester und ihrer famosen Monster-Magic Crew. Meiner geliebten Gefährtin und unserem Sohn, dessen Namen wir bald schon erfahren werden.

Prolog

Algerien, 1934

Gabriel wurde an einem Ort geboren, an dem Menschen gewöhnlich nicht das Licht der Welt erblickten. Sie starben dort höchstens. Streng genommen konnte man nicht von einem Ort sprechen, denn auf dem gesamten Areal standen gerade einmal sieben Gebäude. Sie lagen durch meterhohe Mauern abgeschottet auf einer leicht erhöhten Ebene am Rand des Atlasgebirges. Dort, wo die Wüste schon Oberhand gewonnen hatte, die Sonne der Sahara bereits ihre Hitze in die Felsen trieb und an fast allen Tagen die wenigen Menschen, die dort lebten, in ihrem brütenden Griff gefangen hielt.

Es war ein Ort, der viele Namen trug, doch keiner erzählte seine Geschichte richtig. Offiziell hieß er Abd-El-Quadir und huldigte dem größten aller algerischen Freiheitskämpfer, dessen Mut den französischen Besatzern das Leben im neunzehnten Jahrhundert zur Hölle gemacht hatte. Der damalige Stadthalter Algiers, ein französischer Militärattaché ohne jegliches Fingerspitzengefühl für die Mentalität der algerischen Bevölkerung, hatte es wohl für eine versöhnliche Geste gehalten, diesen Titanen des Krieges als Namenspaten auszuwählen. Und das, obwohl die Freiheit selbst in den Träumen der dortigen Bewohnerinnen schon lange nicht mehr auftauchte.

Die Menschen der umliegenden Dörfer nannten den Ort bei dem Namen, den ihm die Tuareg auf ihren Reisen durch die Wüste gegeben hatten: *Jumanah*, die silberne Perle. Das passte gut, da die Sonne Afrikas an den meisten Tagen so unbarmherzig auf die hellen Betonfassaden der vier Haupthäuser niederging, dass aus der Ferne nicht mehr als eine gleißende Reflektion mitten im Gebirge zu sehen war.

Doch die verlorenen Frauen, die in Abd-El-Quadir lebten und deren Expertise bei der Namensgebung als einzige hätte zählen können, nannten den Ort schlicht und einfach *Abda. Schwarze Sklavin.* Denn in Abda, dem dunkelsten aller Gefängnisse, waren nur Frauen inhaftiert, und eine Frau, die hierher gebracht worden war, besaß keinerlei Rechte mehr, auf die sie sich hätte berufen können.

Hier gebar die Gattenmörderin Yasmina ihren Sohn Gabriel.

Draußen war es mondlos, und selbst der Nachtwind mied Abdas trostlose Zellen. Stille und Hitze senkten sich wie zähflüssiger Kautschuk auf die Gemüter der Schlafenden. Gegen ein Uhr nachts durchschnitten kurze und heftige Schreie das Dunkel. Sie kamen aus dem als Krankenstation dienenden Häuschen, abseits der vier Hauptgebäude, die auf jeweils zwei Stockwerken die Zellen beherbergten und so angeordnet waren, dass ihre inneren Fronten einen großen Hof eingrenzten. Während tagsüber ranzige Gerüche aus alten gusseisernen Pfannen die Wände hinauf in die Zellen gekrochen kamen, bahnten sich nun erbarmungswürdige Schreie aus der Krankenstation ihren Weg in den Innenhof. Von dort aus verdoppelte und verdreifachte der Widerhall der massiven Mauern den Schall und sandte ihn durch die vergitterten Zellenfenster bis an die Betten und ins Mark der Insassinnen. Dem folgte ein Moment absoluter Ruhe – gefolgt von der nächsten, noch heftigeren Eruption.

Beängstigend waren jedoch nicht die Schreie selbst, sondern vielmehr deren irritierende Färbung. Die klang nicht nach einer werdenden Mutter, die aus Liebe zu ihrem Kind unter Schmerzen die Kraft für den Akt des Lebens gebar. Sie klang nach hysterischem Leugnen der unausweichlich nahenden Tatsache, nach Hass, nach Ablehnung und Widerwillen.

Auch Colonel Dumont konnte die Schreie hören. Das Echo bahnte sich seinen Weg den Hang zum separat erbauten und mit viel edlem Holz in italienischem Geist verzierten Anwesen hinauf, das dem Leiter der Haftanstalt zur Verfügung stand. Es lag auf einem Plateau, gut zwanzig Meter oberhalb und fast einhundert Meter hinter den übrigen Gebäuden.

Mit seiner mediterranen Lebensfreude wirkte das Wohnhaus im Vergleich zu den funktionalen und vermodernden Gefängnisgebäuden wie ein perverser Anachronismus. Eine große Fensterfont, die von einer weitläufigen Terrasse umsäumt wurde, gab den Blick auf das gesamte Areal frei. Hier stand der Colonel an der Balustrade und lauschte mit ausdruckslosem, von Cognac und anderen Branntweinen beherrschtem Blick in die Nacht. Von Zeit zu Zeit zuckte er ein wenig, sooft er von den Schreien Yasminas überrascht wurde.

In der Krankenstation versuchte derweil die Hebamme Laia mit der Situation fertig zu werden. Seit zwanzig Jahren war sie werdende Mütter gewohnt, die ein Inbegriff der Kooperation waren. Die lenkten ihre Kraft auf den Geburtsvorgang und delirierten sich in einen Rhythmus, um ihrem Fleisch und Blut den Weg ins Freie zu ebnen. Dort wartete Laia mit ihrer stattlichen Leibesfülle darauf, die Sprösslinge zu empfangen, und nahm zugleich den Müttern ihre Angst. Doch diese Frau war anders. Beklemmend anders. Sie arbeitete so verbissen *gegen* das Kind, dass Laia angst und bange wurde.

Sie war nun seit sechs Stunden hier in Abda, alles hatte ganz harmlos begonnen, doch diese Frau schrie seit gut einer Stunde, als wäre sie vom Irrsinn befallen.

Laia fürchtete sich hier. Sicher, es gab sogar Strom. Den hatte es beileibe nicht an allen Orten gegeben, an denen sie Kindern bisher auf die Welt geholfen hatte. Genügend heißes Wasser, saubere Laken und Tücher sowie eine breite Liege standen ebenfalls zur Verfügung. Auch keine Selbstverständlichkeit.

So war alles zum Besten vorbereitet, doch das Baby wollte einfach nicht kommen. Stattdessen begann die werdende Mutter in immer kürzer werden Abständen zu bluten. Das war kein gutes Zeichen und machte Laia nervös. Das Kind hatte die Beckenmitte fast erreicht, aber der Drang ins Freie schien zu erlahmen. Sie würde das Kind mit der Zange holen müssen. Sie sprach Yasmina an und versuchte ihr zu erklären, was ihr gleich bevorstehen würde, doch die schien nicht zu hören. Stattdessen schrie sie erneut kurz auf und drehte sich dabei mit dem Gesicht zur Seite, sodass Laia keinen Kontakt aufnehmen konnte.

Nach dreißig weiteren Minuten konnte sie nicht länger warten, sondern griff nach dem Instrument, das so erschreckend lebensfremd aussah. In der Sekunde, da sie es einführte, riss Yasmina die Augen auf. Augenblicklich verstummte sie und starrte Laia mit panischem Blick an, als hätte ihr letztes Stündlein geschlagen. Als die metallischen Zangenlöffel den Kopf des Kindes zu fassen bekamen, schloss Yasmina die Augen und schrie noch einmal. Doch Laia war erfahren, und nun galt ihr ganzer Fokus der Zange. Sollte sich Yasmina ruhig die Seele aus dem Leib schreien, darauf konnte sie nun keine Rücksicht mehr nehmen.

Nach dem ersten Versuch bemerkte sie jedoch, dass das Kind dem Zug der Zange nicht folgte. Laias Unruhe wuchs. Mit dieser verrückten Mutter würde sie keine Schnittgeburt machen können, schon gar nicht allein. Sie hatte im Laufe der Jahre vieles ohne fremde Hilfe meistern müssen, denn unzählige Male hatte sie sich in Situationen befunden, in denen weit und breit kein Arzt aufzutreiben war. Fast immer hatte sie das Kind irgendwie lebend auf die Welt begleitet und dabei auch das Leben der Mutter gerettet. So hatte sie all das gelernt, was oft nur dem Arzt vorbehalten war, und in der Vergangenheit war sie mehr als nur einmal mit dem guten Gefühl einer Lebensspenderin zu Bett gegangen.

Aber hier steuerte die Situation einem schlimmen Ausgang entgegen. Die Mutter war fast vollständig erschöpft, und die Traktionen brachten weder den nötigen Schub noch waren sie synchron genug, um das Baby aus dem Leib zu ziehen.

Ganz plötzlich, ohne dass Laia eine Chance hatte, den Zug rechtzeitig zu stoppen, gab das Gewicht am anderen Ende der Zange nach, und sie spürte mit Entsetzen in ihren Händen, dass die Zange den Griff verlor und am Kopf des Kindes entlang rutschte. Sie hielt einen Augenblick inne – ganz so, als würde sie auf einen Schrei aus dem Mutterleib warten.

Nachdem sie sich ein wenig beruhigt hatte und ihre Hände endlich aufhörten zu zittern, zog sie die Zange behutsam aus dem Körper, ging um die Liege und wandte sich an Yasmina. So würde die Geburt in einer Katastrophe enden. Sie legte die Hand auf Yasminas schweißgetränkte Stirn und beugte sich bis an ihr Ohr. Sie sprach leise, aber bestimmt und eindringlich.

»Hören Sie Yasmina. Ich kenne Ihre Geschichte nicht. Weder weiß ich von der Sünde, die Sie in dieses Gefängnis gebracht hat, noch, was es mit diesem Kind auf sich hat. Aber eines weiß ich. Gott möchte, dass Sie dieses Baby auf die Welt bringen. Sonst hätte er Sie das Kind gar nicht erst empfangen lassen. Sie glauben doch an Gott, oder etwa nicht?«

Die Frage war so berechnend wie unnötig. Nicht nur, dass Yasmina in den letzten Stunden inbrünstige Gebete gen Himmel geschickt hatte, an deren Routine Laia unschwer hatte erkennen können, dass sie in endlosen Nächten tausendfach rezitiert worden waren. Auch ein Kreuz aus verfärbtem, abgegriffenem Holz hing um ihren Hals, wo Yasmina es nun seit Stunden umklammert hielt. Unwillkürlich schoss Laia durch den Kopf, ob Yasmina Jesus wohl die Augen zuhalten wollte.

Die Ratschläge der Hebamme hatte Yasmina bisher nur als entfernte Litanei wahrgenommen und weitestgehend ignoriert. Die Frage nach Gott hatte sie jedoch aufmerken lassen. Sie nickte hektisch. Natürlich glaubte sie an Gott. Das Einzige, woran sie jemals geglaubt hatte, war Gott. An diesem gottlosen Ort mehr denn je. Geboren als fromme Muslimin, hatte sie hier in Abda die wahrhaftige Kraft des Herrn Jesu kennengelernt. Hier war sie in den geheimen Kosmos des Christentums initiiert worden. Von Sahira. Sahira, der Hexe. Sahira, der Zauberin. Sahira, der ältesten aller Insassinnen. Von der mystischen Sahira, die schon so alt war, dass ihr Alter nicht mehr in Jahren gezählt werden konnte. So hatten die anderen Gefangenen es Yasmina erzählt, kurz bevor diese das erste Mal zu Sahira in die Zelle beordert worden war. Sahira, die mit den vielen Malen im Gesicht, die Hagere, deren Haut wie Hühnerfett von den Knochen hing, eingehüllt in unzählige, schweißtriefende Tücher. Die mit den wenigen, wirren, hennaroten Haaren, die nicht ausreichten, die Kopfhaut und deren unzählige Leberflecke zu bedecken. Kurzum, Sahira, vor der sich *alle* fürchteten, selbst die Verurteilten, die tagsüber den Innenhof beherrschten.

Yasmina urinierte vor Angst beinahe in ihre Unterhose, als sie Sahiras düstere Zelle betreten musste. Trotz der Dunkelheit leuchteten Sahiras Pupillen pechschwarz, als wäre ein Dämon in ihre Seele gefahren. Augen, die Yasmina glauben ließen, sie könnten jede der hier inhaftierten Frauen mit bloßem Blick in pure Asche verwandeln.

Sahira, die als Einzige aller Häftlinge das Privileg einer Einzelzelle genoss, hockte in der dunkelsten Ecke. Alle möglichen Laken hingen kreuz und quer durch den Raum und Yasmina schien es, als gäbe es einen Nebel, der dicht über den Boden kroch. Aber das war vielleicht nur das gesponnene Abbild ihrer Angst.

Yasmina unterwarf sich ihr noch im gleichen Moment, und Sahira hatte ihr daraufhin vom Herrn und Erlöser Jesus Christus erzählt. Sie las ihr im ersten Jahr geschlagene sechs Mal die gesamte Bibel vor. Wort für Wort. Erklärte ihr in langen Lektionen das Alte Testament. Wort für Wort – und darüber hinaus, während sie gleichzeitig in kleinen kupfernen Behältnissen allerlei Gerüche und Flüssigkeiten zusammenbraute, in Flaschen abfüllte und anschließend in die Nischen ihrer Zelle stellte. Bis sie eines Tages einfach so verschwunden waren, woraufhin sich wieder neue ansammelten. Obwohl sie neugierig war, getraute sich Yasmina nie zu fragen, was diese nach Eiter und anderen Sekreten stinkenden Essenzen für einen Nutzen hatten.

Sahira hatte ihr auch die dunkle, die unbekannte, die wirklich mächtige Seite des Herrn Jesu offenbart, von der nur Auserwählte wussten und deren Erzählung keinen Platz in der Bibel finden durfte. Die *Wahrheit*. Den *wahren* Grund über die alttestamentarische, unerschöpfliche Rachsucht Gottes.

Ja, Yasmina glaubte aus tiefstem Herzen an Gott und an das durch Sahira erfahrene Jesuitentum. Sie war eine der wenigen *Wissenden* in einer islamischen Welt. Hätte Sahira ihre schützende Hand nicht über sie gehalten, sie wusste nicht, was die anderen Häftlinge mit ihr angerichtet hätten.

Als Laia bemerkte, dass Yasmina einen so tiefen Glauben in sich barg, atmete sie erleichtert auf. Sie war inmitten einer streunenden Bande von Brüdern in den Slums von Algier aufgewachsen, und so gab es nur wenige Finessen der Manipulation, die sie im Laufe der Jahre nicht erlernt hatte, um sich durchzusetzen. Der Trick mit dem Appell an Gott funktionierte in solchen Situationen fast immer. Ansonsten wäre ihr noch die Drohung geblieben, Yasmina in diesem Zustand allein zu lassen, aber dieses letzte Mittel der Wahl war verfrüht, und bei dieser Frau war sie sich nicht einmal sicher, ob es funktionieren würde.

»Dann möchte ich, dass Sie mir jetzt genau zuhören.« Laia nahm Yasminas Hand, streichelte sie und schaute sie eindringlich an. »Wir müssen Ihr Kind, *Gottes Kind*, gemeinsam auf die Welt bringen. Konzentrieren Sie sich auf Ihren Unterleib und lassen Sie den Wehen freien Lauf.«

Aus Yasminas Auge löste sich eine Träne, und endlich gab sie ihren Widerstand im Angesicht völliger Erschöpfung auf.

Laia unternahm einen weiteren Versuch, führte die Zange wieder ein, und – wie erhofft – folgte das Kind mit den wehensynchronen Traktionen nun dem Zug der Zange.

Das Kind kam atmend zur Welt. Es schrie nicht und eine plötzliche, lebensfeindliche Stille sickerte durch den Raum. Laia trocknete den kleinen Körper ab, wickelte ihn in ein Leinentuch und hielt das Frischgeborene dann für einige Zeit einfach nur in den Armen.

Als sie den Säugling Yasmina schließlich auf den Bauch legen wollte, wandte die sich ab, anämisch, erschöpft und ohne die erkennbare Spur eines mütterlichen Gefühls. Dann machte Laia eine Entdeckung. Ein langes Hämatom, begleitet von einer hässlichen Abschürfung, zog sich von der linken Schläfe über die Wange hinab bis zum Kinn, und zeichnete den Weg der abgerutschten Zange nach. Doch das Baby schien keinen Schmerz zu empfinden.

Das eben geborene Kind, das erst nach vielen Wirren den Namen Gabriel bekommen sollte, schaute Laia unverwandt an. Und obwohl sie wusste, dass die Augen des Kindes noch nichts erkennen konnten, kroch ein unangenehmer Schauer ihren Rücken empor, denn ihr kam es so vor, als mustere Gabriel sie mit einem abschätzenden Blick.

Laia verließ das Gefängnis mit den ersten Sonnenstrahlen und beeilte sich, so schnell wie nur irgend möglich fortzukommen. Dieser Ort war verwunschen und böse. Dessen war sie sich sicher.

Erster Teil

Kapitel 1

Frankreich, 2001

Ein ganzes Menschenleben hatte Baptiste nicht auf das vorbereiten können, was ihm bevorstand. Dabei hatte die Nacht so harmlos begonnen, nämlich mit einem flüchtigen, schönen Traum rund um das kecke Lächeln der jungen Mademoiselle Bonnet aus der Musikalienhandlung Regondi, die mit ihrer ausgelassenen Fröhlichkeit Baptiste immer ein wenig aufheiterte.

Doch als ob es bestraft gehörte, in einer so schweren Zeit einen leichten, unschuldigen Moment wie diesen zu genießen – und sei es nur im Schutz eines unbedeutenden Traumes – klingelte nun, morgens um vier, das Telefon und läutete das Ende ein.

Noch vor dem zweiten Klingeln schlug Baptiste die Augen auf. Das spärliche Licht der Straßenbeleuchtung, das seinen Weg durch die ungenügend verhängten Fenster warf, erleichterte ihm die Orientierung im Schlafzimmer. Trotzdem griff er nicht gleich zum Hörer, obwohl nur eine Kombination weniger Bewegungen nötig gewesen wäre. Sich *zur Seite zu rollen*, den Arm über die Bettkante baumeln lassen, das Telefon und dessen Hörer ertasten und ihn anschließend zum Ohr führen. Doch das, was so einfach klang und was für jeden gesunden Menschen weder einer besonderen Anstrengung noch eines bewussten Gedankens bedurfte, das war für Baptiste schon lange nicht mehr leicht.

Zur Seite rollen. Es gab schon seit sechs, sieben Jahren kein leichtes *zur Seite Rollen* mehr. Nicht, seit Entzündungen sich seiner Knochen, Muskeln, Sehnen und Gelenke bemächtigt hatten und er den Kampf gegen Alter, Rheuma und Gicht Schlacht um Schlacht verlor. Mit einem Mal existierte keine Leichtigkeit mehr, die sich in *zur Seite Rollen* ausdrücken konnte. *Zur Seite Rollen* war nicht länger eine Bewegung, *zur Seite Rollen* war ein Privileg, das er sich durch Medikamente für einige Zeit erkauft hatte. Diese forderten für einen etwas schmerzfreieren Alltag jedoch einen hohen Preis. Sie raubten ihm Lachen und Freude und bescherten ihm dafür

Durchfall, Krämpfe, Bluthochdruck und Depressionen, weswegen er sie eigenmächtig wieder absetzte. Sehr zum Leidwesen von Dr. Bellier, der fortan bei jedem Termin insistierte, Baptiste möge sie doch bitte wieder einnehmen, und zwar mit einer derart vehementen Penetranz, als wären Baptistes Schmerzen durch das Absetzen der Medikation auf den Körper des Arztes übergegangen.

Das Telefon klingelte weiter, doch Baptiste rührte sich nicht. Stattdessen verfolgte er die spärlichen Schatten an der Decke und versuchte, in ihnen eine Form zu erkennen. Es gelang ihm, sie zu anderen Konturen umzudeuten, so wie jede Wolke am Himmel ebenso ein Tier, ein Gesicht oder ein beliebiger Gegenstand sein konnte. Ein unschuldiger Zeitvertreib, der ihn schon seit Langem begleitete, und in jedem Fall war dieses belanglose Spiel die deutlich bessere Wahl, als den Hörer abzunehmen.

In der letzten Zeit hatte es keine Nacht gegeben, in der er nicht mit genau derselben Furcht vor diesem Augenblick die Augen geschlossen hatte und oft erst viele Stunden später eingeschlafen war.

In seinen mittlerweile über sechzig Jahren war er überhaupt erst zweimal durch nächtliche Anrufe geweckt worden. Der *schöne* Anruf, der nun fast sieben Jahre her war, als ihm sein Schwiegersohn Jacques mitteilte, dass sie endlich Großeltern geworden seien. So viele Sorgen hatte es in der Zeit vorher gegeben, dass Baptiste auch in jener Nacht den Hörer nicht hatte abheben wollen. Vor lauter Angst, die Komplikationen, die sich in den Tagen vor der Geburt ereignet hatten, könnten die Oberhand im Kampf um Leben und Tod ihrer kleinen, noch ungeborenen Enkelin und ihrer Tochter Michelle gewonnen haben. Alles kehrte zu ihm zurück: Die Stille, in die er ängstlich lauschte, als er den Hörer ans Ohr hielt. Die Ohnmacht während der ersten Bruchteile von Sekunden, bevor er an Jacques' Tonlage erkannte, dass *alles gut* war.

Dann der *vernichtende* Anruf in tiefster Nacht, als sein inneres Schutzsystem bereits weit heruntergefahren war. Nur drei Tage später. Als er unbeschwert und leicht benommen aus einem schönen Traum im Hotelzimmer erwacht war und gedankenlos den Hörer abnahm. Ohne Schutz. Als Michelle, Jacques und die kleine Neugeborene ohne Namen innerhalb einer einzigen Sekunde von dieser

Welt genommen wurden. Ohne Namen, weil Michelle die Auswahl nicht verraten und diesen besonderen Moment mit der gesamten Familie hatte zelebrieren wollen – bloß nicht vorher, um das Schicksal nicht herauszufordern.

Schicksal? Welches Schicksal konnte es denn überhaupt geben, wenn eine Familie auf dem Weg von der Entbindung heimwärts einfach so vernichtet wurde? Wie konnte man an Gott und an sein eigens für die Menschheit kreiertes Schicksal glauben, wenn er sie derart barbarischen Momenten auslieferte? Die Menschheit – seine angeblich liebste Schöpfung. Lächerlich angesichts von Momenten wie jenem, in dem ihn seine Frau Claire in der Nacht angerufen hatte, hysterisch, schreiend, weinend und wimmernd, dass die Leichen in einem völlig zerstörten Auto als die ihrer Tochter und ihrer kleinen Familie identifiziert worden waren. Ein Wimpernschlag nur, in dem alles Leben erlosch. Eine schreckliche Unachtsamkeit eines übermüdeten Fahrers, der die drei an einer Kreuzung übersehen und ihnen die Vorfahrt genommen hatte. Nein, *lieber* Gott – zwischen Prüfung und Perversion gab es große Unterschiede. Quasi himmelweite. Gott war als Heuchler überführt, denn er war so, wie er es den Menschen verboten hatte zu sein: Böse. Zynisch. Grausam.

Das Klingeln schreckte Baptiste aus einer überwältigenden Flut diffuser, schmerzhafter Gedanken. Damals hatte er sich angewöhnt, das Telefon nachts mundtot zu machen, indem er den Stecker aus der Wand zog und am nächsten Morgen oft vergaß, es wieder einzustöpseln. Was zu gereizten Diskussionen mit Claire führte, zu kargen Wortgefechten, bei denen keiner die Bedeutungslosigkeit erkannte, geschweige denn von dem sprach, was ihn wirklich quälte.

Sowieso hatte es lange gedauert, bis beide wieder in der Lage waren, sich einander zuzuwenden, denn an dem Tag, an dem ihre Tochter gestorben war, waren ihrer Welt die Farben, ihrem Äther die Töne und ihren Stimmen die Worte geraubt worden. Und zwar jedem für sich. In der einen Sekunde hörte die Erde auf, sich zu drehen, in der nächsten riss ihre Geschwindigkeit sie in einen haltlosen Sog voller Schmerz ohne Zeit und Raum. Und zwar jeden für sich.

So zogen sich beide zurück und verbargen sich vor der Welt und zunehmend auch voreinander, denn mit fortschreitender Dauer keimten stille Vorwürfe ohne rationalen Anspruch. Vielleicht, weil jede noch so stille Bewegung des anderen trotzdem noch Leben bedeutete. Oder, weil die Front meterhoher Wellen aus schmerzhaften Gedanken übermächtig war und die Wut auf den anderen ein effektiver Trick, um der Ohnmacht wenigstens für kurze Zeit zu entkommen. Möglicherweise, weil sie in dieser Zeit ohne Logik der Meinung waren, sie hätten in jener Nacht bei ihrer Tochter sein müssen, entgegen der früheren Überzeugung, dies käme als freudige Pflicht ihrem Schwiegersohn zu. Vielleicht aber auch nur, um durch das Aufladen einer Schuld, die nicht existierte, das Gefühl der Leere in andere Bahnen zu lenken.

Das Telefon klingelte noch immer, doch heute Nacht bedeutete es eben nicht den hektischen Befehl, sofort alles stehen und liegen zu lassen und dem Diktat des Anrufers zu gehorchen. Im Gegenteil, Baptiste lag auf dem Rücken und nahm das Klingeln nur noch als ein taktiles Maß wahr, das seinen Gedanken den Weg in die Vergangenheit erleichterte. Dort, wo Claire auf ihn wartete. Claire. Die Frau, der er irgendwann aufgehört hatte, ins Gesicht zu schauen. Claire, die er über alles liebte, die zu seinem Zentrum geworden war. Die wunderbare Frau, deren leerem Blick er seit dem schrecklichen Unfall nicht mehr hatte standhalten können.

Irgendwann hatten sie der Welt den Rücken gekehrt. Jeder für sich, einem Igel gleich zu einem Ball gerollt, ohne Anfang oder Ende, das Gesicht abwechselnd verborgen oder in eine Waffe verwandelt, alles Empathische verschlossen und verbarrikadiert.

Sicher, es gab Momente, wo der eine den anderen voller Tränen und Qual auf dem Sofa vorfand, das Herz übergelaufen vor Verzweiflung und Traurigkeit. Wo der eine in der Lage war, stark zu sein und den anderen zu wärmen, den hemmungslosen Niedergang des anderen auszuhalten und ihn behutsam ins Hier und Jetzt zurückzubegleiten. Aber oft genug sahen sie sich nur an, um sich anschließend abzuwenden und sich wieder in ihren Einzelzellen zu isolieren. So wurde im Laufe der Monate aus Tränen dumpfe Schwermut, die den Tagen ihre Form nahm und den Nächten ihre Unschuld.

Das Telefon klingelte noch immer, und flüchtig regte sich der Impuls, nachzugeben und sich an die Oberfläche treiben zu lassen. In jenen Zustand, den Signore Regondi nach Stunden gemeinsamen Musikhörens einst so abfällig als *Realität* beschimpft hatte.

Tommaso Regondi. Es war seine List, die für Baptiste und Claire die Wende brachte. Er war der Musikalienhändler, war in seinem kleinen Dorf, das irgendwo zwischen den endlosen Lavendelfeldern der Provence vor einigen hundert Jahren entstanden war, Urgestein und Macht zugleich. Die kubische Raumforderung seiner äußeren Erscheinung schien seinen monarchistischen Anspruch zu untermauern, indem sein Leib zeitgleich in alle Richtungen expandierte. Er schob einen imposanten Wanst vor sich her, über den er bei seinen Spaziergängen den spielenden Kindern des Dorfes kleine Geheimnisse verriet. Beispielsweise, dass sein Bauch tatsächlich das wohlbehütete Versteck des Weltmeisterschaftsballs sei, mit dem die *Squadra Azzurra* den Deutschen im Finale '82 eine so schmachvolle Demütigung beigebracht hatte. Die Traube von Kindern drängelte sich derweil neben ihm, zerrissen zwischen Respekt und Spannung, und wagte nicht, daran zu zweifeln. Schon deshalb nicht, weil er im Anschluss an seine Erzählungen meist leckere Karamellbonbons aus den Taschen seiner durchweg verblichenen Cordhosen zauberte.

In Abendgesellschaften verteidigte er hingegen seine Dogmen der guten Küche und somit die Passion und Pflicht, das Essen zu ehren und mit allen Sinnen möglichst oft zu genießen.

»Wissen Sie, wir Italiener, wir brauchen das gute Essen wie andere Nationen die Luft zum Atmen. Und gutes Essen, das ist nun einmal einfaches Essen. Wir Italiener sind die Meister des Simplen. Ein gutes Öl. Zwei, drei frisch gepflückte Sorten Kräuter. Tomaten, die den Namen wirklich verdienen, nicht dieses geschmacklose Wasser, das die Holländer in ihren lebensfeindlichen, licht- und luftdichten Gewächshäusern mit ihren chemischen Nährlösungen und Styroporplatten schneidbar gemacht haben. Unbedingt noch Knoblauch aus Apulien und dann auf selbst gemachter Pasta serviert, veredelt mit jeder Menge geriebenem Hartem. Voilà! Fertig ist ein Meisterwerk. So hat meine Mamma gekocht und mit ihr Millionen anderer

Mammas.« So schwadronierte und philosophierte er am liebsten, um anschließend zum Angriff überzugehen.

»Aber ihr Franzosen, ihr kocht nicht. Ihr de-kon-stru-iert das Essen. Ihr baut die komplexesten Schaltpläne, die den Geschmack eurer Soßen, Soufflees und Quiches beherrschen. Als wären eure Köche in Wahrheit Atomphysiker, die da in ihren Küchen tüfteln und basteln. Und dann wiegt euer Essen im Magen auch noch so schwer.« Bei den letzten Worten verringerte er seine Sprachgeschwindigkeit, senkte dabei seine Stimme um mindestens eine Quinte und zog das Wort »schwer« kaugummiartig in die Länge, während sein Kopf so weit nach vorne nickte, dass er seinem Doppelkinn ein drittes anfügte. Dann blinzelte er zufrieden über den Rand seiner dicken Brille.

Es war der Schalk, der da abwartend über sein Gestell in die Gesellschaft schaute, vom Roten nippte und sich das Lachen verkniff. Und er war sich seiner Wirkung durch und durch bewusst, was ihn zu einem Meister der Dramatik und Dynamik machte. Die Dorfbewohner liebten ihn dafür.

»Aber Essen muss leicht sein wie eine Wachtelfeder.« Sprach's und pfiff hauchfein durch seinen ergrauten, dichten Schnauzer, um das Federleichte zu imitieren.

Keiner wusste genau, wie es ihn aus Italien nach Frankreich verschlagen hatte. Man munkelte, dass er als Zwanzigjähriger 1953 über Mittelslowenien geflohen sei, weil die kommunistischen Partisanen Jugoslawiens sich ihre vom faschistischen Italien annektierten Gebiete zurückeroberten, und dass er zwischen Nacht und Nebel mit seinem Vater, einem italienischen Offizier mit übler Vergangenheit, nach Frankreich gelangt sei. Wie man sich weiterhin erzählte, hatte der Vater wegen seiner Verbrechen aus den Zeiten Mussolinis nicht in Italien bleiben können. Doch wie viel von all den Vermutungen überhaupt mit der Historie Italiens in Einklang zu bringen war, darüber hatten die Dorfbewohner in den unzähligen Iterationen der Gerüchte längst den Überblick verloren.

Vielleicht war das der Grund, warum Signore Regondi den jungen Baptiste bei sich aufgenommen hatte, damals, in den Siebzigern, als Baptiste eines Abends wie aus dem Nichts in seinem Dorf aufgetaucht war, verschlossen und verstört, mit einem karierten, schäbigen Koffer, der jede Sekunde auseinanderzubrechen drohte. Mit jämmerlichen Lumpen am Leib war er in seinen Laden gekommen, um ein wenig Brot, Milch und Käse zu erstehen. Das war lange her, zu einer Zeit, als man im Dorf mit Tonträgern keine Existenz bestreiten konnte und bei den Regondis daher alles Zweckdienliche feilgeboten wurde.

Ein väterlicher Instinkt musste sich in Regondi geregt haben, als er Baptiste vor sich hatte stehen sehen. Unauffällig startete er zwischen dem Abzählen der Semmeln und der scheinbar schwierigen Berechnung des Preises eine gekonnte Inquisition. Eine weitere Fähigkeit, die er seinen italienischen Wurzeln zuschrieb. Ob Baptiste lange in ihrem kleinen Städtchen zu bleiben gedenke? Wisse er nicht? Wo er denn hinwolle? Herrje, auch noch ohne Ziel. Ob er denn wenigstens eine Unterkunft habe? Grundgütiger, nicht einmal das! Wo doch der Herbstwind schon zickiger sei, als es für Fremde den Anschein habe. Anschließend bot er ihm eine kleine Kammer hinter dem Laden an, stellte auch eine Matratze, einen Tisch und Stuhl hinein und spendierte eine alte Stehlampe mit vergilbtem Schirm, der so zerschunden aussah, als hätte man gewaltsam eine Ziehharmonika gehäutet. Er hatte ihm Lohn und Brot besorgt. Mal ging es zum Spargelstechen hinaus auf die provenzalischen Felder, mal fand sich Baptiste auf den großen Baustellen neu entstehender Schnellstraßen wieder, die sich wie Betonschlangen durch das Land frästen. Keiner, der Arbeit zu vergeben hatte, schlug einem Signore Regondi die kleine Gefälligkeit ab.

Warum er all das für einen Fremden täte, hatte ihn damals seine Frau Martha gefragt. Für die Antwort musste er lange überlegen. Dass er es nicht wisse, hatte er schließlich gesagt, dass es aber wohl mit Baptistes Blick zusammenhinge, mit diesem melancholischen, tiefen Abgrund. Er wisse es nicht, wiederholte er, aber es sei gut und richtig, denn der Junge sei gut und richtig.

Doch nun, so viele Jahre nach ihrem Kennenlernen, war durch den tödlichen Autounfall von der Melancholie der Jugend nicht mehr als ein fast erloschenes Licht geblieben. Signore Regondi hatte wochenlang gegrübelt, was dagegen zu tun sei, und als ihn im

Winter eine handelsübliche Grippe erwischte, brachte ihn Dr. Bellier auf die richtige Fährte. Dieser hatte ihm ein homöopathisches Medikament verschreiben wollen. Signore Regondi, der nun schon dreiundsiebzig Jahre alt war, wehrte sich mit einer abfälligen Geste vor »solcher Gier, den Patienten den letzten Sou aus der Tasche zu ziehen.« Aber während Dr. Bellier ihm die Philosophie solcher Präparate erklärte, kam endlich die Eingebung, auf die er so lange gewartet hatte. Eilig verabschiedete er sich, nicht ohne seinem Arzt an den Kopf zu werfen, dass der »ganze Kram schrecklich unsinnig« sei, ihn einen Quacksalber zu schimpfen und anschließend aus der Praxis zu stürmen. Bellier blieb trotz dieses immer wiederkehrenden Dramas lächelnd zurück. Er ahnte, dass Regondi sie wohl alle überleben würde.

Der Signore eilte direkt in seinen Laden, wälzte Kataloge, kritzelte eine Auswahl verschiedener Ideen auf Papier und grübelte daheim beim Abendessen weiter. Er murmelte Worte wie *Kindertotenlieder* und überlegte in seinem gutsherrenartigen Ledersessel, der schon Gastgeber so vieler Grübeleien zahlloser Vorbesitzer gewesen war, bis tief in die Nacht hinein. Übermüdet ging er erst in den frühen Morgenstunden zu Bett. Martha wurde wach, und als sie ihn fragte, was ihn denn so umtreibe, schwang sich Regondi zu einer nächtlichen Rede auf, auch um seine eigenen Gedanken noch einmal durch das laute Aussprechen zu ordnen.

»Heute hat mir *dottore* Bellier erklärt, wie seine neumodischen Medikamente funktionieren. Dieser Schmock dachte wohl, er kann einem Greis wie mir das Geld aus der Tasche ziehen. Er erklärte mir das *Wesen aller Erkrankungen*, wie er es so weltklug nannte.« Regondi sammelte sich kurz, um das Verstandene ebenso wiederzugeben.

»Wenn wir krank werden, dann ist alles in uns Entzündung. Das ist notwendig, denn sie ist die Kampfansage unseres Körpers an die Erkrankung. Und erst, wenn dieser Kampf nicht zu gewinnen ist, ändert der Körper seine Taktik und sucht sein Heil fortan im Vergessen. Was einer Niederlage gleichkommt. Der *dottore* nannte das *Degeneration*, es kann aber auch sein, dass ich seinen geistigen Zustand so bezeichnet habe, als er mir diesen Unsinn erzählt hat. Seine

Medikamente jedenfalls sollen den Körper daran erinnern, dass da noch ein Kampf zu führen ist, also gibt er die Information wieder in den Körper hinein. So ungefähr hat er es mir erklärt.« Beim Wort *hinein* zeichnete er eine tröpfchenähnliche Bewegung in die Luft, bevor er seine Handflächen fragend nach oben drehte.

»Was hat das mit den Dumonts zu tun?«, fragte Martha, die nicht sicher war, ob sie das alles richtig verstand. Schließlich war es vier, fünf Uhr in der Nacht, und da war Verständnis in keinerlei Hinsicht leicht.

»Martha, ich glaube, die Tränen von Claire und Baptiste, das waren die Entzündungen des Tragischen und der Kampf gegen ihr unfassbares Schicksal. Aber, hast du die beiden in den letzten Wochen einmal gesehen? Da ist keine Trauer mehr. Sondern nur noch Schwermut. Ihre Trauer ist zu einem dumpfen Nichts degeneriert.«

Regondi machte eine kurze Pause, bevor er ärgerlich fortfuhr: »Sie sind dabei, sich aufzugeben und versuchen zu vergessen. Aber das wird nicht gelingen! Sie müssen verstehen, dass sie ihre Tochter nicht vergessen können, sondern sich von ihr verabschieden und sich mit dem Leben und ihrem Gott versöhnen müssen. Begreifen, dass nicht Michelles Tod, sondern ihr Leben als Vermächtnis in ihre Herzen gehört. Und deswegen muss ich ihnen ein Medikament verabreichen, das sie wieder daran erinnert, dass da noch ein Kampf zu führen ist. Ich muss nur noch die richtige Medizin finden. Den richtigen Nadelstich setzen. Verstehst du?«

Ob Martha verstand, sollte er jedoch nicht mehr erfahren, denn als sie schwieg, bemerkte er, dass sie schon wieder eingeschlafen war.

Am nächsten Morgen hatte er sich für den Nadelstich entschieden und gab telefonisch eine Bestellung bei seinem Pariser Großhändler auf. Als eine Woche später das Päckchen eintraf, rief er seinen Botenjungen Marcel zu sich und hieß ihn, eine Auslieferung zu tätigen. Er ließ seine Bestellung zusammen mit einer handgeschriebenen Notiz verpacken und schrieb mit schwungvoller Tinte obenauf *»An meine Freunde Claire und Baptiste Dumont«*.

Es war sicher auch dem glücklichen Zufall anzurechnen, dass Regondis List so gut funktionierte, denn nach langen, qualvollen und einsamen Monaten hatten Claire und Baptiste sich just an diesem Tage ein wenig mehr als nur wahrgenommen. Es begann mit Claires flüchtigem Lächeln, das Baptiste aus dem Augenwinkel registrierte, während sie ihm beim Öffnen des Paketes zusah. Sie wähnte sich unbeobachtet, hatte sie doch den Vormittag geschäftig putzend, wienernd und räumend in allen Zimmern der Wohnung verbracht. Sie erhaschte seine Freude, als er das Geschenk von Signore Regondi in Händen hielt. Eine CD. Baptiste hatte erst spät entdeckt, dass Musik auf diesen unscheinbaren Scheiben konserviert werden konnte, und sich seitdem fast kindlich verzückt auf alle Einspielungen gestürzt, die er ergattern und sich leisten konnte. Einmal fragte er Signore Regondi, wie es möglich war, dass aus zweidimensionalem Kunststoff dreidimensionale Musik entstand, und Regondi dekodierte daraufhin »das binäre Mysterium digitaler Nullen und Einsen« und versuchte, ihm nahezubringen, wie diese in Musik transformiert wurden. Er hatte sich in optischen Speichern, Makrolon, Polycarbonaten und anderem Fachchinesisch verrannt, ohne zu bemerken, dass Baptiste nur noch vor sich hin nickte, da sein Verständnis schon nach dem ersten Satz auf der Strecke geblieben war.

Als Baptiste jedoch den Titel der CD las, die Signore Regondi ihnen geschickt hatte, gab es einen furchtbaren Stich in seinem Herzen. Claire kam herüber und fragte, was denn sei, denn er war ganz fahl geworden. Als Antwort reichte er ihr wortlos das Geschenk und öffnete den Brief.

»Sehr geehrte Claire, sehr geehrter Baptiste,
ich möchte Sie inständig bitten, dieses Geschenk anzunehmen und gemeinsam in einem ruhigen Moment zu genießen.

In tiefer Ergebenheit,
Ihr Tommaso Regondi.«

Das war alles. Claire schaute auf die CD und las *»Streichquartett Nr. 14 – DER TOD UND DAS MÄDCHEN«*. Darunter *»Franz Schubert«*.

Claires Knie wurden weich, und am liebsten hätte sie die CD gleich an die nächste Wand geschmettert. Doch tief in ihrem Innern nahm sie auch einen schwachen Instinkt wahr, nicht mehr als einen Schimmer in rabenschwarzer Nacht, die so plötzlich über sie hereingebrochen war.

Baptiste hingegen war erstarrt und kauerte ohne Spannung auf dem Sofa. Claire ging zum CD-Spieler, legte die silberne Scheibe ein, startete die Musik und kam mit verschränkten Armen und unsicheren Schritten auf Baptiste zu. Sie blieb vor ihm stehen und fragte ihn mit schweigendem Blick, wie nahe sie sich zu ihm setzen dürfe. Baptiste antwortete ihr durch die Qual in seinen Augen. Die Erinnerung drohte, ihn ein weiteres Mal fortzuspülen, doch nach einer kleinen Weile reichte er ihr wort- und kraftlos seine Hand und zog sie neben sich auf das Sofa.

Als unvermittelt die wuchtigen, punktierten Akkorde durch die Lautsprecher schlugen und von einem fragenden Echo beantwortet wurden, und als anschließend die treibenden Violinen durch ihre Seelen hetzten, da rückten beide ganz nah zueinander. Und noch ein wenig näher, bis sie nach wenigen Minuten eng umschlungen mit vor der Welt verschlossen Augen auf jene Reise gingen, die Signore Regondi für sie ersonnen hatte. Gemeinsam und jeder für sich. Sie fühlten ihre Körper, sogen ihre Wärme ein und zeigten sich in ihrer Trauer. Sie wurden eins und dankbar, da sie einander wiederfanden, einander brauchten, einander liebten.

Als im *Andante* der Tod mit anämischer, kurzatmiger Stimme dem Mädchen seine versöhnliche Offerte machte, konnten beide ihre Michelle mit ihrer kleinen Familie sehen, sie spüren, ihnen zuwinken und ihre Herzen mit auf deren Reise geben. Konnten ihre Tränen ohne Druck rinnen lassen, sich von ihrer geliebten Tochter, ihrem Schwiegersohn und ihrer kleinen Enkelin verabschieden, von der sie nun verstanden, dass es besser gewesen war, sie nie in Armen gehalten zu haben.

Als sie im *Presto* auf die Stationen ihres gemeinsamen Lebens blickten, lag Claire mit dem Kopf auf Baptistes Schoß, ihm mit erschöpftem, aber liebevollem Blick zugewandt. Er schaute zu ihr herab, liebkoste ihre Wange, und sie sah die Dankbarkeit in seinen

Augen. Dann, als die Virtuosen in atemberaubendem Tempo durch die letzten Takte einer sich stetig verdichtenden Stretta jagten, um sich schlussendlich in einer ausladenden Geste immer höher steigender Figuren zu entladen, lächelten sie sich an. Baptiste und Claire hatten einander wiedergefunden.

Aber jetzt klingelte das Telefon, und er wusste, was folgen würde.

Er stützte sich langsam auf, spürte einen schlimmen Stich tief in seiner Schulter, wie er ihn sonst erst am Morgen bekam, wenn er vom Harndrang getrieben aus dem Bett musste. Langsam drehte er sich zur Seite, um die Schmerzen nicht zu verschlimmern, und setzte sich dann vorsichtig auf die Bettkante. Nun musste er sich nur noch bücken, um an den Hörer zu kommen.

Sorge, der oder die Anruferin würde wieder auflegen, hatte er nicht. Er wusste – das Telefon würde noch so lange klingeln, bis er den Anruf entgegennahm.

Der nächste Schmerz jagte durch seinen Körper und produzierte eine Träne, die ihm die Wange hinab lief. Endlich erreichte er den Hörer, nahm ihn ab und bewegte seinen Oberkörper behutsam zurück in die aufrechte Position. Er atmete tief durch, nannte seinen Namen und schloss dabei die Augen.

Kapitel 2

Malawi, 2001

Die Sonne schob sich nach tiefster Nacht über den Gebirgszug und glich einem überdimensionalen Zyklopenauge, das mit weit aufgerissener Pupille die Erde nach Veränderungen zur Vorabenddämmerung absuchte. Ihr durchdringender Blick ließ keinen Zweifel daran, wer diesen Kontinent wirklich beherrschte. Der atmosphärische Staub zahlloser afrikanischer Wüsten verlieh dem gewaltigen Schauspiel eine blutrote Färbung und ließ Ella demütig werden.

Sie saß an ihrem morgendlichen Stammplatz unter einer Akazie und beobachtete den malawischen Tagesanbruch. Seit fünf Uhr war sie wach, hatte in ihrer Hütte auf ihrem Gaskocher eine Kanne weißen Tee aufgebrüht und sich damit unter ihren Lieblingsbaum auf eine Decke gesetzt. Der Boden hielt den nächtlichen Frost des umgebenden Berglandes gespeichert, sodass ein leichter Pullover notwendig war. Aber in zwei, drei Stunden, wenn die Kraft der Sonne Oberhand gewonnen hätte, würde sie unter der afrikanischen Hitze leiden, denn ihre blasse Haut weigerte sich seit ihrer Ankunft vor gut einem Jahr, auch nur die geringste schützende Bräune anzunehmen.

Sie wärmte ihre Hände an der Tasse, trank in kleinen, achtsamen Schlucken und ließ ihre Gedanken schweifen. Zunächst nach links zu den Hütten des Dorfes, dessen Name Chila angeblich aus den alten Zeiten der Chewa stammte, wobei die konkrete Bedeutung ebenso verloren gegangen war wie der Grund, aus dem sich gerade hier einst Menschen niedergelassen hatten. Entlang einem Pfad aus roter Erde standen unscheinbare Ziegelbauten, die mit ihren Dächern aus getrockneten Blättern dem Betrachter aus einer industriell geprägten Welt etwas diffus Romantisches vermitteln mochten. Vielleicht war es die verklärte Sehnsucht nach allem Simplen, das sich bei genauerem Hinsehen als Armut jenseits des Fassbaren entpuppte.

Die Wände waren alt, verfallen und speicherten den Moder der Regenzeiten. Die Fenster entstanden durch das Weglassen von Ziegeln, von denen randseitig immer wieder einige herausfielen, sodass die Öffnungen sich stetig vergrößerten. Die Sonnenstrahlen wurden, wenn überhaupt, mit löchrigen Strohmatten mehr schlecht als recht außen vor gehalten. Im gesamten Dorf gab es weder fließendes Wasser noch Strom. Als Latrinen dienten behelfsmäßige Aborte zwischen den Hütten, nicht mehr als Jauchegruben mit halbhohen Bretterverschlägen, die von mehreren Familien geteilt wurden und an stickigen Tagen den Geruch fauliger Fäkalien verbreiteten. Die Hütten stammten aus den Zeiten, da europäische Missionare im Gewand der Barmherzigkeit die einheimische Bevölkerung dem monströsen katholischen Moloch einverleibt hatten. Die umliegenden, später gebauten Hütten waren meist nur aus Holz, bestenfalls aus Lehm, denn Ziegel waren teuer und der Weg zur nächsten Stadt weit und beschwerlich.

Mitleid erfasste Ella, weil die Einheimischen in solch bitterer Armut lebten. Noch mehr bemitleidete sie die Kinder, derentwegen sie hier war. Gleichzeitig keimte ein zaghaftes Gefühl von schüchternem Stolz in ihr auf. Sie half, brachte sich ein und achtete darauf, dies in Eintracht mit den hier lebenden Menschen und der Natur zu tun. Sie wuchs an ihrer Aufgabe und manchmal fragte sie sich, wer hier eigentlich wem half.

Ellas Empfindungen vollführten kleine Pirouetten, denn schon meldete sich ihr schlechtes Gewissen, da letztlich das Leid der anderen Basis ihres Stolzes war. War das schändlich? Ja, sie war hier, um zu helfen, und ja, sie fühlte sich gut damit. Aber sie war auch hier, weil ihre australische Heimat sie enttäuscht hatte. Weil sie eine Suchende war, die sich nicht damit abfinden wollte, dass es im Leben um nicht mehr als Wohlstand, Ignoranz und Sicherheit gehen sollte.

Nach der Schule, die sie vor fünf Jahren beendet hatte, war sie aufgebrochen, um ihren eigenen Weg zu finden, und mit nicht mehr als einem Rucksack ging es zunächst nach Indien. Dort hatte sie sich im Charisma eines gut zehn Jahre älteren, blonden Schweden mit gewinnendem Lachen, lockigem Haar und manipulierender Rhetorik verloren und sich fast drei Jahre in einer undurchsichtigen Gruppe umherziehender und Marihuana rauchender Aussteiger wiedergefunden. Nur sich selbst hatte sie dabei nicht entdeckt.

Also war sie weitergezogen. War nach Thailand geeilt, um die Kunst des Kochens, Meditierens und Nichtstuns zu erlernen. Irgendwann aber bemerkte sie, dass ihre Reise nicht mehr als eine Flucht war, auf der ihre Ängste, Nöte und der schmerzende Stachel der Einsamkeit ihr als stete Weggefährten treu blieben. Ein Jahr hielt sie es aus, bevor sie bereit war, den Weg zurück in ihre Heimat anzutreten.

Wenige Tage, bevor sie ihren Onkel Shawn, der in Frankreich zu Wohlstand gekommen war, um das Ticket für den Heimflug hätte bitten müssen, erhielt sie eine Nachricht von Jason. Eine lange, persönliche Mail ihres innigsten Freundes, in der er seine letzten Jahre summierte, von ergreifenden Erlebnissen auf seiner Reise durch Afrika erzählte und ihr schlussendlich von dem *Little Hearts Project* berichtete, das er ins Leben gerufen und dem sich ihre gemeinsamen

Freunde Sam, Simon und Lester bereits angeschlossen hatten. Ellas Entscheidung fiel, noch ehe sie den letzten Satz gelesen hatte, und keine vierzehn Tage später landete sie in Lilongwe, der Hauptstadt Malawis.

Von dort benötigte sie einen weiteren Tag mit dem Bus nach Chipita, wo es zu einem wunderbaren Wiedersehen mit Sam kam und beide einen Gewaltmarsch in den bergigen Norden begannen, der einen weiteren vollen Tag in Anspruch nahm. Sie erreichten Chila am späten Abend und fanden sich einer Horde braungebrannter, von körperlicher Arbeit zerschundener Freunde gegenüber, die ihnen wild vor Freude entgegen stürmte. Und hier, in einer archaisch wirkenden Urzeit, hatte sie sich binnen kürzester Zeit geborgener und wertvoller gefühlt als je zuvor. Dieser Ort war magisch.

Sie wandte den Blick zu ihrer Rechten und sah die Baustelle, knapp dreißig Meter unterhalb des Dorfrandes. Dort entstand das Gebäude von *Little Hearts*, das Jason in seinem Herzen ausgebrütet hatte und seitdem mit nicht zu stoppender Energie vorantrieb. Die Bauarbeiten hatten vor knapp einem Jahr begonnen, und in dieser Zeit hatten die Arbeiter mit den wenigen vorhandenen Mitteln ein stabiles Holzgerüst für ein zweistöckiges Gebäude geschaffen, das elf Räume und eine Terrasse beherbergen sollte.

Es gab auch Phasen, in denen die Arbeiten über lange Zeit ruhten. Dann fehlten Freiwillige und Baustoffe, oder das Wetter lähmte den Fortgang über Tage. Doch nach und nach gaben alle an dem Projekt Beteiligten ihren Blick auf Planungen, Ziele und Zeiteinheiten auf und begannen stattdessen, Erfolge in kleinsten Einheiten zu definieren.

Im Gegensatz zu den spartanischen Hütten wirkte dieses einzige wirkliche Haus schon jetzt imposant. Dennoch erstaunten die raffinierte Architektur und der gewählte Platz außerhalb des Dorfrandes, indem sie sich in die natürliche Umgebung integrierten. Jasons Inspiration, die mächtigen Bäume und breiten Sträucher mit dem Haus verschmelzen zu lassen, stammte aus alten *Daktari*-Folgen, die er in seiner Kindheit verschlungen und seither nie vergessen hatte.

Von Ellas Platz aus mischten sich die tragenden Pfähle fast symbiotisch unter die kleineren Gruppen der Bäume und vermittelten die Atmosphäre einer friedlichen Lodge inmitten eines Naturschutzgebietes. Der Platz war klug gewählt, denn die Wege, die am Gebäude entlangführten, markierten wichtige Knotenpunkte zu mindestens drei weiteren Dörfern in höchstens zweistündiger Marschweite.

Ellas Gedanken wurden unterbrochen, denn inmitten der Stille hörte sie Schritte durch den Sand auf sich zukommen. Sie kniff die Augen zusammen, um dem Sonnenlicht etwas zu entgegnen. Nötig war das nicht, denn den Rhythmus dieses Gangs hätte sie aus Tausenden heraus erkannt.

»Guten Morgen, Elizabeth.«

Der Ankömmling war Jason, mit nicht mehr als einer schlichten, knöchellangen Stoffhose am Körper, die ohne Taschen auskam. Ein hochgewachsener Mann mit schlankem, definiertem Oberkörper und chaotisch dichtem Haar, in Jahren unter malawischer Sonne ausgebleicht.

Ella formte ihre flache Hand zu einer Sonnenblende, um mehr als nur seinen Schattenriss zu erkennen. Er war wohl der Einzige, der sie mit ihrem tatsächlichen Namen ansprach, weil er, wie er oft betonte, die Verniedlichung eines Namens unerträglich fand. Sie neigte ihren Kopf zur Seite und lächelte ihn an. »Guten Morgen, gut geschlafen?«

Er reckte sich gähnend. »Nein, leider nicht so gut.«

Sie musterte ihn und überlegte, ob sie fragen sollte.

»Ich hatte einen üblen Traum«, kam ihr Jason zuvor. »Ich war wieder mit Clarissa zusammen. Wir standen uns einfach nur gegenüber. In meinen Handgelenken war Gift, injiziert von widerlichen, schwarzen Käfern, und wir sahen zu, wie meine Adern dick und blau aus meinen Unterarmen hervortraten und ganz langsam in Richtung Herz wanderten.«

Er schüttelte sich, um den Ekel dieser kleinen Retrospektive loszuwerden. Ella kam in den Sinn, dass die Käfer wohl eher Clarissa selbst darstellten und das Gift für ihren liebenswerten Charakter stand, sie unterdrückte aber einen boshaften Kommentar. Stattdessen bot sie ihm einen Schluck ihres Tees an. Er setzte sich neben sie auf die Decke und nahm ihr die Tasse aus der Hand.

»Du siehst nachdenklich aus«, bemerkte er.

Sie sah ihn an und überlegte, ob ihr Blick sie während seiner Traumnovelle verraten hatte. Sie mochte nicht über Clarissa reden. Zu viele Jahre hatte sie die kleineren und größeren Dramen der beiden aus nächster Nähe miterlebt. Daher lockte sie ihn auf eine andere Fährte.

»Ich frage mich, ob die Menschen hier glücklich sind.«

Jason musterte sie. »Wer sind denn *die* Menschen?«

Ella dachte kurz nach. Sie wusste, dass sie sich auf dünnes Eis begab, denn so begannen oft die Diskussionen, die Jason in der Regel für sich entschied, während sie sich am Ende missverstanden fühlte. »Gestern habe ich mich mit einem der Männer unterhalten, die uns an der Baustelle geholfen haben. Sein Bruder ist kürzlich gestorben, und er muss nun dessen fünf Kinder, seine Schwägerin, seine eigene Frau und seine drei Kinder versorgen.« Ella zählte nach und fuhr dann fort.

»Er hat über Nacht eine elfköpfige Familie zu ernähren. Wie soll er das schaffen? Der Boden seiner Parzellen gibt ihm kaum die Möglichkeit, mehr als Kassaven zu ernten, und auch das fällt oft dürftig aus.«

Jason hielt inne, als wöge er zwischen zwei Strategien ab. Offensichtlich war es ihm für einen Angriff zu früh, denn er wählte die friedliche Variante. »Das ist kein Faktor, der über Glück bestimmt«, begann er sein Plädoyer. »Schau dir die Menschen in unserem Land an. Schau nach Europa und in die USA. Wir schmeißen gut ein Drittel unserer Nahrung in den Müll, so viel haben wir davon. Und? Sind wir glücklich? Tatsächlich sind die Menschen hier mit nicht mehr oder weniger als den ureigenen Problemen ihres Lebens konfrontiert, so wie wir mit den unsrigen zu kämpfen haben.«

Jason ließ ihr kurz Zeit, ihm zu folgen. »Sicher, wenn du ihr Leben mit deinen Augen beurteilst, kommst du schnell auf den Gedanken, dass sie unmöglich glücklich sein können. Tatsächlich sagst du jedoch nichts anderes, als dass du mit deiner Sozialisation hier kein Glück finden würdest, wenn deine Ernährung nicht gesichert wäre.«

Ella malte Kreise in den Sand und schwieg. Sie sah einen langen Jasonschen Monolog am Horizont aufziehen, den sie seit ihrer gemeinsamen Schulzeit zur Genüge kannte, doch sie spürte auch, dass er recht haben könnte. Noch gestern Abend hatte sie mit einigen Dorfbewohnern am Feuer gesessen, Nsima gekocht, süßeste Mangos direkt vom Baum gepflückt und schüchtern versucht, in die Gesänge der anderen einzustimmen.

Keine Spur von Unglück. Im Gegenteil, eine würdevolle Gelassenheit hatte sie bemerkt. Andererseits waren da die hilflosen Momente, denen sie ebenfalls regelmäßig ausgesetzt war und die unmittelbar mit dem Klima und den hier herrschenden Verhältnissen zu tun hatten. Die Familien bewirtschafteten ihre Felder nur, um sich selbst zu ernähren, doch die Rohböden waren durch die starke Nutzung erosionsanfällig und wiesen oft nur einen geringen Humusanteil auf. Dabei waren die Regenfälle regelmäßig, da die Winde vom Ozean die Feuchtigkeit über dem großen Malawisee aufnahmen und in den bergigen Norden trugen.

Es gab Zeiten, zu denen sich auf den Feldern nicht genügend erwirtschaften ließ, sodass alle hungrig zu Bett gingen. Und Hunger erschien Ella als ein erniedrigendes Gefühl. Wenn aus Hunger Schmerz wurde und keine Gewissheit herrschte, wann er gestillt werden konnte, verlor die Welt ihre Farben. Ganz so, als sei Hunger eine heimtückische Krankheit. Die Blicke hungriger Kinder, deren natürlicher Bewegungsdrang langsam erlahmte und sich in Lethargie verwandelte, hatte sich in ihr Herz gebrannt. So gesehen war sie sicher, dass Jason doch nicht ganz recht hatte, aber eben nur auf dieser emotionalen, nicht durch sachliche Argumente zu fassenden Ebene.

Jason hatte sie beobachtet und wusste, dass sie ihm keine Antwort geben würde. Also stellte er die leere Tasse vor sich ab, schob vorsichtig ihr langes Haar zur Seite und bettete ihren Kopf behutsam an seine Schulter. Ella kam in den Sinn, dass ihr dünnes Haar, das sich an den Schläfen ungeordnet kräuselte, weder für dieses noch für das australische Klima sonderlich geeignet war. Wie ihre blasse Haut. Sie schmiegte den Kopf an seine nackte Schulter, und so saßen sie eine Weile still, beide in ihren eigenen Gedanken verloren, bis Chila langsam zu morgendlichem Leben erwachte.

Jason unterbrach die Stille. »Die Gefühle, die du empfindest, sind Gefühle, die *deiner* Seele entspringen. Es sind nicht die der Menschen, die hier aufgewachsen sind. Es ist wichtig, diese Unterscheidung schnell zu lernen, denn sonst wirst du hier zugrunde gehen.«

Ella fühlte sich entlarvt und ihr niedergeschlagener Blick verriet sie. Also wechselte Jason das Thema.

»Bist du bereit für unsere Tour?«

Ella nickte in Richtung des Baumstamms und wies zu ihrem Rucksack, der dort angelehnt auf seinen Einsatz wartete.

»Wollen wir frühstücken?«, fragte er. »Es ist ein langer Weg nach Chipita.«

Ella schüttelte den Kopf.

»Nein, mir reicht mein Tee, und ich habe uns Obst und Getränke für unterwegs eingepackt. Sind die anderen schon wach?«

Jason machte eine flüchtige Geste in Richtung Sams Hütte. »Ich habe Sam und Simon zumindest schon gehört. Sie werden sicher gleich kommen. Wir wollten noch einmal die Einkaufsliste gemeinsam durchgehen. Bis dahin hole ich rasch meinen Rucksack, denn wir sollten nicht zu spät aufbrechen.«

Die beiden hatten geplant, die fast unsichtbaren Pfade hinab vom Bergland durch die Savanne Richtung Chipita zu wandern und notwendige Besorgungen zu erledigen. Mit sehr viel Glück würden sie von einem vorbeifahrenden Auto mitgenommen werden, andernfalls wollten sie auf halber Strecke in der Nähe eines Dorfes im Freien übernachten, falls die Hitze die Bewältigung der Strecke innerhalb eines Tages unmöglich machte. In Chipita galt es, eine größere Bestellung an Baustoffen und gebrauchten Möbeln aufzugeben, notwendig, um den Bau des Gebäudes voranzutreiben. Es würden sicher wieder zähe Verhandlungen vonnöten sein, bis die Händler versprachen, die Materialien in den bergigen Teil Malawis auszuliefern, ohne dass dies dann unbedingt der Wahrheit entsprach. Im schlechtesten Fall würden sie sich einen Pickup leihen müssen, wenn sie überhaupt einen bekamen. Beim letzten Mal hatten sie geschlagene drei Tage warten müssen, bis ein Auto zur Vermietung frei geworden war, und dann hatten sie während der gesamten Fahrt fürchten müssen, dass die tragende Substanz des Fahrzeugs aus mehr Rost als Karosserie bestand.

Daher hofften sie auf ein wenig Glück, rechneten aber damit, die Lebensmitteleinkäufe in ihren Rucksäcken zurücktragen zu müssen – doppelt anstrengend, denn dann ging es in kaum sichtbarer Steigung stetig bergauf.

Und dann war da noch der wichtige Gang zum Postamt in Chipita, in der Hoffnung, dass die Genehmigung aus dem Verwaltungszentrum in Mzuzu endlich eingetroffen sei und sie ihr reines Schulbauprojekt um ein Waisenhaus erweitern durften. Die Behörden hatten dies bisher verweigert, unter anderem, weil sie überzeugt waren, dass ein Waisenhaus in der viel größeren Stadt Chipita besser aufgehoben war. Aber gerade das Waisenhaus war ihnen wichtig. Jason war vor zwei Jahren während einer ausgedehnten Backpacker-Tour zufällig durch Chila gekommen und hatte beobachtet, wie eine Gruppe obdachloser Kinder frierend auf dem Boden schlief. Also breitete er seinen Schlafsack aus und versuchte, möglichst viele der fragilen Leiber zu bedecken. Er tat in dieser Nacht kein Auge zu und entschied sich im Morgengrauen, in Chila zu bleiben.

Nach einigen Tagen begriff er, dass diese Kinder zwar im Schutz der Dorfgemeinschaft lebten, aber eben auch unbeachtet blieben, wenn es um Dinge ging, die sie dringend benötigten. Jason redete mit der Handvoll Menschen im Dorf, die ein wenig Englisch sprachen, und überzeugte sie, dass eine kleine Schule die beste Lösung sei. Damals war ihm ein Waisenhaus nicht in den Sinn gekommen, vielleicht, weil ihn eine solche Aufgabe komplett überfordert hätte. Jetzt jedoch verhielt es sich anders, denn nach und nach waren seine Freunde hinzugestoßen, und an den friedlichen Abenden, an denen sie im Laufe der Monate immer wieder über den bestmöglichen Erfolg ihres Projektes diskutiert hatten, war die Idee gereift, diesen Kindern ein eigenes Dach über dem Kopf zu geben.

Seit dem ersten Tag des Genehmigungsverfahrens hatten sie schwere Rückschläge einstecken müssen, denn nun lernten sie eine andere, dunkle Seite dieses Landes kennen. Ohne Warnung schlug ihr jugendlicher Elan gegen eine meterdicke Mauer korrupter Beamter. Freundlich lächelnde Galgenvögel, deren nicht vollzukriegende Hälse kaum noch aus dem klebrigen Morast der Bestechlichkeit schauten. In den hitzigen Debatten über die richtige Strategie war es einzig Ella gewesen, die versucht hatte, das Verhalten der störrischen Beamten in den Kontext der Probleme dieses Landes zu stellen. Aber damit war sie meist ungehört geblieben. Und nun, nach der Ablehnung ihres Antrags, schienen die anderen recht zu behalten.

Sam schaute aus der Hütte, rief seinem Bruder etwas zu und verschwand wieder aus dem Sichtfeld. Kurze Zeit später kamen beide auf Ella zu, feixend und lachend, in Boxershorts, mit freiem Oberkörper. Die morgendliche Kälte machte ihnen offenbar nichts aus.

»Signorina Carter, mi amore, ich hoffe, du hast gut geschlafen?«, rief Sam ihr zu, mimte einen italienischen Aristokraten und machte einen vornehmen Diener.

Ella stand lachend auf und umarmte beide. »Lass mich raten, du möchtest, dass ich dir eine Extra-Ration Bier mitbringe. Aber du weißt schon, dass wir mit nur zwei Rucksäcken unterwegs sein werden?«

Sam hielt Ella fest und versuchte ihren Pullover ein wenig hochzuschieben, um sie auszukitzeln. »Wehe, wenn du nicht *jedem* mindestens drei Extra-Flaschen mitbringst.«

Sie quietschte vor Vergnügen, rief: »Träum weiter, Sam«, und versuchte durch ungelenke Bewegungen, seine Attacke abzuwehren. Viel Erfolg hatte sie nicht, aber so tollten die beiden herum, bis Jason sich zu ihnen gesellte und sie unterbrach.

Ella löste sich aus der Gruppe und stellte sich ein wenig abseits in den Schatten, um ihre *drei Musketiere* zu betrachten, während die begannen, die Einkaufsliste ein letztes Mal auf Vollständigkeit zu prüfen und über den spärlichen Platz für private Besorgungen zu verhandeln. So musste es sich wohl anfühlen, in der Geborgenheit einer Familie zu leben. Diese Bande war etwas Besonderes, einmalig und ewig unter Tausenden, dessen war sie sich sicher. Und deshalb wurde ihr schwer ums Herz, nun, da sie für einige Tage aufbrachen. Obwohl sie sich auf die gemeinsame Zeit mit Jason freute, denn hier in Chila gab es kaum persönliche Momente oder Zeit für sich.

Bereits früh am Morgen begannen die verschiedensten Arbeiten auf den Feldern sowie am Schulgebäude und wurden erste Schulstunden im improvisierten Klassenraum abgehalten. Während die

Kinder auf umgelegten Baumstämmen im Freien saßen, stand unter einem vorstehenden, nach allen Seiten offenen Wellblechdach eine große Tafel, die Simon einer Sprachschule in Chipita abgeschwatzt hatte. Ella war für die Jüngsten unter ihnen verantwortlich, für diejenigen, die weniger Bildung, sondern Zuwendung benötigten. Sie spielte, sang und streifte mit ihnen durch die nähere Umgebung und erklärte alles Sichtbare, Duftende und sich Bewegende durch Gesten und Mimen, ließ Worte sich in Gesang verwandeln und Neues in Staunen.

Dann kam die Zeit des Essens und während Sam und Simon abwechselnd auf den Feldern arbeiteten und den Bau vorantrieben, kochte Ella mit Etta und Malia das Essen für alle anderen.

Das Äußere der beiden malawischen Schwestern, deren genaues Alter sie selbst auf knappe dreißig schätzten, hätte unterschiedlicher nicht sein können. Etta strahlte eine bezaubernde Grazilität aus, die vor allem ihrer unglaublich aufrechten Haltung geschuldet war. Von der Ferse bis zum Kopf zog sich eine senkrechte Achse in den Himmel, nur unterbrochen von einem Po, der durch die leicht nach vorn geneigte Hüfte aufreizend nach oben stand. Die lotrecht nach unten fallenden Röcke, die sie stets trug, verstärkten das Gefühl der Leichtigkeit um ein Vielfaches. Malia hingegen war massiv. Nicht dick, eher von kleiner, stämmiger Statur. Ihr Körper wirkte umso gröber, je näher sie neben ihrer Schwester stand. Ihr Lachen, das sie um das Tausendfache häufiger gebrauchte, war grell, fröhlich und ungestüm. Dabei glänzten ihre Wangen, und ihr Körper bebte im Takt.

Etta hatte in Lilongwe studiert und war nach einigen Jahren in ihr Heimatdorf zurückgekehrt, da sie ohne ihre Familie nicht leben mochte. Malia hingegen war die erste Freundin, die Ella hier fand. Oder genauer gesagt, war sie von Malia gefunden worden, denn kaum zwei Tage nach Ellas Ankunft und dem Abklingen des naturgemäßen Jetlags, erschien Malia in ihrer Hütte, nahm sie ohne viele Worte an die Hand und schlenderte mit ihr durchs Dorf. Sie erzählte in einem undefinierbaren Gemisch aus Englisch und Tumbuka die älteren und jüngeren Geschichten Chilas, marschierte in die halboffenen Küchen ihrer Freundinnen, die von mehreren Familien gleichzeitig genutzt wurden, und sorgte dafür, dass Ella schnell als eine von ihnen akzeptiert wurde. Malia und Ella sahen sich bald jeden Tag, und es dauerte nicht lang, da wurde aus dem Vorhaben einer kleinen australischen Gruppe von engagierten jungen Menschen ein Projekt, das immer mehr Einwohner Chilas nach ihren Möglichkeiten unterstützten.

Malia war es auch, die ihre Schwester Etta davon überzeugte, dass ihre sprachlichen Fähigkeiten unbedingt genutzt werden mussten. So wurde Etta die wichtigste Schnittstelle zu denjenigen Dorfbewohnern, die sich bis dato ignorant oder skeptisch gezeigt hatten.

Fast jeden Mittag trafen sich die drei, begutachteten die tägliche Ernte und versorgten alle hungrigen Mägen, so gut es ging, was jedoch nicht immer gelang.

Nach dem Essen ging es dann in die Hütten oder unter die Bäume, um der sengenden Hitze zu entkommen. Hier traf Ella meistens auf Lester, Sam und Jason, um über Hindernisse, Geld- und Versorgungsengpässe und deren Lösungen zu diskutieren oder um einfach ein gemeinsames Nickerchen zu machen.

So eilte Ella von einer Aufgabe zur nächsten, um am späten Abend erschöpft mit ihren Freunden im Freien zu sitzen, manchmal auch mit den Bewohnern Chilas, die sich entweder sporadisch dazugesellten oder die Abende mit ihren Traditionen dominierten. Dann gab es keine Devisen, Aufgaben und Nöte mehr, sondern nur das, was vom Tage übrig blieb.

Einmal im Monat brachen zwei Freiwillige auf, um in Chipita einzukaufen. Ella war bisher immer dabei gewesen, denn der Weg dorthin lockte mit langen Strecken durch die Natur. Dass heute Jason mit ihr reisen würde, lag an dem lang erwarteten Brief, den nur er in Chipitas Postamt in Empfang nehmen durfte, und so freute sie sich schon seit Tagen auf diese Zeit. Bereits zu Schulzeiten hatte sie am liebsten ihre Zeit mit Jason verbracht, sodass es nicht lange gedauert hatte, bis man ihnen beiden eine Liaison unterstellt oder gewünscht hatte. Doch dazu war es nie gekommen. Ella bestand darauf, sich von Lester zu verabschieden, dem ewigen Langschläfer, und verschwand kurz in Richtung seiner Hütte. Sie fand ihn schlafend auf dem Boden. Da sie ihn nicht wecken wollte, streichelte sie ihm flüchtig die Wange und verließ die Hütte in Richtung

Akazie. Als sie näher kam, sah sie schon die Silhouetten der ersten Dorfkinder, die das Stillliegen nicht mehr ausgehalten und sich aus den Hütten ihrer Eltern geschlichen hatten. Allen voran die jeden verzaubernde Alinafee, eine kaum sechsjährige malawische Rädelsführerin, ausgerüstet mit der Schönheit afrikanischer Gene und dem entwaffnenden Blick einer Märchenprinzessin. Beim Anblick Ellas sprang sie von Jasons Schoß auf und lief direkt in ihre Arme.

Wenig später kam die Zeit des Aufbruchs, und bis Jason und Ella am Horizont verschwunden waren, standen ein gutes Dutzend ihrer afrikanischen Freunde, Sam, Simon und der auferstandene Lester am Dorfrand und verliehen dem kleinen Abschied das Zeugnis ihrer tiefgehenden Verbundenheit.

Kapitel 3

Baptiste ließ den Hörer sinken. Claire war tot.

Dem Arzt hatte man das Ende einer langen und anstrengenden Nachtschicht angemerkt. Die nüchterne Nachricht beinhaltete eine schon zu oft gesprochene Kondolenz und die profane Todesursache. Gestorben an einer kurzen, heftigen Reaktion auf eine Lungenembolie, von deren Existenz gestern leider noch niemand gewusst hatte.

Die Chemotherapien der letzten zwei Jahre hatten Claires Immunsystem zerlegt, und jeder Virus hatte leichtes Spiel gehabt. Und nun eben ein Blutgerinnsel.

Doch warum ausgerechnet in dieser Nacht? Baptiste hatte die Nächte der letzten Wochen wie zeitlos am Krankenbett verbracht, regungslos am Bett gesessen und gewartet. Er sah übermüdetes Personal an sich vorbeiziehen, beobachtete Ärzte bei ihren trockenen Analysen, versuchte, sie zu unterbrechen, wenn das Gefühl kam, dass sie Informationen, die sie wenige Tage zuvor noch als wichtig erachteten, mit einem Mal gar nicht mehr berücksichtigten. Ohne Erfolg natürlich. Die Arroganz, die den mechanischen Trott des Gesundheitssystems verbergen sollte, verbot jegliche Einmischung von Laien. Er roch unzählige Mahlzeiten, die den Namen kaum verdienten. Essen, dessen lieblose Zubereitung und monotone Zusammenstellung jeden Patienten, der noch halbwegs bei Sinnen war, wissen ließ, dass er nicht mehr bedeutete als die katalogisierende Abrechnungsziffer in seiner Akte.

Baptiste hatte sich in einem trostlosen Zimmer einquartiert, das Angehörigen für wenig Geld zur Verfügung gestellt wurde. Es lag in einem Anbau, in dem es auf den Fluren nach veralteten Medikamenten müffelte, ersparte ihm den langen Weg mit den Überlandbussen nach Hause und schenkte ihm wertvolle Zeit an Claires Seite.

In seinem Zimmer hatte er als Erstes das Jesuskreuz von der Wand genommen, in den Schrank gestellt und anschließend nicht einmal seinen Koffer mit dem Nötigsten ausgeräumt. Überhaupt betrat er das Zimmer nur, um direkt ins Bett zu fallen, übermüdet vom Warten auf … ja, auf was eigentlich? Alles andere als der Tod war keine Option mehr. Zu weit war die Erkrankung fortgeschritten, und Claire bekam außer einem Schmerzcocktail keine weiteren Medikamente. Weil er vor vier Monaten an diesem unseligen Abend nicht »Nein« zu Claires Entscheidung gesagt hatte.

Im Laufe der letzten Zeit hatte sich die Hoffnung auf ein Wunder in den Wunsch auf ein schmerzloses Ende verwandelt. Dabei schien dieser Gedanke so ungeheuerlich, dass jeder Keim davon erstickt gehörte. Doch der Anblick Claires, die bei lebendigem Leib zu verfallen schien, war unerträglich. Wäre alles anders gekommen, wenn Claire sich nicht so entschieden hätte?

Gestern Mittag noch erkundigte sich Baptiste beim diensthabenden Arzt, ob er gefahrlos diese eine Nacht zu Hause verbringen könne. Er brauchte doch frische Wäsche und wenigstens eine einzige Nacht tiefen Schlafs in seinem eigenen Bett. Nur eine Nacht, um das Bild seiner sterbenden Frau für wenige Stunden beiseitezuschieben und seine schmerzenden Gelenke in seinem eigenen Bett zu entlasten.

Der behandelnde Arzt, ein ergrauter Wächter seines kleinen, unbedeutenden Reiches, hatte entnervt reagiert. Stabil sei ihr Zustand. Sicher, keiner könne in die Zukunft schauen, nicht einmal er, und deshalb solle Baptiste ruhig eine Nacht zu Hause verbringen. Warum auch nicht? Er könne seiner Frau nicht helfen. Jetzt nicht mehr. Und wie viel sie noch mitbekäme, wer wisse das schon? Was er nicht sagte, was sein Blick aber deutlich verriet, war jedoch wesentlicher: *Sie hätten vor vier Monaten auf mich hören sollen. Aber das ist Ihnen nicht in den Sinn gekommen. Nun müssen Sie mit den Konsequenzen zurechtkommen.*

Kaum zu Hause angekommen, hatte Baptiste sich noch im Flur all seiner Kleidung entledigt, sie achtlos auf den Boden fallen lassen, war direkt in die Wanne gestiegen und hatte sich darin kauernd fast eine Stunde lang brühend heiß abgebraust. Danach ließ er sich, noch immer nackt, mit einer Flasche Hochprozentigem in den Sessel vor der Terrassentür zum Garten nieder und starrte bis tief in die Nacht aus dem Dunkel ins Nichts. Er brauchte Ewigkeiten, bis die tiefen Furchen seiner Stirn sich ein wenig entspannten und das grausame Standbild seiner langsam zerfallenden Frau in den Hintergrund trat. Zwischendurch wollte er wieder ins Krankenhaus eilen, dann wieder regungslos die Welt vergessen, sich vergessen, die Plätze tauschen, selbst der Sterbende sein. Aber keine Wendung half. Baptiste konnte keine Energie mehr aufbringen. Und so droschen alle Gefühle, Bilder, Ängste und Sorgen auf ihn ein, hoben ihn mal zu einer Flucht ins Nichts aus dem Sessel, um ihn sogleich wieder zentnerschwer in den Sitz zu pressen. Baptiste ließ es geschehen und irgendwann in tiefer Nacht – die Flasche war längst bis zur Neige geleert – erhob er sich und war bald im Bett eingeschlafen.

Und dann kam der Anruf.

Baptiste schaute auf. Es war bereits taghell und er mochte einige Stunden versunken auf dem Bett gesessen haben, den Hörer noch immer in der schmerzenden Linken. Er legte ihn beiseite und stand unschlüssig auf. Staub wirbelte auf und verfing sich in den Sonnenstrahlen, die durch den Spalt zwischen den Gardinen ins Zimmer fielen. Was sollte er nun tun? Was gab es noch zu tun? Er setzte sich erneut aufs Bett, nur um wenige Sekunden später wiederum aufzustehen und ziellos aus dem Zimmer zu gehen.

Im Wohnzimmer schaute er sich um. Etwas fühlte sich seltsam an. Zwar war alles an seinem gewohnten Platz, und doch war es so, als stände er zum ersten Mal in dieser Wohnung. In der Wohnung eines Fremden. Bald begriff er, dass den Dingen das Leben fehlte, das Claire ihnen eingehaucht hatte. Er schaute hinüber zum Regal, berstend voll mit den Büchern ihrer gemeinsamen literarischen Abenteuer. Jeder auf dem Sofa schmökernd, eingehüllt in flauschige Wolldecken, so hatten sie an kalten Winterabenden stundenlang vertieft in unendliche Weiten gesessen.

Zwischen den Fotobänden fremder Länder und dem sperrigen synchronoptischen Weltatlas der Menschheitsgeschichte ragte ihr Familienalbum aufmüpfig hervor. Claire hatte es vor Jahrzehnten eigenhändig angelegt, den Einband mit einem farbenfrohen Stoff voller orientalischer Muster aus Elefanten und Pfauen bespannt. Ein Buch, das sämtliche gängigen Formate ins Lächerliche zog. So wollte sie es haben, ihre Familienchronik sollte aus allen Rahmen fallen, weil ihre Geschichte schließlich auch keinem Skript gefolgt war. Während die meisten ihrer Freundinnen der Einfachheit halber ihre Jugendlieben verführten und zu Vätern ihrer Kinder machten, und die übrig gebliebenen sich auf Dorffesten in ihre mehr oder weniger hübschen Sommerkleider zwängten und feilboten, und während die Herren in ihrer Wahl mehr auf ihre Triebe als auf ihr Herz hörten, war Claire diejenige gewesen, die sich dieser plumpen Balz stets entzogen hatte.

Vielleicht war es daher die logische Konsequenz, dass ihr genau dieser Mann auffiel, der sich abseits aller Gruppen bewegte. Derjenige, der sein Brot am Mittag eben nicht mit den anderen Feldarbeitern aß, sondern mindestens einhundert Meter entfernt saß, in den Staub starrte und in sein Essen biss. Derjenige, der nie auf den Dorffesten erschien, der sich nur wenige Male in die neu aufkommenden Filmaufführungen unter freiem Himmel traute und sich dann in der hintersten Stuhlreihe versteckte.

Baptiste nahm die Chronik zur Hand und setzte sich damit an den Esszimmertisch. In all den Jahren hatte er sie nicht ein einziges Mal in Händen gehalten, doch voller Liebe beobachtet, wenn Claire an späten Abenden leise vor sich hin summend die Inhalte einpflegte, Fotos begutachtete, zurechtschnitt und auf die Seiten klebte. Dabei verströmte sie Frieden, der dann von all den Gegenständen in ihrer Wohnung aufgesogen wurde. Während sie stundenlang in den Intarsien ihres gemeinsamen Lebens stöberte, hatte er sie beobachtet, geschmunzelt und die tiefe Dankbarkeit eines Menschen gespürt, dessen Leben im Bann des anderen neue Knospen trieb.

In welcher Reihenfolge blätterte man eigentlich in einer Familienchronik? Ihm schien, dass von hinten nach vorne den größten Sinn ergäbe. Ihm fiel die Banalität dieses Gedankens auf. Eigentlich die aller Gedanken.

Eine längst vergessene Diskussion schoss ihm durch den Kopf. Er war noch ein Kind gewesen, kaum ein Jugendlicher und schon gar kein Mann. So lang war es her, dass es aus einer anderen Existenz schien, jene Zeit in Algerien, wo sein Leben begonnen und ihm diesen perversen Streich gespielt hatte. Er hatte in der Küche auf dem schäbigen, hölzernen Tritt für die ganz hohen Gewürzregale gesessen. Zusammengekauert hockten sie dort zu zweit, der eine kaum älter als der andere, und hörten fasziniert zu, wie Miguel, der spanische Leib- und Magenkoch der Dumonts, ihnen die Geheimnisse des Lebens verriet. Miguel, der im Ganzen Miguel Alejandro de Ponce y Saragossa de la Rocha hieß oder es jedenfalls behauptete. Obendrein konstatierte er, dass dies sogar nur die Kurzform wäre, denn wenn sich der Stolz eines Spaniers einmal in seiner ganzen Pracht entfalte, würde er außerdem noch seine Großeltern ehren, indem er ihre Namen dem seinen einverleibte. Ob das alles stimmte, wusste wahrscheinlich niemand, nicht einmal Miguel selbst.

Während Baptiste und Gabriel also in der Küche saßen, pulverisierte Miguel exotische Zutaten mit seinem Messer in atemberaubender Geschwindigkeit in viele Millionen Partikel und musste dabei nicht einmal schützend auf seine Finger schauen. Deshalb konnte es sein, dass er sie auf einmal mit seinen pechschwarzen Augen musterte, als könne er direkt in ihre Seelen schauen – natürlich, ohne aufzuhören, mit seinem Messer weiterzuwirbeln. Und dann konnte es sein, dass er die beiden ansprach, ganz leise und sonor, mit einer Stimme, die Baptiste heute wie ein dunkler, seidenweicher Rotwein in Erinnerung kam.

»Baptiste«, und Miguel schaute daraufhin Baptiste an.

»Gabriel«, und sein Blick wanderte hinüber. Beide saßen da, keine zwölf Jahre alt, hielten immer irgendein Stück Obst in ihren Händen, was sie zuvor von ihm zugesteckt bekommen hatten, in das sie aber in ihrer Aufregung vollkommen vergaßen, zu beißen.

Die ferne Erinnerung damaliger Düfte stieg ihm in die Nase. Der Geruch von Zwiebeln, deren Öle aus den hohen Töpfen vor dem derben Olivenöl verdampfend flüchteten. Der aufdringliche, harzige Rosmarin, der intensive, frische Koriander. Und natürlich der schwebende Thymian, der besonders aromatische aus dem Atlasgebirge.

»Habt ihr beiden euch schon einmal gefragt, ob das Fallen eines Baums im tiefsten Wald überhaupt zu hören ist, wenn kein Mensch dort ist, um das wahrzunehmen?« Damals hatte Baptiste natürlich keine Ahnung gehabt, dass sich Philosophen seit jeher mit solchen Fragen beschäftigten. Ihm schien, dass nur Miguel, dieser allwissende Titan, auf solche Gedanken kam. Viel mehr fragte Miguel sie auch nicht, sagte höchstens noch: »Denkt doch bitte einmal drüber nach«, und war doch Auslöser dafür, dass es im Laufe der nächsten Tage zwischen den beiden Kindern zu heftigen Diskussionen kam.

Baptiste war derjenige, der immer darauf beharrte, dass es kein Geräusch geben konnte, wenn es niemanden gab, der davon zu erzählen wusste. Aber auf die Frage, ob »die Menschen auf dieser Jahrmillionen alten Erde überhaupt wichtig genug sind, dass sogar Geräusche ohne ihre Anwesenheit nicht existieren können«, hatte auch er nichts zu erwidern gewusst.

Und jetzt, so viele Jahrzehnte später, saß er hier am Tisch und verstand endlich, welche Lektion Miguel damals für sie beide parat gehabt hatte. Claires Tod hatte über Nacht alle Gegenstände, alle Bücher, Bilder, Möbel, einfach alles und jeden, verstummen lassen. Der Kühlschrank, er surrte nicht mehr. Hatte dessen Kühlaggregat Baptiste nicht immer beim Lesen gestört? Die Autos – keines von ihnen hörte er vorbeifahren. Hatten sie ihm nicht immer den Musikgenuss mit ihren Motorengeräuschen vergällt? Und wieso mähte Monsieur Chabrol, dieser kleingeistige Pedant, nicht den Rasen, wie er es sonst zu jeder unpassenden Zeit zu tun pflegte? Wohl, weil Claires Tod alle Geräusche absorbiert hatte und hier kein Mensch mehr war, der noch genug Leben in sich trug, um Geräusche überhaupt zu hören. Baptiste spürte eine harte Strafe über sich hereinbrechen, und seine Einsamkeit fühlte sich wie ein gerechtes Urteil an, welches nun vollzogen wurde. *Denn du kannst deine Vergangenheit vergessen. Doch sie wird dich nie vergessen.*

Nur die Uhr, die tickte stur vor sich hin und hallte von den kalten Küchenfliesen herüber ins Wohnzimmer. Baptiste machte das wahnsinnig. Er stand auf, nahm einen Stuhl mit in die Küche, holte sich die Uhr von der Wand und nahm die Batterie heraus. Dann kehrte er zum Tisch zurück, setzte sich und begann zu blättern. Bald gelangte er auf eine Seite mit nur einem Foto, das sich in seinen Erinnerungen quer gelegt hatte. Da lagen sie, Claire und er, schlafend, die Wangen aneinander geschmiegt. Verwackelt bis aufs Äußerste, da ihre kleine, damals fünfjährige Michelle der Verlockung des Verbotenen erlegen war und sich den Apparat aus der Schublade geangelt, ihren Papa nachgeahmt und auf den Knopf gedrückt hatte.

Und endlich, beim Betrachten dieses Augenblicks, traf ihn die Trauer mit aller Wucht und vertrieb die Isolation, in die er sich durch die Stille hineinmanövriert hatte. Es war die monatelange Stärke gewesen, die jedem Liebenden neben einem sterbenskranken Menschen abverlangt wird, die all seine Energie absorbiert und jede Gefühlsregung unterbunden hatte.

Er hatte sich oft gefragt, ob Claire nicht eher den zerbrechlichen, den verzweifelten und ohnmächtigen, eben den echten Baptiste an ihrer Seite verdiente, der nicht verbarg, dass ihr nahendes Ende ihn von innen zersetzte. Der sich erlaubte, trotz ihrer Qual, noch immer menschlich zu sein und darauf zu blicken, dass ihre Krankheit auch ihn erkranken ließ. Aber getraut hatte er sich das nie.

Seine Tränen begannen, auf das Foto zu tropfen, dessen Alter die Feuchtigkeit gierig verschlang und das Papier augenblicklich wellig werden ließ. Er legte das Album beiseite, verschränkte seine Arme vor sich auf der Tischplatte und vergrub sein Gesicht.

Er sollte aufstehen. So vieles war nun zu erledigen. Er musste Claires Schwester informieren. Es musste eine Beerdigung geben. Was geschah mit dem Leichnam? Musste er ihn selbst aus dem Hospital holen? War der Kühlschrank leer? Musste er Claires Tod melden? Wie funktionierte die Waschmaschine im Keller?

Über all die willkürlich auf ihn einstürzenden Fragen aus allen möglichen Winkeln seines Bewusstseins schleppte er sich hinüber ins Bett und fiel in einen langen Schlaf.

Kapitel 4

Jason fluchte laut. Da stand er nun vor der Wellblechhütte, über deren Eingangstür ein ungenügend befestigtes Schild den Gesetzen der Schwerkraft zu trotzen schien und das verriet, dass es sich bei dem Gebäude um das Postamt in Chipita handelte. Er las den Brief nun schon ein drittes Mal und sein Ärger stieg bei jedem Durchgang. Die afrikanische Sonne brannte derweil mit stoischer Ruhe jedem, der nicht mit afrikanischen Genen gesegnet war, einen glänzenden Schweißfilm auf den Körper.

Das Schreiben war vom Amt für Genehmigungen von Projekten zur Entwicklungshilfe und kam aus dem Verwaltungszentrum in Mzuzu. Es teilte mit, dass für ihren Antrag notwendige Unterlagen nachgereicht werden müssten. Des Weiteren sei das Familienressort die eigentlich zuständige Stelle und in jedem Fall fehlten diverse Genehmigungen von der Baubehörde in Lilongwe. Daher könne man ihnen die Genehmigung nicht erteilen. Unnötig zu erwähnen, dass von alledem vor einigen Monaten keine Rede gewesen war.

Jason und Ella hatten sich in Chipita aufgeteilt. Während er sich um Baustoffe, Möbel und den Gang zur Post kümmern wollte, kaufte sie Lebensmittel in Chipitas riesiger Markthalle, einem Ort, den sie besonders ins Herz geschlossen hatte. In einem alten Gebäude, das eine koloniale Bahnhofshalle gewesen sein mochte, boten unzählige Bauern und Händler ihre Waren feil.

Kaum wollte sie den Markt betreten, kam es zu einem großen Hallo unter einer Handvoll Malawier, die vor dem Eingang auf Kundschaft warteten und ihr Brot damit verdienten, Käufer von Stand zu Stand zu begleiten und ihnen die Einkäufe zu tragen. Obwohl in dieser großen Halle sicher über einhundert Stände untergebracht waren, war Ella hier mittlerweile bei fast allen bekannt. Freundlich grüßte sie zurück, und kurz darauf wurde sie auch schon von Solomon entdeckt, dem Ältesten unter den Trägern.

Solomon war mindestens sechzig, mit dunkelster Haut, sodass seine stets geröteten Augen noch krasser wirkten. Er hatte nur noch wenige, weiße, kürzeste Löckchen und einen so schiefen Gang, dass seine Schultern auf unterschiedlichen Ebenen ruhten. Im Mund gab es mehr Lücken als Zähne, die ihm ein veritables Lispeln bescherten, und wie so oft hatte sich bereits eine feine Staubschicht auf seine gesamte Kleidung gelegt.

Bei jedem Einkauf erfuhr Ella ein wenig mehr über ihn. Er gehörte zu der Sorte Menschen, die nie von sich aus ins Erzählen geriet, aber bereitwillig jede ihrer Fragen beantwortete. Und Ella war von seinen Antworten vom ersten Moment an fasziniert, denn sie schienen stets ohne jegliche Bewertung zu sein. Beim ersten gemeinsamen Einkauf hatten sie an einem Stand warten müssen und Ella hatte die Stille als unangenehm und die Wartezeit als peinlich empfunden. Ihr kam in den Sinn, dass sie einen deutlich älteren Menschen für das Schleppen ihrer Einkäufe bezahlte, und sie kam sich wie ein Snob vor. Andererseits wusste sie, dass die Menschen, die hier lebten, auf solche Einnahmequellen angewiesen waren.

Da war sie wieder, die Pirouette. Ein ewiges Dilemma, aus dem sie schon während ihres Indienaufenthaltes keinen Ausweg gefunden hatte. Um die Stille zu verkürzen, fragte sie Solomon nach seinem Wohnort und ärgerte sich im gleichen Moment über die Banalität ihrer Frage. Solomon jedoch antwortete geduldig, und so erfuhr sie, dass er jeden Morgen zweieinhalb Stunden zu Fuß bis zur Markthalle benötigte und jeden Abend die gleiche Zeit für den Rückweg.

Ella mochte das kaum glauben. Fünf Stunden Fußmarsch. Täglich! Fünf lange Stunden durch Hitze und Staub. Erst beim nächsten Treffen traute sie sich, noch einmal danach zu fragen, doch er zuckte nur mit den Schultern und erzählte ihr ein wenig von seinem Heimatdorf und seiner Familie. Solomon schien ein Mensch zu sein, der nicht unter den Dingen litt, die er nicht ändern konnte.

Eines Tages wartete sie vor der Markthalle darauf, von Lester abgeholt zu werden, und schlenderte aus Langeweile in der Nähe des Gebäudes hin und her. An der linken Seite der Halle hatten sich einige Händler hinter improvisierten Ständen versammelt, von schmutzigen, zwischen Holzpflöcken aufgespannten Laken vor der Sonne geschützt und erfüllt von Hoffnung, vom Sog der weiten Halle zu profitieren. Zwischen den Ständen stapelten sich große, leere Gemüsekisten, Abfall und allerlei Verpackungsmaterial. Hier, inmitten des Schmutzes, hatte einer der größten Gemüseanbieter eine alte Tränke aus Holz aufgestellt, kaum größer als eine Badewanne, die er sporadisch mit Wasser auffüllen ließ, um frisch geerntete Ware vom Schmutz zu befreien. Das Wasser nutzten anschließend alle möglichen Arbeiter zur Reinigung ihrer Körper. Von Weitem hatte Ella Solomons unverwechselbaren Gang erkannt und war ihm eher unbewusst gefolgt. Sie sah, wie er an der Tränke stehen blieb und sich mit einem Jungen unterhielt, der täglich vor der Halle bettelte. Solomon zog sein Hemd aus, um es zum Waschen durch die Tränke zu ziehen. Sie sah, dass sein Rücken von langen, dicken Narben übersät war, die längst ihre Kruste verloren hatten und sich wie kleine Gebirgszüge über seine Haut zogen.

Ella erstarrte und konnte doch ihren Blick nicht abwenden. Dieses offensichtliche Zeichen roher Gewalt traf sie völlig unvorbereitet. Als Solomon im Begriff war, sich umzudrehen, fühlte sie sich wie ein Eindringling und verschwand augenblicklich mit brennenden Wangen in der Menge. Seither hatte sie die Erinnerung an diesen Anblick nicht mehr losgelassen, und sie verspürte häufig den Drang, ihn zu fragen, woher die furchtbaren Narben stammten. Aber auch das hatte sie sich nie getraut.

Heute erkannten sie sich gleichzeitig, Solomon winkte ihr zu und schon hörte sie ihn ihren Namen rufen. *Mama.* Alle malawischen Männer auf dem Markt nannten ihre weiblichen, meist älteren Kunden *Mama,* so wie in England wahrscheinlich noch heute jeder wohlhabende Mann mit *Sir* angesprochen wurde. *Mama*, das bedeutete gleichermaßen Respekt und Humor, denn den Händlern war natürlich bewusst, dass niemand der malawischen *Mama* ferner war als Ella.

Die Markthalle Chipitas war ein lebendiger, pulsierender Organismus. Die riesigen Rundbögen in den Seitenwänden, die bis an das wellenförmige Dach heranreichten, waren von grün lackierten, kunstvollen, aber rostenden Gittern versperrt. Schon beim Betreten schwebten unsichtbare Fäden der unterschiedlichsten Gerüche durch die Halle. Süßlich von den noch meist mit Erde bedeckten Knollen der hiesigen Kartoffel, lieblich, wenn der Wettergott frische Kräuter erlaubt hatte, und undefiniert, sooft man unvorbereitet auf einen Stand mit Dutzenden greller Plastikeimer traf, in denen kräftige, farbenfrohe Gewürze ihre Duftnoten miteinander vermischten.

Die Händler, die an den Außengrenzen ihre Stände betrieben, hatten ans Innere der Gitter meterlange, vergilbte Plakate zum Schutz vor der Sonne gehängt – meist mit Bildern der Spitzenfußballer von englischen Vereinen wie ManU oder Chelsea, von Pop-Größen wie Madonna, Shakira oder den Beatles und von schnellen Sportwagen aus den Siebzigern. Fast jeder begrüßte seine Kunden wie alte Freunde, mit breitem Lachen und sichtbarer Freude über das Wiedersehen. Die Tonlagen einiger Verkäufer hatten ein Timbre, das eher an einen melodischen Gesang erinnerte. Sie kokettierten damit, dass sie die besonders gute Ware nur für sie zurückhielten, und wogen großzügig und demonstrativ zu ihren Gunsten auf ihren alten, mechanischen Waagen ab, die noch mit Gegengewichten funktionierten und in Australien allenfalls in Museen zu finden waren. In dieser Markthalle verstand Ella den elementaren Unterschied zwischen australischen und afrikanischen Menschen. Ihre Landsleute mochten freundlich sein, doch die Malawier waren lebensfroh und ihr zufriedenes Wesen erfüllte den Äther der Halle.

Sie kaufte vor allem Gemüse, wählte die haltbaren Sorten, die gut zu transportieren und zu lagern waren und in Chila nicht angebaut werden konnten. Sie erstand Maismehl und Zucker, kostete vom Obst und schlenderte schlussendlich noch einmal durch alle Mittelgänge, bis sie wieder zum Eingang zurückkam. Seit fast einer Stunde war sie nun hier, und Solomon war ihr nicht von der Seite gewichen. Er suchte ihr die besten Lebensmittel heraus, unterstützte sie in den Verhandlungen und wartete geduldig, wenn sie sich an einem Stand festgebissen hatte.

Ella musste mit dem Geld gut haushalten, denn zu den Dingen, an denen es bei *Little Hearts* mangelte, gehörte die Freiheit, ein wenig Geld für sich selbst auszugeben. Ständig drohten ihnen die finanziellen Mittel auszugehen. Die Webseite, die Lesters Cousin von Australien aus ins Netz gestellt hatte, brachte zwar spärliche Spenden ein, aber regelmäßig waren wochenlange Touren notwendig, bei denen sie durch die großen Städte voller Touristen zogen, um für *Little Hearts* zu sammeln. Das war harte Sisyphusarbeit, oft mit ungünstigem Kosten-Nutzen-Faktor, denn von den Spenden benötigten sie gut ein Drittel für Busfahrten, für ihre eigene Kost und Logis.

Ella beendete ihren Einkauf und verabschiedete sich von Solomon. Als sie aus der Markthalle trat, wurde ihr vom plötzlichen Wechsel aus dem Schatten in die pralle Sonne schwindlig. Also lief sie in den kleinen Supermarkt gegenüber der Markthalle, um kaltes Wasser zu kaufen, und schlenderte anschließend vollbepackt zum Treffpunkt. Als sie Jason von Weitem sah, war sie bester Laune, denn sie hatte im Laden einen Riegel *Hershey`s* gefunden, das süße Relikt eines zurückgelassenen Lebens. In der Kühltruhe war die Schokolade bereits spröde geworden, doch die Erinnerung unzähliger früher gegessener Riegel mischte sich zum tatsächlichen Geschmack und machte den Verzehr zu einem wunderbaren Genuss.

Beim Anblick Jasons wurde Ella jedoch schnell klar, dass etwas nicht stimmte, denn seine Körperhaltung sprach Bände. Den Ausdruck in seinem Gesicht kannte sie zur Genüge aus ihrer Jugend, als sie gemeinsam in end- und sinnlosen Schulstunden gefangen gewesen waren. In Armidale, ihrem Heimatort, weit weg von hier im australischen New South Wales, hatten sie inmitten von zwanzigtausend Einwohnern ihre Jugend vergeudet, beherrscht von Lehrern ohne Inspiration, die in immer wiederkehrenden, ermüdenden Ritualen ihren Lehrstoff über die Schüler auskübelten. Die Schüler, die keinen Fluchtweg fanden, wurden zunächst aggressiv, dann rebellisch und schlussendlich frustriert.

Eine Zeit lang nahmen Ella und Jason den Kampf an und fanden in der Schülervertretung ihre Bestimmung. Jason ließ sich sogar zum Schülersprecher wählen. Er warf sein ganzes dialektisches Talent in die Waagschale, erigierte sich förmlich in die Diskussionen mit dem Lehrkörper und kämpfte um jedes Jota in langen, entwaffnenden Verhandlungen. Nach Monaten voller Scheingefechte mussten sie jedoch resigniert feststellen, dass sie nicht mehr als ein bedeutungsloses Aushängeschild des ach so demokratischen Schulwesens waren.

Schlimmer noch – das Gros ihrer Mitschüler schien die Leidenschaft, mit der sie um ein besseres Lernen kämpften, nicht einmal zu verdienen, da sie entweder nicht sonderlich interessiert waren oder sich so kurz vor dem Abschluss dem rückgratlosen Buhlen um gute Noten ergaben. Also zogen sie sich zurück und ignorierten fortan ihren Klassenverband, um ihre Zeit lieber mit den Freunden zu verbringen, denen es ähnlich erging. Sie fühlten sich als Gefangene der gleichen Ohnmacht: Ihrem Gefühl nach war nichts, aber auch gar nichts möglich, um grundlegende Veränderungen ihrer Situation herbeizuführen. Sie waren verdammt, zu warten, bis zum Schulabschluss, der den Weg zum Studium in den großen Städten – Sydney, Melbourne oder Canberra – ebnete.

Von der Flut der Erinnerungen umfangen erreichte Ella Jason. »Was ist passiert?«

Das Projekt. Ihr Projekt. Nein, eigentlich sein Projekt, aus dem ihre gemeinsame Aufgabe erwachsen war – es war in Gefahr.

Er hatte nach dem ersten Semester seines Studiums in Sydney keine Luft mehr bekommen. Er war in Vorlesungen, Stundenplänen, Pünktlichkeiten, Kommilitonen, Mensen, Joints, Hausarbeiten, Tutorien, nächtlichem Kellnern und Skripten erstickt. Von seinen Freunden waren gerade einmal Sam und Simon noch in greifbarer Nähe. Sam als Student der Philosophie und Linguistik und Simon als Lehrling auf den großen Baustellen Sydneys. Lester hingegen brachte es nicht übers Herz, seine an den Rollstuhl gefesselte Schwester zu verlassen, und so entschied er sich für eine Ausbildung im Schreinereibetrieb seines Cousins in Armidale.

Auch Ella hatte die Schulzeit nicht schadlos überstanden, sondern mit dem Lärm und den Schlägen ihres verhärmten Stiefvaters, bei dem sie seit ihren frühen Kinderjahren zu leben gezwungen gewesen war. Chancenlos, seiner körperlichen Überlegenheit etwas entgegenzusetzen oder der Irrationalität seines Handelns Herr zu werden, hatte sie jeden Tag versucht, entweder unsichtbar zu bleiben, oder, wenn ihr das nicht gelingen wollte, seinen Anforderungen, so gut es ging, zu genügen. Sie bestand ihren Abschluss als eine der Besten ihres Jahrgangs, worauf er sie im Suff zur Belohnung mit den Worten »Was, nur Fünfte?« grün und blau schlug. An diesem Abend schlich sie aus dem Haus, stellte sich in die Abenddämmerung vor Jasons Fenster, stumm und ohne jegliche Absicht, sich bemerkbar zu machen. Er entdeckte sie eher zufällig und holte sie ins Haus. Dann schmiedeten sie einen Plan. Jason taufte ihn »Elizabeths Seelenrettung« und bestärkte sie darin, den Traum, den sie schon seit Jahren träumte, in die Tat umzusetzen.

Also hob sie all ihr Geld von der Bank ab, lieh sich weitere sechshundertundfünfzig Dollar von ihren Freunden und floh sechs Wochen später mit nicht viel mehr als ihren Siebensachen im Rucksack allein nach Indien.

Jason stand vor dem Postamt und hatte Mühe, sich zwischen Wut und Frust zu entscheiden. Nicht nur, dass dieser Brief offensichtlich wochenlang durch Malawi geirrt und laut diverser Stempel auf dem Umschlag zunächst zu den Distriktregionen Nkhata Bay und Rhumpi gesendet worden war, um erst nach Wochen über unzählige Umwege nach Chipita zu gelangen. Hier lag er nun seit einer weiteren Woche auf dem Postamt. Mit anderen Worten, der Amtsschimmel war unerträgliche sechs Wochen durch Malawi geritten, damit Jason nun erfuhr, dass sein Antrag zwar von der falschen Stelle abgelehnt worden, die Widerspruchsfrist aber seit gut zwei Wochen abgelaufen war. Deshalb fluchte er erneut.

Ella brauchte den Brief nicht zu lesen, um zu wissen, was in ihm geschrieben stand. Sie schaute Jason nur in die Augen und sah seinen gequälten Blick, der ihn wie ein offenes Buch erschienen ließ. Sie wusste, dass seine Gedanken vor Wut über diese Willkür zu all den Momenten zurückwandern würden, in denen er sich ähnlich hilflos gefühlt hatte. Er würde in heftigen Monologen gegen seine imaginären Gegner kämpfen und sich dabei immer weiter in das Gefühl der Ohnmacht steigern, die auch sie empfand, wenn ihr gutes

Recht auf tumbe Ignoranz stieß. Mentales Schattenboxen mit immer dem gleichen Verlierer.

Sie stand ihm gegenüber und hielt die Situation kaum aus, also schnallte sie ihren Rucksack ab, um ihn zu trösten. Doch als sie ihn umarmte, wich er zurück. Kaum spürbar, jedoch deutlich genug, sodass die Situation peinlich wurde. Jason schien eine höfliche Sekunde zu warten, bevor er so tat, als habe er in seinem eigenen Rucksack noch etwas zu suchen.

Es dämmerte und der Himmel hüllte sich nach und nach in bedrohlich wirkende Wolken. An eine sofortige Rückkehr war nicht zu denken, denn selbst, wenn sie noch einen Pickup hätten organisieren können, wäre die Gefahr, in eines der berüchtigten malawischen Unwetter zu geraten, viel zu groß gewesen. Dann verwandelten sich die staubigen und harten Straßen binnen kürzester Zeit in gefährlichen Schlamm, der keine sichere Reise zuließ. Also quartierten sie sich in eine unscheinbare Unterkunft nahe der Hauptstraße ein.

Sie teilten sich ein düsteres, preiswertes Zimmer, in dem ein alter Deckenventilator die schwüler werdende Luft nur ungenügend aufwirbelte und dabei monotones, asymmetrisches Quietschen erzeugte. Nachdem sich beide für die Nacht eingerichtet hatten – eine richtige Dusche tat nach so vielen Wochen unendlich gut – legten sie sich schweigend auf das Doppelbett. Während Jason in sich gekehrt an die Decke starrte, freute sich Ella auf die Möglichkeit, Musik zu hören. Auch das war zum Ritual geworden, denn bei jeder Ankunft in der Stadt konnten sie ihre kleinen MP3-Player an einer Steckdose aufladen, um dann für die nächsten Wochen knappe zwölf Stunden zur Verfügung zu haben, die sie gut rationieren mussten.

Ellas Gehör war gut geschult. Acht Jahre Instrumentalunterricht hatten ihre Wirkung nicht verfehlt, und auch wenn es ihr selbst kleingeistig erschien, ärgerte sie sich jedes Mal ein wenig über die fehlenden Nuancen im Klangspektrum, die durch die Wandlung der Musik in MP3-Dateien einfach weggerechnet wurden. In einer alkoholgeschwängerten Nacht voller ausgelassenem Unsinn hatten sie einstmals sogar die AMADA-F ins Leben gerufen, die *»Ambitious Musicians Against Destructive Audio-Formats«*. Sie lächelte in Erinnerung daran, dass sie zwei Tage später mit bunten Ansteck-Buttons durch die Schule gelaufen waren, auf dem ein Kriegsschiff mit einer großen Harpune am Bug abgebildet war. Die Bullaugen sahen aus wie Lautsprecherboxen, und das Schiff scheuchte einen Mann vor sich her, der einen gierigen Musikmanager und zugleich einen niveaulosen Freizeithörer symbolisierte.

Natürlich stellten fast alle Klassenkameraden Fragen, und sie antworteten mit ernster Miene, dass MP3 ein bodenloser Frevel sei, da es das heiligste der Musik, nämlich ihre analogen, wärmenden Schwingungen, durch ein mathematisches Verfahren geradezu kastrierte. Natürlich verstanden die meisten nicht den Humor dahinter. Einer hatte sogar die Dummheit besessen, sie darauf hinzuweisen, dass AMADA doch mit einem R geschrieben würde. Ella wurde wehmütig. So war sie gewesen, die große Freundschaft untereinander, eine Guerillaeinheit ohne Krieg, die ihr Leben erträglich gemacht hatte.

Während sie durch die Playlists blätterte, bemerkte sie, dass sie nicht entspannen konnte: Jasons Frust waberte durch den Raum und lockte ihre eigenen Gedanken auf Abwege. Am liebsten hätte sie ihn an sich gezogen, ihn gehalten, da sie wusste, dass Jason sich in den Momenten der Ohnmacht in die schmerzhafte Isolation zurückzog. Doch nach seiner Abwehr am Mittag traute sie sich nicht.

Er hatte ihr den Rücken zugewandt, und sie hörte harte, rhythmische Musik durch seine Kopfhörer hämmern. Wahrscheinlich starrte er an die Wand.

Ab und zu durchbrach er die Stille, weil er die eine oder andere Zeile mitflüsterte:

»Anger is a gift.«

Ella lag auf dem Rücken und verfiel in ungelenke Grübeleien. Wie sie beide jetzt gerade aus der Vogelperspektive für einen fremden Beobachter wohl wirken würden? Beide zusammen auf diesem Bett, jeder für sich mit seinen Gefühlen, nicht fähig, sich einander zuzuwenden und sich gegenseitig Kraft zu spenden. War das Freundschaft? Wenn man sich in den Momenten, in denen man sich am nötigsten brauchte, nicht helfen konnte?

Plötzlich wünschte sie sich die Kraft, den Launen und Gefühlen anderer nicht ständig zu erlauben, ihre Grenzen zu durchbrechen.

Aber davon war sie weit entfernt. Abgrenzung war nicht ihre Stärke, das wusste sie. Die Schönheit der Reise, über die sie sich im Vorfeld so gefreut hatte, drohte zu vergehen. Ihre gute Laune war schon lange verschwunden und so suchte sie nach Musik, die zu ihrer Stimmung passte, doch das wollte ihr heute nicht gelingen.

Sie sehnte sich nach dem mysteriösen Album, dessen Namen sie nicht kannte, und das sie von einer flüchtigen Bekanntschaft in Bangkok begeistert überspielt bekommen hatte. Er hatte eine gefühlte Ewigkeit vom *besten Album aller Zeiten* der *besten Musikerin aller Zeiten* geschwärmt – wie sie diese Absolutismen hasste! – und von übergeordneten Konzepten und versteckten Botschaften schwadroniert. Dabei ging es um eine Frau, die nach einem Schiffsunglück die Nacht über im Wasser trieb, heimgesucht von Visionen.

Als Ella Wochen später in der Stille der Bucht von Ao Nang in einer sternklaren Nacht eher zufällig in die Musik hineinhörte, tat sich ihr mit einem Mal ein neues Universum auf. Was für eine Musik! Was für eine Geschichte!

Seither war sie auf der Suche nach der Identität dieser Musikerin gewesen. Gesungene Bekenntnisse einer Frau, die durch ihre Kunst in die Tiefen ihrer Seele hinabgestiegen war, um dieses einzigartige Werk zu erschaffen. Tagelang wurde Ella bei jedem Durchhören mit auf eine Reise genommen, die nur Musik sich ausdenken konnte. Sie schloss die Augen und stellte sich auf eine imaginäre Bühne. Vor ihr saßen dann alle Menschen, die in ihrem Leben von Bedeutung waren. Weiter hinten diejenigen, die sie hasste. Dann spielte *sie* diese Musik, erschuf *sie* diesen Kosmos für ihre engsten Freunde, die staunend zu ihr hinaufschauten. Ein immer wiederkehrender, wunderschöner Tagtraum, der seinen Höhepunkt darin fand, dass sie den Verhassten ganz hinten triumphierend in die Augen schauen konnte. Da standen diejenigen, die sie bisher nie beachtet hatten, die Jungen aus ihrer Klasse, die ihre Gefühle nicht erwidert hatten, allen voran der unsägliche Pitt, das verhasste Subjekt, der ihre Unschuld durch leere Versprechungen geraubt hatte, und natürlich ihr Stiefvater, die schlagende Bestie. So lehrte Ella diesen Menschen, dass sie aufs falsche Pferd gesetzt hatten, dass ihre Ignoranz und Arroganz sie nun ins Abseits stellten. Ellas Siegeszug!

In ihrer Umgebung gab es niemanden, der die Künstlerin kannte und endlich das Geheimnis hätte lüften können. »Klingt wie Tori Amos«, hatte jemand eines Tages unaufmerksam und Kaugummi kauend in die Runde geworfen. Ella lief daraufhin durch halb Bangkok, auf der Suche nach der berüchtigten Straße, auf der unzählige Läden für wenig Geld alles Erdenkliche, von Software über Filme und Musik auf schwarz gebrannten CDs, anboten. Geschlagene drei Stunden später fand sie sogar eine CD von Amos und wurde von dem vermeintlichen Plagiat so bitter enttäuscht, dass ihr der eigene Reiz dieser Musik zunächst völlig entging.

Und dann – in einem unbedachten Augenblick – löschte sie versehentlich das gesamte Album beim Versuch, mehr Platz auf ihrem Player zu schaffen. Sämtliche verzweifelte Versuche, ihr so lieb gewonnenes Kleinod wiederherzustellen, schlugen fehl und verhagelten ihr regelrecht die gute Laune für die nächsten Tage. Seither nahm sie sich immer wieder vor, die Textzeilen bei nächster Gelegenheit im Internet einzugeben, um hoffentlich den Namen der Künstlerin ausgespuckt zu bekommen. Aber jedes Mal, wenn sie in einem Internet-Café saß, kam etwas dazwischen oder sie vergaß schlichtweg ihr Vorhaben, bis nach einiger Zeit von den Textzeilen nur noch Fragmente geblieben waren.

Jetzt musste sie wieder an den Text denken. Zumindest versuchte sie, sich durch die fast gänzlich verblasste Erinnerung hindurch zu manövrieren, was ihr jedoch nicht recht gelingen wollte.

»... under ice. Moving through ...« ... Sie summte sich durch die fehlenden Worte ...

»... water ... get out of the cold ... get out of the water!«

Zumindest klang es so ähnlich.

»... Someone help him ...«

Mit zwei Fingerspitzen berührte sie Jasons Rücken.

»... all the storms, starting to form ...«

Jason brauchte eine ganze Weile, um ihr Angebot anzunehmen, dann drehte er sich um und schaute sie an. Sein Blick war traurig und gequält.

»Get out! Get out of the deep. Get out of the cold!«

Sie zögerte, streichelte seine Stirn, ließ ihre Finger so lange über die tiefen Furchen gleiten, bis sie sich im Tempo einer kleinen Ewigkeit auflösten.

»Irgendwo im Dunkel schimmert ein Licht.«

Erst sehr lange Zeit später traute sich Jason, ihre wortlose Bereitschaft anzunehmen, rutschte ungelenk näher, vergrub seine Stirn an Ellas Schulter. Sie nahm daraufhin ihre Kopfhörer, machte Musik an, die sie noch nie gehört hatte, und ließ ihm seine Ruhe. Doch nach einer Weile bemerkte sie seine Tränen. Das war verwirrend. In deprimierten Grübeleien hatte sie ihn schon so oft gesehen, doch geweint hatte er nie. Nicht einmal an dem Tag, an dem er erfuhr, dass Clarissa ihn mehr als nur einmal betrogen hatte. Dieser Tag hatte seine Seele demontiert, aber nicht eine einzige Träne war geflossen. Sanft schob sie ihre Hand unter seine Wange auf dem Bett und hob sein Gesicht so empor, dass er sie anblicken musste.

»Was ist passiert?«, fragte sie ein wenig zu laut, während sie mit der freien Hand an den störenden Kopfhörerkabeln herumzupfte, um sich die Stöpsel, die sich verhakt hatten, aus den Ohren zu ziehen.

Er schaute sie an, als überlegte er, ob er die Wahrheit sagen sollte. Dann flüsterte er: »Wir brauchen Geld. Viel Geld.«

Kapitel 5

Baptiste schlief schlecht. In einem schwebenden Traum ohne klare Geometrie balancierte er auf dem Sims einer alten Hauswand mindestens zehn Meter über dem Boden. Vor ihm ging Claire. Ihre Füße hatten kaum mehr als eine Fersenbreite Platz, so schmal war der Grat. Links schützte sie die Wand aus rotem Stein, die bei jeder Berührung eine Spur auf ihrer Kleidung hinterließ. Rechts drohte ein düsterer Abgrund mit einem tödlichen Sturz. Und als wäre das nicht Gefahr genug, schoben beide außerdem ein altes Fahrrad neben sich her – ein Ding der Unmöglichkeit, wo doch kaum Platz für sie selbst auf dem schmalen Tritt war. Doch die Gesetze dieses Traums folgten ihrer eigenen Physik. Plötzlich und ohne sichtbaren

Grund begann Claire zu schwanken. Baptiste wollte zu ihr, wollte sie schützen, aber seine Hände konnten sich nicht vom Rad lösen. Er schrie *Vorsicht*. Doch sie hörte ihn nicht. Sie taumelte. Ein Fuß rutschte ab. Er schrie lauter. Der Lenker klebte an seinen Händen. Sie stürzte ins Nichts.

Baptiste riss die Augen auf.

Er befand sich in seiner Küche. Unter seinen nackten Sohlen fühlte er Nässe. Er schaute nach unten und sah, wie sich Wasser zwischen seinen Zehen eine Rinne suchte. Woher zum Teufel kam das? Und warum stand er mitten in der Küche? Hatte er nicht eben noch geschlafen? War er im Schlaf gewandelt und hatte uriniert? Nein, das Wasser war kalt und sauber. Baptiste bemerkte ein leises Plätschern, zunächst von rechts, dann auch von der gegenüberliegenden Seite. Aus den Kupferrohren, die in der Küche aus alter Tradition über Putz verlegt waren, floss aus offensichtlich undichten Nahtstellen Wasser in Strömen und ergoss sich auf den Boden. Gleichzeitig lenkte ihn der arrhythmische Klang von Sirenen ab, der irgendwo aus der Ferne zu kommen schien und nicht genauer zu verorten war. Das Wasser hatte mittlerweile den gesamten Boden bedeckt und begann, immer schneller zu steigen. Der Pegel hangelte sich die Küchenwände hinauf, verschlang stoisch und unbarmherzig die Möbel und ehe Baptiste verstand, was in seiner Küche eigentlich vor sich ging, reichte ihm das Wasser schon bis zum Hals.

Baptiste wurde panisch. Das eisige Wasser ließ seine Bewegungen erlahmen. *Wasser hat keine Moral,* schoss es ihm durch den Kopf, *es kennt nur pure Physik*. Wasser drang in seine Nasenlöcher. Die Todesangst kam. *Aber dann kann das Leben auch keine Moral besitzen.* Jetzt, da das Wasser seine Ohren überstieg, wurde mit einem Mal alles still. Nur aus der Ferne hörte er noch immer die Sirenen, die weiterhin keinem Takt zu folgen schienen. Er konnte den Atem nicht länger halten. Eiseskälte drückte auf seinen Brustkorb. Er riss den Mund auf und ein druckstarker Schwall presste sich geradewegs in seine Lungen. Baptiste ertrank.

Dann schnellte er japsend aus seinem Bett nach oben, hektischer als sein Rheuma es ihm je erlaubt hatte. Er riss den Mund weit auf und schnappte nach Luft. Sein Unterhemd war schweißnass. Er stand auf, ignorierte den Schmerz in seinen Gelenken, ging zum Fenster und ließ den frischen Tag einströmen. Ein Windstoß verfing sich in seiner feuchten Kleidung und ließ ihn frösteln.

»Grundgütiger«, dachte er. »Ein Traum im Traum.«

Die Türklingel schellte. Ungeduldig und aufdringlich. *Der Klang der Sirenen!*

Claire war nun seit vier Tagen tot und Baptiste hatte die meiste Zeit im Bett verbracht. Tageszeiten hatten ihr Maß verloren und allerlei alkoholische Getränke für unregelmäßigen und schlechten Schlaf gesorgt. Doch immerhin – er schlief. Er hatte sich zum Mittag eine Dosensuppe aufgewärmt und sich danach wieder ins Bett gelegt. Ein, zwei Stunden gen Decke gestarrt. Irgendwann war er in einen dämmrigen Zustand geglitten, dessen Träume um so vieles realistischer waren als die der Nacht. Die gefürchteten Mittagsträume. Die, welche direkt nach dem Erwachen noch zu schmecken, zu riechen und am ganzen Körper zu spüren waren, bei denen jeder Sinn wie durch eine Lupe um das Hundertfache geschärft wurde. Träume, bei denen man in den ersten Minuten nach dem Erwachen nicht wusste, dass alles nur geträumt war. *Träume wie Zeitreisen.*

Benommen taumelte Baptiste zur Wohnungstür und vergaß, dass er nur Unterwäsche anhatte.

Er öffnete die Tür. Esther stand vor ihm, Claires Schwester, seine Schwägerin, in eloquentes Schwarz getaucht. Das Kleid machte den Eindruck, als wäre es nur für diesen Augenblick geboren worden. Hinter ihr wartete Theodore, drei schwer aussehende Ordner in Händen, mit einer Stofftasche über der Schulter, und schaute gelangweilt zu Boden. Offensichtlich hatte er die Hoffnung schon aufgegeben, dass Baptiste zu Hause sein könnte. Dahinter wiederum erkannte Baptiste Julie und Justine, die Töchter der beiden, erschrocken über den bizarren Anblick des alten Mannes in Unterhosen.

Die Verwunderung über den Besuch schien ihm ins Gesicht geschrieben zu stehen, denn statt eines Grußes musterte Esther ihn von oben bis unten und sagte dann abfällig: »Demnach hast du vergessen, dass wir verabredet waren.«

Danach presste sie ihre Lippen so verbissen zusammen, dass nur noch ein Hauch von Rot blieb, das den Mund markierte. So stand sie da, dünn wie ein Faden, die Aufforderung zum Einlass abwartend, während das Trauerkleid ihre angeborene Blässe im Neonlicht des Treppenhauses doppelt hervorhob.

»Esther, es tut mir leid, ich …«, stammelte Baptiste.

Doch da schob sich Esther auch schon ungeduldig an ihm vorbei in Richtung Wohnzimmer. Auf seiner Höhe blieb sie kurz stehen. »Herzliches Beileid zu unserem Verlust.«

Theodore setzte sich als nächster in Bewegung und trottete seiner Frau hinterher, wobei auch er kurz neben Baptiste stehen blieb. »Auch von mir, mein herzliches Beileid.« Er zuckte, um ihm seine freie Hand zu geben, doch als Baptiste ihm regungslos in die Augen schaute, ging er schnell durch den dunklen Flur, drehte sich nur kurz um und winkte seine Kinder herbei. Die huschten dankbar an Baptiste vorbei und vermieden dabei jeden Augen- und Körperkontakt.

Baptiste blieb noch einige Sekunden stehen, schüttelte den Nachhall der Träume ab und folgte ihnen, bis er im Spiegel des Flurs sein Abbild entdeckte. Er erschrak vor sich selbst. Tiefe Ringe unter den Augen zeugten von den letzten Wochen. Seine wenigen weißen Haare klebten an der Stirn, seine Haltung war die eines alten Mannes mit krummem Rücken, der in seit Tagen getragener Wäsche durch die Wohnung schlurfte. Suppenflecken waren zu sehen, ebenso ein brauner Rand vom Schweiß der Nacht. Baptiste war erschüttert. Wann hatte er das letzte Mal geduscht? Wann die Zähne geputzt?

Er schämte sich. Weniger, weil die Giradots ihn so zu Gesicht bekamen. Mit ihnen hatte er seit dem Beginn ihrer gemeinsamen Zeit kaum ein Verhältnis gehabt. Nein, er schämte sich vor Claire. Hier stand er in seiner eigenen Wohnung, stinkend, verdreckt und gebrochen. Er war in Not, doch was hätte Claire gesagt, wenn sie ihn so gesehen hätte? Was für eine dumme Frage! Claire war tot. Da gab es keine Seele, keinen Geist, kein zu wahrendes Andenken, schon gar keine metaphysische Instanz, die verklärt auf ihren Liebsten schaute und ihn mit der esoterischen Energie des Himmelreichs versorgte. Da waren einfach nur die neutralen Gesetze von Biologie und Natur, die der Mensch mit seinem Blick in Unbarmherzigkeit, Schicksal und Trauer verwandelte. Claire war tot und er war allein. Das war die Realität. Und möglicherweise hätte er das verhindern können, wenn er konsequent gewesen wäre.

Aber dennoch – Claires Vermächtnis erschütterte ihn, und zugleich überrannte ihn eine alt bekannte Einsamkeit. Hatte er in all den Jahren denn nichts von Claire gelernt? Er war ohne Stolz in dieses Dorf gekommen, geflohen vor der Barbarei seiner Jugend. Sie hatte ihm Respekt und Liebe beigebracht, in dem sie ihm mit Respekt und Liebe begegnet war.

»Du bist gut, so wie du bist«, hatte sie ihm gesagt, sogar in den Momenten, in denen er es am wenigsten verdient hatte. Gerade in denen. *Hatte er denn wirklich gar nichts gelernt?*

Er wandte sich ab und schlich ins Bad, reinigte sich, so gut es in der Kürze der Zeit möglich war, und widmete sich dann seinem Besuch im Wohnzimmer.

Eben noch sah er, wie Esther verständnislos den Kopf schüttelte. Wahrscheinlich, weil sie nicht verstehen konnte, wie ihre hübsche, allseits beliebte, talentierte und bedingungslos Lebensfreude ausstrahlende Schwester genau diesen Mann ausgewählt hatte, der auf alle so verschlossen, verstört und skurril wirkte. Er bemerkte, dass Justine und Julie sich aufs Sofa gesetzt hatten und eingeschnappt dreinschauten. Die beiden waren offensichtlich zu früh aus dem sonntäglichen Bett gezwungen worden und Baptiste schwante, dass es am Frühstückstisch zu heftigen Diskussionen um diesen Besuch gekommen sein musste. Theodore schaute gedankenverloren aus dem Fenster auf die Straße, während Esther sich auf einen der Stühle am großen, schweren Esstisch niedergelassen hatte. Vor ihr lagen die drei Ordner.

Jetzt fiel es ihm wieder ein. An dem Tag, an dem Baptiste ihr telefonisch die Nachricht von Claires Tod überbracht hatte, waren sie übereingekommen, dass sie sich heute hier treffen würden. Esther hatte in diesem Telefonat viel geredet, aber alle Worte waren an Baptiste vorbeigezogen wie konturlose Wolken. Es gab eine Beerdigung zu organisieren, und Esther hatte ihre Hilfe angeboten. Da er den Beistand von Pater Pierre nicht annehmen wollte, blieb Baptiste kaum etwas anderes übrig. Zweimal schon hatte der geistliche Kopf des Dorfes in den letzten Tagen vor der Tür gestanden, und jedes

Mal hatte Baptiste ihn zuvor den Weg hinaufkommen sehen, sodass er die Tür nicht aufmachte, bis der Pater wieder verschwunden war.

Esther hingegen hatte bereits zu Claires Lebzeiten die ersten Vorbereitungen für das Unvermeidliche getroffen. Baptiste hatte sich zwar nicht dagegen gewehrt, aber es hatte ihn gewaltig gestört. Claire gegenüber hatte er nichts erwähnen wollen, doch nur sie wäre in der Lage gewesen, Esther in ihrem Tatendrang zu stoppen. Ihre letzten Tage sollten nicht von solchen Nichtigkeiten geprägt sein. Somit hatte Baptiste kein Wort gesagt und jegliche Wut zurückgehalten. Doch nun, da die vier hier waren, wurden sie ihm fast schon körperlich zuwider.

Er presste sich ein: »Möchtet ihr etwas trinken?« ab, doch Esther lehnte mit einem Kopfschütteln für alle ab. Dann ergriff sie das Wort.

»Ich sag es dir, wie es ist. Wir können nicht länger warten. Ich verstehe deine Trauer. Weiß Gott, mein Schmerz ist ja keinen Deut geringer. Aber wir dürfen uns davon nicht übermannen lassen. Um Claires willen. Die letzte Ruhe meiner Schwester darf nicht im Chaos versinken.«

In deinem Chaos, meinte sie damit natürlich.

Wie zur Bestätigung schaute sie sich pikiert im Wohnzimmer um. Da lag Wäsche auf dem Boden, leere Flaschen standen auf der Anrichte, und zahllose von Speiseresten verkrustete Teller und Tassen waren stumme Zeugen der Anklage.

»Deshalb habe ich schon einmal ein wenig mit den Vorbereitungen begonnen, mit Pater Pierre gesprochen und auch Monsieur Balzac besucht, den Bestatter aus Carpentras. Du kennst Monsieur Balzac?«

Baptiste schüttelte den Kopf.

»Sei's drum. Jedenfalls hilft er mir, die ersten Schritte einzuleiten. Das ist schwer genug. Weißt du eigentlich, worauf man achten muss, um eine würdevolle Beerdigung zu organisieren?« Esthers Augen wurden feucht und sie tupfte sich mit einem Taschentuch behutsam eine Träne aus dem Winkel. »Schon allein die Schwierigkeit, das richtige Kleid für Claire aus ihrem Kleiderschrank auszuwählen, in dem sie bestattet gehört. Ich fand ja, dass Claire einen, sagen wir mal, sehr einfachen Geschmack bei manchen Dingen hatte.«

Sie ließ dem Satz mit einer kurzen Atempause die nötige Zeit zur Entfaltung. »Ich meine, gekleidet war sie sehr korrekt, nicht wahr? Vielleicht nicht wirklich modisch, aber doch immer korrekt. Hast du jemals gesehen, dass Claire sich hätte gehen lassen?«

Theodore schüttelte stellvertretend für Baptiste den Kopf und murmelte: »Nein, in all den Jahren nicht.«

»Schau hier, ich habe einige Unterlagen dabei. Baptiste, du solltest auch eine Meinung dazu haben«, fuhr Esther fort und schob ihm die schweren Ordner, die mit allerlei Material gefüllt schienen, hinüber.

Er öffnete den ersten Katalog, in dem die Fotografien verschiedenster Särge neben Holzproben auf schwere Pappe geklebt waren. Auf jeder der Seiten war oben das stolze Wappen der Sargmanufaktur Balzac eingraviert, und schon auf der ersten Seite warb die Firma mit ihrem traditionsreichen Credo, dass der Qualitätsanspruch ihrer Kunden ihr ureigener Maßstab sei. Ferner war zu lesen, dass nur Materialien aus nachhaltig bewirtschafteten Wäldern für die Herstellung ihrer Särge benutzt wurden. Balzac bot Standardsärge, klassische Truhen, moderne Truhen und sogar Designer-Särge an und rundete das Sortiment durch ein »ausgewogenes Zusatzprogramm« ab.

Baptiste blätterte im Katalog und fragte sich, ob er noch immer träumte. Erwartete Esther nun, dass er so etwas sagte, wie: »Schau doch mal dieser hier, ist der nicht hübsch?« Esther aber schaute nur ausdruckslos vor sich auf den Tisch.

Jeden Sarg gab es aus Eichen-, Kiefern-, Pappel- oder Lindenholz. Nur Furnier war bei den Balzacs verpönt. Die meisten Särge konnte man gewachst oder geölt bekommen, außer bei den Designersärgen, da gab es Ausnahmen. Und das Zusatzprogramm bot zudem zahlreiche Variationen an geschwungenen wie eckigen Griffen. Dazu kamen die Einlagen, in denen es auch um Über- und Minderlängen ging. Diese waren dezent mit einem Aufpreis versehen. Als Baptiste das Modell eines Kindersargs sah, wurde ihm übel. Mit voller Wucht traf ihn die Erkenntnis – er verstand jetzt, warum

Claire im Vorfeld nie mit ihm über diese grauenvolle Pflicht geredet hatte. Claire hatte all dies schon einmal erlebt. Sie hatte für die Beerdigung ihrer Tochter, ihres Schwiegersohns und ihrer Enkelin all diese schrecklichen Tätigkeiten auf sich genommen.

Baptiste konnte sich nur noch wie im Nebel an diese Tage erinnern, denn der Schock hatte die Erinnerung seinerseits in einen dichten Sarg verschlossen. Dunkel erinnerte er sich, dass er sich tagelang in einem ähnlichen Dämmerzustand befunden hatte wie heute. Deshalb hatte Claire sich diese Bürde aufgeladen. Baptiste kämpfte gegen Tränen. Allein hatte er sie gelassen. In dieser schwersten aller Stunden, in der alle ihr Geschäft machten – die Kirche ihren Handel mit der Erlösung, die Bestatter mit ihrem Verkauf morbider Möbel, ja, sogar die Gemeinde mit der Vermietung ihrer Gräber – alle nutzten sie die Totenstarre der Lebenden und machten ihren Schnitt.

Da war dieser eine Blick gewesen, den Baptiste damals nicht verstanden und in den Tagen der unsäglichen Trauer beiseitegeschoben hatte. Der Blick, den Claire ihm am Tag der Beerdigung ihrer Tochter zugeworfen hatte. Heute verstand er ihn. *Ich habe dich gebraucht, doch du warst nicht da.*

Baptiste stiegen die Tränen erneut in die Augen. Esther ignorierte dies geflissentlich und zeigte ihm anhand verschiedener Prospekte ihre getroffene Wahl, die er schlussendlich nur noch abnickte. Nach dem Sarg wechselten beide ins Schlafzimmer und suchten das Kleid aus, in dem Claire beerdigt werden sollte. Danach kümmerten sie sich um das Lokal für den Leichenschmaus. Nach der Wirtschaft kamen die Speisen, nach den Speisen die Getränke, dann noch die Uhrzeit für das Essen. Als Nächstes das Design der Todesanzeige. Der Text für die Todesanzeige. Die Größe der Annonce. Der Ablauf der Trauerfeier. Die Uhrzeit der Trauerfeier. Die Auswahl der Sargträger. Der Grabstein. Der Text auf dem Grabstein. Die Lage des Grabes. Die Größe des Grabes. Die Tiefe des Grabes. Der Redner für die Grabrede. Zwischendurch stand Baptiste zweimal auf und übergab sich im Bad.

Zu zweit durchliefen sie jedes Detail, wobei Baptiste nichts anderes tun konnte, als die bereits getroffene Wahl pro forma abzusegnen. Nur als sie die Musik auswählten, drohte Streit.

»Und natürlich wird Vikar Tomasz das *Ave Maria* auf der Orgel spielen«, erwähnte Esther beiläufig.

Baptiste schreckte aus seiner Lethargie. Er dachte kurz nach und sagte dann leise, aber bestimmt: »Nur über meine Leiche wird dieser grabschende Bock auf der Beerdigung von Claire auch nur einen Ton spielen.« Dabei betonte er jedes Wort so deutlich, dass kein Widerspruch möglich war. Justine und Julie unterbrachen ihr Gezänk und schauten erwartungsfroh herüber.

»Ich werde Pater Pierre bitten, eine geeignete Aufnahme des *Lacrimosa* abspielen zu lassen. Und das *Requiem aeternam*. Oder das *Lux aeterna*. Es sind Stücke, die Claire besonders geliebt hat.« Baptiste schaute gedankenverloren ins Nichts und hörte die magischen Linien aus Mozarts Requiem in seinem Kopf.

Esther musterte ihn, als erwäge sie, es auf einen Streit ankommen zu lassen, doch sie beließ es bei einem abwertenden Seufzer nebst geringschätzigem Augenrollen. »Wie du meinst«, sagte sie gleichgültig und ging zum nächsten Tagesordnungspunkt über.

Die Einladungskarten waren längst überfällig. Sie hätten innerhalb weniger Stunden nach dem Tod in die Post gegeben werden müssen. Wie sollten nun alle rechtzeitig den Termin möglich machen können? Esther schaute Baptiste vorwurfsvoll an. Glücklicherweise hatte sie bereits sämtliche Karten drucken lassen. Sie händigte ihm ein Belegexemplar aus.

Nach langer Krankheit hat der Schöpfer unsere von allen geliebte Schwester, Schwägerin, Tante und Ehefrau Claire Dumont zu sich genommen.

Dahinter gab es Platz, in den Esther wohl die Uhrzeit und den Ort einzutragen gedachte.

»Eine Schande, dass wir das mit dem Federhalter nachtragen müssen. Wie sieht das denn aus?« Esther schüttelte vorwurfsvoll den Kopf. »Ich habe zwei Tage lang versucht, dich zu erreichen, aber du bist nicht ein einziges Mal ans Telefon gegangen.«

Theodore angelte derweil gut hundert Einladungskarten aus seiner Stofftasche und versuchte, sie vor Esthers Platz zu stapeln. Immer wieder rutschten die oberen Karten auf den Tisch und von dort zu Boden.

Esther zog einen Füllfederhalter aus der Brusttasche ihres Kostüms und begann, auf jeder Karte Datum, Uhrzeit und Ort der Trauerfeier einzutragen.

Direkt über den ebenfalls gedruckten Zeilen: *In Trauer, deine dich liebende Schwester Esther, dein Schwager Theodore, deine Nichten Justine und Julie und dein Ehemann.*

Baptiste brauchte einige Sekunden, um zu entdecken, dass nicht einmal sein Name mitgedruckt worden war. Esther hatte ihn zu einem namenlosen *Ehemann* degradiert. Nicht der trauernde, Claire mehr als sein eigenes Leben ewig liebende Baptiste, nein, der *Ehemann*, der anonyme, ungeliebte, bald schon von allen vergessene *Ehemann*. Er wollte Esther Einhalt gebieten, ihr zu verstehen geben, dass es ein Versehen gegeben haben musste, doch er wusste ja, dass es keines war. Stattdessen sah er ihre Boshaftigkeit und Gleichgültigkeit, ihre Kälte und die Demonstration ihrer Kontrolle, *ihrer Macht*, und ihm versagte endgültig die Stimme. Die Einsamkeit schmerzte so sehr, sie fuhr durch seine Glieder, siedend heiß, sein Gesicht begann zu brennen, sein Hals ebenso und sein Magen noch mehr. Doch er schwieg. Diesen letzten Triumph würde sie nicht auch noch von ihm serviert bekommen: sein Betteln darum, als Liebender mit eigenem Namen durch ihre Gnade in die Liste der Trauernden aufgenommen zu werden.

Der Besuch dauerte bereits zwei Stunden. Baptiste wurden Berge von Unterlagen zur Unterschrift vorgelegt, ohne dass er wusste, wie ihm geschah. Letztlich blieb ihm nichts anderes übrig, als alle notwendigen Schritte abzusegnen, denn die Dinge gehörten schließlich geregelt. Dabei wusste er nicht einmal, ob Claire etwas davon wichtig gewesen wäre.

Nachdem sämtliche Papiere unterschrieben waren, schien die Gelegenheit günstig, die Giradots wieder loszuwerden. Esther hatte in einem der zahllosen Nebensätze, die sie auf ihre Gegenüber loszulassen pflegte, bereits angekündigt, dass sie sämtliche Kosten übernehmen werde. Was sollte Baptiste dem entgegnen? Claire und er hatten nie mehr als das Nötigste besessen. Ein wenig Erspartes, das ausreichte, um ein Leben ohne allzu schwere Sorgen zu führen.

Claire hatte die kleine Wohnung in die Ehe eingebracht, sie war das einzige Erbe, das ihr Vater ihr zugedacht hatte.

Es hatte immer für das Lebensnotwendige gereicht. Die CDs, die Baptiste sich in der Musikalienhandlung regelmäßig kaufte, waren sein einziger Luxus, und die Kosten dafür hielten sich in Grenzen.

Hätte er Esthers Angebot ablehnen sollen? Baptiste wusste es nicht. *Wieder diese Scham, wieder diese Ohnmacht.*

Dann, als endlich alle Details besprochen waren, gab es eine lange Pause der peinlichen Stille. Esther setzte zweimal an, um etwas zu sagen, und Baptiste entdeckte dabei, wie Theodore jedes Mal gespannt aufsah. Da war noch etwas, das die beiden umtrieb. Ein Thema, das unerledigt war, obwohl sie womöglich schon ausgiebig darüber diskutiert hatten. Ein schwieriges Thema, vermutete Baptiste, denn Esther fand nicht die rechten Worte und beließ es schlussendlich beim Schweigen.

Kapitel 6

Alle Mitarbeiter von *Little Hearts* saßen vor der Baustelle auf dem Boden und besprachen, was zu tun sei. Dass ihnen ihre Mittel auszugehen drohten, war beileibe nichts Neues. Das Ausschwärmen in die großen Städte Malawis und der Nachbarländer, um Spenden zu sammeln, hatte bereits eine gewisse Tradition. Was immer zu tun war, um weiterzukommen, wurde eben getan. Lamentieren war in jedem Fall fehl am Platz. Im Grunde war es zwar beschwerlich, aber auch eine schöne Abwechslung und fühlte sich an manchen Tagen wie ein kleiner Urlaub an. Dann zogen sie für einige Wochen los, schlugen sich an ihr Ziel durch und erklärten wohlhabenden Einwohnern und Touristen, wie wenig sie zu geben bräuchten, um Gutes zu tun. Dabei versuchten sie, keinem Spender ein schlechtes Gewissen einzureden.

Es waren keine mitleiderregenden Geschichten von Waisen nötig, von missbrauchten oder verhungernden Kindern, wenngleich die bittere Wahrheit solche Fälle zur Genüge aufzubieten hatte. Lieber sprachen sie von Notwendigkeiten. Sie fürchteten, dass vor allem

Touristen sonst das Wort nach Hause trugen, wie elendig die Verhältnisse der Kinder in diesem Teil der Welt wären, wie barbarisch und unmenschlich. Dies erschien ihnen als die falsche Botschaft.

Da sie vom eingenommenen Geld auch ihre Reise finanzieren mussten, versuchten sie, so günstig wie irgend möglich zu reisen und in den Nächten unterzukommen. Es fühlte sich wie ein kleiner Diebstahl an, wenn Spendengelder für sie selbst ausgegeben werden mussten und nicht *Little Hearts* direkt zugutekamen. Also übernachteten sie in den billigsten Gasthäusern und zogen den hart gefederten Überlandbus dem deutlich schnelleren Zug vor. Und trotzdem – diese regelmäßig wiederkehrenden Missionen hatten ihren ganz eigenen Charme.

Insgesamt schienen die schlechten Nachrichten also gar keine, und daher wunderte sich Ella, dass sich Jason nicht so recht entspannen wollte. Sie ärgerte sich, am Abend in Chipita nicht genauer nachgefragt zu haben, als Jason ihr eröffnet hatte, dass sie mehr Geld benötigten.

Während Sam und Simon bereits mögliche Ziele und Reiserouten diskutierten, hatte Jason abwesend in die Ferne gestarrt. Ella wusste, dass da noch etwas kommen würde, und tatsächlich, nach einer Weile stand er auf und rief: »Bitte hört mir zu, das ist noch nicht alles. Leider.« Laut genug, sodass es augenblicklich still wurde und nur noch die monotone Stridulation unzähliger Grillen und Heuschrecken zu hören war. Jason holte tief Luft und begann zu erzählen, was ihn umtrieb.

»Es scheint, dass unsere konsequente Weigerung, die zuständigen Beamten in Lilongwe zu bestechen, auf wenig Gegenliebe gestoßen ist. Und nun haben sie uns eine weitere Auflage gemacht, von der ich nicht weiß, wie wir sie überhaupt erfüllen können.«

Er schaute in das Rund fragender Gesichter.

»Welche Auflage kann es denn schon geben, die wir nicht erfüllen könnten?«, rief Simon überheblich in die Runde. Er hatte einen langen, dünnen Ast in der Hand und malte unzählige Linien vor sich in den Sand. Simon, dessen Körper durch seine Arbeit auf Sydneys Baustellen wie eine Demonstration perfekt angeordneter Muskelgruppen wirkte; weder massiv, noch bullig, sondern geschmeidig und elegant. In einem seiner Ohren steckte ein Stöpsel seines Kopfhörers und versorgte ihn parallel mit leiser Musik.

Ella musterte Simon heimlich von der Seite. Simon, der Stolze, wie sie ihn noch zu Schulzeiten getauft hatte. Eines Abends, als Jason, Sam und sie mitten im Freien vor den Toren der Stadt ein Lagerfeuer angezündet hatten, war Simon plötzlich aus dem Dunkel aufgetaucht, mit einem riesengroßen Erguss unter dem Auge und vertrocknetem Blut an den Zähnen. Sie umringten ihn voller Sorge, so übel sah er zugerichtet aus. Simon aber stand in seinem blutverschmierten, weißen Hemd nur da, mit geradem Kreuz und entschlossenem Blick und wandte sich flüsternd an seinen Bruder Sam, sodass die Übrigen nichts hören konnten.

Er hatte nie genauer erzählt, was passiert war, und auch Sam machte eines Tages nur die vage Andeutung, dass sein Vater, der auf den Rinderfarmen der weiten Steppe seinen rauen Umgang mit den Menschen gelernt hatte, nach dem Vorfall drei Tage lang nicht zu Hause aufgetaucht war.

Simon war der lebende Beweis dafür, dass *Little Hearts* nicht einfach nur ein Projekt engagierter junger Menschen war. Aus irgendeinem Grund konnte hier jeder so sein, wie er in seinem Herzen und Wesen angelegt war. Jason durfte extrovertiert sein, er durfte reden, ja, sogar Reden schwingen. Er durfte führen, entscheiden, Macher sein, übertreiben, über sich hinauswachsen, mitreißen, Schwäche zeigen, monologisieren, sich in sich zurückziehen. Er durfte einfach nur *sein,* denn er war gut so, wie er war. Simon wiederum durfte … Ella wurde jäh aus ihren Gedanken gerissen, als Jason auf Simons Frage antwortete: »Das Amt in Lilongwe verlangt von uns außerdem, dass wir fünfzehntausend US-Dollar als Sicherheit bei der Staatsbank hinterlegen, um die Nachhaltigkeit unserer Arbeit zu dokumentieren. Sie argumentieren, dass sie uns keine Verantwortung für die Kinder ihrer Nation in die Hände legen werden, wenn wir nicht über ausreichende Mittel verfügen, auch künftig noch unsere Arbeit sicher fortführen zu können.«

Alle Anwesenden schauten Jason entsetzt an, nicht sicher, ob sie das Gesagte wirklich richtig verstanden hatten. Fünfzehntausend Dollar? Das war eine unendlich hohe Summe Geld. Unmöglich, so viel durch Spenden zu bekommen, zumal derzeit kaum die täglichen Kosten gedeckt werden konnten. Alle schwiegen bedrückt, bis Lester als Erster seine Stimme wiederfand.

»Was soll das schon bedeuten? Aufhören ist keine Option, also müssen wir nach Lilongwe ziehen und den Herren vom Amt klarmachen, was sie da anrichten.«

Eine Diskussion entbrannte. Nur Ella schwieg, denn sie fürchtete, dass ihrem Traum ein jähes Ende bevorstand.

Bis tief in die Nacht berieten sie, bis die Müdigkeit sie übermannte, und ohne Ergebnis gingen sie schlafen. Der einzige Beschluss lag darin, zunächst die tägliche Arbeit nicht zu vernachlässigen und die Abende zu weiteren Überlegungen zu nutzen. Ella war derweil der Gedanke gekommen, Onkel Shawn zu bitten, mindestens einen Teil der großen Summe zu spenden. Scham hin oder her, für *Little Hearts* lohnte es sich allemal, über seinen Schatten zu springen.

Onkel Shawn war der Einzige aus ihrer Familie, der Ellas Herz erobert hatte, der an dem Tag, als er Australien den Rücken kehrte, eine klaffende Lücke und eine verwundete Ella zurückließ, sprachlos und schwermütig. Sie war soeben zwölf Jahre alt geworden, als er aufbrach, worauf Ella den Tag aus ihrer Erinnerung verbannte. Hatte sie ihn bis zum Flughafen begleitet, sich überhaupt verabschiedet oder sich einfach nur verkrochen? Hatte sie um ihn geweint oder ihn angefleht, er möge sie nicht verlassen? Ihr geliebter Onkel, der bis dahin in der Wohnung über ihr gewohnt hatte und der wirksamste Schutz vor ihrer verkorksten Familie gewesen war. Jahrelang schrieb sie ihm und machte ihm so vermutlich immer wieder das Herz schwer, denn jede Zeile war ein Dokument ihrer tiefen Verzweiflung über seinen Weggang. Er war ihre eigentliche Familie, die sie so bitter benötigte. Doch Onkel Shawn suchte stattdessen sein Glück in Europa und fand es auch.

Sein Händchen für den Handel hatte sich schon gezeigt, als er auf dem Schulhof plump belegte Stullen mit Leberwurst, Käse und Schinken gegen Schokoladenriegel im Kurs von zwei zu eins getauscht hatte, um die kalorienreich belegten Brote wiederum den Straßenarbeitern im Nachbardorf für bares Geld zu verkaufen. Da war er gerade einmal dreizehn Jahre alt gewesen, und erkannte dennoch binnen kurzer Zeit, dass sein Geschäft eine Optimierung der Logistik benötigte. Also stellte er den Stullenhandel ein und beschäftige sich nachmittags mit der Herstellung einer Art Tütensuppe, indem er Konservenvorräte aus dem Supermarkt in Gefrierbeutel umfüllte und als *Mutters Gulaschbombe*, *Kartoffel-Kraft in Tüten* und *Erbsentraum mit Einlage* feilbot. Den Gewinn investierte er in zwei Gaskocher und Töpfe, da die Möglichkeit, die Suppen vor Ort zu erwärmen, den Verkauf in schwindelerregende Höhen trieb. Als die Schulleitung von dem schwunghaften Handel erfuhr, wurde er mit dem Abschluss der zehnten Klasse der Schule verwiesen. Onkel Shawn nahm die Strafe gelassen hin und wunderte sich nur, warum sein Talent überhaupt bestraft und nicht gefördert wurde.

Später in Frankreich verstand er schnell, dass Europäer in die verklärte Vorstellung eines wilden Australiens geradezu vernarrt waren, ließ sich in der Touristikbranche nieder und bot gewöhnliche Reisen zu sehr außergewöhnlichen Preisen an, bis sein schlechtes Gewissen ihn dazu zwang, die Branche zu wechseln. Bald darauf begann er mit dem Import von Schafswolle und war als erfolgreicher Geschäftsmann schlussendlich in Orly sesshaft geworden.

Der Kontakt zu Ella indes war nie abgebrochen. *Schwester im Herzen* hatte er sie eines Tages liebevoll getauft. Ja, Onkel Shawn würde helfen können, dessen war Ella sich sicher, doch jemanden um eine so ungeheure Summe Geld zu bitten – das war Ella beileibe nicht in die Wiege gelegt worden. So gärte die Idee tagelang in ihr, während die anderen die Köpfe zusammensteckten und hin und her diskutierten. Sie versuchten zu berechnen, ob sich die Summe doch sammeln ließe, ob sie vielleicht verhandelbar wäre, dachten über eine Demonstration mit sämtlichen Dorfbewohnern vor dem zuständigen Amtssitz in Lilongwe nach, über offizielle Beschwerden, illegale Methoden, ja, sie diskutierten sogar darüber, ob jemals ein Beamter sich hierher verirren würde, um zu prüfen, ob dieses Projekt überhaupt noch existierte. Ella schwieg zu alledem.

Es war Malia, bei der sie schließlich Rat fand. Die war nämlich der Meinung, dass eine bloße Frage kein Verbrechen sein könne, und dass Ellas Angst, sich emotional zu verschulden, unbegründet sei. Wäre Onkel Shawn wie beschrieben, so würde er ihr die Frage schon nicht übel nehmen, aber von der Idee, sie könne sich die Summe von ihrem Onkel ja auch leihen, brachte Malia sie schnell wieder ab: »Spenden ja. Aber leihen? Das wäre eine Bürde, die nichts, aber auch gar nichts auf deinen Schultern zu suchen hat.« Ella hielt dagegen, dass die Summe ja nur als Sicherheit diene und somit nicht verloren sei, doch Malia verbot ihr jedwedes Vertrauen in den malawischen Staatsapparat.

Am Ende des Tages ging Ella zu Jason und erzählte ihm von ihrem Vorschlag. Sie wollte mit ihm gemeinsam Onkel Shawn anrufen, Jason vorstellen und ihm dann den Hörer überreichen. Nur er konnte die Essenz von *Little Hearts* so in Worte fassen, dass Onkel Shawn die unbedingte Notwendigkeit einer finanziellen Hilfe klar werden würde.

Jason reagierte verhalten, denn er empfand die Bitte um eine derart hohe Spende als unangemessene Bettelei. Warum sollte ein einzelner Mensch so viel Geld verschenken?

»Warum glaubst du, dass die bloße Frage an meinen Onkel deinen Stolz verletzen würde?«, fragte Ella.

»Ich bin es einfach nicht gewohnt, um Hilfe zu bitten. Du weißt, dass ich lieber versuche, meine Probleme selbst zu lösen«, erwiderte Jason. In seiner Stimme lag Gereiztheit.

»Es sind nicht *deine* Probleme, sondern *unsere*. Und davon abgesehen – habt ihr eine bessere Idee?«, konterte Ella bockig, die sich ein wenig mehr Enthusiasmus erhofft hatte.

»Nein, das haben wir nicht. Aber ich fühle mich nicht wohl dabei, jemanden um eine so hohe Summe zu bitten. Man bekommt so viel Geld nie ohne Gegenleistung, und ich mache mir Sorgen, dass wir in eine Abhängigkeit geraten, die uns irgendwann einmal teuer zu stehen kommen wird.«

Ella überlegte. Sie verstand den Einwand überhaupt nicht.

»Wo ist der Unterschied, ob wir bei einhundert Menschen auf der Straße Spenden sammeln oder bei einem, der es sich leisten kann?«

Jason sah Ella an. Sie erkannte in seinem Blick, dass es ihm um etwas ganz anderes ging, aber sie war nicht bereit, so schnell aufzugeben.

»Wenn wir auf die Straße gehen, dann spenden uns Menschen Summen, an die sie sich fünf Minuten später schon nicht mehr erinnern können, denn sie sind nicht höher als die, die sie an irgendeinem Kiosk ausgeben. Wir erinnern sie daran, dass sie gerade unbeschwerten Urlaub machen und dass die Welt ziemlich ungerecht ist. Sie wiederum kaufen sich davon frei. Das ist der Deal, den wir abschließen. Da können wir uns noch so sehr vornehmen, niemandem ein schlechtes Gewissen zu machen, so funktioniert der Hebel bei den meisten Menschen nun einmal. Gehen wir aber zu deinem Onkel, der uns die gesamte Summe geben soll, dann schließen wir ein regelrechtes Geschäft ab. Geschäfte gibt es im Leben jedoch nie ohne Gegenleistung, doch wie würde sie in diesem Fall aussehen?«

Jason sah Ella fragend an, doch sie hatte keine Antwort darauf.

»Siehst du. Und genau das ist es, was mir Sorgen macht.«

Ella brauchte noch zwei Tage, um zu dem Schluss zu kommen, dass die Entscheidung von allen gefällt werden musste. Den Tag hatte sie mit der kleinen Alinafee verbracht und war am Rande des Dorfes spazieren gegangen. Sie nahm sie an die Hand und versuchte ihr zu erklären, wie Bäume sich fortpflanzen, weil Alinafee danach gefragt hatte. Ella verfranzte sich prompt in ungarem Halbwissen um Bienen, Blütenstempel, Nektar und Blütenpollen, was sie noch eine ganze Weile ärgerte. Alinafee hatte ständig solche Fragen. Ob Eigelb eigentlich aus Hühnerbabys bestand. Warum die Haare mancher Alten grau wurden. Fragen, mit denen sie Ella immer wieder ins Schlingern brachte.

Sie beobachteten aus der Ferne die Baustelle und sahen, wie Lester und Simon versuchten, einen massiven Baumstamm so zurechtzuschneiden, dass er als Querträger dienen konnte, während Sam im Schutz des Schattens in einem Buch las. Alles schien wie immer. Es wurde gearbeitet. Es wurde gelacht. Es wurde geruht. Aber Ella fühlte sich nicht wohl. Die Drohung, dass all dies bald vorbei sein konnte, lastete auf ihr. Und so kam zur Hitze des Tages auch noch ein mächtiger Kloß im Hals.

Sie ging Jason an diesem Tag aus dem Weg. Eigentlich hatte sie damit gerechnet, dass er sich bei ihr bedanken würde, weil sie für eine Hoffnung am Horizont gesorgt hatte. Stattdessen ließ er sie abblitzen. *Er hätte mich in die Arme nehmen sollen, das wäre angemessen gewesen,* schoss es ihr durch den Kopf.

Er hätte stolz auf mich sein können und mir beichten, dass er mir das nicht zugetraut hätte, folgte der nächste Gedanke. Etwas Unerhörtes tat sich in Ellas Herz auf, eine Eitelkeit, die sie schnell verdrängen wollte. Also änderte sie die Richtung, brachte Alinafee zurück und suchte Malia in ihrer Küche auf. Hier gab es immer zu etwas tun, hier gab es Ablenkung von unerwünschten Besuchern im Kopf.

Malia hatte ein farbenfrohes, langes Tuch um ihren Körper gewickelt und ihre Haare mit einem weiteren bedeckt. Ella war fasziniert. Malia war sicher keine Schönheit, das konnte sie sagen, ohne ihre Freundin zu verletzen, aber sie wusste, wie sie ihre Vorzüge in Szene setzen konnte. Sie besaß die Gabe, durch einfachste Stoffe, gerade Schnitte und ihr strahlendes Lächeln alle Makel, die ein kritischer Beobachter hätte vorbringen können, zu nivellieren. Wie hatte es Malia einmal so schön formuliert? »Weiße Frauen verbergen, was hässlich an ihnen ist. Schwarze Frauen hingegen betonen, was schön an ihnen ist!«

Ella schmunzelte. Was die Italienerinnen, die Spanierinnen und Neuseeländerinnen wohl dazu sagen würden? Aber im Grunde verstand sie Malia. Wie oft stand sie selbst vor dem Spiegel und kaufte die weiten Pullover, weil ihre Brüste ihr nicht schön genug erschienen? Wie oft ließ sie die Bluse aus der Hose hängen, damit die fehlende Wölbung ihrer Hüften nicht auffiel? Ella war zwar schlank, aber sie fand sich nicht schön geformt. Es war ihr egal. Aber andererseits auch wieder nicht. Warum betrachteten die Männer ihrer Umgebung sie wohl immer nur als gute Freundin? Warum ließ sich Jason sein Herz lieber von der hübschen Clarissa filetieren, als dem Pfad zu folgen, den ihre Nähe ihnen wies? Ella wurde ärgerlich. Nein, das war das falsche Wort. Regelrecht aggressiv wurde sie, jetzt, da sie an Jason und seine Zeit mit Clarissa dachte.

Sie erschrak, denn da mischte sich ein Gefühl in ihre Zuneigung zu ihrem ältesten Freund, das ihr fremd war. Es war Wut, so viel verstand sie, doch der Ursprung verbarg sich ihr. Sicher, die fehlende Anerkennung glich dem Schmerz, den ein tief sitzender, verkrusteter Stachel verursachte, doch da war noch etwas anderes. Wie ein störendes Sandkorn im Auge des Betrachters, das sich weder verreiben ließ noch im Spiegel zu finden war. Ein ungreifbares Gefühl von Wut, Furcht und Unsicherheit, das in ihr emporstieg.

Das laute Lachen Malias lenkte sie ab. Sie blickte hinüber und musterte ihre Freundin, die fröhlich kochend am Herd stand. Malia freute sich oft lauthals über nicht mehr als die Schönheit des Augenblicks, doch als sie Ella ins Gesicht schaute, verstummte sie.

»Du siehst nachdenklich aus«, sagte sie dann und bedeutete Ella gleichzeitig mit dem Ellbogen, sie möge ihr beim Heben der schweren Pfanne behilflich sein. Sie versuchte, das Gegarte in einen anderen Topf zu schütten, der allerdings nicht stabil genug auf der Feuerstelle stand. Ella packte zu. Der süße Geruch von Kartoffeln, die in einem Sud aus gekochten Tomaten schwammen, stieg ihr in die Nase.

Ella erzählte ihr von den Vorbehalten, die Jason geäußert hatte.

»Muzungu ist eben sehr stolz«, fasste Malia zusammen. Und vielleicht sei der *weiße Mann* manches Mal ein wenig zu stolz. »Und was hast du nun vor?«

Ella wusste es nicht. Im Grunde erschien ihre Idee die einzige aus dem Sammelsurium der Diskussionen, die Rettung versprach. Dass einer der störrischen Beamten noch einmal einlenken würde, war ebenso unwahrscheinlich, wie der Vorschlag absurd war, ihr Waisenhaus ohne Genehmigung zu eröffnen und zu hoffen, dass dies unentdeckt bliebe.

»Ich denke, ich werde meinen Vorschlag heute Abend an alle richten«, entschied Ella nachdenklich.

Am Abend trafen sich alle Mitarbeiter wieder vor dem Platz an der Baustelle. Die Sonne war tagsüber so heiß gewesen, dass trotz der Höhenlage kein Feuer nötig war. Ella entschied sich, Jason nicht vorher von ihrem Vorhaben zu informieren, und wie nicht anders zu erwarten, stieß ihr Vorschlag auf große Zustimmung. Keiner der

Anwesenden fand, dass das Geld eines reichen Onkels etwas Verwerfliches sei, stattdessen brachten sie es auf die simple Formel, dass dieser die Bitte ja jederzeit ablehnen könne. Jason schwieg die ganze Zeit über und wirkte abwesend. Ella befürchtete, er könne ihr Vorpreschen als illoyal empfinden, doch als er schlussendlich einwilligte, atmete sie erleichtert auf.

Mobiltelefone hatten in Chila keinen Empfang, also war am folgenden Tag ein mehrstündiger Marsch notwendig, um den Plan in die Tat umzusetzen. Unangenehm wurde es, wenn der Anzurufende nicht an den Apparat ging, denn dann saßen sie jedes Mal in der Zwickmühle: Ob und wie lange sollten sie warten, bevor sie sich entschieden, den mühsamen Weg zurückzumarschieren? Ella besaß zwar eine Handynummer ihres Onkels, aber die war alt, und ob sie noch aktuell war – sie wusste es nicht.

Während sie marschierten, war die Stimmung gelöst. Jason hatte gute Laune und begann herumzualbern, indem er einen Nachrichtensprecher imitierte, der in fünfzig Sprachen nacheinander dieselbe Nachricht vorlas. Ella gefiel das. Seine gute Laune bedeutete auch gute Laune für sie.

Jason nahm ihre Hand und lief neben ihr her. Unzählige Male war das in ihrem Leben schon passiert, doch nun wurde Ella ungelenk. Ihr Instinkt versagte. Während sie es einerseits genoss, seine Hand zu spüren, wurde sie gleichzeitig steif, und das nahm ihren Bewegungen die Natürlichkeit. Dann wurde sie ärgerlich. Und wieder hatte sie keine Ahnung, woher dieses Gefühl kam, diese plötzliche innere, fast schon körperliche Abscheu vor seinen Berührungen.

Es war wohl der ungünstigste Zeitpunkt, doch Ella versuchte in sich hineinzuhorchen. Da löste sich zumindest eine kleine Erkenntnis aus ihrem Inneren und trieb an die Oberfläche. Es fühlte sich *nicht richtig* an. Es glich einem Übergriff, den sie nicht gestattet hatte. »Falsch«, korrigierte sie sich augenblicklich selbst. Den sie immer gestattet und genossen, den sie nie als solchen bezeichnet hatte, doch den sie mit einem Male nicht mehr als schön empfand. »Auch falsch«, dachte sie. Es war schön, heimisch und wunderbar – aber auch herrisch, ignorant und selbstherrlich. Und vor allem schien es ihr plötzlich nicht mehr angemessen.

Was hatte sie damals gefühlt, als Jason auf ihrem Bett lag und von seinen Sorgen mit Clarissa erzählte? Sie hatte ihn umarmt, um ihn zu halten. Niemals war es ihr unangenehm gewesen. Doch das kleine Wörtchen »falsch«, dass noch immer in ihr widerhallte, brachte sie auf eine neue Spur. Es war nicht falsch, viel eher war es verboten. Nur warum? War es, weil sie schließlich auch Kollegen waren? Weil sie Verantwortung für die Belange ihres Projekts übernahmen, Verantwortung für ihre Mitstreiter und die Kinder, denen sie ihr Angebot einer besseren Zukunft machten?

Ella entzog sich unauffällig seiner Berührung, in dem sie auf einen belanglosen Punkt am Horizont wies und eine ebenso belanglose Bemerkung machte. Und sie verzweifelte fast, denn die Aggressivität und Unbehaglichkeit blieb, und die hatte sie noch nie mit Jason in Verbindung gebracht.

Plötzlich schoss ihr durch den Kopf, dass er *sie nicht einfach so anzufassen habe, wann es ihm passte, sondern gefälligst ihre Weiblichkeit zu respektieren habe.* Bockig und zickig, ganz so, als stampfe das Kind in ihrem Innern vor Wut und Ohnmacht mit dem Fuß auf.

Hatte sie sich denn nicht heimlich darüber gefreut, als Clarissa alles dafür getan hatte, dass Jason sich immer weiter von ihr entfernte? Welchen Sinn ergab es, die unzählbaren freundschaftlichen Berührungen so plötzlich als verboten zu erachten? Die Gesten der Freundschaft als Frechheit und Ignoranz gegenüber … *Ella musste überlegen, bis sie den Satz richtig formulieren konnte* … gegenüber ihrem Dasein als Frau!

Sie schaute ihn verstohlen und böse funkelnd von der Seite an und bemerkte, dass ihr die Sonne einen kleinen Streich spielte und ein Farbprisma durch seine Haare warf.

Beim Anblick seiner wilden, ungekämmten und unbändigen Haare – einem Bild voller Charakter, Stolz und Leidenschaft – geschah es endlich. Ihr war, als dränge der abendlich-staubige Wind mühelos durch die Poren ihrer Haut, als verwandele sich ihr Blut in einen ätzenden Strom, der durch Mark und Bein fuhr, die Knie zu Butter werden ließ. Und dann war die Erkenntnis einfach da. Unspektakulär und nüchtern und doch ungeheuerlich. Als Frau sollte er sie sehen! Nicht mehr nur wahrnehmen, sondern auch erkennen! *Als Frau*. Immer wieder tönte es in ihr. *Als Frau* … mit einem Körper, einem Willen … einem Verlangen!

Ella begann zu zittern, denn nun war etwas geschehen, das ihr nie zuvor passiert war, ja, das sie nicht einmal für möglich gehalten hatte: Sie hatte sich verliebt. Einfach so.

Sie war in ihren besten, ihren ältesten und treuesten Freund, ihren Seelenverwandten und Kollegen verliebt. Wahrscheinlich schon seit Ewigkeiten – verbarrikadiert und so wohl behütet, dass nicht einmal sie selbst die Zeichen hatte deuten können. Oder dürfen.

Ja. Verliebt war sie. Und das fühlte sich ganz furchtbar an.

Kapitel 7

»Gibt es etwas Perverseres als Beerdigungen?«, brach es aus Regondi heraus, und seiner Frau schwante Übles. Die schnatternde und schmatzende Trauergemeinde ließ sich dadurch nicht stören, sondern genoss das gute Mahl. Nur diejenigen, die in Regondis Nähe saßen, wurden für einige Augenblicke still und schauten mit leichter Beklemmung von ihren Tellern auf. Regondi wetterte Unschönes in seiner Heimatsprache und erhob sich mit einem Ruck, der Wut im Bauch verriet. Zunächst fürchtete Martha, ihr Mann würde mit Flüchen über die Anwesenden herfallen, doch stattdessen schob er seinen Stuhl beiseite und strebte gen Ausgang, um das Wirtshaus und die Trauerfeier zu verlassen. An der Türschwelle drehte er sich noch einmal zur Gesellschaft, um zu sehen, was er da eigentlich hinter sich ließ.

Durch Schwaden von Tabakrauch sah er zur Rechten die Ältesten des Dorfes sitzen. Griesgrame, die schon deutlich älter waren, als alles Lebendige der Region. Sie taten nichts als das, was sie auch jeden anderen Tag auf den Bänken um den Marktplatz machten. Grimmig dreinschauen, furzen und Zigaretten rauchen, sich ab und zu etwas zuflüstern und dabei langsam dröge vom Alkohol werden. Hier aber gab es sogar noch eine warme Mahlzeit.

Nur eine Tischreihe weiter saß ein Pulk krakeelender Familienväter, die sich kollektiv in einen Rausch lachten, da dem lautesten unter ihnen eine köstliche Zote über die Oberweite des Kellners gelungen war. Von allerlei obszönen Gesten begleitet und mit sich steigernder Lautstärke. Den meisten war das Sonntagshemd schon lange aus der Hose gerutscht, während ihre Wampen über den rettenden Gürtel nach außen strebten, und sie hatten puterrote Köpfe vom chronischen Bluthochdruck, dem harten Korn und der heißen Mittagssonne, die das Hinterzimmer langsam aber sicher in einen Kochtopf verwandelte. Der Tisch war von leeren Flaschen übersät, da jede Bedienung diesen Tisch so schnell wie möglich wieder verlassen wollte.

Regondi schüttelte den Kopf. Primaten, allesamt. Wie sie sich untereinander ähnelten. Die Ehefrauen konnten getrost den falschen Mann mit nach Hause nehmen – niemand würde es bemerken.

Er schaute hinüber zu Esthers Bande. Sie zeigte gerade ihren Freundinnen einen neuen Ring am Finger, dessen prahlerische Größe ihm schon in der Kirche aufgefallen war. Justine zog derweil Julie gelangweilt an den Haaren, während Theodore dumpf und spannungslos auf der Eckbank hockte und dabei langsam und unauffällig nach unten zu rutschten begann, um der vorbeihuschenden Kellnerin besser unter den Rock schielen zu können. Ohne natürlich Esther aus den Augen zu verlieren. Regondi sah Vikar Tomasz, der aus allen Fasern seiner Kutte schwitzte und sich lautstark über das angeblich ledrige Fleisch auf seinem Teller beschwerte, um es anschließend Theodore gleichzutun.

Angewidert drehte Regondi sich um und ging hinaus.

Draußen hoffte er, auf den Stufen des Kirchenportals Baptiste zu finden, aber der war nirgends zu sehen. Regondi überquerte die Straße und durchschritt den großen Kirchhof in Richtung Eingangsportal. Er hatte keine Eile, denn er wusste, dass Baptiste hier irgendwo sein würde. Wahrscheinlich in der Kirche. Wahrscheinlich bei Claire. Denn entgegen der üblichen Tradition kam der Sarg nicht direkt nach der Messe unter die Erde, sondern würde die Nacht über in der

Kirche aufgebahrt bleiben müssen. Es hatte ein Missgeschick in der Terminplanung gegeben, der zuständige Totengräber glaubte, es sei sein freier Tag, und war nirgends aufzufinden, sodass die Grabstelle noch nicht ausgehoben war. Wie so oft bei einem solchen Vorfall, wollte niemand für das Versäumnis verantwortlich sein, und so lag Claire noch im Sarg neben dem Altar, obwohl die Zeremonie längst beendet war.

Als Regondi die Kirche betrat, brach das Sonnenlicht durch die Fenster, deren sakrale Mosaike nichts vom prunkvollen Stil anderer Gotteshäuser hatten. Die Fenster waren voller Schlieren, die Bänke übersät mit Fingerabdrücken und der Boden matt und schmutzig. Vorne war der Sarg aufgebahrt, und dort stand Baptiste. Mit hängenden Schultern starrte er in den Sarg. Vorsichtig näherte sich Regondi, um Baptiste nicht zu stören, und stellte sich neben ihn.

Baptiste konnte man nicht stören. Sein Blick verriet, dass er sich auf einer Zeitreise befand. Weit weg von diesem Ort, weit weg von der Gegenwart, irgendwo in den Gefilden einer gemeinsamen Vergangenheit mit seiner Frau. Gefallene Tränen benetzten Claires Kleid.

Sie mochten dort eine gute Viertelstunde in völliger Einkehr gestanden haben, als Baptiste plötzlich anfing zu flüstern: »Mein Schatz, du hast einmal gesagt, dass Liebe nur für die Lebenden gut sei und der Tod zu profan, als dass er etwas Verklärendes verdiene. Aber nun stehe ich hier und alle Worte, die du je zu mir gesprochen hast, hallen in mir. Jede Berührung, die du mir je geschenkt hast, durchfährt mich. Alle Blicke, die du je für mich erübrigt hast, ruhen auf mir.« Baptiste schloss die Augen und beugte sich vor. Er legte sein Gesicht auf Claires Hände, die im Schoß gefaltet waren, und redete weiter, unverständlich für Regondi.

Bei dem Anblick dieser Szene wurde Regondi das Herz schwer. Da lag Claire. Der Bestatter hatte die letzten Zeichen dieses ungleichen Kampfs gegen den Krebs nicht kaschieren können, denn Claires Haut hatte sich in den letzten Wochen stark ins Gelbliche verfärbt. Die Ärzte hatten erklärt, dass Metastasen in ihr Lebergewebe gestreut hatten. Dass Tochtertumore der Gallenflüssigkeit den Weg in den Zwölffingerdarm versperrten, die sich daher einen anderen Weg suchte, hinein ins Blut, um sich schlussendlich unter der Haut abzulagern. Deshalb war Claire gelb geworden. Der Bestatter hatte sie stark geschminkt, doch wer mochte ihm das erlaubt haben?

Claire hatte es stets gehasst, sich zu schminken. Als widerliche Maske, die alles Echte und Lebendige zu verstecken suchte, hatte sie es einst bezeichnet. Ähnlich wie die riesigen Sonnenbrillen aus den französischen und italienischen Modehäusern, die das halbe Gesicht bedeckten. »Wer sich verbergen muss, der solle doch besser gleich zu Hause bleiben«, forderte sie ein ums andere Mal.

»Und wer sein Gesicht hinter einer Maske voller Schminke verbirgt, der versucht nie, seine Falten zu verstecken, sondern immer, sein Selbst zu verbergen«, fügte sie gerne an.

Und nun lag sie hier, ertränkt in Kosmetik, die ihrem Teint seine geraubte Farbe zurückbringen sollte. Leichenflecke schimmerten durch das fahle Haar. Die Augen hatten sich in die Höhlen zurückgezogen, sodass die Lider tiefe Falten schlugen, da ihnen die notwendige Wölbung fehlte. Es roch nach Formalin. Regondi musterte die absurde Szene und begann, all die Riten des heutigen Tages aus tiefstem Herzen zu verabscheuen. Wofür sollte das gut und richtig sein? Um den Abschied zu erleichtern, hieß es. Um ihn überhaupt zu ermöglichen, sagte man. Doch wie sollte dieser Mann, dessen gesamte Kraft in der Liebe zu dieser Frau mündete, nach nicht einmal einer Woche ihres Todes Abschied nehmen können? Da lag ja nicht Claire. Da lag das groteske Abbild, das andere kreiert hatten. Ein Körper lag da, der einer Kirche dazu diente, die Bußfertigen in die Knie zu zwingen, eine maskierte Puppe, um Kindern Furcht vor dem Tod einzuflößen. Da lag eine Reliquie, ein Abschiedsgeschenk für die Lebenden.

Regondi wandte sich ab. Er gedachte, dieses Bild nicht als letztes in sich zu tragen, sondern lieber das der lachenden Claire, deren Antlitz Sterne regnen ließ.

Er drehte sich zu Baptiste und schob ihn langsam vom Sarg weg.

Der ließ es geschehen. So verließen sie wortlos die Kirche durch den Seiteneingang. Baptistes Knie versagten ihren Dienst, und er musste sich auf die Stufen der kleinen Treppe setzen, die den Kirchhof mit der Straße zum Wirtshaus verband. Regondi setzte sich neben ihn, und so starrten beide auf die Straße.

Der Regen des Morgens hatte den Staub und die Pollen des Lavendels, der die Provence überwucherte, gebunden, und die strahlende Sonne trocknete das Gemisch auf der abschüssigen Straße zu langen Fäden, die sich wie kleine Flussläufe in alle möglichen Richtungen verzweigten. Baptiste folgte diesen Mustern mit seinem Zeigefinger, als würde er unsichtbare Autos durch das Wirrwarr dirigieren, ganz so, als wären sie Teil eines Spiels in seinem Kopf.

Nach einer Weile begann Regondi zu sprechen. Leise und behutsam, fast so, als würde er sich selbst adressieren. »Sie haben das sehr gut gemacht, mein Freund.« Er meinte damit die Trauerrede, die Baptiste hatte halten müssen und bei der jeder Anwesende sofort bemerkt hatte, dass er kurz davor gewesen war, vor aller Augen zusammenzubrechen.

Baptiste löste seinen Blick vom Boden und schaute Regondi überrascht an. Er hatte es alles andere als gut gemacht und beide wussten das. Nach einigen Sekunden wurden seine Augen glasig. Er wollte antworten, doch die Qual raubte ihm die Worte. Regondi klopfte väterlich auf Baptistes Schenkel und drückte ihn an sich. »Lass gut sein, alter Freund. Heute musst du gar nichts mehr sagen.« Regondi wechselte heute, so viele Jahrzehnte nach ihrer ersten Begegnung, zum vertrauten *Du*. Es war längst überfällig.

»Schmerzen hatten meiner Seele ihre Heimat geraubt«, hatte Baptiste seine Rede begonnen, »und Claire hat sie für mich zurückerobert.« Dabei hatte er jeden Blick zum Sarg vermieden. Dann musste er eine so lange Pause machen, dass Regondi bereits befürchtete, sein Freund würde gleich beginnen zu weinen. Baptiste, den Regondi in all den Jahrzehnten kaum hatte reden hören, einfach, weil er nie mehr als die notwendigen Dinge sagte.

Welch schreckliche Erlebnisse, mein trauriger Freund, haben dir wohl die Sprache geraubt?, hatte Regondi zuweilen gedacht.

Und jetzt stand Baptiste vor mindestens fünfzig Fremden und sollte sein Innerstes preisgeben. Fünfzig Menschen, die alle aus Ehrerbietung für Claire gekommen waren. Claire, die Großherzige. Claire, die Offenherzige. Claire, die Warmherzige. Regondi schätzte, dass so gut wie alle Anwesenden sich fragten, wie ausgerechnet Baptiste ihrer Claire das Herz hatte stehlen können, ihr, die schon als kleines Mädchen sämtliche Dorfbewohner verzaubert hatte, die sich als fröhliches, respektvolles und hilfsbereites, hübsches, junges Mädchen in sämtliche Herzen gestohlen hatte. Und dann kam über Nacht dieser verschreckte Mann aus dem Nichts, kaum in der Lage seinen Namen zu nennen, ohne schüchtern auf den Boden zu schauen.

Regondi hatte gewusst, wenn Claire damals nicht die Initiative ergriffen hätte – Baptiste würde noch heute in der letzten Reihe des Kinos sitzen oder besser gesagt, sich hinter einer dunklen Häuserecke in der Nähe des Kinoplatzes verstecken und beobachten, ob Claire sich umdrehte, um nach ihm zu suchen.

Viel weiter kam Baptiste mit seiner Rede nicht. Er fischte noch nervös einen zerknitterten Zettel aus seiner Anzugtasche, zitierte einige Zeilen aus den *Illuminationen* von Rimbaud, Claires liebstem Sprachalchemisten, und schaute sich dabei fahrig und unsicher immer wieder nach hinten um, als fürchtete er, das Jesuskreuz könne im nächsten Augenblick auf ihn stürzen.

Und mit einem Male wurde ihm klar, dass fünfzig Augenpaare auf ihn starrten. Er wurde hilflos. Alle erwarteten den Beginn einer ordentlichen Trauerrede. In der ersten Reihe saßen Esther, Theodore und die beiden Mädchen. Esther schaute verbittert. Ihr Blick verriet ihre Geringschätzung und das Wissen um einen bevorstehenden Triumph, da Baptiste diese Prüfung nicht bestehen konnte. *Wie hatte Claire diesen Kretin nur heiraten können?*

Baptiste hielt es nicht mehr aus. Die Kirchenwände kamen bedrohlich näher. Er roch seinen eigenen Schweiß. Ohne ein weiteres Wort zu sagen, verließ er den Altarraum, flüsterte ein verhaltenes »Entschuldigen Sie« und eilte aus dem Seitenausgang des Kirchenschiffs. Als er die Tür aufstieß, hörte er eben noch, wie die Anwesenden sich Worte der Verständnislosigkeit zuraunten. Baptiste bekam keine Luft. Er musste sich an der Kirchenwand übergeben. Er rannte vom Hof. Nur weg von der Kirche.

Zu diesem Zeitpunkt war Esther bereits nach vorne geeilt und begann, eine Trauerrede zu improvisieren. Wobei sich Regondi nicht sicher war, ob die Rede tatsächlich aus dem Nichts entstand. Diesem Biest traute er einiges zu. Sie erzählte eine rührende Geschichte aus ihrer gemeinsamen Kindheit und sinnierte darüber, warum Claire nie vergessen werden dürfe.

Als Regondi ihn fand, war die Trauergemeinde längst ins Wirtshaus gewechselt. Baptiste stand am Sarg und versuchte sichtlich, Abschied zu nehmen. Regondi kam in den Sinn, dass *Abschied nehmen* nicht mehr als ein oberflächlicher Begriff war, den nur Menschen nutzten, die noch nie eine Liebe verloren hatten.

Nun saßen sie auf der Treppe, starrten auf die Straße und mochten für Beobachter etwas von zwei jugendlichen Halbstarken an sich haben, deren Zeitrechnung sich durch tausende noch abzuleistender Schulstunden allmählich in nichts auflöste. »Willst du mit ins Wirtshaus kommen und dir anschauen, wie diese Untoten nach zwei Kuchenstücken und vier, fünf Pastis die Menschen vergessen, derentwegen sie hier sind? Oder willst du lieber einen schönen, langen Spaziergang mit mir machen? Ich liebe den Schimmer der Felder, nachdem der Regen sie sauber gewaschen hat.«

Baptiste schien keine Antwort zu wissen. »Meinen Sie, ich kann die Gäste alleine lassen?«

»Nenn mich Tommaso, mein Freund. Es wird Zeit«, korrigierte ihn Regondi. »Und ja. Natürlich kannst du sie allein lassen. Deine schreckliche Schwägerin und ihre durchsichtige Brut mimen die Trauernden und bringen sich bereits in Position, alle Vorteile, die ein solcher Verlust mit sich bringen kann, zu genießen.«

Baptiste horchte auf und schaute Regondi – nein, Tommaso – überrascht an. Obwohl es sich anfühlte, als wäre ihm das Herz ohne Narkose einfach so aus der Brust gerissen worden, musste er lachen. Ja, das war Esther. Ins Lachen mischten sich Tränen und er bemerkte, wie er immer lauter wurde. Wallungen, heiß wie Geysire, schossen durch seine Glieder, und als er die Beherrschung verlor, klammerte er sich an Tommaso und weinte wie ein Kind an dessen Schulter. Tommaso ließ ihn gewähren und nutzte die Zeit, um sich in aller Stille von Claire zu verabschieden, von der er wusste, dass sie nun im Himmel angekommen war.

Nachdem Baptiste sich wieder gefangen hatte, verabschiedeten sich die beiden voneinander. Tommaso ging, um seine Frau aus der Trauergemeinde zu befreien, und Baptiste machte sich auf den Heimweg. Tommaso rang Baptiste diverse Versprechen ab: Dass er Tommaso anrufen würde, wenn er sich in arger Not fühle. Dass er sich nicht mehr gehen lassen würde. Und dass die beiden den ausgedehnten Spaziergang nachholen würden, spätestens vierzehn Tage nach der Beerdigung.

Aus den avisierten zwei Wochen waren mittlerweile mehr als drei Monate geworden. Baptiste war es zunächst kaum gelungen, das Haus zu verlassen, um mehr als Lebensmittel einzukaufen. Einmal nur war er in Richtung Musikalienhandlung gegangen, war dann aber auf halbem Wege umgekehrt. Er hatte eine Bestellung abholen wollen, die er vor langer Zeit aufgegeben hatte. An den Tag konnte er sich gut erinnern, denn damals lebte Claire noch, krank zwar, aber sie lebte, und sie hörten gemeinsam im Radio ein so ergreifendes Werk, dass beide begannen zu weinen.

Baptiste war noch am gleichen Tag zu Signore Regondi gegangen, dem besten tonalen Ersthelfer, den man sich wünschen konnte, denn am Ende der Übertragung hatte die Redakteurin es versäumt, Komponist und Titel zu nennen. Zunächst musste Baptiste Regondis übliche Litanei über sich ergehen lassen: Wie ein Rohrspatz schimpfte er über den Untergang des Radios, sobald er hörte, dass wieder einmal Klassik ohne Namen präsentiert worden war.

»Die meisten Klassiksender sind zu plumpen Kommerzradios verkommen. Dieses unerträgliche Gedudel der immer gleichen Stücke. Die Fünfte, die Nachtmusik, die Aida, die Brandenburgischen, die Burana – natürlich nur Auszüge der allseits bekannten Passagen. Und am schlimmsten sind die Jahreszeiten, die im Übrigen alle nach sibirischem Winter klingen. Nicht ein einziges Mal bekommen wir eine aufregende, rebellische Aufnahme eines italienischen Kammerorchesters geboten, eine bedingungslose Interpretation mit einer wunderbaren Prise Anarchismus, wie nur wir Italiener es uns trauen. Ehrlich? Wer anders als wir sollte Vivaldi spielen? Aber stattdessen sind es diese riesigen Sinfonieorchester mit klobiger, unzeitgemäßer Besetzung, mit zwölf ersten und zwölf zweiten Geigen – was für ein Horror! Ich sage Ihnen, Monsieur Dumont, das kommt nicht einmal in die Nähe historischer Aufführungspraxis. Aber so ein großes Philharmonisches Orchester verkauft sich halt besser. Ich hoffe dann ja immer, sie mögen die Jahreszeiten gleich noch ein zweites Mal spielen, um dem armen Vivaldi die Gelegenheit zu geben, sich in seinem Grab wieder richtig herum zu drehen.«

Danach endlich durfte Baptiste in laienhaften Worten erklären, welche Art der Musik er da im Radio gehört hatte. Und das musste man ihm lassen – Regondi war ein gewiefter und erfahrener Fährtenleser. Immer wieder kam es dazu, dass Kunden mit abwegigen Umschreibungen Gehörtes aus ihrem Gedächtnis rezitierten und in blümeranten Worten zu beschreiben versuchten. Und Regondi konnte nach eigenen Angaben beachtliche acht von zehn dieser kniffeligen auditiven Kriminalfälle ad hoc lösen.

Schroff sei das Adagio gewesen, hatte Baptiste erklärt. Keinesfalls atonal, aber den Romantikern schon fast enteilt. Deshalb spielte Regondi ihm Schönbergs erste Kammersinfonie vor, die jedoch schnell ausschied. Dann suchte er Auszüge aus Mahlers Fünfter und Neunter heraus. Zu weit vorgegriffen, empfand Baptiste. Einen ungewöhnlichen Klangteppich hätte es am Ende des langsamen Satzes gegeben. Und so hatte Regondi einen Ausflug zu den Skandinaviern gemacht. Sibelius. Nein, nicht raffiniert genug, vielleicht sogar nicht wegweisend genug. Strawinsky? Zu wegweisend wiederum. Und leider der falsche Weg. So ermittelte Inspektor Regondi in akribischer Kleinarbeit fast eine Stunde lang. Unzählige Klangproben später war der Täter endlich gefasst und überführt. Regondi bestellte daraufhin Anton Bruckners neunte Sinfonie. Und weil er während des gesamten detektivischen Prozesses wie ein Magier wirkte, widersprach Baptiste auch nicht, als Regondi darauf bestand, dass nicht irgendeine CD aus dem Regal gut genug sei. Höchstpersönlich orderte er eine Aufnahme aus Deutschland, und zwar die eines anderen Magiers, eines Herrn Wand, von dem Baptiste noch nie etwas gehört hatte. Regondi behauptete, dass dieser Dirigent jedwede Wartezeit rechtfertigen würde. Also würden sie natürlich warten.

Dies alles lag Monate zurück, und als die CD endlich eintraf, hatte sich Claires Zustand derart verschlechtert, dass sie einfach im Laden liegen geblieben war.

Das eine Mal verließ Baptiste also nach Claires Tod seine Wohnung, um für mehr als nur das Notwendige zu sorgen, doch er drehte wieder um und verkroch sich in seinen vier Wänden, weil er niemanden sprechen wollte. Nicht einmal Tommaso.

Es gab Tage, da verzichtete er sogar darauf einzukaufen und ging lieber hungrig zu Bett. Er mochte niemandem auf der Straße begegnen, weder Kondolenz entgegennehmen noch mitfühlende Fragen beantworten, keine ausweichenden Blicke beobachten und schon gar keine der seltenen, mitleidigen Einladungen ausschlagen müssen.

Und am wenigsten mochte er die Frage *Wie geht es Ihnen?* beantworten. Sooft sie gestellt wurde, empfand er seinen Verlust am stärksten. Er wusste auch gar nichts darauf zu erwidern. *Wie ging es ihm?* Seit der Beerdigung empfand er die Welt, als wäre die Luft, die ihn umgab, gegen eine milchige Gallertmasse ausgetauscht worden, in der das Atmen kaum möglich und jede Bewegung um ein Vielfaches anstrengender war. Zeit wurde durch diese zähflüssige Masse gebrochen. Häufig saß er eine endlose Weile lang auf dem Sofa und tat nichts, außer auf die Müdigkeit zu warten. Doch die Zeit verging nicht. Sie mühte sich mit ihm durch den Tag. Langsam dämmerte ihm, dass die Verzweiflung und Traurigkeit kein Ende nehmen konnten, da hinter ihnen keine Perspektive auf ihn wartete.

Eine Zeit lang hatte er sich mit Claire unterhalten, zunächst nur in Gedanken, doch nach einer gewissen Zeit sogar mit lauter Stimme. Ja, er hatte versucht, sich nicht gehen zu lassen, versucht, das Andenken Claires zu wahren. So gut er eben konnte. Mehr war nicht möglich.

Wie ging es ihm? Musste die Frage nicht eher *Wie kann es weitergehen?* lauten? Welches Leben sollte er in seinem Alter noch beginnen, mit einem Freundeskreis, der sich auf Tommaso Regondi beschränkte?

Konnte das Andenken seiner Frau ausreichen, um sich nicht aufzugeben? Er hatte immer wieder den Vorsatz gefasst, es zumindest zu versuchen. Im Geist ihrer positiven Energie in allen Dingen wollte er seine letzten Jahre verbringen. Mit Würde. Also hatte er sich wieder eingerichtet. Hatte eine Routine entwickelt. Aufstehen. Frühstücken. Einkaufen. Abwaschen. Putzen. Wäsche waschen. Musik hören. So vergingen die Wochen, bis Tommaso eines Tages vor der Tür stand und ihn an sein Versprechen erinnerte.

»Wenn du mich fragst, Baptiste, du siehst nicht so aus, als wäre dir nach einem Spaziergang zumute. Aber die heutige Sonne lässt nichts anderes zu, als ausgiebig durch die Felder zu spazieren«, begrüßte ihn der Freund.

»Tommaso …«, begann Baptiste.

»Tatatata, sag nichts«, kommandierte Regondi oberlehrerhaft. »Ich weiß, dass du die Vorstellung hasst, auch nur vor die Tür zu treten, und ich kann dich nicht zwingen. Aber ich weiß auch, dass es an der Zeit ist. Es ist an der Zeit, fortzuschreiten und weiterzuleben. Seit Monaten verkriechst du dich in der Wohnung. Mein Gutester, ich weiß, wie schwer es dir fällt, und die nächsten Monate werden sicher nicht einfacher werden. Aber wenn du nicht wenigstens wieder einmal die Erde unter den Füßen und die warme Sonne auf der Haut spürst, und wenn du nicht bald wieder den klaren Himmel siehst, dann wird es irgendwann unmöglich werden, überhaupt noch weiterzuleben.«

Tommaso beugte sich vor und flüsterte fast: »Ich weiß, dass es das Dümmste ist, was man in einer solchen Situation sagen kann, aber im Grunde stimmt es doch: Claire würde nicht wollen, dass du aus lauter Trauer vor die Hunde gehst.«

»Claire ist tot, Tommaso. Claire will gar nichts mehr«, fuhr Baptiste ihn an.

Beide schwiegen eine Weile.

»Claire hat ein Andenken.«

»Claire ist tot«, wiederholte Baptiste.

Wieder Stille.

Doch Tommaso schien zu spüren, dass Baptistes Widerstand bröckelte. Vielleicht, weil er abgelenkt war und formulieren wollte, dass tote Menschen keinen Willen und Claires Wünsche keine Relevanz mehr hatten. Dass Gott und die Konstruktion des Paradieses für ihn nicht galten. Dass seine Einsamkeit sich durch die Erinnerung an Claire gleichzeitig verstärkte und verringerte und dass ihn gerade das daran hinderte, aus der Tür zu treten und weiterzuleben.

Tommaso ergriff die Initiative, verschwand im Flur und kam mit Baptistes Jacke zurück. »Ich verspreche dir, wenn du es nicht aushältst, dann brechen wir den Spaziergang ab.«

Die Wärme der Sonne empfing Baptiste. Sie strömte binnen Sekunden durch seinen Körper und hüllte ihn in einen wohligen Kokon. Die erste halbe Stunde gingen sie schweigend durch die Gassen des Dorfes, doch nach einiger Zeit begann Baptiste von Claire zu erzählen. Er erinnerte sich an die belanglosen Dinge, die kleinen Gesten, die subjektiven Wahrheiten und banalen Eigenheiten, die einem Körper einen Charakter gaben. Regondi ließ ihn gewähren, wahrscheinlich weil er wusste, dass das Ablegen von melancholischen Erinnerungen in ein selbst errichtetes Tabernakel der erste Schritt war.

Sie erreichten die Dorfgrenze und schlenderten in Richtung der Felder. Baptiste lächelte, als er die Farben des Lavendels sah. Er musste daran denken, wie Tommaso vor vielen Jahren einem unsympathischen Briten, der mit seiner gesamten Bagage zum Urlaub im Dorf angerückt war, eine Lektion über den Unterschied von Lavendel und Lavandin erteilt hatte. Der arme Tor war in Tommasos Laden gestolpert, hatte nach Lavendelöl gefragt und sich anschließend über die Preise gewundert, da er doch auf jedem Markt die preiswerten Varianten angeboten bekam. Tommaso hatte sich ihn persönlich vorgeknöpft, ganz so, als wäre dieses Wissen ein essentieller Bestandteil der Allgemeinbildung, die den Menschen vom Affen unterschied.

»Nicht nur, dass ihr durch die Welt lauft und alles romantisch findet, was ihr vorher auf irgendeiner kitschigen Postkarte gesehen habt, als müsstet ihr die Realität nachträglich mit einem albernen Foto abgleichen – nein, ihr erachtet es nicht einmal für notwendig, Romeo von Julia zu unterscheiden.«

Baptistes Knie fingen an zu schmerzen, und so setzten sie sich auf eine Bank, von der sie einen herrlichen Blick über die Felder hatten. Die frische Luft schmeckte gut.

»Baptiste, wir kennen uns jetzt seit mehreren Jahrzehnten, aber im Grunde weiß ich gar nichts über dich. Auf der Beerdigung war niemand außer Claires Familie und unseren Dorfbewohnern. Niemand, den ich nicht kannte. Ich habe dich nie gefragt, da es mich nichts angeht. Aber in der Nacht, als wir uns kennengelernt haben – woher bist du aufgetaucht, furchtsam, eingeschüchtert und verwirrt, wie du warst?«

Er bedrängte Baptiste nicht, indem er ihn anschaute, sondern genoss stattdessen das weite Rund der Natur.

»In all den Jahren habe ich dich nie gefragt«, wiederholte er, als Baptiste still blieb, »doch ich glaube, dass diese Frage relevant ist. Hast du keine eigene Familie, die du quasi als Aussteuer mit in deine Ehe gebracht hast? Ich meine zu erkennen, dass du kein reiner Franzose bist. Dein Teint hat so einen fremden Schatten – stammt der aus Tunesien? Oder vielleicht Marokko?«

»Algerien«, korrigierte Baptiste einsilbig.

Tommaso wurde hartnäckig: »Warum ich dich das alles frage? Ist das nicht offensichtlich? Du wirst bald nicht mehr alleine leben können. Du bist im Vergleich zu mir wahrscheinlich ein echter Frühlingsreigen, aber wenn wir ehrlich sind – kein Mensch kann im Alter alleine sein, ohne vor Kummer zu vergehen. Ohne einsam und wunderlich zu werden. Vor allem, wenn wir es anders kennengelernt haben. Ganz zu schweigen von dem Gefühl, nicht einmal die Einkäufe mehr heben zu können.« Er machte eine kleine Atempause. »Oder noch Schlimmeres.«

Baptiste ahnte, worauf Tommaso hinaus wollte. Auf den Tag, wo die obere Kante der Badewanne zur unüberwindlichen Hürde wurde. Wo der Rücken sich weigerte, den eigenen Händen bis zu den Füßen zu helfen, um die Schuhe zuzuschnüren. Wo das Zittern der Finger den Kaffee verschüttete, noch ehe die gefüllte Kaffeetasse zu schwer wurde.

Aber es war zu früh für ihn, über solche Dinge nachzudenken. Er konnte seine Lähmung noch nicht aufgeben, denn sie bewahrte das

Andenken an Claire. Da war die Angst, dass Claire verblassen könnte, wenn er nur weiterlebte. Dass er nun, da er zurückgelassen war, keinen Halt mehr finden würde. Hier in dieser Zwischenwelt konnte er sich aufhalten. Hier konnte er bei Claire bleiben, hier spürte er sie noch, hier war sie für ihn da. Hier konnte er warten, bis auch seine Zeit gekommen war. *Was sprach dagegen?*

In diesem Moment vor allem Tommaso. »Warum haben wir Menschen denn Familie? Sicher, da gibt es die eine Fraktion, die ihre Gene ungefragt unters Volk bringt und einem einfachen Programm folgt – nämlich die Langeweile ihres Lebens durch das Erschaffen von Familien zu unterminieren. Nenn mich totalitär, mein Lieber, aber meine Meinung dazu? Deren Gene braucht kein Mensch. Doch sie kennen es eben nicht anders, bekommen permanent ›mehret Euch‹ zu hören, vom Staat, von der Kirche, von den Angehörigen, und also mehren sie sich. Leider.«

Er machte eine kleine Pause, um zu prüfen, ob Baptiste ihm noch zuhörte. »Aber wir sind alt, Baptiste. Wir brauchen menschliche Wärme und jemanden, der sich um unsere alltäglichen Belange kümmert. Wer hält uns in den Armen in der Not? Wer wäscht unsere Wäsche? Wer wird die Kohlen aus dem Keller schleppen? Was mich zu meiner Frage zurück bringt: Was ist mit deiner Familie?«

Baptiste schwieg und schloss die Augen. Aus dem Dunkel seiner Erinnerung näherte sich eine Gestalt.

Er scheuchte die Erinnerung fort und richtete sich ein wenig auf. »Ich habe niemanden, den ich noch Familie nennen darf. Sie sind alle tot …« Baptiste stockte. »Ich möchte darüber nicht reden.«

Er beendete die Konversation abrupt, indem er aufstand und sich vor Tommaso stellte. »Ich verstehe, worauf du hinaus willst, und natürlich möchte ich mein Leben in Würde weiterleben, ganz so, wie Claire es mir vorgelebt hat. Aber dafür brauche ich keine Familie und niemand anderen als mich selbst.«

Er setzte sich langsam in Bewegung, gerade schnell genug, um Tommaso zu signalisieren, dass sie nun weitergehen würden. Die restliche Zeit schwiegen sie und verabschiedeten sich vor Baptistes Wohnung. Dass sie diese Spaziergänge nun regelmäßig machen würden, war Tommasos Wunsch. Zweimal pro Woche wäre eine gute Frequenz. Und er würde bereits in den nächsten Tagen auf ihn zukommen. Baptiste versprach es und verschwand in seine Wohnung. Im Rücken glaubte er zu spüren, wie Tommaso ihm sorgenvoll hinterherschaute und sich vornahm, in keinem Fall locker zu lassen.

Kapitel 8

Das Telefonat verlief verblüffend anders, als Ella es sich vorgestellt hatte. Drei Stunden waren sie gewandert, bis einer von ihnen endlich ein Handysignal empfing. Und dann erreichten sie Onkel Shawn nicht einmal, sodass sie gezwungen waren, eine Nachricht mit der Bitte um sofortigen Rückruf auf seinem Anrufbeantworter zu hinterlassen. Wie unbefriedigend. Zum Warten setzten sie sich auf einen großen Fels am Wegesrand und redeten über lapidare Dinge. Ella achtete dabei auf Körperabstand, doch Jason nahm immer wieder und wie selbstverständlich ihre Hand und spielte gedankenverloren mit ihren Fingern. So, wie er es schon seit Jahren tat.

Ella ließ diese spielerische Geste seiner Nähe so steif werden, dass sie nach einer Weile Nackenschmerzen bekam, was er wiederum bemerkte. Er zog sie zu sich herüber, setzte sich hinter sie und begann, ihren Nacken zu massieren. Ella stockte der Atem. Wie sanft sich seine Hände anfühlten. Aber genießen konnte sie diese Situation nicht im Geringsten. Im Augenblick war sie einfach nur überfordert, und es nagte die Frage an ihr, ob sie in Jason tatsächlich schon seit Langem verliebt war und sich so effektiv davor geschützt hatte, dass sogar sie selbst auf ihre eigene Leugnung hereingefallen war.

Was sie zu der nächsten Frage brachte, wovor sie sich eigentlich schützen musste. War es die Angst, abgewiesen zu werden? War es die Sorge, nicht genügen zu können? Dem Vergleich nicht standzuhalten? Als Liebhaberin, als Gefährtin? War es das Unbekannte, das Berührtwerden, die Öffnung, die Schutzlosigkeit? Ella wusste nicht einmal, wo sie anfangen sollte zu suchen.

Warum in aller Welt gab es eigentlich kein Schulfach über das Lieben-lernen? Warum waren Geometrie, Geschichte und Erdkunde für die Entwicklung eines Menschenwesens wichtig, während man gleichzeitig hilflos, allein und tollpatschig wie ein Bärenjunges durch ein Labyrinth beängstigender Gefühle irren musste, ohne den kleinsten Kompass in der Hand? Warum gab es stattdessen Sexualkundeunterricht? Als ob damit das Wesen der Liebe erklärt wäre. Oder ging es tatsächlich nur darum, junge Menschen vor Schwangerschaft und Infektionen zu schützen? Ella seufzte. Sie hatte von niemandem Hilfe zu erwarten. Kein besonders ermutigender Gedanke. Ihr fiel ein, wie sie sich bei ihren ersten Intimitäten gefühlt hatte. Damals mit Pitt. Es war furchtbar gewesen. Ohne Zärtlichkeiten waren sie durch einen Nebel aus Alkohol und Konventionen gestreift. Sie hatte sich in dieser Nacht eingeredet, den Sex ebenso zu wollen wie er, doch sie tat dann nicht mehr, als sich zu überwinden. Weil sie genügen wollte, und weil sie sich nicht traute, ihm Einhalt zu gebieten, um bloß nicht den Makel der Prüden aufgedrückt zu bekommen. Und so war sie nach kaum einer Viertelstunde in den Kreis der *Hinter-sich-Bringerinnen* aufgenommen worden.

Überwindung war es, womit sie Liebe in Verbindung brachte. Was für ein Dilemma! Da manifestierten sich so tiefgehende Gefühle für Jason, und seit sie sich derer bewusst war, ging es ihr elender denn je. Wieso erfreute man sich also am Zustand der Verliebtheit? Es fühlte sich schließlich nur schrecklich an.

Sie überlegte, ob sie Jason einen Hinweis geben sollte. Ein koketter Flirt, ein irisierender Kommentar oder ein Augenaufschlag vielleicht. Lächerlich. Sie konnte das nicht einmal und überhaupt – niemals würde sich Jason für sie interessieren. Sie war alles andere als seine Kragenweite. Clarissa, so kalt und egozentrisch sie sein mochte, sie war außerdem hochgewachsen, hübsch, begehrt und selbstbewusst. Aber sie selbst? Es musste schließlich einen Grund dafür geben, dass Jason ihr Hände und Nacken streicheln konnte, ohne über sie herfallen zu wollen. Ella wäre keine gleichwertige Partnerin an seiner Seite, und das wusste auch Jason. Ella war ungefährlich.

Aber gab es nicht auch für Jason das tiefe Bedürfnis, mehr als nur wahrgenommen zu werden? Und wer wäre da besser geeignet als sie, seine innigste Freundin?

Bei ihr war es einfach. Die meiste Zeit in ihrem Leben war sie froh gewesen, wenn sie nicht angefasst wurde, und so hatte sich zwar eine Sehnsucht danach entwickelt, gehalten zu werden, doch der Trieb, sich mit einem Mann zu vereinen, schien irgendwo in ihrem tiefsten Innern verborgen zu sein. Und sie vermisste nichts. Bis jetzt zumindest.

Wie war das eigentlich bei den anderen? Sie erinnerte sich daran, dass in der Vergangenheit sowohl Lester, Simon und sogar Sam immer viele Freundinnen gehabt hatten. Sicher waren auch einige amouröse Abenteuer dabei gewesen. Viel hatten sie nie erzählt, aber so etwas sprach sich in einer kleinen australischen Schule natürlich schnell herum.

Und hier? Gab es hier mehr als nur – Masturbation im Dunkeln? Das bloße Wort war ihr unangenehm. Sie konnte es sich nicht vorstellen und wollte auch nicht wirklich darüber nachdenken. Aber ihre Gedanken – einmal entfesselt – hatten eigene Pläne. Wie hielt es Jason? Er war ein körperbetonter Mann, wollte er die nächsten Jahre hier in Afrika im Zölibat verbringen?

Ella dämmerte, dass weit und breit keine Konkurrenz am Horizont war. Und was machte sie daraus? Saß hier, unscheinbar wie der graue Fels, auf dem sie hockte, und hielt geschwisterlich Händchen. Sie nahm sich vor, sich nach ihrer Rückkehr Malia anzuvertrauen und um Rat zu bitten, wie sie sich künftig vorteilhafter kleiden konnte. Femininer. Aufregender. Erwachsener. Dafür benötigte sie Hilfe, und Malia machte den Eindruck, erfahren in Liebesdingen zu sein.

Aber es gab noch weitere Sorgen. Was täte sie, wenn Jason sie plötzlich küsste? Was, wenn sie selbst die Gelegenheit dazu bekäme, ihn zu küssen? Eine ungeheuerliche Vorstellung! *Ach was*, Jason käme sicher nicht einmal auf die Idee und sie erst recht nicht. Spontan schon gar nicht. Ella seufzte ein weiteres Mal, doch bevor Jason sie fragen konnte, was sie beschäftigte, riss das Telefon beide aus ihren Gedanken. Onkel Shawn rief zurück!

Zwar hatten sie sich auf dem Weg schon Gedanken über den bestmöglichen Verlauf des Telefonats gemacht, doch Onkel Shawn folgte leider überhaupt nicht ihrem Skript. Er löcherte Ella mit allerlei

Fragen über ihr Wohlbefinden, während sie krampfhaft versuchte, das Gespräch auf *Little Hearts* zu lenken.

Als sie endlich davon erzählt hatte und den Hörer an Jason weiterreichen wollte, wurde Onkel Shawn ungewöhnlich einsilbig. Er sah offenbar keine Notwendigkeit, mit Jason zu reden. Er stellte wenige Fragen und bekundete dann, dass er zwei, drei Tage nachdenken wolle, ob und wie er am besten helfen könne. Dann bat er um Rückruf am folgenden Donnerstag und legte auf.

Die folgenden drei Tage in Chila schlichen nur so vor sich hin, und Ella verspürte eine andauernde, innere Unruhe. In den Nächten schlief sie schlecht. Tausend ungeordnete Gedanken ergriffen Besitz von ihrem dünnen Schlaf. *Little Hearts* vor dem Aus. Das Ende des Paradieses. Die Gefühle für Jason. Onkel Shawns Entscheidung. Ab dem Moment, in dem Ella die Augen schloss, torkelte sie willenlos durch einen halbgaren Schlaf, nach dem sich am Morgen das Gefühl einstellte, er habe gar nicht stattgefunden.

Endlich brach der dritte Tag an. Nebel hing tief in den Tälern und widerstand hartnäckig der klärenden Sonne. Die Luft war klamm und grau. Jason und Ella wanderten wieder los, deutlich stiller als beim letzten Mal. Ella hingen die unruhigen Nächte in den Knochen, während Jason einen nervösen und fahrigen Eindruck machte. Trotz seiner Vorbehalte war offenbar auch er mittlerweile zu dem Schluss gekommen, dass Onkel Shawn die einzige Rettung war.

Der war pünktlich telefonisch zur Stelle und übernahm sofort die Gesprächsführung. Ella hatte ihr Handy auf den Boden gelegt, den Lautsprecher aktiviert, und nun saßen sie und Jason im Schneidersitz davor und hörten dem Onkel zu. Er sprach sehr klar und fasste zunächst zusammen, wie er das Problem von *Little Hearts* verstand. Dann kam er zum entscheidenden Punkt: »Wenn ich das richtig verstehe, dann ist diese enorme Summe Geld pure Schikane, die euch für eure Weigerung, jemanden zu bestechen, bestrafen soll. Das bedeutet allerdings auch, dass dieses Geld nicht besonders sicher sein dürfte, wenn ihr es denn auftreibt.«

Er machte eine kurze Pause, aber nachdem weder Ella noch Jason darauf zu antworten wussten, fuhr er fort: »Was ich nicht tun werde, ist, euch das Geld zu leihen oder zu spenden. Ich kann von hier aus nicht beurteilen, wie gut und sicher es in Malawi aufgehoben ist. Und ich gebe kein Geld aus der Hand, bei dem ich nicht das Gefühl habe, dass es wenigstens halbwegs nachhaltig wäre. Sorry.«

Ella war maßlos enttäuscht. Das Gefühl von Schuld stieg empor, da es schließlich *ihr* Onkel war, der *ihre* Idee scheitern ließ. Hatte sie selbst wirklich daran geglaubt, zur Retterin von *Little Hearts* zu avancieren? So fühlte sich die soeben geplatzte Hoffnung jedenfalls nicht an. Es schmeckte eher nach einem: »Im Grunde habe ich es gewusst.«

»Ich glaube jedoch, dass ihr euch selbst helfen könnt«, fuhr der Onkel fort. »Im Grunde gibt es zwei Optionen. Entweder ihr denkt noch einmal darüber nach, ob eine kleine private Zuwendung an den zuständigen Beamten nicht doch sinnvoll wäre. Immerhin könnt ihr dann einer Menge Kindern helfen. Wenn das System dort so ist, dann heult mit den Wölfen. Der Beamte wird auch seinen Grund haben, warum er auf Korruption angewiesen ist. Wahrscheinlich muss er eben selbst einen Haufen Mäuler stopfen, und euch käme das sicher günstiger, als die Sicherheit zu hinterlegen.«

Während dieser Worte schaute Jason Ella vorwurfsvoll an und sie wusste sofort, was er dachte. Das war genau die Art des Denkens, die er im Kopf gehabt hatte, als er ihre Idee als schlecht abgetan hatte. Onkel Shawn schien sich als der zu entpuppen, den er sich unter einem erfolgreichen Geschäftsmann vorstellte. Er war schon im Begriff, aufzustehen und Ella allein weiterreden zu lassen, als Onkel Shawn sagte: »Ansonsten habe ich es so verstanden, dass diese Summe in Afrika unmöglich aufzutreiben ist, richtig?«

Ella bejahte. »Wenn ihr keine Bestechung wollt und das Geld nicht in Afrika auftreiben könnt, dann bleibt nur die zweite Option. Ihr müsst es in Europa versuchen, denn hier gibt es jede Menge Möglichkeiten.«

Ella und Jason schauten sich verblüfft an. »Hier ist mein Angebot an euch. Ich spendiere euch beiden den Flug und helfe euch, hier möglichst viele Vorträge über *Little Hearts* zu halten. Golfklubs sind einträglich, Seniorenheime sicher auch. Oder Rotary-Clubs und ähnliche Vereine, wo sich das Kapital regelmäßig versammelt, um das eigene Gewissen zu beruhigen. Ich habe außerdem einen guten

Freund, er ist Chefredakteur beim *Journal Mondial* und wird euch sicher zuhören und prüfen, ob er euch mit einem Bericht unterstützen kann.«

Er machte eine kurze Pause und fügte dann hinzu: »Das tue ich natürlich aus purem Eigennutz.«

Jetzt wurde es spannend. Jetzt kam das Faustpfand.

»Ich möchte nämlich endlich einmal meine Nichte wiedersehen.«

Onkel Shawn lachte.

Onkel Shawns Vorschlag wurde bei *Little Hearts* begeistert aufgenommen. Selbst Jason war euphorisch und begann mit den anderen, Pläne zu schmieden. Wieder saßen sie vor dem Platz der Baustelle und aßen Obst. Die Diskussion war lebhaft und ging kreuz und quer durcheinander. Sie würden eine Präsentation brauchen. Woher bekämen sie wohl einen Projektor? Es wäre gut, Fotos zu machen, die einen Eindruck von ihrer Arbeit vermittelten. Spendenformulare wären wichtig. Wie bekämen sie Bargeld zurück ins Land?

Nur Ella hielt sich zurück und genoss die Verve, die da entstanden war. Und sie versuchte, sich Frankreich vorzustellen. Gemeinsam mit Jason.

Vier Wochen später saß Ella bereits mit Jason im Flugzeug nach Frankreich. Onkel Shawn hatte Wort gehalten. Sie flogen durch die Nacht Europa entgegen und während Jason mit dem Kopf an Ellas Schulter schlief, kreisten Ellas Gedanken um ihre Gefühle.

Es war erst wenige Tage her, da hatte sie mit Malia geredet und sich ihr anvertraut. Die Freundin traf wie gewohnt den Nagel sehr schnell auf den Kopf. Sie saßen in Malias Hütte auf großen, flauschigen und farbenfrohen Bodenkissen, Malia schnitzte sich den Zweig eines Zahnbürstenbaums in Form und begann, auf ihm zu kauen und sich ihr Zahnfleisch zu massieren. »Du bist eine Frau, er ist ein Mann. Du bist verliebt. Also, worauf wartest du noch?«, säuselte Malia.

Worauf sie wartete? Vielleicht darauf, dass der Tag kam, an dem sie sich gerne im Spiegel sah. Wie angenehm, dass es in Chila kaum Spiegel gab. Keine sich spiegelnden Schaufenster, keine verglasten

Flächen, in denen sie sich immer daran erinnerte, dass so viele Menschen schöner waren … Malia korrigierte sie. Dass sie sich nicht schöner *fühlte*. Je länger Ella darüber nachdachte, desto mehr Menschen fielen ihr ein, die unter dem gleichen Syndrom litten. Egal, wie hübsch andere sie fanden. Alle verrieten irgendwann in schutzlosen Momenten, dass sie sich im Grunde ihres Herzens ablehnten, dass sie den Spiegel mieden, und dass ihr Make-up nicht der Verschönerung, sondern der Verschleierung diente.

Worauf wartete sie noch? Vielleicht darauf, dass der Tag kam, an dem sie sich wert fühlte, geliebt zu werden, selbst zu lieben und dieses Gefühl äußern zu dürfen. Der Tag, an dem sie sicher war, dass aus der tiefen Empfindung von Liebe nichts Beängstigendes geboren werden würde. An dem sie sich nicht wie ein Schleicher im Dunkeln fühlte. An dem sie sein durfte, wie sie war.

Worauf wartete sie noch? Vielleicht darauf, dass der Tag kam, an dem sie in der Lage war, ihre Passivität aufzugeben. Der Tag, an dem sie einsah, dass es nicht an Jason war, ihre Gefühle zu erraten, sich seinerseits zu verlieben und sich ihr zu offenbaren, und dass es überhaupt nicht darum ging, ob er ihre Liebe erwidern würde, sondern darum, zu ihren Gefühlen zu stehen.

Malia schüttelte den Kopf.

»Grundgütiger, was für krause Gedanken. Unter normalen Umständen würde ich dich fragen, ob du dich überhaupt schon einmal im Spiegel gesehen hast, aber das würde bei dir ja nicht viel bringen«, sagte Malia und zwinkerte ihr zu.

Ella unterbrach sie. »Ist Partnersuche denn im Grunde nicht nur ein Tauschgeschäft? Taxieren wir nicht, was wir selbst wert sind, und verlieben uns dann in die Menschen, bei denen wir auf dem Markt den besten Gegenwert erhalten?«

Malia zog die Augenbrauen erstaunt nach oben. Diesmal fiel sie ihrerseits Ella ins Wort: »Und du möchtest damit sagen, dass dein Tauschwert nicht dem von Jason entspricht?«

Ella schaute beschämt zu Boden.

»Dann habe ich auch eine Weisheit für dich, meine liebe Freundin.« Malia legte ihren Zweig in ein oxidiertes Schälchen und rutschte neben sie. »Wer nicht tanzen kann, wird immer sagen, die Trommeln taugen nichts.«

Ella verstand nicht.

»Warum sollte Jason dich lieben, wenn du es selbst nicht tust? Es mag noch so klug klingen, was du sagst, aber wenn du deinen eigenen Wert nicht anerkennst, dann wird das auch kein anderer tun. Du gibst dir keine Mühe, dich aufrichtig zu beurteilen. Es ist viel leichter, sich selbst klein, hässlich und schlecht zu sehen. Statt dich zunächst selbst zu erkennen, sind es die Trommeln, die nichts taugen. Statt tanzen zu lernen, erklärst du die Musiker für unfähig. Und mit dieser Ausstrahlung gehst du dann durchs Leben. Stellt sich tatsächlich die Frage, warum Jason dich erkennen sollte.«

Malia hatte genug vom Gerede. Sie bestand darauf, Ella in verschiedene Tücher zu wickeln, die sie aus ihrer Truhe holte. Es waren lange Stoffbahnen, die in ihrer Schlichtheit überwältigend schön waren. Einige in dezenten Farben, andere wiederum in lauten, grellen Tönen, aber immer luftig, elegant und gerade geschnitten. Der Stoff roch nach afrikanischem Kontinent und der Lebensfreude malawischer Frauen. Ein blaues Tuch zeigte endlose Herden von Tieren, die ineinander verzahnt ein Mosaik ergaben und sich dem Betrachter erst auf dem zweiten Blick erschlossen. Malia zwang Ella, sich bis auf die Unterwäsche zu entkleiden und hüllte sie mit der Geschicklichkeit eines Stierkämpfers in die Tücher. Sie hatten Spaß dabei, lachten und kicherten, begutachteten und fachsimpelten, bis Ella das Gefühl ihrer Schönheit für den Rest des Tages nicht wieder loswurde.

Die Tage bis zum Abflug hüllte sich Ella am liebsten in ihre neue Kleidung. Ihr Körpergefühl veränderte sich dann mit einem Schlag. Ihr schien, als würde sie sogar aufrechter gehen als zuvor. Aber vielleicht war das nur der emporsteigende Stolz, denn natürlich entdeckten auch die anderen ihre Veränderung.

Kurz vor dem Abflug half Malia ihr, sich dezent zu schminken, und verriet ihr einige Tricks. Wenn es ums Schminken ging, war Ella zögerlicher. Sie erinnerte sich an ihren ersten Versuch mit Lippenstift. Als stünde auf ihrer Stirn *Slut* geschrieben, so hatte sie sich gefühlt.

Doch diesmal war es anders. Schöner. Stolzer. Womit sie allerdings nicht gerechnet hatte, war, dass die meisten begannen, sich ihr gegenüber anders zu verhalten. Hatte Lester sie vor Kurzem noch ausgelassen gepufft, gekniffen und gekitzelt und Simon sie zum Spaß unangekündigt über die Schulter geworfen und fortgetragen, so trauten sie sich das nun nicht mehr. Stattdessen bemerkte sie, dass sie aus den Augenwinkeln beobachtet wurde. Waren es also einige Meter Stoff und ein wenig Lanolin auf den Lippen, die ausreichten, um aus Ella einen neuen Menschen zu machen? Das war doch lächerlich. Doch Malia sah das wieder einmal ganz anders.

»Das sind nur Signale, die zeigen, dass in dir ein ganz neuer Teil erwacht ist. Du hast eine Flagge in den Himmel gehisst, und jeder kann sehen, was drauf steht: *Ich bin.*«

Ella gefiel das. *Ich bin.* Ja. Sie war da. Heraus aus dem Dunkeln. Und hier im Flugzeug in Richtung Europa wurde ihr klar, dass *Little Hearts* seit Kurzem die erste *Frau* an Bord hatte.

Kapitel 9

Der einzige Sinneseindruck entstand aus einem irritierenden Geräusch, das nicht in seine Welt gehörte. Metall schlug gegen Metall und erzeugte einen Klang, dessen trockene Welle nicht weit reichte, kaum mehr als von der Quelle bis an sein Ohr. Baptistes Instinkte hießen ihn, den Urheber zu identifizieren, was jedoch fehlschlug, denn kaum hatten sich seine Lider einen haarfeinen Spalt geöffnet, überrannte gefroren kaltes, künstliches, grell schreiendes Licht seinen Körper. Es drang in ihn ein, durchflutete seine Hohlräume und tränkte sein Hirn in gleißende Lava voller explodierender Strahlen aus Blitz und Schmerz. Keine Sekunde später kehrte er dankbar in die Ohnmacht zurück, aus der er eben noch hatte entkommen wollen.

Ein weiterer Tag verging, und Baptiste verharrte in der Bewusstlosigkeit, deren Tiefe nur durch wirre Träume gestört wurde. Immer wieder tauchte Claire auf, gerade noch leibhaftig und klar, im nächsten Moment in Verklausulierungen, die ihn zu Tode ängstigten. Einmal mit dem Gesicht einer enttäuschten, sich abwendenden Mutter und plötzlich als monströser, unfassbarer Schatten im Nacken, der den kleinen, schutzlosen Baptiste durch die dunkelsten Winkel bedrohlicher Gänge eines farblosen Gefängnisses hetzte. Vorbei an seinem Vater, der in einem langen Mantel gehüllt auf einer Bank mitten im Gewirr der Gänge saß und lachte. Baptiste verlor sich in fieberhaften Phantasien, hetzte Claires Maskeraden hinterher und verlor sich immer wieder. Er bekam Fieber, bekämpft vom Krankenhauspersonal, spürte den durchnässten, klebenden Kragen seines Nachthemds und transformierte winzige Haltegriffe aus der Realität in seine wahnhaften Träume.

Viel später, die Zeit war ohne Struktur und Form durch ihn hindurchgelaufen, kam es zu einem zweiten, höchstens halben Erwachen. Unzählige Sensoren seiner inneren Organe begannen zu feuern, skandierten vehement, um Gehör in seinem Schmerzzentrum zu erlangen. Seine Mundhöhle forderte Wasser, seine Wirbel Raum und ein flächiger Schmerz irgendwo zwischen Rücken und Rumpf mehr Aufmerksamkeit. Weitere Widersprüche formierten sich und holten ihn aus dem Nebel der Ohnmacht in den Fokus. Wie konnte Claire an seinem Bett sitzen, sein durchnässtes Haar streicheln? Wieso *saß* sie am Bett, wieso *lag* sie nicht bei ihm?

Hörte er, wie sie den Arzt bedrängte, die Dosis der Schmerzmittel zu erhöhen? Woher kam der Arzt überhaupt? Und um was für Schmerzmittel ging es? *Wo* war er?

Der Schmerz, den er wahrnahm, trug ein anderes Kostüm als derjenige, der ihn seit Jahren am Morgen begrüßte. In seiner Armbeuge brannte und stach es, es war das Gefühl einer Penetration, eines Fremdkörpers, der sich in einen kalten, unangenehmen Strom verwandelte, sich im Innern des Arms von der Beuge her ausbreitete und sich im unendlichen Netz seiner Venen verlief.

Das Licht, das durch seine geschlossenen Lider schimmerte, hatte eine andere Farbe als üblich. *Wo zum Teufel war er?* Die Wärme, die sich zwischen Bettdecke und Matratze zu einem wohligen Kokon summierte, hatte eine andere Dichte als sonst, die Schwere der Decke ein anderes Gewicht als gewohnt. Die Erkenntnis, dass er nicht in seinem eigenen Bett lag, raubte ihm die kleine Neige an Kraft, die in ihm wohnte, und so stieg er wieder treppab in den Keller des Unterbewussten.

Äonen später bahnte sich aus der weiten Ferne des zeitlosen Nichts eine warme, fast zärtliche Stimme voller Fürsorge in sein Ungemach. Nach unzählbaren Wiederholungen immer gleicher Worte ohne Sinn schälte sich aus einem Reich, das nur aus Flächen und Stimmenklang bestand, ganz allmählich eine Realität. »Monsieur Dumont, werden Sie wach.«

Irgendwer berührte ihn an der Schulter, schüttelte ihn. Und endlich ließ sein Unterbewusstsein ihn frei, gab den Versuch auf, ihm diese Stimme als die seiner Frau anzubiedern und sandte ihn zurück ins Leben.

Ein unglücklicher Sturz in seiner Wohnung hatte Baptiste in eine tiefe Ohnmacht gestoßen. Auf dem Küchenboden hatte er gelegen, zwischen zersplittertem Porzellan und mitgerissenen Gewürzbehältern, mit verdrehtem Kniegelenk und einem Bruch des Schlüsselbeins. Nur durch Zufall hatte Marcel aus der Musikalienhandlung ihn entdeckt. Er hatte ihm die Bruckner-Aufnahme liefern sollen und sah Baptiste durch das Küchenfenster auf dem Boden liegen.

Marcel war sogleich zu den Nachbarn gelaufen, die wiederum Dr. Bellier riefen, der sich dann um alles Weitere kümmerte. Die Feuerwehr brach die Tür auf, und Dr. Bellier versorgte Baptiste mit dem Nötigsten. Der herbeigerufene Krankenwagen, der aus der nächstgrößeren Stadt kam und dazu fast fünfundvierzig Minuten benötigte, brachte ihn anschließend ins Krankenhaus. Sogar die beschädigte Tür wurde auf Belliers Weisung hin behelfsmäßig gesichert.

Im Krankenhaus erfolgte eine routinierte OP ohne größere Komplikationen. Nur aus der Ohnmacht wollte Baptiste eben nicht erwachen, bis der zweite Tag fast zur Neige ging.

Weitere zehn Tage nach der Operation seines Schultergelenks und mit Litern verabreichter Medikamente im Leib lernte Baptiste mühsam, sich ohne helfende Hände aus dem Krankenbett in den Rollstuhl zu heben, um an das Fenster seines Krankenzimmers zu gelangen. Sein Knie würde ihn für mindestens zwei weitere Wochen ans Bett und den Rollstuhl fesseln.

Baptiste störte sich nicht sonderlich daran. Früh am Morgen verbrachte er bis zum Erwachen der restlichen Station die Zeit damit, den Kampf zu betrachten, den die Häuserfronten am Horizont fochten, um sich ihre über Nacht geraubten Farben zurückzuerobern. Die Stadt forderte ihre jahrhundertealte Allianz mit der ersten Sonne des Tages ein, um sich aus der drückenden Last der Dunstglocke zu befreien. Die täglichen Mengen an Medikamenten mischten dabei ihre Wirkung in die erhabene Stille dieses zeitlosen Naturschauspiels.

Unbemerkt huschten Baptistes Gedanken durch die Tür des Realen und gingen auf eine ungelenkte Reise. Wie durch ein Museum wanderten sie durch endlose Gänge, betrachteten allzu Vergangenes wie mit dem nebulösen Blick durch schlecht geschliffene Brillengläser, erhaschten Gerüche aus früheren Küchen und traten schließlich durch das Portal seiner heiligen Erinnerungen an Claire.

Wie in einen Schrein gebettet versuchte er krampfhaft, möglichst viel von dem zu erhalten, was sein Zusammenleben mit ihr zu etwas Einzigartigem gemacht hatte. In lückenhafte Formeln gegossen sollte so jeder Augenblick konserviert werden, damit nichts von dem, was am Ende seines Lebens übrig blieb, verloren ging.

Aber wie das bei Flüchtlingen oft der Fall ist, suchten seine Gedanken eher die verborgenen Nischen auf, streiften durch jene schlecht beleuchteten Verstecke, die gerne vom Bewusstsein übersehen werden, vor allem, weil sich in ihnen das Schmerzvolle, das Zerstrittene und Eifersüchtige, die Lügen und Fehler verborgen halten. Die Gedanken glitten zu jenem schicksalhaften Abend, bevor Claire wieder im Krankenhaus erwartet wurde, um ihre letzte Therapie gegen den erneut entflammten Krebs zu beginnen.

Baptiste hatte an diesem unseligen Tag versucht, möglichst gefasst und positiv zu wirken, und damit genau das Gegenteil erreicht. Seinem Handeln kam die Natürlichkeit abhanden. Jedes Räuspern ließ ihn sogleich aufblicken und prüfen, ob er etwas für Claire tun konnte, jeden Seufzer nahm er zum Anlass, seinen Arm um sie zu legen. Doch die innere Unruhe, die er ihr von den Augen abzulesen meinte, war nicht mehr als der Spiegel seiner eigenen Ruhelosigkeit.

Die Kraft, die er benötigte, um seine Angst vor den folgenden Tagen zu bändigen, verschlang den Wunsch, die verbleibende Zeit zu einem harmonischen Erlebnis zu machen. So entging ihm, dass Claires Innenleben schon längst einen ganz eigenen Weg eingeschlagen hatte. Sie wirkte, als wäre sie in einer Erzählung auf eine Ungereimtheit gestoßen, die sie zwar nicht zu greifen vermochte, die sie dessen ungeachtet aber irritierte.

So verging der Mittag, und das gemeinsame Schweigen, das sich in früheren Zeiten immer leicht und schwebend angefühlt hatte, drückte auf sein Gemüt. Je vorsichtiger er wurde, desto mehr entzog sich Claire seiner Nähe, bis sie am frühen Abend in den Raum verschwand, der als gemeinsame Bibliothek diente.

Die Geste schien eindeutig. Zwei Stunden lang hielt er das Warten aus, dann ging er ihr nach. Claire saß mit dem Rücken zur Tür auf dem kleinen Sofa und beobachtete das Spiel der Sonne, die sich von ihrem Tagwerk verabschiedete und zur Belohnung für getane Arbeit die Umgebung in ein goldenes Gewand kleidete. Er setzte sich zu ihr, um sie zu umarmen, aber bei der ersten Berührung zuckte sie von ihm fort, als stünde er unter Strom. Ihr Blick war verwirrt. So sehr schien sie in Gedanken versunken, als müsste sie zunächst nach einem roten Faden suchen. Dann nahm sie seine Hand, hielt kurz inne, als wolle sie sich noch einmal eben eingeprägter Worte erinnern, und sagte dann mit ernstem Blick, »Baptiste, ich muss dir etwas Wichtiges mitteilen.«

Ihr Blick wurde nun ganz gleichmäßig. Claires Gesicht war von den letzten Behandlungen aufs Tiefste markiert. Ihre Haut hatte sich innerhalb weniger Monate in eine farblose Schicht verwandelt, kaum mehr als ein durchsichtiger Schutz auf sonst blank liegenden Knochen. Das wenige Haar, das ihr nach dem jüngsten Angriff der Zellgifte geblieben war, fiel fahl und gespalten zur letztmöglichen Frisur herab. Baptiste erinnerte sich daran, dass sie bei ihrem allmorgendlichen Ritual stets darauf achtete, sich so gut wie möglich herzurichten.

Ihn ergriff durch ihren bloßen Blick die blanke Panik. Nun würde etwas folgen, das ihn entsetzen würde.

»Baptiste, mein geliebter Mann, ich habe nachgedacht …«

Sie haderte mit diesem Anfang, denn er war offenbar nicht so, wie sie es sich zurecht gelegt hatte. Baptistes Gaumen fehlte derweil die Flüssigkeit. »Nein, anders«, murmelte sie, eher an sich gerichtet. Sie schaute auf und setzte erneut an. »Baptiste, ich habe eine Entscheidung getroffen.«

Ihre Stimme hatte jetzt die Ernsthaftigkeit einer Frau, die sich entschieden hatte, ihre Ehe aufzulösen. »Ich habe beschlossen, morgen nicht zur Therapie zu gehen.«

Er verstand nicht. »Claire, du kannst die Therapie nicht verschieben. Du weißt, dass deine Behandlung genau auf deinen Verlauf abgestimmt ist.«

Claire schaute ihn lange an und wartete, ob er von selbst darauf kam.

In der Sekunde, als er zu hinterfragen begann, welche andere Bedeutung in ihrem Satz hätte liegen können, führte sie ihre Hand an seine Wange und streichelte ihn. »Mein Schatz, ich werde nie wieder zur Therapie gehen.«

Stille entstand.

Während er gelähmt vor ihr saß und konsterniert in ihrem Gesicht nach Gründen suchte, gab sie ihm die Zeit, die er benötigte, um wenigstens eine vage Vorstellung vom Ausmaß dieser Entscheidung zu bekommen. Dann, als er seinen Blick nicht mehr in ihren Augen halten konnte, wusste sie, dass er verstanden hatte. Sie löste sich aus ihrem Sitz und legte ihre Arme so um ihn, wie es vielleicht eine fürsorgliche Mutter vermochte, deren Sohn seine erste verlorene Liebe betrauert. So verharrten sie eine Weile ohne ein Wort. Doch dann kam die Wut. Mit aller Macht schob sie sich in sein Herz und riss den Frieden zwischen ihnen mit mächtigen Schlägen nieder.

»Nein. Das kannst du nicht tun. Das wäre dein Todesurteil. Und meines auch. Nein. Das darfst du nicht«, entfuhr es ihm viel zu laut und vehement, und mit einem Ruck löste er sich aus ihrer Umarmung. Ob der plötzlichen Heftigkeit erschrak sie und schaute ihn befremdet an. Doch schon im nächsten Moment hatte sie sich gefangen, fasste ihm mit beiden Händen um die Schultern und schaute ihm tief in die Augen, entschlossen, dieses eine Mal nicht nachzugeben.

»Ich werde sterben, Liebster, und unsere gemeinsame Zeit ist fast vorbei. Also lass uns jeden Moment, der uns bleibt, zelebrieren, um unser Vermächtnis in etwas Einzigartiges zu verwandeln.«

Doch der Zorn, der Baptiste erfasst hatte, ließ keinerlei Raum, um etwas Einzigartiges zu erkennen. Später sollte er sich daran erinnern, dass er um sich schlagen wollte, alles vergessen, dass er selbst zum Sterben bereit war, betrogen um die Sehnsucht ewiger Zweisamkeit.

Die Ruhe in Claires Gesicht zeigte ihm, dass sie seine Reaktion erwartet und entschieden hatte, so lange auszuhalten, bis sein Widerstand sich allmählich in Akzeptanz verwandeln würde. Doch in ihm bäumte sich der Wille auf, sich nicht geschlagen zu geben.

»Hör mir bitte zu, bevor du eine Entscheidung triffst. Warum willst du aufgeben? Keiner von uns weiß, ob die Therapie anschlagen wird. Wir *können* das nicht wissen. Wir sind nur Patienten, und keiner der Ärzte hat gesagt, die Behandlung könne keinen Erfolg haben.«

Claire lächelte ihn friedlich an. »Baptiste. Schau mich an. Schau in mein Gesicht, schau auf meinen Körper. Was ist von mir übrig geblieben? Kannst du dich daran erinnern, wie du um mich herum das Erbrochene aus meinem Bett säubern musstest? All das Blut, das mir beim Atmen in den Mund floss? Erinnerst du dich an die Panik und Depression, an den Hunger, den ich nicht mehr bekämpfen konnte, während mir zugleich alles eklig wurde, was einen Geruch besaß? Weißt du noch, wie auch dein Geruch mir Übelkeit bereitete? Mein geliebter Mann – ich will das nicht mehr.«

Baptiste war fassungslos. »Was redest du da, mein Schatz? Glaubst du, dass Erbrochenes mich abzuschrecken vermag? Natürlich erinnere ich mich noch, wie schlimm das war. Aber nur für dich, denn nichts von dir oder aus dir vermag mich zu ekeln. Und nichts ist so furchterregend wie der Tag, der unser gemeinsames Leben beenden wird.«

Seine Augen ertranken in Tränen. Der Vorsatz, diesen letzten Abend vor der Einweisung nicht in Traurigkeit zu ersticken, hatte keine Gültigkeit mehr. Aber schließlich gab es auch keine Einweisung mehr. Als Claire seine Tränen sah, brach auch aus ihr ein kurzes Schluchzen. Sie sackte in sich zusammen, und Ströme von Tränen liefen über ihr Gesicht. Baptiste verspürte einen schalen Triumph, denn es schien, als hätte Claire die Unmöglichkeit ihres Vorhabens erkannt. Doch schon ihre nächsten Worte zerstörten seine Hoffnung: »Du weißt, dass die Therapie mir im besten Fall wenige Monate schenken wird. Aber es wird kein schöner Tag mehr dabei sein, denn ich weiß dieser Zerstörung in meinem Körper nichts mehr zu entgegnen. Soll ich morgen mit der Gewissheit zum Arzt gehen, dass der heutige Tag mein letzter schöner Tag im Leben war? Soll ich unsere letzten Tage im Krankenbett vergeuden? Soll deine letzte Erinnerung an mich sein, wie ich ins Bett uriniere?«

Ihr eindringlicher Blick traf Baptiste bis tief ins Mark, und in die Stille der Hilflosigkeit mischte sich die Bitterkeit des Kämpfers, der langsam zur Einsicht seiner Niederlage kommt.

Nun hob sich ihre Stimme, um ihm ein versöhnliches Angebot zu unterbreiten. »Weißt du, was mir wichtig ist? Ich möchte ein letztes Mal mit dir verschmelzen. Ich möchte ein letztes Mal ein Stück Eiskonfekt in meinem Mund halten, bis mich der kalte Kern belohnt. Ich möchte im Kino an deiner Schulter um Jeanne d'Arc weinen und in der Nacht einen perfekten Wein entkorken. Ich möchte noch einmal aus deinem Mund *Candide* hören. Ich kann das alles nur mit und vor allem durch dich haben und nur, wenn du verstehst, dass dies wunderbar und die beste aller Welten ist. Wenn du das nicht spürst, kann ich es nicht erleben, denn dann wirst du uns in deiner Trauer ertränken.«

Sie klang so klar, so ruhig und schaute ihn dabei gütig an. »Du bist die Liebe meines Lebens, aber bitte, lass mich dieses eine Mal egoistisch sein, statt zu versuchen, um deinetwillen das Leben um wenige, nutzlose Tage in der Dämmerung von Schmerz, Ekel und Tod zu verlängern. Mein Liebster, mache es stattdessen zu deiner Aufgabe, uns jede Sekunde miteinander genießen zu lassen.«

Sie schaute ihn mit dem Blick einer Frau an, die im Hier und Jetzt eine Entscheidung, viel mehr noch, ein Bekenntnis von ihm erwartete.

Als Baptistes Erinnerungen endlich in die Gegenwart zurückkehrten, starrte er unter getrockneten Tränen noch immer auf die Silhouette der Stadt und erkannte, dass jener Abend den eigentlichen Todestag seiner geliebten Frau markierte.

Es klopfte an der Tür und bevor er reagieren konnte, steckten Tommaso und Martha schon ihre Köpfe ins Zimmer. Martha balancierte eine schier unendliche Ansammlung gestapelter Töpfe und Behälter, die jeden Moment in alle Richtungen zu stürzen drohten, während Tommaso ihr die Tür aufhielt, um sich dann umständlich an ihr vorbei zu drängen und Platz auf dem Tisch zu machen.

»Mein lieber Freund, die Erlösung ist da! Martha hat ganz wundervolles Essen zubereitet, denn wir gehen davon aus, dass dieser Fraß hier dich eher noch kränker machen wird.«

Martha wiederum küsste Baptiste liebevoll auf die Stirn. Dann entdeckten die beiden den phantastischen Ausblick, und bald standen sie gemeinsam am Fenster, schauten auf die Stadt und genossen andächtig das gewaltige Schauspiel. Sahen zu, wie eine Armada goldener Speere aus dem Himmel zur Hilfe kam und sich durch die eintopfdichten Schwaden des Morgennebels siebte, um die in grauen Konturen ertränkten Fassaden, Straßen und Alleenbäume zu befreien.

Viel später erst deckte Martha den Tisch und zauberte kleine kulinarische Wunderwerke auf die Teller, die eher an ein Mittagessen erinnerten denn an ein Frühstück, und die in ihrer Frische und Schlichtheit so wertvoll aussahen, dass Baptiste nicht einmal davon essen wollte. Wie sehr hatte er gutes Essen vermisst. Da lag eine gebackene Kartoffel auf seinem Teller. Tommaso hatte höchstpersönlich Olivenöl darüber gegossen, und sie duftete nach Rosmarin. Nicht nach irgendeinem, sondern nach dem intensiven aus dem Garten der Regondis, der an manchen Tagen die ganze Nachbarschaft einhüllte.

Er bekam ein Stück der Salami, die sich Regondi direkt aus Italien schicken ließ. Dazu Auberginen, die eben noch in Regondis Garten auf dem Grill gelegen hatten, und natürlich frische Champignons, bei denen nur ein wenig Salz und Pfeffer notwendig waren, um sie zu einem Gedicht werden zu lassen.

Gerade wollte Regondi das Baguette mit den Händen brechen, da öffnete sich die Zimmertür erneut. Esther und Theodore traten ein. In dem Moment, da Esther Tommaso erblickte, entfuhr ihr ein gereiztes Schnaufen. Es klang wie »ich habe es gewusst«, und verriet somit, dass sie die Möglichkeit, Tommaso anzutreffen, bereits auf dem Weg antizipiert haben musste. Wahrscheinlich hatten die beiden im Auto schon ausgiebig über die richtige Taktik für diesen Besuch gestritten, der demnach kein bloßer Höflichkeitsbesuch werden sollte.

»Baptiste, wie schön, du kannst bereits wieder aus dem Bett aufstehen«, sagte Theodore.

Tommaso wollte etwas sagen, doch Martha legte schnell ihre Hand auf sein Knie und bat ihn so um Zurückhaltung. Baptiste seinerseits war so überrascht über den Besuch, dass er nicht einmal wusste, was er antworten sollte.

»Lieber Theodore, wenn Baptiste tatsächlich aufstehen könnte, würde er vor lauter Freude über euren Besuch sicher prompt aus dem Zimmer rennen«, stichelte Tommaso angriffslustig und erhob sich dabei aus seinem Stuhl. Martha griff ein. Bestimmt schob sie sich zwischen Theodore und Tommaso, und, ohne Widerspruch zu dulden, nahm sie ihren Mann beim Arm. Sie verabschiedete sich in beider Namen und versprach, später noch einmal hereinzuschauen. Dann verließ sie mit Tommaso das Krankenzimmer.

Es entstand eine peinliche Stille, die nur von den üblichen Floskeln und Fragen nach dem Wohlbefinden unterbrochen wurde. Endlich ergriff Theodore das Wort: »Wie soll es denn nun mit dir weitergehen? Wir haben die Sorge, dass du künftig nicht alleine zurechtkommen wirst.« Dies war die Einleitung, und dann erzählten die beiden ihm, worüber sie sich offenbar schon seit Längerem den Kopf zermarterten.

Baptiste war sich nicht sicher, wohin dies führen sollte, denn Theodores Ausführungen waren lang, breit und umständlich. Bevor er endlich konkret wurde, schwante Baptiste schon, dass sie ihm anbieten wollten, zu ihnen zu ziehen. Ein schrecklicher Gedanke, so unerträglich, dass er zunächst gar nicht begriff, wie weit er von der Wahrheit entfernt war. Deshalb trafen ihn Theodores letzte Worte unvorbereitet: »… und deshalb dachten wir, dass du im *Schwester-von-Tarsilia*-Seniorenstift besser aufgehoben wärst … also, jetzt nur einmal so zum Beispiel … du müsstest dich dort nicht mehr um die anstrengenden Besorgungen des Alltags kümmern.«

»Und immerhin hat der Sturz bewiesen, wie unmöglich es für dich wäre, noch länger allein zurechtzukommen«, ergänzte Esther prompt.

Baptiste schaute schweigend von einem zum anderen. Theodore war die Stille wohl unangenehm, also fügte er ein unpassendes: »Wir sind doch eine Familie und machen uns Sorgen um dich« hinzu.

»Vor nicht allzu langer Zeit hat Claire mir sogar das Versprechen abgerungen, dass wir uns um dich kümmern werden«, erklärte Esther. »Und weiß Gott, Theodore und ich haben sehr lang darüber diskutiert, ob du zu uns ziehen könntest, aber der Platz reicht ja kaum für uns.« Das Haus, das Esther und Theodore ihr eigen nannten, besaß mindestens sechs Zimmer, aber Baptiste sagte noch immer nichts.

Er saß in seinem Rollstuhl und kam nicht mehr mit. Esther und Theodore wechselten sich in der Aufzählung der Vorzüge ab wie die Kolben eines Zweitakters. So gut vorbereitet schienen sie, dass jedem anderen wahrscheinlich längst die Erkenntnis gekommen wäre, dass all diese Überlegungen nur ein Vorgeplänkel waren. Baptiste jedoch kam sie erst, als sie mit ihrem eigentlichen Anliegen herausrückten: »Und so wollten wir dir anbieten, dass wir dir Claires … also eure … also ich meine, deine Wohnung abkaufen, damit du genügend Geld zur Verfügung hast, um dir das Stift leisten zu können«, stolperte Theodore durch ihr festgelegtes Skript.

Das war es also. Esther wollte sich zurückholen, was sie schon immer als das Ihre betrachtet hatte, die hübsche, kleine Wohnung, die ihr Vater überraschend Claire vermacht hatte. Offensichtlich ertrug sie es nicht, diese nun in Baptistes Händen zu sehen. Baptiste wusste, dass Esther die Wohnung als Aussteuer in ihre Ehe hatte mitnehmen wollen, aber nicht bekommen hatte. Er überlegte lange, bevor er antwortete.

»Theodore, diese Wohnung ist mein Andenken an mein Leben mit Claire. Ich kann doch nicht meine Heimat an euch verkaufen.«

»Aber du glaubst doch wohl nicht, dass du allein darin wirst leben können!« Esthers Stimme verlor mit einem Schlag alle Wärme, um die sie sich vorher so bemüht hatte. »Der Sturz sollte dir doch Beweis genug sein, dass du das eben nicht kannst.«

»Ich könnte jemanden anstellen, der mir ein wenig hilft«, entgegnete Baptiste.

»Von welchem Geld?«

Die Antwort kannten alle. Baptiste schwieg bedrückt. Er wollte dieses Thema nicht fortführen und bat die beiden, ihn ins Bett zu entlassen, da er sich müde fühle. Theodore versprach, dass er Baptiste in den nächsten Tagen besuchen würde, und Esther verabschiedete sich mit der Aufforderung, er möge bitte in Ruhe über das Angebot nachdenken.

Als die beiden gegangen waren, begann Baptistes Schulter zu schmerzen, als wolle sie ihm zeigen, dass Esther mit einem recht hatte – er würde nicht mehr allzu lang alleine leben können.

Bis die Regondis wiederkamen, bemühte Baptiste sich um eine Bestandsaufnahme: Er hatte chronische Schmerzen, aber er konnte sich noch bewegen. Er würde wieder gehen und Einkäufe tragen können, war nicht ans Bett gefesselt und hatte noch einige Jahre vor sich, die eine gewisse Vitalität versprachen. Eingeschränkt zwar, aber nicht völlig unbeweglich.

Am schwersten wog die Einsamkeit. Nein, musste er sich im gleichen Moment korrigieren, am schwersten wog die Perspektivlosigkeit. Claire war seine einzige Erfüllung gewesen, und er spürte, dass sie es auch bleiben würde. Das war nicht weiter schlimm, denn er hatte wunderbare Jahre erlebt, deren intensives Glück bis in seinen Tod strahlen würde. Doch was sollte er fortan mit sich anfangen? Mit einem Mal erkannte er das Problem. Er war in einem fremden Land, das nie seine Heimat hatte werden können. Sicher, in seinen Adern floss das französische Blut seines Erzeugers, doch diese Wurzeln waren nie stark genug gewesen, ihn in französischem Boden zu verankern. Sie waren höchstens bis zu Claire gewachsen. Sie war seine Heimat. Nun war sie fort und er heimatlos.

Und dann dachte er plötzlich an Algerien. Das Land, in das er nie zurückkehren würde. Er dachte an Afrika. *Dessen* Erde war seine Heimat.

Als die Regondis zurückkehrten, erzählte er ihnen von dem Angebot. Doch anders als erwartet reagierte vor allem Tommaso erstaunlich zurückhaltend: »Mit einem haben die beiden nicht unrecht. Es wird dir in den nächsten Jahren körperlich nicht besser gehen. Du magst jetzt noch mit deinen Einschränkungen zurechtkommen, aber wer wird sich um dich kümmern, wenn dein Zustand sich verschlechtert?« Tommasos Stirn zog sich in tiefe Falten. »Ich will Esthers Motive wahrhaftig nicht edel und aufrichtig nennen, aber es stimmt – es wird künftig nicht besser werden und das solltest du in deinen Überlegungen nicht außer Acht lassen.« Nachdem die beiden ihn verlassen hatten, verstand Baptiste, was sie ihm hatten sagen wollen. Er musste seine Zukunft sichern. Doch er hatte nicht die leiseste Ahnung, wie er das bewerkstelligen sollte.

Kapitel 10

Karma, so hatte Baptiste irgendwann einmal gelesen, bedeutete entgegen seines früheren Glaubens nicht Schicksal, sondern Ursache und Wirkung. Welche Ursache jedoch für die Wendung dieser Tage verantwortlich war, würde ihm wohl auf ewig ein Rätsel bleiben. Dementsprechend dankte er später dem Karma zwar nicht für die Ursache, jedoch für deren Wirkung.

Seit vier Wochen war er nun in dieser Einrichtung. Rehabilitation nannten sie es. Als wäre er ein Verbrecher, wobei zumindest die Unterkünfte durchaus etwas von einem Gefängnis hatten. Und damit kannte er sich nun wirklich aus.

Er war von den behandelnden Ärzten hierher verlegt worden, damit seine Bewegungsfähigkeit so weit wie möglich wieder hergestellt werden konnte. *Stationäre Rehabilitation* hieß die Abteilung und war Teil eines funktionalen, grauen, dreistöckigen Gebäudekomplexes, der dem *Schwester-von-Tarsilia*-Seniorenstift angehörte, der Einrichtung, in die Esther und Theodore ihn abschieben wollten.

Die Fusion von Rehabilitationsbereich und Stift hatte die Stadtverwaltung vor vielen Jahren für besonders glücklich gehalten, als es hieß, möglichst viele Gelder beim Pflegepersonal einzusparen. Damals hatte man von »synergistischen Effekten« gesprochen, da Pfleger und Physiotherapeuten für die Bedürfnisse von Patienten und Bewohnern gleichermaßen zur Verfügung standen. So konnte sich Baptiste schon einmal ein Bild von dem machen, was ihn für den Rest seines Lebens erwarten würde, wenn er dem Willen seiner Schwägerin folgte.

Zweimal täglich musste er zur Physiotherapie, durch endlos lange Flure mit muffigen Teppichböden, die durch den jahrzehntelangen Gebrauch so ungepflegt aussahen, dass bei der bloßen Vorstellung, jemals barfuß darüber laufen zu müssen, blanker Ekel in ihm emporstieg.

Zweimal täglich Physiotherapie. Sonst gab es nicht viel zu tun, nur die Mahlzeiten zu ertragen, die so mies waren, dass ihm kein Wort dafür einfiel. Das Fleisch war derart weich gekocht, dass es sich kaum auf der Gabel hielt. Ein paar Tage lang probierte Baptiste das vegetarische Angebot. Keine gute Idee, denn die Köche waren offensichtlich der Meinung, dass vegetarisches Essen nicht mehr bedeutete als *frei von Tieren*. Am ersten Tag bekam er einen Hefekloß mit Blaubeersoße, eine Süßspeise als Hauptgericht. Am zweiten Tag gab es Kartoffelpüree mit Erbsen und Möhrchen, wobei die Kartoffeln weniger püriert aussahen, als einfach zerkocht. Die Soße schmeckte zudem verdächtig nach Bratensaft. Als ihm am dritten Tag ein mit Rosinen gefüllter Blätterteig mit karamellisierter Vanillesauce aufgetischt wurde, reichte es ihm und er beschwerte sich.

Die Beschwerde verhallte ergebnislos, denn dem Personal fehlte die Muße zuzuhören. Sämtliche Mitarbeiter hatten einen Zustand der Gleichgültigkeit erreicht, der alles an ihnen abprallen ließ. Während Baptiste mit ihnen redete, arbeiteten sie einfach weiter. Sie widersprachen nicht, nickten sogar zustimmend, doch sie blieben in geschäftiger Bewegung, bezogen sein Bett, bestückten den Tisch mit Mineralwasser und antworteten dabei höchstens in kurzen, monotonen Sätzen. Jede Hoffnung, mehr als das an Aufmerksamkeit zu bekommen, war vergeblich.

Der Speisesaal glich einem Industriebetrieb. Das Essen wurde auf mannshohen Rollwagen hereintransportiert. Auf einer Liste wurde die Bestellung mit dem Kranken abgeglichen und ausgeteilt. Dreißig Minuten später wurde das Tablett wieder abgeholt. Die Mahlzeit war damit beendet.

Baptiste hasste nicht nur das Essen, sondern auch den Saal. Er saß inmitten von Hunderten von kranken, alten Menschen, deren Anblick ihn von Mal zu Mal mehr verstörte. Verglichen mit den meisten hier war er jung und gesund, und allmählich beschlich ihn das Gefühl, dass sie noch einsamer waren als er selbst. Wie konnte das sein? Er hatte niemanden – keine Familie. Irgendwann dämmerte ihm, dass genau das das Problem der anderen war. Sie hatten Familie. Sie hatten Angehörige. Die aber behandelten ihre hier beherbergten Mütter, Väter, Großmütter, Großväter, Onkel und Tanten so achtlos, dass sie geradezu in die Einsamkeit getrieben wurden, denn sie hatten stets vor Augen, dass es anders hätte sein können. Sie waren keine Kranken, sie waren Deportierte.

Da war beispielsweise diese Frau, die an die Neunzig sein mochte. Sie saß in ihrem Rollstuhl, ihre Haut war aschfahl und so voller Falten, dass es schon nicht mehr natürlich aussah, und aus ihrem Mundwinkel tropfte regelmäßig Speichel.

Den ganzen Tag saß sie im Aufenthaltsraum. Sie las nicht, sie schaute nicht fern. Sie unterhielt sich nicht mit den anderen. Sie beteiligte sich nicht am todlangweiligen Bingo. Nicht einmal aus dem Fenster schaute sie. Sie wartete nur darauf, dass ihre Tochter durch die Tür kam. Dann leuchteten ihre Augen. Baptiste hatte das gesamte Prozedere nun schon dreimal beobachtet.

Die Tochter, immer in einen adretten Hosenanzug gekleidet, war stets rastlos. Ein flüchtiger Kuss auf die faltige Wange, einige lieb-, acht- und gedankenlose Floskeln, und dann spähte sie bereits zum ersten Mal auf die Uhr. Verstohlen, denn ihre Mutter sollte nicht merken, dass ihr einziger Gedanke wahrscheinlich der war, so schnell wie irgend möglich wieder das Weite zu suchen. Wäre sie doch nur zehn Minuten geblieben und hätte diese dafür in voller Aufrichtigkeit und Anteilnahme verbracht! Wäre sie doch nur ehrlich zu ihrer Mutter gewesen und hätte sie an ihrem Zeitmangel teilhaben lassen – Baptiste hätte Verständnis gehabt. Doch kaum angekommen, war sie schon wieder auf dem Sprung. Weg müsse sie heute, leider viel früher als versprochen. Dringende Erledigungen im Büro – welch anstrengende Hektik. Und Stress. Es täte ihr leid. Das nächste Mal wäre mehr Zeit. Wahrscheinlich würde sie morgen bereits wiederkommen, sagte sie und schaute dabei so genervt, als sei sie die Leidtragende und nicht ihre Mutter. Dann ging sie auch schon. Natürlich kam sie am nächsten Tag nicht wieder. Auch nicht am übernächsten. Oder am dritten. Und so wartete die faltige Frau Tag für Tag, blickte hoffnungsvoll, sobald die Tür aufging, und immer wieder zerbarst ihre Hoffnung, täglich dutzende Male. Bis die Tochter endlich durch die Tür schritt und sich das Trauerspiel wiederholte.

Deshalb waren die Menschen, die Angehörige hatten, noch schlimmer dran als er, denn sie bekamen täglich vorgeführt, dass sie es nicht wert waren, zu Hause zu leben und die Zuwendung zu erhalten, die sie benötigten. Stattdessen wurde ihnen gezeigt, dass ihr letztes Stündlein nicht im Kreise der Familie schlagen würde, sondern in der Falle dieses grauen Bunkers.

Es war seltsam, aber das Leid der anderen stärkte Baptiste. So wollte er nicht enden und daher bat er um jede Extra-Einheit Physiotherapie, die er bekommen konnte. Die Therapie tat ihm gut. Nicht nur, dass er bereits wieder ganz ordentlich laufen konnte, auch seine chronischen Schmerzen waren deutlich geringer, wenn er morgens wach wurde.

Nur die Wochenenden waren schlimm. Da gab es keine Therapie, und die Stunden schlichen dahin wie sterbende Schnecken. An diesen Tagen verlor sich Baptiste in Schwermut. Ablenkung gab es keine. Sicher, da waren einige, die ihm etwas vitaler schienen, beispielsweise die Kartenspieler, die von früh bis spät um Centbeträge spielten. Zwei Schachspieler hatte er ausgemacht. Und natürlich die große Fraktion der Fernsehzuschauer, bei der ab und an heftige Diskussionen um die Wahl des Programms ausbrach, obwohl jeder einen eigenen Apparat auf seinem Zimmer hatte. Baptiste aber konnte sich nicht entschließen, sich jemandem zuzugesellen. Er blieb lieber allein.

An einem dieser Tage voller Tristesse lernte er Ella kennen. Ganz kurzfristig wurde der Termin durch einen unscheinbaren Aushang am Mitteilungsbrett angekündigt, und er hätte ihn fast verpasst.

»Waisen in Afrika – Das *Little Hearts*-Projekt«.

Darunter das schlecht kopierte Foto einer Baustelle, vor der gut fünfzehn Personen standen, miteinander verbunden durch weit ausgebreitete Arme. Lachend. Afrikaner und Weiße nebeneinander. Vor der Truppe sprangen Kinder aufgeregt herum. So wurde der Diaabend im Vortragssaal angekündigt. Als Baptiste das Wort *Afrika* las, durchfuhr ihn eine Welle von Heimweh, und als er das Foto sah, blieb er wie angewurzelt davor stehen und spürte, wie längst verblichene Erinnerungen eine Gänsehaut nach der anderen produzierten.

Wie üblich hatte sich Baptiste noch fünfmal hin und her entschieden, ob er zu dem Vortrag gehen sollte oder nicht, und so kam er letztendlich zu spät. Er schlich durch die hinterste Tür in den Vorführraum. Kaum mehr als zehn Menschen hatten sich hierher verirrt. Manchen konnte Baptiste sogar im Dunkeln und auch noch von hinten ansehen, dass sie so gut wie nichts mitbekamen. Sie erlagen dem Fluch des Alters, der Krankheit oder der Medikamente. Oder einer Kombination von alledem. Vorne standen zwei junge Menschen, die voller Inbrunst von Afrika erzählten, von der Schönheit des Kontinents, davon, dass alle falsch lagen, die glaubten, es wäre ein karger, sandfarbener Erdteil, der in den Industrienationen so gerne als »verlorener Erdteil« bezeichnet wurde. Sie erzählten von den Menschen, die dort lebten. Von deren Glück, dort zu leben. Mit der Natur. In glückseliger, geerdeter Beziehung zu sich und ihrer Umwelt.

Baptiste verschmolz mit den Bildern. Das Surren des Projektors wurde zum Zirpen der Grillen, das Dunkel des Raums zur Weite des Himmels. Die Kinder, die er auf den Fotos sah, zu seinen eigenen, die Mitarbeiter von *Little Hearts* zu seinen Geschwistern. In Baptiste erwachte nach all der Zeit der Grausamkeiten endlich wieder das Leben. Erst spät nahm er Jason wirklich wahr und noch später die junge Frau, die ihn so schmerzhaft und süß zugleich an seine

Michelle erinnerte. Sein kleines Mädchen, seine geliebte Tochter, deren Tod ihn dazu gezwungen hatte, die Erinnerung zu verdrängen, um den Schmerz irgendwie zu verkraften.

Die junge Frau sprühte vor Elan. Ihre Wangen glühten vor Begeisterung. Bald war sie auf einem Foto mit einer Malawierin zur Hälfte hinter den Kochtöpfen verschwunden, bald mit einer Horde von sieben, acht Kindern im Unterricht. Er lernte Alinafee kennen. Sie saß auf dem Schoß eines jungen Mannes, der einen Körper wie ein Bär hatte.

Baptiste kamen die Tränen. Wie bei einem Kind nach seinem ersten Kinofilm, wie bei einem Jugendlichem nach seinem ersten Kuss und wie bei einem jungen Mann nach seiner ersten Liebesnacht strömten Wort und Bild in ihn, lösten sich Erinnerungen aus dem Vergessenen und spülten sich eigenmächtig an die Oberfläche.

Die Stunde verging wie im Flug. Den Aufruf zur Spende hatte er nicht einmal mitbekommen. Als das Licht anging, wurde er jäh aus seinen Träumen gerissen. Kurze Zeit später stand die junge Referentin auch schon vor ihm und lachte ihn an: »Monsieur, wenn Ihnen unser Vortrag gefallen hat, dann würden wir uns über eine Spende sehr freuen.«

Wie schön diese Frau war. Wie seine Tochter. Selbst das lange Haar war ähnlich. Wie gerne hätte er seine Hand ausgestreckt und es gestreichelt.

Ella fühlte sich in ihrem Element. Sie stand auf der Bühne und erzählte von ihren Erlebnissen. Es war, als hätte man sie gebeten, ein lang behütetes Geheimnis zu verraten. Afrika. Der schöne Kontinent. *Little Hearts*, das besondere Projekt. Drei Wochen war sie nun mit Jason in Frankreich, und nach einigen Tagen der Vorbereitung hatten sie fast jeden Abend einen Vortrag gehalten. Doch der Erfolg blieb aus. Nach zwölf Abenden hatten sie gerade einmal achthundert Euro gesammelt. Viel mehr als auf Afrikas Straßen und dennoch viel zu wenig. Wenn das so weiterging, konnten sie ihre Tour bald abbrechen. Doch während Jason von Mal zu Mal missmutiger wurde, blühte Ella täglich weiter auf. Sie verbreitete Optimismus, stieg auf die Bühne und redete, als wären es nicht zehn, sondern tausend Zuhörer, als ginge es nicht um *Little Hearts*, sondern um ihr Leben.

Abends fuhren sie zurück zu Onkel Shawn und erzählten von ihren Misserfolgen, von dem reichlichen Zuspruch und dem wenigen Geld, das ihnen zugesteckt wurde. Doch Ella war nicht unterzukriegen. Sie hatte eine wunderbare Zeit, denn immerhin hatte sie Jason für sich allein, kämpfte um *Little Hearts* an vorderster Front und fühlte sich in der Nähe von Onkel Shawn geborgen wie lange nicht mehr. So durfte es gern noch eine Weile bleiben.

Jasons Sorge, dass aus der hoffnungsvollen Idee ein Flop werden könnte, drängte sie zur Seite. Abends vor dem Essen ging sie in ihr Zimmer, suchte sich ihre schönste Kleidung aus, schminkte sich dezent und setzte sich mit Jason, Onkel Shawn und Celine, dessen Lebensgefährtin, an den Esstisch. Dabei versprühte sie einen Charme, den weder Onkel Shawn noch Jason und am allerwenigsten sie selbst von sich kannte. »Einige Meter Stoff und Lanolin«, murmelte sie lächelnd, als Onkel Shawn sie eines Abends drauf ansprach. Was jedoch wichtiger war – hier, weit weg von *Little Hearts*, hatte Jason Zeit, und ein Auge für sie.

Tag für Tag kamen sie einander näher, und an dem Tag, an dem sie in einem dieser grauenhaften Bunker, in denen die Europäer ihre Alten wegsperrten, ihren Vortrag zu halten hatten, geschah es. Ella, die vor Jason die Gänge entlang eilte – sie waren zu spät dran – drehte sich abrupt um, weil ihr einfiel, dass der Projektor noch im Auto lag, und Jason rannte in sie hinein. Noch vor dem nächsten Herzschlag küsste er sie im Affekt auf die Lippen. Ganz kurz nur. Beide hatten sich selbst überrumpelt und konnten nicht einmal etwas Unangemessenes stammeln. Also löste sich Ella, lief rasch an Jason vorbei und rief nur: »Mist, ich habe den Projektor im Auto liegen lassen.«

Draußen regnete es, und ihr wurden die Knie weich. Ihre Lippen vibrierten vor Aufregung. Sie suchte den Autoschlüssel, ließ ihn fallen, bückte sich, dabei rutschten Prospekte aus der Umhängetasche und fielen in die Pfütze neben den Wagen. Hektisch kniete sie nieder, streifte dabei das Auto, und der Ärmel ihrer Bluse wurde klitschnass. Derweil weichte der Regen auch noch den Rest von ihr ein. »Verdammt, verdammt, verdammt.« Ella war vollends aufgelöst. Ihre Hände hatten sich ihren Knien angeschlossen und zitterten asynchron vor sich hin. Ihr Magen gefiel sich in Drehbewegungen.

Es kam ihr ewig vor, bis sie sich wieder halbwegs sortiert hatte und entlang der muffigen Gänge in den Vortragssaal hastete. Bevor sie hineinging, atmete sie tief durch, sah aus der Ferne Jason, der ihren Blick mied und an einem Tisch zerrte, auf den er wohl den Projektor zu stellen gedachte.

Es gab ein kleines Podest, das als Bühne diente und auf dem die beiden die verschiedenen Teile ihres Vortrags präsentierten. Als der letzte Besucher verspätet durch die Tür kam, war Ella kurzzeitig irritiert. Er schlich zu den hintersten Reihen, während die übrigen Zuhörer in den ersten beiden Reihen Platz genommen hatten.

So wenige Menschen waren gekommen, und die meisten machten auch noch den Eindruck, als wären sie geistig abwesend. Nur der Mann in der letzten Reihe schien voll konzentriert. Er lauschte andächtig, während sie gleichzeitig das Gefühl hatte, er schwebe in anderen Sphären. Aber dieser Eindruck war vielleicht nur dem abgedunkelten Raum geschuldet. Trotzdem richtete Ella über weite Strecken ihre gesamte Aufmerksamkeit auf den alten Mann. Sie wandte sich ihm zu, lächelte ihn an, sprach ihre Worte in seine Richtung.

Als sie nach dem Vortrag vor ihm stand, um nach einer Spende zu fragen, gestand er ihr, dass er vom Spendenaufruf und dessen Motiven nichts mitbekommen hatte. Sie sah, wie sehr er sich schämte, doch Ella beschwichtigte ihn und versprach ihm, auf ihn zu warten und ihm die Gelegenheit zu geben, aus seinem Zimmer seinen Obolus zu holen. Als er wiederkam, saß sie auf einem der Stühle, während ihr Partner nirgends zu sehen war. Er setzte sich zu ihr und musterte sie. Er hatte keine Ahnung, wie viel Geld angemessen war, und um ein wenig Zeit zu schinden, sagte er: »Mademoiselle, ich muss gestehen, dass ich wohl nicht ganz aufmerksam war und daher den Grund Ihres Vortrags nicht mitbekommen habe.«

Ella überlegte kurz. Jason würde noch mindestens dreißig Minuten benötigen, um sein Gespräch mit dem Stiftsleiter zu beenden. Er wollte sich bedanken und ihn davon überzeugen, ihnen Gelegenheit zu weiteren Vorträgen zu geben. Erfahrungsgemäß würde er sich zunächst einen Monolog über die Schwierigkeiten anhören müssen, die in der Führung einer solchen Einrichtung lagen. Das konnte dauern. Also begann Ella, ihre Geschichte zu erzählen. Wie sie nach Chila gekommen war, was für herrliche Erfahrungen sie dort sammelte und wie herzlich sie dort aufgenommen wurde. Aber auch, wie schlimm die Situation der Kleinsten in Chila war.

Baptiste beobachtete sie und sog jedes Wort in sich auf. Ihre Wangen glühten vor Eifer, und als sie von der drohenden Schließung erzählte, spürte er einen Impuls. Er wollte ihnen helfen, vielleicht Tommaso fragen, Theodore, oder sogar Esther. »Wissen Sie«, begann er zögerlich, »ich bin in Afrika geboren, ich habe mein gesamtes junges Leben dort verbracht. Als ich Ihre Fotos gesehen habe, da habe ich Heimweh bekommen«, und zusammenhanglos fügte er hinzu: »Meine Frau ist kürzlich gestorben.«

Ella wurde unwohl. Der letzte Satz hatte sie unangenehm berührt, so, als wäre sie in ein Geheimnis eingeweiht worden, von dem sie nichts wissen wollte. Sie musterte ihn verstohlen. Seine Augen waren glasig und durch sie hindurch schimmerte tief sitzende Trauer. Wer hier gestrandet war, hatte wohl vom Schicksal nichts Weiteres zu erwarten. Diesem Mann stand die Qual, die ihn gebrochen und von seiner Stimmung Besitz ergriffen hatte, ins Gesicht geschrieben. Auf der anderen Seite war dieser alte Mann anders als die Zuhörer, die sie gewohnt war. Er schien der Erste zu sein, der nicht verstanden, sondern *gefühlt* hatte, nämlich, dass *Little Hearts* mehr als irgendein Projekt war. Und trotzdem hatte Ella den Drang, endlich aufzustehen und zu gehen, bevor seine Traurigkeit auch auf sie übergriff. »Dann sollten Sie uns bei *Little Hearts* besuchen kommen.« Sie lächelte ihn so an, wie es junge Menschen tun, wenn sie den ganz Alten höflich sagten, dass sie doch noch recht vital und jung aussähen.

In dem Moment, da Ella Anstalten machte, aufzustehen, ergriff Baptiste ihre Hand und hielt sie zurück. »Gehen Sie noch nicht.«

Ella fühlte seine Hand. Sie war alt und weich. Zu weich. Ungewohnt und auch ein wenig unangenehm.

Baptiste rang nach Worten. »Wäre es Ihnen möglich, noch einmal wiederzukommen?«

Ella wich zurück. Er hatte sie mit seinem Anliegen überrascht und sie wusste nicht, wie sie darauf reagieren sollte. Bevor sie antworten konnte, sagte er schon: »Bitte, geben Sie mir die Gelegenheit, Ihnen zu helfen. Ich möchte mit einem Freund reden. Er hat immer Lösungen für Probleme.«

Was sollte Ella nun sagen? Wie sollte er ihnen schon helfen können? Andererseits war sie gerührt. Was für ein wunderlicher, alter Mann. Ein Kauz. Seine Augen verrieten, dass er in einer anderen Zeit lebte, aber im Timbre seiner Stimme spürte Ella etwas Friedliches, etwas Weiches und Echtes. Es wäre unhöflich gewesen, seine Bitte abzuschlagen, andererseits hatte sie mit dem Schicksal dieses Mannes nichts zu tun. Davon abgesehen gab es Wichtigeres zu tun, denn sie mussten sich um weitere Vorträge bemühen.

Sie widerstand dem Drang, sich auf ihn einzulassen.

»Es tut mir leid. Wir sind morgen schon wieder unterwegs zum nächsten Vortrag.« Sie sah Baptiste in die Augen und erkannte seine Enttäuschung. Sie sah, dass er mit sich rang, um einen weiteren Versuch zu unternehmen. Dass ihm die Worte fehlten. Dass er sie nicht gehen lassen wollte. Sie sah eine Hoffnung, die sie nicht zuordnen konnte. Die Einsamkeit, die wie ein unlösbarer Knoten auf ihm lastete, sprang auf sie über. Und so mischte sich seine Traurigkeit mit ihrer eigenen, die sie schon seit Kindertagen tief in sich trug. Ihre ständige Begleiterin, von deren Herkunft sie so wenig verstand.

Es fühlte sich plötzlich an, als wären Baptiste und sie Seelenverwandte, die ohne Worte wussten, was es bedeutete, niemanden zu haben, der zu einem gehörte. Und dann wiederholte Baptiste noch einmal seine flehende Bitte.

Ella brachte es nicht übers Herz, ihm den Wunsch ein weiteres Mal abzuschlagen, und folgte ihrem Gefühl.

»Morgen werde ich nicht kommen können, aber ich verspreche Ihnen, dass ich Sie besuchen werde, noch bevor wir nach Afrika zurückkehren.« Danach hatte sie das Gefühl, dringend frische Luft zu benötigen. Also verabschiedete sie sich höflich und ging zurück zum Auto. Es hatte aufgehört zu regnen.

Komischer Kauz, nannte sie ihn in Gedanken noch einmal, *fast ein wenig unheimlich*, und zugleich begann sie sich zu ärgern, dass Jason noch immer nicht gekommen war.

Erst, als der nach über einer Stunde aus dem Gebäude trat, wurde ihr wieder bewusst, dass er sie gerade eben noch geküsst hatte.

Was für ein verwirrender Tag. Beiden war die Situation zwar ein wenig peinlich, doch sie spürten auch ihre Verliebtheit. Und weil Jason ihre Hand suchte und während der Fahrt nicht mehr losließ, vergaß Ella, ihm von Baptiste zu erzählen, vergaß sogar ihr Versprechen, und obwohl sie hier mit mageren sechzig Euro an Spenden das Haus verließen, war sie glücklich wie nie zuvor.

Kapitel 11

Seit dem Vortrag war Baptiste ruhelos. In seinem Kopf spann sich ein Netz wirrer Gedanken. Er war fasziniert von der Vorstellung, *Little Hearts* zu helfen. Im Kopf ging er alle möglichen Varianten durch, beispielsweise, wie er am besten Tommaso überzeugen könnte. Behutsam brauchte er dabei nicht vorzugehen. Tommaso war zu gescheit, als dass er ihn in eine Falle locken konnte. Entweder er würde anbeißen oder ihm direkt ins Gesicht sagen, dass er mit diesem Projekt nichts anzufangen wusste. Das Gespräch mit Theodore würde viel schwieriger werden. Der würde sich wundern, warum Baptiste sich überhaupt bei ihm meldete. Er müsste ihn abpassen und von Esther trennen. Vielleicht könnte er den Wunsch der beiden ausnutzen, seine Wohnung zu kaufen. Er könnte sie hinhalten, Interesse heucheln und … mit der Wucht eines unangekündigten Frontalaufpralls schoss ihm ein ungeheuerlicher Gedanke durch den Kopf. So verwegen, dass er augenblicklich eine Gänsehaut bekam.

Er könnte tatsächlich seine Wohnung verkaufen. Er könnte hier verschwinden. Er könnte zurück nach Afrika. Er könnte mit den jungen Menschen zu Little Hearts*!*

Baptiste wurde ganz starr vor Aufregung. Da war sie, die Perspektive, die ihm so viele Monate gefehlt hatte. Was hielt ihn hier? Nichts. Er konnte hier sitzen, auf den nächsten Unfall warten und irgendwann als Pflegefall in das Seniorenstift eingeliefert werden. Einmal pro Woche würde ihn Tommaso besuchen. Ach was. Tommaso war selbst sicher schon über fünfundsiebzig Jahre alt. Man merkte es ihm nicht an, aber wie lange würde der Freund noch zu leben haben? Wenn Baptiste ehrlich zu sich selbst war, dann wusste er, dass ihm noch Schlimmeres als das Schicksal dieser alten Frau bevorstand, die Tag für Tag auf den Besuch ihrer Tochter wartete. Er würde nicht einmal hoffen dürfen, dass sich die Eingangstür auch nur ein einziges Mal für ihn öffnete. Esther würde ihn nicht besuchen kommen. Anfangs vielleicht aus Höflichkeit. Theodore höchstens zwei oder dreimal häufiger. Justine und Julie sowieso nie. Nicht, dass er sonderlichen Wert auf die Besuche gelegt hätte – doch dass da gar niemand mehr kommen würde, um sich nach ihm zu erkundigen, erschien ihm auch nicht angenehm. Im Gegenteil. Das Ende, das sich da abzeichnete, fühlte sich so grauenvoll an, dass Baptiste Angst bekam.

Im Laufe des Nachmittags brütete Baptiste über seiner kühnen Idee. Wie viel Geld könnte er wohl für die Wohnung bekommen? Wie ging ein solcher Verkauf vonstatten, wie lange würde das dauern? Wie käme er bis in dieses Dorf in Malawi, das, wie die beiden jungen Menschen erzählt hatten, so weit abseits lag? Würden seine alten Knochen das mitmachen? *Und würden die beiden ihn überhaupt mitnehmen?* Baptiste merkte, dass es deutlich mehr Fragen gab, als er beantworten konnte, und beschloss, augenblicklich zu Tommaso zu fahren. Er zog sich an, rief sich ein Taxi, denn der Weg zur Musikalienhandlung war weit. Er huschte unerkannt an der Rezeption vorbei, da er nicht wusste, ob ein spontaner Ausgang überhaupt erlaubt war.

Im Taxi versuchte er, das Gespräch in seinen Gedanken vorzubereiten. Ganz so, als müsse er Tommaso von seinem Vorhaben überzeugen, als wäre eine Erlaubnis notwendig. Da Tommaso seine Zweifel teilte, ob Baptiste künftig ein würdevolles Leben in Frankreich zu führen in der Lage wäre, gab es die Chance, dass der Freund zum selben Schluss kommen würde, nämlich, dass es für Baptiste das Beste wäre, seinen verwegenen Plan in die Tat umzusetzen.

Als Baptiste die Musikalienhandlung betrat, wurde er enttäuscht. Tommaso war nicht da. Er war zu Terminen mit Distributoren unterwegs. Ob er heute wieder kommen würde, das konnte Mademoiselle Bonnet ihm nicht beantworten.

Baptiste stand verloren im Laden herum. Damit hatte er nicht gerechnet. Als er wieder vor die Tür trat, begann es zu regnen. Er schlug seinen Kragen hoch, schlenderte trotz der Nässe nachdenklich die Straße entlang und fragte sich, was nun zu tun sei. In ihm wirbelte noch immer dieser unbändige Tatendrang, durch den er sich so lebendig fühlte, doch gleichzeitig spürte er Unruhe in der Magengegend, so, als würde ihm die Zeit davonlaufen. Er blieb stehen und überlegte. Er könnte zurück in die Rehabilitation, sich dort ein wenig ausruhen, weiterdenken. Aber was gab es da noch zu denken? Seine Entscheidung schien so zwingend, er musste sie nur noch aussprechen. Alles andere würde sich ergeben.

Also ging er direkt zu den Giradots, doch vor deren Haus blieb er stehen. Er war unschlüssig, wie er vorgehen sollte. Ihm war klar, dass er keinen guten Preis bekommen würde, wenn er den beiden ohne Umschweife erklärte, dass er bereit war, die Wohnung zu verkaufen. Also musste er vorsichtig sein. Zögern. Ihr Vertrauen gewinnen. Sie mussten ihn als alten, armen Tor wahrnehmen, der vor lauter Traurigkeit keine klare Sicht mehr auf die Dinge hatte.

Als Esther die Tür öffnete, war sie so verwundert, ihn zu sehen, dass sie zunächst völlig vergaß, ihn hineinzubitten. Schließlich war er in all den Jahren höchstens zwei- oder dreimal zu Gast gewesen. Sie setzten sich in den Wintergarten, an dessen Scheiben der Regen so gleichmäßig prasselte, dass es klang, als würde es die nächsten Monate durchregnen.

Nach dem üblichen Geplänkel kam Baptiste langsam zur Sache. Er nutzte Theodores Frage nach seinem Gesundheitszustand, um beiden zu erzählen, dass Schulter und Knie leider nur wenig Fortschritte machten. Von der Eingangstür bis zum Wintergarten war er sogar ein wenig gehumpelt und im Sitzen rieb er wie zufällig sein Knie, als würde diese Geste seinen Schmerz lindern. Tatsächlich ging es seinem Knie so gut wie lange nicht, denn seine Idee schien ihm Flügel zu verleihen.

Er schaute Esther an und sagte, dass er hier sei, um sich zu entschuldigen. Dass er über ihre Worte nachgedacht habe und sie absolut im Recht seien. Er wäre im *Schwester-von-Tarsilia*-Stift besser aufgehoben und hätte nicht so schroff reagieren dürfen. Schließlich seien sie seine Familie, und es täte ihm leid, dass er ihnen schlechte Absichten unterstellt hatte. Er fürchtete schon, dass er zu dick aufgetragen hatte, doch Esther zeigte keinerlei verdächtige Reaktion. Also fuhr er fort und spielte die Rolle seines Lebens, die des fast Überzeugten, der nur noch einen kleinen Schubs benötigte, um letzte Zweifel abzuwerfen, der sich dessen aber selbst nicht bewusst war.

Und die beiden standen schon bereit, ihn zu schubsen. Da die Rehabilitation ja im gleichen Gebäude des Seniorenstifts sei, habe er doch sicher schon erste positive Eindrücke gewinnen können. Sicher fühle er sich dort doch schon sehr wohl und vielleicht habe er sogar schon einige Freunde gefunden.

Er konterte. So leicht wollte er es ihnen nicht machen. Welch ein großer, endgültiger Schritt, so einfach die gemeinsame Wohnung zu verlassen. Noch immer vermochte er es sich kaum vorzustellen.

Er beobachtete aus den Augenwinkeln, wie die beiden immer aufgeregter wurden. Damit hatten sie nicht gerechnet. Nach dem letzten fruchtlosen Gespräch hatten sie wahrscheinlich längst ausgelotet, welche Alternativen ihnen blieben, um der Wohnung habhaft zu werden. Die Gier in ihrem Blick konnten sie jedenfalls kaum noch verbergen. Esther spendete Baptiste in jeder seiner Atempausen Zuspruch, und Theodore nickte heftig und zustimmend zwischen mitleidigen Phrasen. Esther sorgte für geborgene Stimmung. Sie bot ihm ein Handtuch an, damit er sich nach dem Regen abtrocknen konnte. Sie holte einen guten Cognac aus dem Wohnzimmerschrank. Sie fragte nach Baptistes Appetit. Baptiste hätte noch stundenlang weiterspielen können, so viel Spaß hatte er an seiner kleinen Scharade, doch es wurde Zeit für die entscheidenden Fragen.

»Theodore, du weißt vielleicht am ehesten, wie das Prozedere eines Verkaufs eigentlich vonstatten geht.«

Theodore beeilte sich, eifrig zu bejahen, und beruhigte Baptiste. Alle notwendigen Schritte wären zwar einfach, aber würden durchaus ihre Zeit brauchen, sodass er sich in aller Ruhe an den Gedanken gewöhnen könne.

»Oh …«, entfuhr es Baptiste. Damit hatte er nicht gerechnet.

»Wieso? Was ist schlecht daran?«, fragte Theodore besorgt.

»Nun, um ehrlich zu sein, ich hatte gehofft, dass es besonders schnell gehen würde. Nicht nur, weil ich es nicht mehr in der Wohnung aushalte. Nein, ich dachte daran, in den nächsten Wochen ein wenig in den Urlaub zu fahren, vielleicht einige Zeit in Paris zu verbringen. Ich bin nun so viele Jahre hier und habe Paris noch nie besucht. In dem Fall hatte ich gehofft, dass ich vorher sämtliche Formalitäten hinter mich bringen könnte, und …«, Baptiste schaute Esther betont traurig an, »… dann könnte ich den Verlust von Claire endlich verarbeiten.«

Esthers Gedanken standen ihr buchstäblich ins Gesicht geschrieben. Die Dinge entwickelten sich besser, als sie jemals zu hoffen gewagt hatte. Baptiste, der arme Tor, würde seine Wohnung aus lauter Gefühlsduselei eher heute als morgen verkaufen. »Theodore wird einen Weg finden. Überlass das nur uns. Nicht wahr, Theodore, du wirst einen Weg finden, alle notwenigen Schritte in den nächsten Tagen einzuleiten, oder? Ich bin sicher, dass wir in spätestens vierzehn Tagen alle Unterschriften geleistet haben können.«

Vierzehn Tage. Perfekt.

Nun brauchte er noch einen guten Preis. Baptiste hatte nie in seinem Leben handeln müssen, er hatte nie Geschäfte gemacht. Aber er ahnte, wie Menschen vom Schlage Esthers dachten, wie sie davon ausgingen, dass jeder Mensch im Grunde genau so sei wie sie selbst. Beispielsweise, dass jeder käuflich wäre, wenn nur der Preis stimmte. Deshalb erhob er sich. »Vielen Dank, Esther, aber – das sind ja alles nur unsortierte und wirre Gedanken. Und im Grunde glaube ich nicht, dass ich es je über mein Herz bringen werde, die Wohnung zu verkaufen.« Er lachte schüchtern. »Jedenfalls vielen Dank für eure Gastfreundschaft. Ich bin froh, dass ich so freundlich von euch empfangen wurde.«

Esther wurde sichtlich nervös, denn sie sah ihre Felle wieder davonschwimmen. Während sie aufstand, strich sie ungelenk ihren Rock glatt und fragte mit möglichst unbeteiligter Stimme: »Sag, Theodore, was denkst du eigentlich, wie viel wir für die Wohnung zahlen könnten?«

Bevor Theodore antworten konnte, beeilte sich Baptiste einzuwerfen, dass er die Toilette aufsuchen müsse. Er wollte die beiden sich unbedingt alleine beratschlagen lassen. Theodore, der offensichtlich keine Ahnung hatte, was für eine Summe Esther eigentlich hören wollte, würde sonst noch alles verderben.

Im Bad setzte sich Baptiste auf den geschlossenen Klodeckel. Ihm war schlecht vor Aufregung. Wie gut er den beiden den Ahnungslosen vorgegaukelt hatte!

Er ließ ihnen ausreichend Zeit, betätigte die Klospülung, um die Illusion aufrechtzuerhalten, und ließ sogar kurz den Wasserhahn laufen. Dann kehrte er in den Wintergarten zurück. Mit der Routine eines Unterhändlers umarmte er zunächst Esther und lenkte das Gespräch auf die schrecklichen Bilder, die im Wohnzimmer hingen. Das war keine Kunst, das war Deko. Doch natürlich lobte er den guten Geschmack der Gastgeber und beobachtete, wie schwer es ihnen fiel, das Thema wieder auf die Wohnung zu lenken.

An der Haustür gab Baptiste ihnen Schützenhilfe. Ganz beiläufig erwähnte er, dass die Preise im *Schwester-von-Tarsilia*-Stift ja mehr als happig seien.

Theodore ergriff sofort die Gelegenheit: »Ach ja, das wolltest du ja noch wissen, Esther. Ich denke, wir könnten ungefähr fünfundachtzigtausend Euro für die Wohnung bezahlen«, sagte er und hängte ein »allerdings nur mit einiger Mühe« an.

Baptiste schaute ihn friedlich an, streckte ihm die Hand zum Abschied entgegen und sagte: »Oh. So wenig ist diese Wohnung wert? Da habe ich mich ja ganz schön verschätzt.«

Er machte eine kurze Pause und setzte seine freundlichste Miene auf. »Nun denn, ich muss ja erst einmal darüber nachdenken, und wie ich bereits erwähnte, bin ich skeptisch, ob ich mich überhaupt durchringen kann.« Er machte eine lange Pause, die er heimlich genoss, und sagte dann: »Wenn die Preise so niedrig sind, dann ist es ja vielleicht auch das Beste, die Wohnung zu behalten.«

Er nickte Esther zu, bedankte sich ein weiteres Mal, drehte sich zum Abschied um und lächelte die beiden an. »Ich würde mich freuen, wenn wir uns demnächst wieder sähen. Solange ich in der Rehabilitation bin, kann ich leider nicht so ein guter Gastgeber sein, aber wenn ihr mit einem Kantinenkuchen leben könnt, wäre es schön, euch demnächst begrüßen zu dürfen.«

Esther setzte ihr süßestes Lächeln auf und antwortete, dass sie die Einladung bereits für übermorgen Nachmittag anzunehmen gedachte.

Als Baptiste die Straße entlangschlenderte, war er zufrieden. Die Summe, die Theodore wie zufällig im Kopf errechnet hatte, war wahrscheinlich viel zu niedrig. Aber in Afrika war sie ein Vermögen. Und sicher würden die beiden heute Nacht kein Auge zumachen und ihren nächsten Besuch en détail durchplanen, um schon bald mit einem besseren Angebot aufzuwarten.

Sollten sie ruhig kommen. Er würde vorbereitet sein.

Kapitel 12

Heute war die Stimmung anders.

Der erste flüchtige Kuss war nun zwei Wochen her, und seither hatten Jason und Ella eine wunderbare Zeit miteinander verbracht. Fern des Alltags in Chila waren sie verliebt, zeigten sich gegenseitig ihre Gefühle und machten lange Spaziergänge. Sie hatten sich geküsst. Küssen gefiel Ella. Sie hätte es stundenlang tun wollen. Dabei fühlte sie sich geborgen, weiblich und aufgeregt zugleich. Küssen konnte Ella, und Jason machte den Eindruck, als könne er nicht genug davon bekommen. Onkel Shawn und Celine waren für einige Tage geschäftlich unterwegs und in der Luft lag, wovor sie sich seit Tagen drückten: Aus dem ausgelassenen Küssen würde früher oder später mehr entstehen.

Seit einigen Tagen schon bemerkte Ella, dass Jason fordernder wurde. Ernster. Erregter. Erwachsener. Er begann, seine Hände zielstrebiger wandern zu lassen. Sein Atem verriet ihn. Schwer. Intensiv. Sein Körper drängte sich Tag für Tag ein wenig dichter an Ella, und sie genoss, dass er ihren Körper begehrte. Sie selbst fand auch, dass die Stunden des Küssens nicht mehr ausreichten, und wartete heimlich darauf, dass seine Hände endlich den Weg unter ihren Pullover fanden. Heimlich, weil sie sich ihre Triebe nicht eingestehen mochte. Oder wollte sie ihre Lust nur vor Jason verbergen? Lust, die so profan war, dass sie in seinen Augen womöglich ihre Liebe degradierte.

Sie wollten zu Abend essen. Jason stand in der Küche und versuchte sich an der Kreation eines Spaghetti-Auflaufs: Schichten von halbmeterlangen Nudeln, die sich mit Lagen scharfer Tomatensauce, gebratenen Auberginen und geraspeltem Käse abwechselten und im Ofen langsam gar wurden. Derweil machte Ella den Tisch schön. Sie zündete Kerzen an, enthauptete zwei Rosen aus dem Garten und verteilte deren Blütenblätter auf der Tischdecke. Dann stellte sie die kleine afrikanische Statue aus edlem Holz von der Fensterbank ans Kopfende des Tisches, neben die Getränke. Sie holte eine Flasche von Onkel Shawns Wein aus dem Keller und hoffte inständig, dass sie nicht ein zu wertvolles Exemplar aus dem riesigen Sortiment stibitzt hatte. Sie hatte ihn nach der Schönheit des Etiketts ausgewählt. *Brunello di Montalcino*. Ein schöner Name.

Jetzt stand sie vor dem CD Regal und suchte passende Musik, was ihr jedoch nicht gelingen wollte, denn von dem, was einsortiert war, hatte sie noch nie gehört. Das war zum Verzweifeln. Dutzende von Musikern, die ihr nichts sagten. Wer waren Nusrat Fateh Ali Khan, Mory Kante, Ofra Haza und Laurie Anderson? Die Musik musste doch passen. Sie entschied sich für einen alten Herrn namens Jacques Brel. Hörte kurz hinein und entschied sich um. Der passte nicht. Der sang französisch. Welche Musik passte überhaupt zu einem romantischen Dinner? Ella seufzte und ging in die Hocke. *Wieso lernt man die wirklich wichtigen Dinge eigentlich nicht in der Schule?* Suzanne Vega. Das Cover gefiel ihr. Die Frau sah souverän und sinnlich aus.

Sie aßen zu Abend. So stilvoll, dass Ella kerzengerade am Tisch saß. Sie sagten nicht viel, denn Lächeln und Blicke ersetzten die

Sprache. Eine Stunde später hatte sie den zweiten Wein aus dem Keller geholt, von dem Ella allerdings nicht mehr trinken mochte, weil sie bereits einen Schwips hatte. Sie saßen auf dem Sofa. Irgendwann begann Jason, ihr Gesicht zu streicheln. Wickelte sich eine Strähne ihres Haars um seinen Finger. Sie ließ es geschehen. Dann zog er sanfte Linien über ihren Handrücken, wanderte mit den Fingern ihren Unterarm hinauf und hinab. Er kam ihr näher. Seine Wange berührte ihre Wange. Er schmiegte sich an sie. Seine Nase streichelte ihren Hals. Sie hörte, wie er ihren Geruch einsog. Er küsste sie. Zärtlich zunächst. Dann kam er ihr noch näher. Er forderte. Jetzt war er nicht mehr romantisch. Diesmal lief er über vor Lust. Leidenschaftlich, körperlich. Sie saß zurückgelehnt, während er sich halb auf sie drängte. Sie spürte ihn. Seine Hände, seinen Körper, seine Erektion. In ihr stieg eine Welle der Lust empor, die sie nicht kannte. Vollkommen konkret – fast schon losgelöst von Jason als Person, höchstens gerichtet auf … Jason als Körper. Jetzt wollte sie näher an ihn. Küssen war ihr nicht mehr nah genug. Also forderte sie ebenfalls. Sie wollte in ihn hineinkriechen, verschmelzen. *Das war es also!* Sie wollte mit ihm schlafen. Um Teil von ihm zu werden.

Ihr fehlte plötzlich der Atem, ihr Pulsschlag wurde schnell wie der Flügelschlag eines Kolibris, sie presste sich an ihn und endlich begann er, sie zu entkleiden. Sie hielt ihn auf – hier war es zu hell, hier war es fremd. *Entblößend.* Also drängte sie ihn vom Sofa, hinauf in ihr Zimmer und auf das Bett.

Hier war es dunkel. Dunkelheit bedeutete Sicherheit. Es war immerhin erst das zweite Mal in ihrem Leben, dass sie so weit ging. Und das erste Mal hatte es sich eher wie eine Strafe angefühlt.

Trotz der Dunkelheit schloss Ella die Augen. Und trotz der Dunkelheit kam die Unsicherheit. Sie hatte doch keine Erfahrung. Sie konnte so viel falsch machen. Während er sie weiter entkleidete, meldete sich in ihr eine Stimme, die nüchtern und sachlich klang. Eine Stimme, die begann, all das zu kommentieren, was in der Intimität des Augenblicks geschah, und verhindern wollte, dass sie sich fallen lassen konnte. Die Sätze flüsterte wie: *Das gefällt ihm, mach weiter so*. Oder: *An dieser Stelle fühlt sich das weniger schön an.*

Das war grausam. Sie hatte so wunderbar genießen können, der Wein hatte seine Wirkung getan, und nun vertrieb irgendein perfider Schutzmechanismus ihre Leidenschaft. Schutz vor der Angst vor Schutzlosigkeit. Angst davor, zu versagen, nicht zu bestehen, nicht zu genügen. *Ach was, zum Teufel mit der poetischen Ausdrucksweise. Angst davor, alles zu versauen.* Angst davor, verletzt zu werden und zu enttäuschen.

Und dann mit einem Male wieder die Lust. *Geilheit.* Was für ein widerliches Wort. Sagte zumindest die Stimme. Ella hätte am liebsten laut aufgeschrien: *Jetzt haltet gefälligst alle die Klappe! Wie soll ich mich denn konzentrieren?*

Sie befahl sich: *Entspann dich endlich. Genieße die Berührungen. Denk an nichts.* Und sie bekam eine Antwort: *Schau, jetzt hast du gerade an nichts gedacht.*

Jason schien solche Probleme nicht zu kennen. Seine Küsse wurden noch deutlicher, übten mehr Druck aus. Sie hörte ihn schwerer atmen. *Fein, das ist ein gutes Zeichen. Das gefällt ihm.*

Es dauerte noch eine ganze Weile, bis sie völlig nackt waren. Ellas Nacken war sensibel. Wenn Jason den kraulte, liefen wohlige Schauer ihr Rückgrat entlang. Ihr gesamter Hals und auch ihr Bauch spürten Jasons Liebkosungen wunderbar. Jason schien ihre Brüste besonders zu genießen. *Zu nah. Zu peinlich. Zu entblößend.*

Aber auch intensiv. Prickelnd. Geil. *Wieder dieses Wort.*

Sie könnte Jason bitten, nicht zu schnell vorzupreschen.

Das ist ihm egal. Er will deine Brüste. Er will dich.

Sie schaute ihn an. Wie schön er war. Er hielt die Augen geschlossen. Sein Körper rhythmisierte. Er rieb sich an Ella. In immer kürzeren Abständen spürte sie, wie seine Hüften an ihren Unterleib pressten. Da – wieder. Er signalisierte seine Bereitschaft. Er war erigiert. Und er war entschlossen, sie überall zu streicheln. Überall!

Seine Finger kreisten mittlerweile auf ihrem Bauch, und bei jeder Umkreisung wanderten sie ein wenig tiefer nach unten. Da – nun hatte er ihre Scham berührt. Ganz kurz nur. Ella wurde panisch. *Das war zu viel. Das war zu schnell.* ANGST. Aber es war auch wunderbar. Ihren Zwiespalt durfte er nicht spüren. Das wäre *zu* intim. Also streichelte sie ihn ebenfalls am Bauch. Gleich würde sie sein Glied berühren.

Und dann brach die Gier aus ihm. In einer heftigen Eruption fiel er über sie her, riss sie mit, küsste und liebkoste sie. Er spülte ihre Angst einfach fort. Bald schroff, bald innig. Ella wurde überflutet von Licht und Wärme, sie ließ sich treiben und ließ sich gehen. Sie fühlte den Schweiß, die Gerüche, und nichts von alledem vermochte sie zu erschrecken. Seine Haare vielleicht. Die am Glied. Da kamen unangenehme Gefühle in ihr hoch, die sie ganz schnell verdrängen musste. EKEL. Und dann endlich, von der Sekunde an, in der er auf ihr lag, als sie sich weit öffnete und ihn umschlang, als sie ihn in sich aufnahm und einsog, da war alles vergessen. Die Stimme in ihr erstarb und nur ein letztes Mal hörte sie ein: *Jetzt lässt du dich endlich gehen.* Die Intensität überwältigte sie derart, dass sie fast froh war, als Jason das Schicksal der meisten jungen Männer ereilte. *La petite mort.* Der kleine Tod. Und der kam schnell und heftig.

Hinterher lag sie auf dem Bett, und starrte an die Decke. Jason drehte ihr den Rücken zu. Er schlief. Sein Po berührte ihre Hüfte. Sie versuchte zu begreifen, was sie eigentlich so ängstigte. Wenn sie überhaupt eine Vorstellung vom Sex mit Jason gehabt hatte, war es diese sicher nicht gewesen. Sie hatte gehofft, dass sie ihre erste Nacht zelebrieren würden. Dass jede Berührung als ein Geschenk für den anderen galt. *Uneigennützig. Achtsam.* Aber eben auch erotisch.

Ihr wurde schwer ums Herz. Angst und Ekel, Achtsamkeit und Lust – ihr schien, als wäre sie in den letzten Stunden durch ein ganzes Universum gehetzt worden.

Wie naiv sie war. Zu glauben, dass sie sich den Gesetzen der Triebe entziehen konnte. Was hatte sie denn erwartet, was passieren würde, wenn sie Jasons Gefährtin wurde? Dass sie auf ewig Händchen hielten und sich verliebt anschauten?

Langsam dämmerte ihr, dass zwischen ihrem tiefen Gefühl der Zuneigung und dem sexuellen Verlangen zweier Menschen ein großer Unterschied bestand. So verklärt war es in ihrem Kopf, dass sie, wäre sie gefragt worden, ob Jason der Vater ihrer Kinder werden sollte, sofort »Ja« gesagt hätte. Doch die Frage, wie sie zu den

Kindern kommen würde – darüber hatte sie sich eben noch nie Gedanken gemacht. Das also war die Realität. Das also war die Liebe jenseits der Vorstellung. Sie hatte sich ja bereits eingestanden, dass sie Jason liebte, aber ihr war nie klar gewesen, dass sie ihn auch begehrte. Dass sie überhaupt die Fähigkeit zur Begierde in sich trug. Und da war dieses seltsame Gefühl des Ekels gewesen. Wegen seiner Schamhaare. Seltsam. Noch seltsamer, dass ab einem bestimmten Punkt die Begierde den Ekel schlug.

Es war gut, dass Jason schlief, denn sie musste für sich sein.

Sie schlich aus dem Zimmer, wusch sich, setzte sich dann auf die Terrasse und schaute gedankenverloren in den Nachthimmel.

Am nächsten Tag schien wieder alles so wie immer. Sie schwiegen über die Nacht und nach den ersten unsicheren Blicken kehrte die unschuldige Verliebtheit zurück, die sie beide in den vergangenen Tagen so sehr hatte schweben lassen. Wie es weitergehen würde – darüber mochten sie nicht reden. Ella fragte sich, ob sie nun ein Paar waren und die gestrige Nacht die Initiation hierzu gewesen war. Der Ritus. Das Siegel. Doch sie fand keine Worte, die sie hätten fragen lassen, ohne dass es unpassend geklungen hätte. Obwohl sie die Antwort so gerne aus seinem Mund gehört hätte.

Außerdem war heute ein wichtiger Tag. Sie hatten einen Termin bei *Journal Mondial* und sollten dort über *Little Hearts* berichten. In den letzten Tagen war immer klarer geworden, dass dies vielleicht der letzte Versuch sein würde, denn die bisher gesammelte Spendensumme war bei Weitem nicht ausreichend, um ihren Aufenthalt in Frankreich weiterhin zu rechtfertigen.

Den Termin hatte Onkel Shawn mit seinem Freund ausgemacht, der wiederum seine Tochter, eine aufstrebende Journalistin, auf die Geschichte angesetzt hatte.

So trafen sie auf Marie Leclerc. Schon als Ella ihr die Hand schüttelte, hatte sie ein schlechtes Gefühl. Madame Leclerc mochte sieben, vielleicht acht Jahre älter sein und schien attraktiv und wortgewandt. Sie war Ella sofort unsympathisch, und so blieb sie distanziert und kühl. Doch das schien Madame Leclerc herzlich wenig zu stören, denn sie wandte sich ausschließlich an Jason, während Ella daneben saß und zur Statistin verkam. Keine Stunde später hatte sich die Eifersucht in Ellas Herz gefressen, während sich Jason und Marie prächtig verstanden. Sie traute ihren Augen nicht, als sie Jason begeistert gestikulieren sah. Er rotierte förmlich. Sie traute ihren Ohren nicht, als Jason mit seinem ganzen Charme eine Einladung aussprach: »Wenn du unser Projekt besuchen möchtest – wir würden uns geehrt fühlen.«

Marie lachte breit. *Was für schöne Zähne.* Ella wurde wütend. »So etwas vermag ich nicht zu entscheiden. Mein Vater schickt zwar viele Journalisten zu Reportagen ins Ausland, doch es steht nicht in meiner Macht. Aber freuen würde es mich schon.« Beim Sprechen schenkte sie Jason einen Augenaufschlag.

Als sie wieder im Auto saßen, schwärmte Jason von dem erfolgreichen Gespräch. Er malte sich aus, welche Wirkung ein Bericht in einem so wichtigen Magazin auf ihr Spendenkonto haben konnte, und spürte vor lauter Begeisterung offenbar nicht, wie weit sich Ella von ihm entfernte. Als er Marie schlussendlich noch als geistreich beschrieb, wurde es Ella zu viel.

Kaum zu Hause angekommen, zog sie sich zurück. Sie war müde und eifersüchtig. Das war eine üble Kombination. Sie hatte den Drang sich zu verkriechen, wünschte sich weit fort – zurück nach Afrika, ohne Jason, ohne *Little Hearts* und all die anderen. Nein, Afrika existierte ohne *Little Hearts* gar nicht. Zurück nach Australien? Da war niemand, auf den sie sich freuen würde. *Haare. EKEL,* schoss es ihr durch den Kopf. Was zum Teufel hatte es damit auf sich? Und was hatte das mit Australien zu tun? Ella fühlte sich mit einem Mal entsetzlich heimatlos und schreckte auf. Herrje, da war doch noch das Versprechen gewesen, dass sie diesem alten Kauz gegeben hatte, in dessen Blick ebenfalls etwas Heimatloses lag. Sie hatte ihm doch versichert, dass sie ihn im Seniorenstift besuchen würde. Das hatte sie vergessen. Zwischen dem Pflichtbewusstsein, ein gegebenes Versprechen halten zu müssen, und dem Wunsch, aus allem auszubrechen, entschied sie, einmal ihrem eigenen Gefühl zu folgen. Einmal egoistisch zu sein, wie es letztlich doch alle waren. Und helfen würde der alte Mann ihnen ja sowieso nicht können.

Also beschloss Ella, diesen alten Mann zu vergessen.

Kapitel 13

»Ich bin noch immer der Meinung, dass du eine Riesendummheit begehst«, flüsterte Tommaso in Richtung Baptiste. Sie saßen im Notariat Bergerac und warteten gemeinsam mit Esther und Theodore auf den Inhaber persönlich.

Hier war es düster. Endlose, raumhohe Bücherregale aus dunkler Wenge schlossen das Zimmer ein und absorbierten das durch die Spalten von Lamellen gebrochene Licht. Im Regal selbst schien das immer gleiche Buch in hundertfacher Ausführung platziert worden zu sein, so ähnlich sahen sich die Buchrücken. Sie verliehen dem Ort eine majestätische Langeweile. In der Mitte stand ein schwerer Tisch aus edlem Tropenholz, an denen die Teilnehmer dieser Sitzung saßen. Baptiste lächelte nur. Er hatte sich entschieden. Schon einen Tag nach seinem Besuch war Theodore wieder aufgetaucht. Er hatte ihm ein verbessertes Angebot gemacht. Als Baptiste noch immer nicht eingewilligt hatte, war er höher und höher gegangen. Bei einhundertzweiundzwanzigtausend Euro hatte er langes Zögern vorgetäuscht und dann zugesagt.

Erst danach erzählte er Tommaso von seinen Plänen. Der erklärte ihn umgehend für verrückt und versuchte, ihm diese lebensgefährliche Torheit auszureden. Aber Baptiste lächelte nur.

»Wie verschroben kann man denn sein? Das, was du dir da ausmalst, das kann nicht einmal als verklärte Phantasie durchgehen.« Aufgebracht hatte Tommaso alle möglichen Szenarien durchdekliniert. Was wäre in zwei, fünf, zehn Jahren? Wenn das Geld ausgehen würde, wenn *Big Hearts*, *Little Minds* oder wie immer dieses Wahnsinnsunterfangen heißen mochte, schon lange nicht mehr existierte? Falls es nicht schon jetzt nicht mehr existierte? Oder nie existiert hatte? Wer waren diese jungen Menschen überhaupt? Vielleicht ein Betrügerpärchen. Wer käme schon aus Afrika bis nach Frankreich, um Spenden zu sammeln? Eine höchst obskure Geschichte. Nach einer wahren Standpauke erreichte er immerhin, dass Baptiste versprach, einen Teil des Geldes auf der hiesigen Bank zu deponieren. Im Gegenzug rang ihm Baptiste die Zusage ab, als Bevollmächtigter zu fungieren, sodass sie nun gemeinsam beim Notar saßen, der sämtliche Papiere vorbereitet hatte.

Esther und Theodore verschwieg er seine Pläne. Die wiederum waren zwar nicht glücklich darüber, dass Tommaso anwesend war, aber letztlich konnte es ihnen egal sein. Baptiste war im Begriff, diese Wohnung zu einem Spottpreis zu verkaufen. Bald waren sie am Ziel und dann – *zur Hölle mit den beiden.*

Was Baptiste Tommaso wiederum verschwieg, war, dass Ella sich nicht mehr gemeldet hatte. Aber das änderte nichts. Sie würde ihr Versprechen halten!

Und überhaupt – selbst, wenn die gesamte *Little Hearts* Geschichte erstunken und erlogen wäre, würde er nicht allein in seiner Wohnung leben können. Er würde nicht in diesem Dorf bleiben wollen. Ohne Claire war dies nicht seine Heimat. Er würde immer kränker werden, immer einsamer und haltloser. Insofern konnte er entweder in einem Altersheim enden oder versuchen, zurück nach Afrika zu gehen, ob mit *Little Hearts* oder ohne. Und jetzt war die Gier der Giradots noch groß. Wenn ihm aber erneut etwas passieren würde, wenn er eines Tages wirklich auf deren Hilfe angewiesen wäre – wer wusste schon, wie sie seine Schwäche ausnutzen würden? Er hatte nichts zu verlieren.

Der Notar, Monsieur Bergerac, kam hinzu, und sie waren gezwungen, ihm fast zwei Stunden lang zuzuhören, wie er Berge von Verträgen verlas. Dabei nuancierte er nicht einen einzigen Satz, las ohne Punkt und Komma, ohne Hebung und Senkung, sein Vortrag glich dem endlosen Strom der Autokolonne, der sich täglich über die Autobahnen in die Hauptstadt fraß. Tommaso begann, unruhig auf seinem Stuhl hin und her zu rutschen. Wofür bekam ein Notar eigentlich so viel Geld? Dafür, dass er dasaß und seine Klienten ins Koma las?

Während Tommaso sichtlich hoffte, dass Bergerac endlich zum Ende käme, wurde er heimlich von Baptiste gemustert. *Er hält mich für völlig verrückt*, dachte er. *Ganz sicher*. Aber er war nicht verrückt, sondern euphorisch, und in der Euphorie war kein Platz für Differenziertes. Stattdessen strömte Kraft durch seine Adern. Und Tatendrang. Und Schmerzlosigkeit.

Endlose Stunden später waren sie fertig, und Baptiste hatte noch so vieles zu erledigen. Er musste sein persönliches Hab und Gut bei Tommaso in den Schuppen stellen. Er würde noch vierzehn Tage in der Rehabilitation bleiben müssen. Und natürlich musste sich noch Ella bei ihm melden. Und die musste er für sich gewinnen.

Kapitel 14

Ella hatte ganz andere Sorgen. Die anfängliche Eifersucht wurde zwar durch den Rausch der frisch Verliebten gemildert, aber sie blieb ihr stetiger Begleiter. Lange hatte sie überlegt, ob sie Jason zur Rede stellen sollte. Andererseits – was tat er schon, außer seine Pflicht zu erfüllen? Er ließ seine Begeisterung auf Madame Leclerc überspringen. Das war schließlich ihr Ziel. Für Eifersucht gab es keinen Grund, und doch gab es offensichtlich einen Nährboden. Etwas nagte an ihr.

Ein, zwei Tage versuchte sie, es zu ignorieren. Sagte sich, dass Jason sich doch zu ihr bekannt hatte. Sie waren ein Paar. Aber irgendwann dämmerte ihr, dass es für emotionale Probleme keine rationale Lösung gab. Ihre Eifersucht folgte keiner Logik, denn sie wurde nicht im Kopf geboren, sondern im Herzen. Oder im Bauch, wenn sie dem Knoten mitten in ihren Eingeweiden Glauben schenken durfte. Einem Knoten, der sich nach Angst anfühlte, Angst vor Unbekanntem, vor Verlust. Und dieser Verlust schmeckte wiederum nach Wertlosigkeit. Und nach Erniedrigung. Sie fühlte sich entblößt durch das blonde Gift, eine Frau, die wahrscheinlich über ihren Vater an einen Beruf gekommen war, in dem sie ohne seine Protektion vermutlich untergegangen wäre.

Marie Leclerc konnte sich Selbstsicherheit leisten, da sie gut genug aussah. Ihr Aussehen hatte ihr wahrscheinlich von je her alle Türen geöffnet, sicher schon, als sie noch in der Schule saß und ihr Unwissen nicht zu kaschieren brauchte, weil sie einfach hübscher war als die Übrigen. Sogar ihr Name war schöner. Marie Leclerc. Ellas latente Eifersucht wurde schlimmer. Marie Leclerc. *Little Hearts* brauchte keine Marie Leclerc. Jason brauchte keine

Marie Leclerc. Ach was, die ganze Welt konnte auf Marie Leclerc verzichten. Auf alle Marie Leclercs dieser Erde.

Jason gegenüber schwieg sie. Er sollte ihre Angst nicht spüren. Ihre Schwäche konnte er ihr sowieso nicht nehmen, und hatte sie ihn nicht für sich gewonnen, weil sie ihre reife, starke Seite gezeigt hatte? Würde Jason überhaupt Verständnis für solche unlogischen Diskussionen haben? Sie versuchte sich zu erinnern, ob er damals von Eifersucht geredet hatte, als er mit Clarissa durch seine schwere Zeit gegangen war. Aber es wollte ihr nicht einfallen. So schwelte das Thema in ihrer Magengegend und verdunkelte ihre Stimmung.

Dem nicht genug – Onkel Shawn sprach eines Abends die betrübliche Erkenntnis aus, dass es an der Zeit sei, der Realität ins Gesicht zu schauen. Das Experiment »Spender in Frankreich« sei fehlgeschlagen. Ganz im Stil eines nüchternen Geschäftsmannes sprach er den beiden Mut zu: Das Ende von *Little Hearts* sei nicht das Schlimmste in ihrem Leben, sie hätten es immerhin versucht und konnten stolz sein, als junge Menschen überhaupt so weit gekommen zu sein. In jedem Fall aber mussten sie sich langsam um einen Rückflug und um ein Leben nach *Little Hearts* bemühen. Und so weiter und so fort. Was für ein Gewäsch! Ella wurde das erste Mal richtig ärgerlich auf ihren Onkel, denn diese väterlichen Gesten degradierten sie zu zwei Jugendlichen, die den Traum von einer Schülerzeitung aufgeben mussten. Oder ähnlich Nichtiges.

Sie wurde bockig und so schwelte über mehrere Tage ein Streit, der nicht ausbrechen wollte. Onkel Shawn ließ sich nicht aus der Reserve locken und blieb ruhig, während Ella immer ungehaltener wurde.

»Ich verstehe nicht, wie du die Belange, für die wir kämpfen, so klein reden kannst, als würden wir von einem Hobby sprechen. Hier geht es um Kinder, hier geht es um Menschen. Um Menschen, die nichts zu essen haben. Die kein Dach über dem Kopf haben. Die keine Familie und keine Eltern haben. Deren minderjährige Geschwister hungern, sich prostituieren oder einfach sterben.«

Ella schoss Blut ins Gesicht. Ihre Lippen zitterten vor Aufregung. »Ich meine, ich bin dir dankbar für deine Hilfe, aber bitte bagatellisiere nicht, worum es uns geht.« Ella war wirklich böse auf ihren Onkel.

»Ach ja? *Ich* bagatellisiere euer Bemühen?« Onkel Shawns Stimme veränderte sich. Ella meinte, Verärgerung herauszuhören. »Kannst du mir versichern, dass ihr alles getan habt, was in eurer Macht stand?«

Ella verstand nicht. Wie konnte Onkel Shawn daran zweifeln? Sie hatten Hunderte von Kilometern auf Frankreichs Straßen verbracht, und fast jeden Abend um ihre Existenz gekämpft. Wie konnte er glauben, dass sie nicht ernsthaft um ihre Sache stritten?

»Dann frage ich mich, warum mich mein Freund anruft und mir erzählt, dass in seinem Seniorenheim ein Zuhörer nun bereits das dritte Mal danach gefragt hat, ob ihr euch nach ihm erkundigt hättet, da er doch seine Spende noch abzugeben habe.«

Ella verstand noch immer nicht, aber sie erkannte, dass ihr Onkel seine gute Laune endgültig verloren hatte. Schlimmer noch – da kam eine Enttäuschung an die Oberfläche, die er wohl schon länger in sich trug. »Ella, ich weiß, dass ihr viel getan habt. Aber was wirklich nicht geht, ist, dass Freunde von mir sich enttäuscht über euch zeigen.«

Ella wusste auch jetzt noch nicht, wovon er da eigentlich redete, aber sie sah seinen vorwurfsvollen Blick. »Ich habe wirklich keine Ahnung, was du meinen könntest.«

»Das ist leicht erklärt. Ich hatte meinen Freund, Monsieur Salin, gebeten, einige Termine für euch zu initiieren. Und obwohl er ein viel beschäftigter Mann ist, hat er sich die Zeit genommen und ist meiner Bitte nachgekommen. Ihr habt ihn kennengelernt. Er ist Leiter des *Schwester-von-Tarsilia*-Seniorenstifts. Dort habt ihr einen Vortrag gehalten.«

Er ließ Ella Zeit, die richtige Erinnerung hervorzuholen. Dann fuhr er fort.

»Ich habe letzthin mit ihm telefoniert. Das tun wir alle paar Wochen, denn wir mögen uns und halten uns regelmäßig auf dem Laufenden. Seine Frau hat ein wunderbares Verhältnis zu Celine, und so ist es gekommen, dass auch wir uns angefreundet haben.« Shawn machte eine Pause. Er hatte kurz die Konzentration verloren, und wusste offenbar nicht so recht, wo sein roter Faden geblieben war. »Jedenfalls ließ er beim letzten Telefonat anklingen, dass einer eurer Zuhörer immer wieder euer Versprechen bei ihm einfordert. Ich gehe demnach davon aus, dass ihr ihm eines gegeben und es dann nicht eingehalten habt. Damit bringst du meinen Freund und zugleich auch mich in eine sehr unangenehme Situation. Und ja – ich bin verärgert.«

So ein Mist. Der alte Kauz.

Ella versuchte, sich zu verteidigen. Sicher, sie hatte das Versprechen vergessen. Aber das war an dem Tag gewesen, an dem Jason sie geküsst hatte, und seitdem war so viel geschehen. Letztlich ging es doch nur um einen alten Mann, der wohl kaum ihre Probleme lösen konnte. Am Ende des Gesprächs entschieden Jason und Ella, dass sie sich telefonisch bei Onkel Shawns Freund entschuldigen würden, und es Zeit sei, die Rückreise anzutreten. Noch am selben Abend buchten sie einen Flug für die folgende Woche.

In dieser Nacht blieben Ella und Jason lange wach. Schweigsam und nachdenklich lagen sie im Bett und hielten sich in den Armen. Irgendwann resümierte Jason, dass es keinen Sinn machte, den Mut zu verlieren. Alles, was sie tun konnten, war, nach Chila zurückzukehren und mit den anderen weiterzukämpfen. Darum zu ringen, dass es weiterging. Ella konnte das nicht aufmuntern. Sie versenkte ihr Gesicht in seinen Armen und fühlte sich elend. Die Angst, dass ihr schönes Leben in Malawi ein Ende nehmen würde, brachte die alte Frage ans Tageslicht, wie es mit ihr weitergehen würde. Und vor allem, wo. Über diesen traurigen Grübeleien fiel sie in einen unruhigen Schlaf. Wie aus der Ferne bemerkte sie noch, wie Jason das Licht löschte, sie zudeckte und sich an sie schmiegte, doch das vermochte sie nicht zu trösten. Stattdessen träumte sie von haarigen Spinnen, die über ihren Körper krochen und sie in Todesangst versetzten. Der Traum hatte keine Handlung, keinen Anfang und kein Ende, er bestand nur aus dem Gefühl der völligen Wehrlosigkeit und des Ekels, und so erwachte sie am nächsten Morgen zerschlagen, als hätte sie kaum geschlafen.

Sie weckte Jason und begab sich in die Küche. Dort fand sie Onkel Shawn, vertieft in einem Stapel von Rechnungen. Geistesabwesend biss er in ein Croissant und murmelte nicht mehr als ein fahriges »Guten Morgen« in ihre Richtung.

Unschlüssig stand sie in der Küche und fühlte sich überflüssig. Der gesamte Elan der letzten Wochen war dem Gefühl der Leere und Niederlage gewichen.

Gerade als sie die Küche wieder verlassen wollte, sprach Onkel Shawn sie an. Ganz nebenbei und ohne aufzuschauen: »Vielleicht bringst du deinen inneren Kosmos wieder in Ordnung und besuchst den alten Mann, über den wir gestern geredet haben. Unerledigte Dinge fühlen sich meist nicht besonders gut an.«

Ella protestierte zaghaft. Das waren zwei Stunden Autofahrt, und es würde ihnen ja auch nichts mehr bringen. Onkel Shawn antwortete nur kurz: »Man sollte nicht nur dann zu seinem Wort stehen, wenn es dem eigenen Vorteil dient.« Damit wandte er sich wieder seinen Geschäften zu.

Ella fragte Jason um Rat. Er stimmte Onkel Shawn zu, und so saßen sie zwei Stunden später gemeinsam im Auto und fuhren hinüber zum *Schwester-von-Tarsilia*-Stift.

Sie trafen zu Beginn des Mittagessens ein und liefen durch einen Strom alter Menschen, der sich gerade zum Speisesaal begab. Sie kannten weder den Namen des alten Mannes noch fanden sie sich in dem großen Gebäude zurecht. Sie folgten den Menschen in den Speisesaal und hofften, ihn dort zu entdecken. Doch er war nicht da. Die Tür zum Büro des Stiftsleiters war ebenfalls verschlossen, und so machte sich langsam Missmut breit. Nachdem sie eine ganze Weile vor der Tür gewartet hatten, beschlossen sie, wieder aufzubrechen, doch als sie am Auto waren, wurde Ella unruhig. Zumindest eine Nachricht sollten sie besser hinterlassen, damit Onkel Shawn nicht ein weiteres Mal enttäuscht wurde.

Also bat sie Jason, kurz im Auto zu warten. Sie küsste ihn flüchtig, versprach Eile und lief dann zurück ins Gebäude. Kaum im Flur, hätte sie den alten Mann fast umgerannt! Er schien so überrascht wie sie, sodass keiner von beiden die richtigen Worte fand.

Baptiste hatte sich diesen Augenblick abends im Bett so häufig ausgemalt, doch jetzt war das Wiedersehen viel zu plötzlich gekommen. Er war immer davon ausgegangen, dass es an seiner Zimmertür klopfen würde, dass sie eintrat und er ihr einen Tee anbot. Dass er genügend Zeit haben würde, um die richtigen Worte zu wählen und ihren Blick zu deuten, wenn er ihr eröffnete, dass da die fünfzehntausend Dollar auf sie warteten. Und um sie anschließend zu überzeugen, ihn mitzunehmen. Doch nun, als sie ihm so überraschend gegenüberstand, fehlten ihm die richtigen Worte.

Ella wiederum war in Gedanken schon wieder im Auto. Sie mochte Jason nicht warten lassen und war sowieso schon unruhig. »Monsieur, ich kann mich nur entschuldigen, dass ich erst jetzt …«, begann sie, doch Baptiste unterbrach sie hastig.

»Nicht hier. Bitte lassen Sie uns irgendwo hingehen, wo wir ungestört reden können.« Er sah die Ungeduld in ihren Augen, doch das musste er ignorieren. Jetzt kam es darauf an. Er wusste um die Kühnheit seines Vorschlags. Um die Unmöglichkeit. Ein Haufen junger Menschen, die wie Surfer oder Hippies aussahen. Die vielleicht Marihuana rauchten und sich in Meditation übten. Die braungebrannt in Malawis Sonne schwitzten und schufteten. Die befreundet waren, eine Einheit bildeten und in der Wildnis lebten. Die sollten ihn in ihre Mitte aufnehmen? Weil er sich einkaufte? Was für ein absurder Gedanke. Was für eine Utopie. Und doch – genau darum wollte er kämpfen!

Baptiste überlegte, ob sie auf sein Zimmer gehen sollten, doch das erschien ihm plötzlich nicht mehr angemessen. Also entschied er sich für den Gemeinschaftsraum, der wegen der bereits begonnenen Essensausgabe noch leer sein würde. Sie hatten jedoch maximal eine halbe Stunde Zeit, denn dann würden die ersten Bewohner aus der Kantine herüberkommen, um den Rest des Tages in dem großen Raum zu verbringen.

Ellas Unruhe wuchs weiter. Da stand dieser alte Mann und drehte sich geistesabwesend mal nach links und mal nach rechts, ignorierte sie und murmelte unverständliches Zeug. Er schien zwar ein netter Mensch zu sein, dieser seltsame Kauz, aber sie wollte sich nicht setzen. Sie wollte ihre Entschuldigung loswerden, die fünfzig Euro in Empfang nehmen – falls es denn überhaupt so viel sein würde – und dann zurück zum Auto laufen. Vielleicht noch schnell am Büro von Monsieur Salin vorbeigehen, um auch ihm eine Entschuldigung auszusprechen.

Baptiste aber hatte sich entschieden. »Kommen Sie, hier entlang.«

Ella seufzte. Ohne sich umzudrehen, trottete der Alte los und winkte dabei etwas tatterig mit der Hand, um ihr zu bedeuten, ihm zu folgen. Ohne Zweifel würde es eines dieser Gespräche werden, bei dem sie ihre gesamte Geduld benötigte, um nicht unhöflich zu wirken. Da sie jedoch keine Wahl hatte, ging sie ihm hinterher.

Als Ella viel später zurück zum Auto ging, war sie völlig benommen. Was soeben passiert war, würde sie erst einmal verarbeiten müssen. Es überstieg ihr Vorstellungsvermögen. Hatte sie tatsächlich vor einigen Minuten quasi *en passant* die finanziellen Probleme von *Little Hearts* gelöst? Nein, mitnichten. Sie hatte gar nichts gelöst. Sie hatte nur dagesessen, zugehört und ihren Ohren nicht getraut. Und was war das für ein Anliegen, das der sympathische Kauz, nein, das Monsieur Dumont – an diesen Namen gewöhnte sie sich wohl besser – vorgebracht hatte? Er wollte mit nach Malawi? Um Urlaub zu machen? Um sie zu besuchen? Nein, hatte er nicht gesagt, er wolle dort mitarbeiten? Nicht einmal das! Er hatte gesagt, »um meinem Leben eine letzte Wendung zu geben.« Er wollte dort tatsächlich leben. Und sterben. Und wer zum Teufel war Claire?

Ella ärgerte sich, nicht besser zugehört zu haben, denn bevor Baptiste sein Angebot unterbreitete, hatte er umständlich aus seinem Leben erzählt und Begründungen angeführt, von denen sie zu dem Zeitpunkt ja nicht wusste, dass sie noch eine Bedeutung bekommen würden. Sie versuchte, sich vorzustellen, wie Monsieur Dumont den Weg nach Chila bestritt. Wie er auf dem Boden schlief. Wie er die Tagesreise von Chipita aus ins Dorf antrat. Wie die anderen reagieren würden. Sie fragte sich langsam, ob Monsieur Dumont nicht sogar senil war. Vielleicht glaubte er an Verschwörungen. War dies nur ein Seniorenstift? Hatte sie nicht auch etwas von Rehabilitation gelesen? Wurden hier vielleicht psychisch Verwirrte behandelt?

Sie war am Auto angekommen, stieg ein, schaute Jason noch völlig verwirrt an und sagte dann nachdenklich: »Du wirst niemals erraten, was soeben passiert ist …«

Dann erst sah sie sein Grinsen. Er fiel ihr ins Wort: »Und du erst recht nicht. Ich habe gerade einen Anruf erhalten. Marie Leclerc wird uns nach Malawi begleiten und eine große Reportage über uns im *Journal Mondial* veröffentlichen.«

Kapitel 15

Baptiste schaute nach links. Was für eine seltsame Reisegruppe, die da im Flugzeug versammelt saß. Ella, Jason und diese Journalistin, die sich ihnen angeschlossen hatte, schliefen. Baptistes Schlaf wollte jedoch nicht kommen. Seine Gedanken irrten durch die Ereignisse der letzten Wochen und verhinderten die Nachtruhe.

Er erinnerte sich an Ella, an ihre Verblüfftheit, als sie im Gemeinschaftsraum gesessen hatten. Sie sagte nicht viel, nur, dass sie mit Jason über sein Angebot reden müsse. Da war keine Euphorie in ihrem Blick, sodass er schon fürchtete, sein Traum würde zerplatzen. Erst eine Stunde später klopfte es an der Tür, und sie kam mit Jason auf sein Zimmer. Offensichtlich hatten sie noch lange im Auto diskutiert. Jason befragte Baptiste nach seinen Motiven und seiner Gesundheit. Es schien eine verkehrte Welt, da es der junge Mann war, der den alten Baptiste mit seinen Fragen löcherte.

Es ging vor allem darum, dass *Little Hearts* keine Verantwortung für ihn übernehmen konnte. Dass sie im Geist zwar offen für seine Ankunft seien und ihn natürlich unterstützen würden, dass ein jähes Ende des Projekts jedoch genauso im Bereich des Möglichen lag. Dann würden sich alle in die Augen schauen, verabschieden und ohne Verantwortung für den anderen in alle Himmelsrichtungen reisen. Für sein Geld konnten sie daher ebenso wenig garantieren wie für seine Gesundheit. Seine Idee sei ein gefährliches Unterfangen in seinem Alter. Was er im Fall des Aus für *Little Hearts* zu tun gedenke? Baptiste log und erzählte von seiner Familie in Algerien, zu der er angeblich jederzeit zurückkehren könne. Ella hakte sofort ein. Ob er Franzose oder Algerier sei? Warum er dann jetzt nicht bei seiner Familie sei? Baptiste antwortete ausweichend und begann stattdessen, wieder von Claire zu erzählen, rührend und nah, ohne die übliche Distanz, die Fremde voreinander hielten. Er war abgrundtief ehrlich, seine Melancholie erfüllte den Raum und bald auch ihre Herzen, das war nicht zu übersehen. Nach einer Weile des Nachdenkens und des Blickaustauschs luden sie Baptiste herzlich ein, Teil von *Little Hearts* zu werden.

Die Abreise verschoben sie, denn sie konnten Baptiste den beschwerlichen Weg nach Chila nicht allein zumuten, und es gab schließlich noch Formalitäten zu erledigen. Außerdem schloss sich Marie Leclerc ihrer Reisegesellschaft an. Was für ein gefundenes Fressen diese Geschichte war! Erstklassig für einen hautnahen Bericht. Junge Menschen, nur ihrem Gewissen verpflichtet, mit einem selbstlosen Projekt, das sich anschickte, sich zu einem Skandal rund um die Staatsgewalt eines Dritte-Welt-Landes auszuweiten. Als die Journalistin dann noch hörte, dass ein stiller, alter Mann als Retter in der Not aufgetaucht war, musste sie restlos überzeugt gewesen sein, dass sich die Reise lohnen würde. Und obendrein gab es die Ahnung eines persönlichen Schicksals hinter dieser letzten Wendung. Eine Prise Mystisches.

Marie Leclerc brachte sich schnell ein, und bei ihrem letzten Treffen schwärmte sie bereits von ihrer *gemeinsamen* Vision. Sie riss Jason dabei regelrecht mit. *Little Hearts* könne noch viel größer werden, begeisterte sie sich, Waisenhäuser würden in allen Regionen Afrikas benötigt und Vorreiter wie Jason hätten es in der Hand, die Welt ein klein wenig besser zu machen.

Baptiste bat die Stewardess um einen Tee und dachte an die schweren Aufgaben der letzten Tage. Da war der Abschied von Tommaso und Martha gewesen und das endgültige Loslösen von Claire und ihrem gemeinsamen Hab und Gut. Baptiste schloss sämtliche Möbel in den Verkauf mit ein. Er lagerte einige seiner persönlichen Dinge bei Tommaso ein und packte nur die nötigsten Sachen.

So, wie er vor einigen Jahrzehnten gekommen war, so würde er Frankreich wieder verlassen: Mit nur einem Koffer und nicht viel mehr als dem, was er am Leib trug. Er besorgte sich noch einmal den Schlüssel zur Wohnung, ging hinüber und setzte sich in den Sessel. Mehrere Stunden lang redete er mit Claire und erklärte ihr, was er vorhatte. Er weinte ein letztes Mal um sie, verabschiedete sich immer und immer wieder und versprach ihr, sie im Herzen mitzunehmen. Er packte das Familienalbum ein, das er beim Auszug vergessen hatte und als einziges Andenken mitnehmen würde.

Er wollte keine weiteren Abschiede mehr. Ihm reichten die schwermütigen Tage, die Tränen, die Melancholie. Gelinde gesagt, er hatte es satt! Daher fasste er den Entschluss, Tommaso nicht noch einmal zu besuchen, sondern ihm lieber einen Brief zu schreiben. Er setzte sich in die Küche und schrieb. Verwarf ihn und schrieb eine neue Version. Verwarf diese ebenfalls. Auch die nächste und eine weitere. Irgendwann saß er inmitten eines Friedhofs abgebrochener Gedankenstränge und verzweifelte langsam. Er fand einfach keine Worte, die seinem Herzen entsprangen. Nur Erklärungen, Dank und Floskeln. Irgendwann begriff er die Unmöglichkeit, sich nach so vielen Jahrzehnten einfach nur mittels eines profanen Briefes zu verabschieden. Das war asozial. Und erbärmlich. Aber er konnte nicht anders. Abschiede waren nichts, was er je gelernt hatte.

Es war bereits tief in der Nacht und er starrte ins Dunkel. Irgendwann blätterte er gedankenlos im Album herum und fand Zeilen, die Claire übertragen hatte. Ein Gedicht, das sie beide immer sehr bewegt hatte, von Charles Baudelaire, diesem düsteren Magier der Worte. Eine seiner dunklen Phantasien über den Tod und die Verwesung, von der Vorstellung, im eigenen Grabe als Toter zu liegen und als Mahl den Maden und Raben zu dienen. Das brachte ihn auf einen Gedanken. Er nahm einen neuen Bogen Papier und schrieb:

Liebe Martha, lieber Tommaso,
ich bin mir sicher, dass Ihr empört sein werdet. Schlimmer noch – zutiefst enttäuscht. Ich hoffe nur, Ihr werdet nicht sagen, dass Ihr es im Grunde gewusst habt.

Ich bin Euch zu so großem Dank verpflichtet, dass ich keine Worte finde, und die Höflichkeit gestattet meinen im Folgenden erklärten Entschluss eigentlich nicht. Und doch – wenn Ihr diese Zeilen lest, werde ich bereits abgereist sein.

Meine Kraft lässt keinen weiteren Abschied zu, und es zerreißt mein Herz, Euch zurückzulassen. Ihr, denen ich alles zu verdanken habe. Ihr, die mich aufgenommen habt, sodass ich Claire überhaupt habe kennenlernen dürfen. Ihr, die in meinen schweren Stunden an meiner Seite wart. Ich kann mich von Euch nicht verabschieden, denn ich verlasse Euch nicht. Ich nehme Euch mit in meinem Herzen. Ich kann nur Euch als meine Freunde bezeichnen und es beschämt mich, dass ich unsere gemeinsame Zeit nicht besser genutzt habe. Genutzt, um mehr von mir preiszugeben. Denn so fahre ich in mein neues Leben mit den reichhaltigen Geschenken, die Eure Aufrichtigkeit, Offenheit und Wärme mir in den letzten Jahren beschert haben.

Doch ich frage mich – was bleibt von mir in Euren Herzen?

Vor vielen Jahren, als mein seelischer Schmerz keine Grenzen kannte, habe ich ein einziges Mal zur Feder gegriffen und Claire ein Gedicht geschrieben. Damals schrieb ich, um mich Claire zu erklären, nachdem meine Stimme nach Michelles Tod vor Trauer verstummt war. Um sie um Verzeihung zu bitten, weil ich nicht der Mann an ihrer Seite gewesen war, den sie in diesen dunklen Stunden verdient hatte.

Ich bitte Euch, dieses Gedicht als auch an Euch gerichtet anzuerkennen, denn es ist das persönlichste, was ich von mir preiszugeben habe.

Euer Euch liebender Baptiste

Dann nahm er ein zweites Blatt und übertrug sein Gedicht, das Claire damals neben das von Baudelaire geklebt hatte.

Vom Ertrinken

Bewegung verstummt,
Herzschlag erstarrt.
Wind verwelkt,
Sonne verfällt.

Sand versinkt,
Sinne versagen,
Mein Körper verbrennt -
Nicht zu ertragen.

Träumereien von Wassermassen,
Geist und Körper fest umschlossen
Umhüllungen mit festem Griff
Erfüllungen – auch innerlich.

Quälendes Leben
lebendige Qual
Dem Schmerz entgegen
ein letztes Mal.

Auf den Rücken zu liegen.
Die Brechung des Lichts.
Tut nicht mehr weh –
das Versinken ins Nichts.

Mit einem Mal,
Dein wärmender Blick,
Dein tröstendes Wort,
kein Schatten im Licht.

Strömendes Blut,
Weinender Fluss,
Liebende Glut –
tut plötzlich so gut.

Vergessen der Trieb,
der letzte, der blieb.
Und wieder einmal,
ein trauriger Sieg.

Baptiste Dumont

Erschöpft faltete er den Brief zusammen und steckte ihn in seine Innentasche. Er bemerkte, dass seine Hand vom vielen Schreiben zu schmerzen begonnen hatte, aber ihm fiel auch auf, dass seit den Tagen seiner Entscheidung der Schmerz in seinen Knochen keine Rolle mehr spielte.

Es war tief in der Nacht, als er den Brief an die Regondis in deren Briefkasten warf. Dann setzte er sich in ein Taxi, fuhr zum Flughafen und verbrachte seine letzte Nacht auf französischem Boden in einem Hotel in der Nähe. Am nächsten Morgen traf er viel zu früh am Abfertigungsschalter ein, um auf seine Reisegruppe zu warten. Voller Nervosität, dass im letzten Moment etwas schief gehen könnte.

Doch sie kamen.

Und was für ein Gefühl, als er am Morgen darauf aus dem Flugzeug stieg! Nach dem nächtlichen Zwischenstopp in Addis Abeba, in dem sie das Flugzeug nicht verlassen hatten, durfte er jetzt aus der Tür treten. Eine Mauer der Schwüle empfing ihn und drückte sich ihm entgegen. Binnen weniger Minuten war sein Hemd von der Luftfeuchtigkeit und der unbarmherzigen Kraft der afrikanischen Sonne durchnässt.

Was für ein herrliches Gefühl das war. Heimat!

Hinter ihm hörte er Mademoiselle Leclerc stöhnen. Er drehte sich um und sah, wie sie mit ihrer Handtasche, ihrem Rucksack und ihrer riesigen Sonnenbrille kämpfte. Das alles wollte von ihrem Körper rutschen. Gleichzeitig. Und der Schweiß glänzte auf ihrer Haut wie eine feine Schicht Klarlack.

Die anderen waren klüger gewesen und hatten bereits im Flugzeug ihre luftige Kleidung angelegt, ihre Sandalen angezogen und Tücher zum Schutz um den Kopf gebunden.

Jason half Mademoiselle Leclerc, die ungelenk den steilen Tritt des Gateway-Busses hinauf stolperte. Hohe Absätze schienen ebenfalls unpraktisch in Malawi. Baptiste beobachtete, wie Ella diese Journalistin demonstrativ ignorierte, und schenkte ihr ein Lächeln. Sie mochten wohl beide Mademoiselle Leclerc nicht besonders.

Dann kam der lange Weg mit dem Bus gen Chipita. Baptiste saß am Fenster und sog jedes Bild in sich auf. Die Wüste, die staubigen Straßen, die Menschen, die die Straßen entlangwanderten. Tausende

Erinnerungen kamen hoch. Die elegante Körperhaltung der Frauen – so aufrecht das Kreuz, so gerade der Gang. Die Langsamkeit der Bewegungen war angepasst an die sengende Hitze, doch nie der Trägheit ergeben. Die brütende Wärme war im Bus nicht zu bemerken, denn die Klimaanlage spie die Kälte mit ohrenbetäubendem Lärm in den Fahrgastraum. Dazu kam, dass ihm bei jeder Pause, in der sie ausstiegen, durch den Temperaturunterschied schwindelig wurde.

Sein Rücken begann zu schmerzen, denn der Sitz war alt und durchgesessen. Jede Bodenwelle erschütterte sein Kreuz, doch er ließ es sich nicht anmerken. Bloß keine Last sein. Die jungen Menschen sollten nicht befürchten müssen, dass sein Alter ein Problem darstellen könnte. Die Schmerzmittel, die er jahrelang verschmäht hatte – nun nahm er sie doch wieder ein.

Es wurde nicht viel gesprochen. Nicht nur, weil sie müde von der bisherigen Reise waren, nein, Baptiste spürte auch die Spannung zwischen den drei jungen Menschen, deren Grund er zwar nicht kannte, der jedoch sicher mit den Beziehungen zwischen Ella und Jason auf der einen sowie der Journalistin und Jason auf der anderen Seite zu tun hatte. Jason war sehr bemüht um das Wohlergehen der Journalistin, was Ella meist mit Nichtbeachtung quittierte. Dann wiederum schmiegte sie sich oft genug an Jason und demonstrierte ihre Stellung.

Wie kompliziert dieses Alter war!

In Chipita übernachteten sie in einem kleinen Gasthaus und mieteten sich für den folgenden Tag einen Transporter, in dem alle Platz finden würden. Jason hatte vorgeschlagen, außerdem eine Matratze für Baptiste zu kaufen, denn die dünnen Matten auf den Böden der Hütten würden ihm nicht guttun.

»Wir werden auf dem Boden schlafen?«, entfuhr es Marie, und sie schaute entsetzt in die Runde. Sie saßen auf der Veranda zur Hauptstraße und hatten bis dahin den Sonnenuntergang genossen. Der tiefhängende Schatten hatte die Temperaturen kaum gesenkt, und so tranken sie eisgekühltes Wasser und Bier.

»Nein, natürlich nicht, wir haben alle unsere eigenen King-Size-Tonnentaschenfederkernmatratzen aus Norwegen einfliegen lassen«, erwiderte Ella und schaute genervt zum Horizont. Wie es aussah, fiel es ihr immer schwerer, ihre Antipathie zu verbergen.

Tatsächlich konnte Ella die Gegenwart der Journalistin kaum noch ertragen. Sicher, Marie sollte eine positive Reportage über *Little Hearts* schreiben, doch dass sie von ihr abhingen, missfiel Ella mehr und mehr. Vor allem, weil sie nicht in der Lage war, Jasons Verhalten zu interpretieren. Machte er gute Miene zum bösen Spiel? Er konnte diese Person doch nicht ernsthaft als sympathisch und angenehm empfinden! Diese Frau, die kurz vor der Landung im Bord-WC verschwand, um ihre Schminke aufzufrischen, nur, um nach zehn Minuten malawischer Sonne bereits wie ein zerlaufenes Aquarell auszusehen.

Ella musterte Baptiste. Er schien ein außergewöhnlich guter Beobachter zu sein, und ihr schien, dass er die Konstellationen längst durchschaut hatte, obwohl er immer so geistesabwesend wirkte. Er schaute oft in die Weite der Natur, als würde er ein Tagebuch aus längst vergangenen Tagen vor seinem geistigen Auge durchblättern, und trotzdem ertappte sie ihn immer wieder dabei, wie er die Szenerie zwischen ihr, Marie und Jason genauestens verfolgte.

Sie wusste nicht, wann es geschehen war, aber sie hatte sich mit ihm angefreundet. Wortlos und in nicht mehr als einem Augenblick.

Jetzt schlug Jason vor, auch Marie eine Matratze zu kaufen und Ella traute ihren Ohren nicht. Für die paar Wochen, die Marie bei ihnen sein würde? Wer würde die bezahlen? Sie konnte sich die Antwort schon denken. *Es wäre ja im Dienste der Sache.* Sie konnte es nicht mehr hören.

Als Nächstes kam die Frage auf, wo Marie in Chila denn überhaupt schlafen würde. Ella würde zu Jason in die Hütte ziehen, sodass ihre frei wurde. Darin wäre Platz für Baptiste, aber was war mit Marie? So weit hatte niemand gedacht.

Jason fing laut an, das Denken nachzuholen: »Könnten sich Baptiste und Marie eine Hütte teilen?«

Maries entsetzter Blick beantwortete die Frage ohne Worte.

»Können wir Lester vielleicht zu Sam und Simon stecken? Das wäre ja nur für einige Wochen«, beeilte er sich, eine bessere Alternative zu entwickeln.

Marie schwieg. Ihr Gesicht verriet, dass ihr die Aufmerksamkeit gefiel. Ella wusste, sie hätte schweigen sollen, doch die Worte entfuhren ihr, ehe sie sie aufhalten konnte: »Weshalb sollen angestammte Mitglieder zusammenrücken, um Marie einen angenehmen Aufenthalt zu bescheren? Wenn sie authentisch schreiben will, wird sie ja wohl keine Privilegien genießen wollen.«

Zu ihrem Entsetzen reagierte Jason mit einem weiteren Vorschlag: »Dann bliebe noch, dass Lester zu mir kommt und ihr beiden Frauen euch eine Hütte teilt.«

Ella blieb die Luft weg. War Jason komplett übergeschnappt? Ihre Augen funkelten ihn böse an, als Baptiste ihr unerwartet zur Hilfe kam.

»Vielleicht wäre es noch angenehmer für Mademoiselle Leclerc, eine eigene Hütte für sich zu haben, und Sie teilen sich die Hütte mit Ihrem Freund. Das ergäbe sich, wenn ich mit einem der anderen jungen Herren eine Hütte teilen würde.«

Später nutzte Ella die Gelegenheit, sich bei Baptiste unter vier Augen zu bedanken. Doch der lächelte nur, denn es waren beide, die einen Freund gefunden hatten.

Kapitel 16

Die ersten Tage wirkten auf Baptiste wie ein Jungbrunnen. So verwundert die Mitglieder von *Little Hearts* auch sein mochten, keiner hatte Baptiste auch nur einmal seltsam gemustert oder ihm das Gefühl gegeben, nicht willkommen zu sein. Und sie wollten alle Details über die Vorträge, über den Termin bei *Journal Mondial*, über Marie und über das Zusammentreffen mit Baptiste hören.

Jason und Ella beantworteten fast jede Frage, außer die entscheidende, nämlich, wie viel Geld sie nun zusammenbekommen hätten und ob es mit *Little Hearts* weiter ginge. Erst ganz zum Schluss verrieten sie Baptistes Rolle im Geschehen, wobei er vor Verlegenheit errötete. Alle applaudierten ihm, und er schaute beschämt zu Boden. Ihr Dank war ihm so unangenehm, dass er ihn nicht annehmen wollte. Er hatte nicht ihnen geholfen – sie hatten ihm geholfen! Es waren sein Wunsch und sein Traum gewesen, die ihn hierher verschlagen hatten, und so kam es ihm fast unanständig vor, für seine Tat auch noch Dank zu bekommen.

Für Ella hatte sich das Leben in ihrem Dorf durch Maries Anwesenheit verändert. Plötzlich waren die Männer nicht mehr nur albern, lustig, verrückt und laut, sondern befangen, höflich und zuvorkommend. Ella vermochte kaum zu glauben, was aus ihren lockeren, spaßigen und manchmal etwas rauen Freunden geworden war, doch jedes Mal, wenn sie sie darauf ansprach, taten sie so, als wäre es ein reines Hirngespinst.

Sie beobachtete auch Baptiste, der sich meist im Hintergrund hielt, wie unsichtbar wirkte, doch stets anwesend war. Wie beispielsweise an dem Tag, an dem er Lester erklärte, dass der sich nur anders zur Säge zu stellen brauche, um eine effektivere Kraftverteilung zu erreichen. Mit bescheidenem Ton und aus dem Nichts heraus. Dann sagte er so etwas wie: »Ich bin mir nicht sicher, aber vielleicht wäre es besser, wenn …«, und klang dabei weder väterlich noch besserwisserisch. Eher schüchtern. Und anschließend funktionierte es tatsächlich besser. Ja, dieser *komische Kauz* war eine echte Bereicherung, und Ella ließ keine Gelegenheit aus, ihn immer wieder heimlich zu mustern.

Ein alter Mann, mit kantiger Nase, auf die er zum Lesen eine altmodische Brille mit dickem, schwarzen Rand setzte. Die Narbe hinter seinem Ohr fiel ihr erst hier auf, weil die Sonnenbräune sie bloßlegte: Das Narbengewebe nahm keine Farbe an. Sein Gang, der wohl den Schmerzen in seinen Großgelenken geschuldet war, erinnerte sie an E.T., den Außerirdischen. Wenn er gemütlich und friedlich mit den Händen auf dem Rücken von seiner Hütte zur Baustelle herüber geschlendert kam und mit einem kurzen Lächeln und Winken an ihr vorbeizog, musste Ella unwillkürlich schmunzeln.

Am außergewöhnlichsten war jedoch, wie Chilas Kinder auf ihn reagierten. Zunächst beobachteten sie ihn tagelang nur aus der Ferne. Vielleicht waren sie auch schlicht darüber verwundert, dass da ein *weißer* Erwachsener war, der sie mehr oder weniger ignorierte, sie zwar anlächelte, aber nicht auf den Arm nehmen wollte, ihnen nicht sogleich durch die Haare strich, ihnen keine Aufmerksamkeit über Gebühr zollte. Und der sich schon gar nicht betont pädagogisch hinunterbeugte, um den Höhenunterschied bewusst auszugleichen, als ob er diesen Kniff eben erst in einem Ratgeber gelesen hatte. Stattdessen waren er und sein gelegentliches Lächeln einfach da. Das zog sie magisch an. Und nach nur drei Tagen konnten alle beobachten, wie eine Traube der Fünf-, Sechs- und Siebenjährigen vor Baptistes Hütte stand und darauf wartete, dass der *graue Mann*, wie sie ihn getauft hatten, aus seinem Mittagsschlaf erwachte. Dann ging er mit den Kindern zur Baustelle, eines an jeder Hand und spazierte von dort aus mit ihnen zu den Feldern, auf denen die Erwachsenen arbeiteten.

Ella sah, wie Alinafee eines Tages stürzte und aufheulte. Bevor sie sich ihrer annehmen konnte, war sie schon zu Baptiste gelaufen. Der tröstete sie binnen Sekunden mit wenigen, für die anderen nicht hörbaren, Worten. Und als gäbe es ein mystisches Geheimnis, das wichtiger war als der erlittene Schreck, hörte sie auf zu weinen und lächelte kurze Zeit später schon wieder. Ella hörte, wie er ihr ein Lied pfiff, durch die Zahnlücke hindurch, die einen so besonderen Klang produzieren konnte. Fast metallisch. Dann schickte er sie wieder zum Spielen, alles mit seiner Gabe der Geduld und Ruhe, die auf die Kleinen des Dorfes besonders wirkte.

Zwischen Ella und Marie wuchsen indes die Spannungen. Während Ellas Antipathie täglich größer wurde, schien Jason sich in Maries Gegenwart immer wohler zu fühlen. Hatte Ella zu Beginn noch geglaubt, Marie würde nur als Beobachterin fungieren, so hatte die sich sofort in die täglichen Arbeiten integriert. Hatte Aufgaben übernommen und zwar all jene, die sie in Jasons Nähe brachten. Sie diskutierte über Strategien, Baumaßnahmen und Erzieherisches, ganz so, als wäre sie eine von ihnen. Grundgütiger, dabei war sie genau das eben *nicht*! Sie war eine Außenstehende, eine, die ihre ureigenen Pläne verfolgte. Sie wollte ihren Namen unter einer Reportage stehen sehen, und deshalb sollte alles spektakulär sein. Groß und aufsehenerregend. Sie wollte die Einzahlung der fünfzehntausend Dollar inszenieren. Sie schlug vor, mit sämtlichen Mitgliedern nach Chipita und Lilongwe zu reisen, denn sie brauchte Fotos. Auch von Simon, der Holz einkaufte, und von Sam, der mit den Händlern verhandelte. Und natürlich von Jason, der mit den Behörden stritt. Am besten auch von einigen Malawiern, um zu dokumentieren, dass sie eine Einheit waren, eine verschworene Bande aus Einheimischen und jungen Visionären. So etwas zog in der westlichen Welt.

Aber sie redete nie von *Little Hearts*, sondern stets von Chancen und Erfolgsaussichten. Wie die Schlange, die einst mit dem Apfel hausieren gegangen war, mit einem profanen, stinknormalen Stück Fallobst, wie es Abertausende gab und auf das in Chila niemand bislang Hunger gehabt hatte. Und ganz plötzlich glaubten alle, ohne diese eine Frucht nicht mehr satt zu werden.

Ella kochte vor Wut, wenn sie von all den hochtrabenden Plänen hörte, und als sie dann die Zustimmung in den Gesichtern der anderen sah, wurde es sogar noch schlimmer.

Eine Weile versuchte sie, dem entgegen zu wirken. Sie erinnerte daran, dass Bescheidenheit die Tugend war. Dass sie das Geld und das Aufsehen nicht mehr benötigten. Doch es war vergebens und mit der Zeit wurde sie von regelrechtem Missmut ergriffen. Von Tag zu Tag fühlte sie sich kränklicher und begann, sich tagsüber häufiger zum Schlafen zu legen.

Jason war besorgt und fragte sie ein ums andere Mal, was sie beschäftige und ob er ihr Gesellschaft leisten solle. *Natürlich, du Idiot. Ich will dich bei mir haben, oder glaubst du, ich möchte, dass du deine Tage mit dieser Natter verbringst?* Aber statt die Gedanken auszusprechen, schickte sie ihn mit einem gequälten Lächeln fort. Nur sich keine Blöße geben.

So entging ihr, was die anderen beschlossen, nämlich Maries Plan in die Tat umzusetzen und in die Städte aufzubrechen. Alle würden sie mitreisen und gemeinsam in die Hauptstadt fahren, Einigkeit demonstrieren und am Tage des Triumphs über die Willkür der Behörden mit auf den Fotos sein.

Zwei Nächte vor der Abreise kam Jason in die Hütte, und Ella stellte sich schlafend. Er legte sich zu ihr und flüsterte ihr ins Ohr. Ob sie noch wach sei? Doch Ella rührte sich nicht. Er küsste ihre Stirn, drehte sich um und schlief sofort ein.

Sie fühlte sich maßlos einsam. Nichts war mehr so wie früher, und die Geschehnisse der letzten Tage überrannten sie einfach. Marie beraubte sie ihrer Heimat und *Little Hearts* seiner Unschuld. Und damit verschwanden auch die Unaufgeregtheit, die Harmonie, das Zeitlose. Binnen weniger Tage schien das Besondere ihrer Gemeinschaft in den Eitelkeiten jedes einzelnen untergegangen zu sein.

Little Hearts war nun ein Projekt und hatte ein Ziel. Es ging um Erfolg. Um Anerkennung. Und sogar um Expansion. Und alle waren damit einverstanden. Nur Ella fühlte sich, als würde sie aus dem Paradies vertrieben.

Als sie am nächsten Morgen aufstand, fühlte sie sich noch kränker als am Vorabend. Jason erkundigte sich immer wieder, wie ernsthaft ihr Zustand denn sei, doch sie wich ihm aus. Die Abende würden etwas kühler werden, und sie hätte den klimatischen Unterschied zwischen Europa und Afrika nicht gut vertragen. Morgen würde es ihr sicher schon besser gehen.

Sie verbrachte den Tag schlafend im Bett, nur unterbrochen von Malia, die ihr eine kräftigende Suppe aus verschiedenen Knollen und eine Kanne weißen Tee brachte.

Am Abend war klar, dass Ella nicht mitreisen würde. Ihr stand der Schweiß auf der Stirn und sie fühlte sich keineswegs besser. Zu gesund, um krank zu sein, und zu krank, um aufzustehen.

Also wollte Jason die Reise verschieben, doch sie bestand darauf, dass er seine Pflichten nicht vernachlässigte. Es gab keine Zeit zu verlieren, es gab Fristen, und vor allem – sie wollte alleine sein. Die letzten Tage hatten sie derart mitgenommen, dass sie endlich darüber nachdenken wollte, was die Anwesenheit Maries eigentlich für sie bedeutete. Sie brauchte Zeit für sich und so überzeugte sie ihn, dass er bedenkenlos aufbrechen könne.

Die Gruppe zog am folgenden Morgen los und verließ Chila für geplante fünf Tage. Jason, Sam und Simon, Lester, Etta und Malia, einige der helfenden Dorfbewohner und natürlich Marie. Baptiste, für den eine solche Reise unmöglich war, versprach Jason, sich in seiner Abwesenheit um Ella zu kümmern. So elend fühlte sie sich, dass nicht einmal die ausgelassene Stimmung der anderen sie noch verärgern konnte. Flüchtig küsste sie Jason zum Abschied und wünschte ihm alles Gute. Dann schloss sie die Augen und wartete, bis er die Hütte verlassen hatte.

Baptiste winkte der aufbrechenden Schar hinterher und zog sich dann in seine Hütte zurück. Die Hitze des Tages machte ihm zu schaffen. Er wollte sich für eine halbe Stunde hinlegen und anschließend nach Ella schauen.

Als er wach wurde, war es bereits dunkel. Er hatte fast drei Stunden geschlafen. Nun, da alle weg waren und das Alltagstreiben mit einem Mal ausblieb, fiel die gesamte Anstrengung von ihm ab. Er drehte sich auf die andere Seite und schlief augenblicklich wieder ein.

Als er das nächste Mal wach wurde, war der neue Tag bereits angebrochen. Zunächst hatte er Probleme, sich zu orientieren. Dann bemerkte er, dass er noch in der Kleidung vom Vortag steckte. Und die roch unangenehm. Er schaute auf seine Armbanduhr und konnte es kaum glauben. Dreizehn Stunden hatte er geschlafen!

Er brauchte eine Weile, bis ihm klar wurde, dass heute etwas anders war. Durch die Ritzen der Strohmatten schien nicht einmal mehr die Sonne in die Hütte. Dafür war die Luft voller Feuchtigkeit, mit der sich die Kleidung vollgesogen hatte. Er trat vor die Tür und erschrak. Türme pechschwarzer Wolken standen am Himmel und wirkten allmächtig und lebensbedrohend. In der Luft schwirrten Gewitterfliegen und die Vorhut des Windes fegte in unberechenbaren Schüben durch das Dorf. Sie hoben den Wüstensand in die Luft, nahmen ihn gefangen und schleuderten ihn in kleinen, intensiven Wirbeln durch die Straßen und in die Hütten. Die Straße wirkte wie ausgestorben, denn alle Einwohner hatten sich zum Schutz zurückgezogen. Plötzlich kam ihm ein Gedanke. *Du meine Güte, ich habe Ella vergessen!* Er hatte sie doch gestern noch einmal besuchen wollen, um nach dem Rechten zu schauen. Er trat zurück in seine Hütte, streifte einen Pullover über und eilte los.

Als er in ihre Hütte trat, wurde ihm angst und bange. Der Geruch von Krankheit empfing ihn. Stickig und faulig. Und er konnte Ella nicht ausmachen, so dunkel war es im Raum. Vorsichtig ging er an die Schlafstelle heran, um sie zu finden, ohne sie zu wecken. Mit dem Fuß stieß er eine erloschene Kerze um, der er sofort hinterher kroch, um sie anzuzünden. Der harte Boden drückte gegen seine Knie, doch als er Ella erblickte, vergaß er seinen Schmerz, und ihm blieb fast das Herz stehen. Im schwachen Schein der Kerze schaute sie aus matten, leblosen Augen ins Nichts. Ihre Stirn war durchnässt wie die französischen Weiden vom Morgentau im Herbst.

Er umfasste ihr Handgelenk. Ella glühte.

Er schüttelte sie und sprach sie an. Er rief ihren Namen. Er berührte ihre Wange und versuchte, mit seinem Ärmel ihre Stirn zu trocknen. Doch Ella reagierte nicht.

»Um Himmels Willen«, entfuhr es ihm. Ella war offensichtlich ernsthaft krank, und alle aus dem Dorf, die ihn verstehen konnten, waren weit entfernt. Von der Rückkehr abgeschnitten durch ein drohendes Unwetter beängstigenden Ausmaßes.

Er deckte sie zu und versuchte, die Hütte so dicht wie irgend möglich zu machen. Er brühte Tee auf, lief nach draußen und suchte nach Steinen, die er in kochendes Wasser tränkte, um sie anschließend unter ihrer Decke zu platzieren.

Doch nichts half, Ellas Fieber stieg. Er fütterte sie mit Suppe, musste dabei ihren Kopf stützen und den Löffel an ihre Lippen führen, so kraftlos war ihr Körper. Irgendwann begann sie wenigstens, mit ihm zu reden. Zwar im Fieberwahn, aber immerhin. Sie faselte von Haaren, nein, von ekligen Haaren, die sie dann panisch versuchte, aus ihrem Gesicht zu wischen. Dabei zerkratzte sie sich ihre Haut, sodass Baptiste an ihrer Strohmatte sitzen und ihre Hände festhalten musste.

Er lief zur nächstbesten Hütte und brachte eine alte Frau durch wilde Gesten dazu, ihm in Ellas Hütte zu folgen. Doch die Frau schaute nur einen Wimpernschlag lang herein, dann verschwand sie entsetzt nach draußen in den Sturm, der immer heftiger durch das Dorf tobte.

Baptiste fürchtete bereits, er müsse allein mit der Situation fertig werden, als die Frau mit einem noch älteren Mann zurückkehrte. Der kniete sich neben Ella, musterte sie eindringlich, starrte in ihre Pupillen, begutachtete ihre Zunge und zog schließlich einige Pflanzen und Kräuter aus seinem Beutel, der mit einem Seil auf seiner Hüfte befestigt war und sich kaum von seinem farbenfrohen Gewand abhob. Den ausladenden Schnitt hatte Baptiste bisher bei keinem der anderen Bewohner gesehen. Der Mann zupfte Blätter von den Stängeln, legte sie mit Obacht auf seine eigene Zunge und begann, sie behutsam zu zerkauen. Dafür ließ er sich ewig Zeit. Dann endlich spuckte er sie in seine Handfläche, um sie anschließend mit seinen Fingern zu zerreiben. Dabei schaute er Baptiste böse an und redete unaufhörlich auf ihn ein. Mehr als einmal unterbrach er sein Reiben und zeigte direkt auf ihn.

Baptiste verstand nicht, also versuchte er, die Mimik des Alten zu entschlüsseln. Aber auch das wollte ihm nicht gelingen. Er konnte den Blick nicht deuten, die Tonlage nicht interpretieren, die Gestik nicht lesen. Er sah nur Augen voller tiefroter, geplatzter Äderchen, die im Schein der Kerze noch unheimlicher als ohnehin schon wirkten. Dann fütterte der Mann Ella mit gut der Hälfte der eingespeichelten Blätter. Sie übergab sich dabei fast vor Husten, doch der unheimliche Alte zwang sie ihr in den Hals. Den verbleibenden Rest legte er auf ihre Stirn und presste schweigend ein Tuch darüber, das er fünfzehn Minuten lang festhielt.

Erst danach wandte er sich wieder an Baptiste, redete auf ihn ein, schüttelte den Kopf und verschwand schließlich gemeinsam mit der Alten aus der Hütte.

Baptiste war wieder allein mit Ella. Er setzte sich zu ihr und spürte Verzweiflung. Sie sah aus, als würde sie von Minute zu Minute schwächer werden. So schnell passierte das alles, dass er nicht einmal genug Zeit hatte, einen klaren Gedanken zu fassen. Wie konnte er Hilfe holen? Wer konnte ihm hier helfen? Würde er in der Lage sein, sie nach Chipita zu schaffen? Ach was, all das war ein Ding der Unmöglichkeit!

Draußen erhob sich ein Ungeheuer und verwandelte sämtliche Erde in und um Chila in reinsten Schlamm. Der Regen peitschte mit unbarmherziger Heftigkeit gegen die Hütten und veränderte seinen Klang mit dem stürmischen Wind, der die fingerdicken Tropfen vor sich her trieb. *Wasser kennt keine Moral,* fiel ihm mit seinem Traum von damals wieder ein. In der Hütte stand schon der eingedrungene Regen. Das Wasser tropfte durch die Fenster, durch das Dach und durch die Schlitze der zusammengezimmerten Tür. Baptiste tat sein Bestes, um Ella von den undichten Stellen fortzurücken, doch es hatte wenig Sinn und irgendwann war ihre Schlafstatt zu nass. Er hastete nach draußen und kämpfte sich durch den Sturm in Lesters Hütte. Er fand dort Handtücher, die er unter seinen bereits durchweichten Pullover stopfte. In Sams und Simons Hütte fand er eine Schüssel und nahm außerdem sämtliche Decken mit, denn Ella schüttelte sich vor Kälte.

Dann eilte er zurück. Wie grotesk er sich vorkam, die Schüssel zum Schutz über dem Kopf und all die Handtücher unter seiner Kleidung.

Einige Meter vor der Hütte geschah es dann. Er stolperte über einen matschigen Stein, rutschte, verlor die Balance und stürzte zu Boden. Durch sein Knie schossen eintausend Blitze von Schmerz. Seine Kleidung, die schon lange durchnässt war, sog augenblicklich den Schlamm auf. Er glitt noch weitere drei Male bei dem Versuch aus, wieder auf die Beine zu kommen, während der Wind an ihm riss und zerrte, als wolle er ihn verschlingen. Verdreckt, frierend und unter Schmerzen kämpfte er sich in Ellas Hütte zurück. Beim Eintreten war er durch den Sturz noch so abgelenkt, dass er vor Schreck fast geschrien hätte, als Ella plötzlich vor ihm stand. Wie ein Geist wandelte und torkelte sie, bleich wie ein Leichenhemd, apathisch und kraftlos. Dann schaute sie ihn an und sagte: »Onkel, hast du meinen Hahn gesehen?«

Damit kippte sie vornüber in seine Arme.

Erst am nächsten Morgen kam sie wieder zu Bewusstsein. Ihr Fieber war hoch, doch wenigstens war sie bei Verstand. Sie erkannte Baptiste, der die Nacht über an ihrer Seite auf dem Boden gekauert hatte. Halb schlafend, halb wachend. In seiner Verzweiflung hatte er sie gehalten und vor der Kälte geschützt, so gut es ging.

Irgendwann in der Nacht war der Sturm weitergezogen und ließ nur endlosen Regen zurück, der monoton das Dorf einweichte. Baptiste überlegte, ob er seine Matratze in Ellas Hütte bekommen konnte und entschied sich dann dafür, lieber Ella in seine Hütte zu schaffen. Er hüllte sie in die Decken, die noch am wenigsten klamm waren, und half ihr auf die Beine. Dann schlichen sie durch den

Regen, vorsichtig, um diesmal nicht zu stürzen. Natürlich waren sie binnen weniger Sekunden durchnässt.

In der Hütte entkleidete er sie und steckte sie in trockene Kleidung aus seinem eigenen Koffer. Irgendwann kam die alte Frau vom Vortag und versorgte beide mit einer Brühe und spärlichem Obst, die Ella ein wenig Kraft spendeten. Baptiste wollte die Frau aufhalten, mit ihr reden, doch sie flüchtete mit angsterfülltem Blick.

Nach langem Schlaf sprach Ella wieder mit Baptiste. Dabei weinte sie vor Erschöpfung. Vieles von dem, was sie zu erzählen hatte, verstand er nicht. Sie erzählte von einem schwarzen Mann und dessen Narben auf dem Rücken, die sie traurig machten. Baptiste spürte, dass sie sich in einem bedrohlichen Zustand befand. Dies war kein normales Fieber. Es war etwas Gefährliches, Tropisches, etwas Unberechenbares, vielleicht sogar etwas Psychisches.

Als Baptiste der Meinung war, Ella würde ihn gar nicht wahrnehmen, wollte er hinaus und ein weiteres Mal die Dorfbewohner um Hilfe bitten. Vielleicht konnte er jemanden überzeugen, sich bis nach Chipita durchzuschlagen. Aber in der Sekunde, da er sich erhob, schrie Ella auf, umklammerte ihn und flehte, er möge sie nicht verlassen. Also blieb er neben ihr sitzen.

Langsam beschlich ihn die Angst, Ella könne das vielleicht nicht überleben. Sie brauchte dringend ärztliche Versorgung und Medikamente. Sie brauchte stärkendes Essen und frisches Wasser, und Baptistes Gefühl der Ohnmacht wuchs von Minute zu Minute. Alles, was ihm noch einfiel, war, die Handtücher in Regenwasser zu tunken, um ihre Stirn zu kühlen, während Ella unaufhörlich auf ihn einredete.

Am dritten Tag begann Ella zu brechen.

Nach der wenigen Suppe war nur noch Säure übrig, die sie aus ihrem Magen spie. Dazwischen redete sie weiter ohne Unterlass auf ihn ein. Sie hielt Monologe, lachte und weinte zugleich. Bald herrschte sie ihn an, flehte oder wurde einfach nur apathisch. Der Fieberwahn hatte mittlerweile gänzlich Besitz von ihr ergriffen.

Baptiste wusste nur, dass er Ella irgendwie am Leben halten musste, bis Hilfe kam. Jason war ein besonnener und kluger junger Mann. Er würde schlussfolgern, was der Sturm in diesem Dorf angerichtet hatte. Er würde sich mit den anderen sicher bald zurückkämpfen.

Irgendwann schlief Ella wieder ein und rotierte unruhig hin und her. Baptiste saß bei ihr und erzählte ihr von der Hilfe, die sicher bald kommen würde. Dabei bemerkte er, dass sie immer dann ein wenig ruhiger wurde, wenn er mit ihr sprach. Es war wie mit Alinafee. Also versuchte er sich als Geschichtenerzähler. Er erzählte ihr von Tommaso, und schon wirkten ihre Gesichtszüge ein wenig entspannter. Doch als er eine Pause machte, fing sie sogleich wieder an, sich zu wälzen. Also beeilte er sich, ihr von Claire zu erzählen. Das wirkte.

Und deshalb gingen Baptistes Erinnerungen auf Wanderschaft. In der Stille der Nacht, in die sich nur der Regen mischte, stellte er ihr seine Tochter vor. Er ließ auch Esther nicht aus. Nicht einmal Theodore. Er erzählte von der Gier der beiden. Auch von der alten Frau im Altersheim. Er berichtete von der Musik, die er liebte und nach und nach von all dem, was er seit seiner Ankunft in dem kleinen Dorf in der Provence erlebt hatte. Bald hatte er das Gefühl, zu seinem eigenen Chronisten zu werden, doch da es zu helfen schien, hütete er sich, wieder aufzuhören.

Am Morgen des nächsten Tages regnete es noch immer, und er fand wieder Essen vor seiner Hütte. Als er draußen vor der Tür stand, versuchte er zu erkennen, wie groß der Schaden an der Baustelle sein mochte, doch er konnte durch den dichten Regen kaum etwas sehen. Die Straße, die einstmals durch das Dorf geführt hatte, schien bereits im schlammigen Morast versunken zu sein. Meterbreite Adern aus Wasser schwemmten alles weg, was nicht fest genug stand. Geröll, Holz und allerlei, was die Wassermassen sich sonst noch einverleibt hatten.

Baptiste zog sich wieder in die Hütte zurück. Er begann zu frieren, aber er schob das auf seine Erschöpfung. Doch schon am Nachmittag erfasste ihn selbst das Fieber. Er begann zu schwitzen und zu glühen, während ihn aus seinem Innern die Kälte durchschüttelte. Er legte sich zu Ella auf die Matratze und hüllte sie beide in die Decken ein.

Sie umarmten sich, um sich gegenseitig zu wärmen, und schliefen dabei ein, doch nach nur wenigen Minuten durchfuhr Baptiste ein heftiger Traum. Ein Mann in einer Wärteruniform stand vor einer Mauer, die bis in die Wolken ragte und bröckelte. Steine und Wasser stürzten aus dem Himmel, und Baptiste hatte Mühe, ihnen auszuweichen. Er stand auf der anderen Seite und rief nach dem Wärter, flehte und wimmerte, er möge ihm helfen. Die Gestalt aber rührte sich nicht. Dann trat Claire hinzu. Und Michelle. Sie trug ihr Neugeborenes auf dem Arm.

Während der Wärter seinen Kopf vor lauter Enttäuschung schüttelte, sprach Claire zu ihm:

»Du musst nicht gerettet werden. Du bist der Retter.«

Dann wurde er wach. Im Dämmerzustand des Fiebers spürte er Ellas Körper. Ihm schien, dass Ströme von Energien die Besitzer wechselten, ganz so, als würde er die Erkrankung aus ihrem Körper saugen und in sich aufnehmen. Wie ein Blutegel, der Gutes tat. Doch langsam ging ihm dabei seine letzte Kraft aus. Seit Tagen kämpfte er nun um Ella, und die Erschöpfung zwang ihn in die Knie. Sein Fieber gab ihm den Rest. Er fühlte sich, als würde er bald sterben, und war mittlerweile derart geschwächt, dass er auch bereit dazu war. Doch Ella an den Tod herzugeben, dazu war er nicht bereit.

Er delirierte, und das Fieber vernebelte seine Gedanken. Bald war er der Meinung, dass er über die Fähigkeit verfügte, Ella durch die bloße Kraft seiner Geschichten gesunden zu lassen. Im Halbschlaf erschien seine Mutter und flüsterte ihm ins Ohr, dass er Buße tun solle, dass es seit jeher so in der Bibel geschrieben stand. Dass Schuld und Sühne einander bedingten und er seine Schuld nur sühnen konnte, indem er Ellas Leben rettete. Und seines dafür hergab.

Er phantasierte. Ja, das konnte er tun: Erzählen und aufsaugen. Das Geheimnis, das er so lange gehütet hatte, endlich lüften. Die Erlebnisse offenbaren, die er nicht einmal Claire erzählt hatte, um sie nicht für immer zu verlieren. Sich endlich aus der starren Umklammerung seiner schrecklichen Erinnerungen befreien! Büßen. Ella halten. Ihre Krankheit aufsaugen. Und sie damit retten.

Irgendwann rückte er ganz nah an Ella heran und bettete sie so, dass sein Mund neben ihrem Ohr lag. Damit er nur zu flüstern brauchte.

Dann umarmte er sie und begann den Kampf um Ellas Leben.

Zweiter Teil

Kapitel 1

Abda – Algerien, 1944

»Glaube mir ruhig, du kannst springen. Es ist nicht so tief, wie es aussieht«, rief Baptiste nach oben. Er stand auf einem der zahllosen und willkürlich im Sand verteilten Felsbrocken, die vor Jahrtausenden aus dem vor ihm aufragenden Massiv herausgebrochen waren. Dabei presste er seine flache Hand zum Schutz vor der gleißenden Sonne wie den Rand einer Kappe an die Stirn und versuchte so, Gabriel da oben besser auszumachen. Da oben – das war in seinem Fall eine beeindruckende Höhe bis zu einem schmalen Felsvorsprung auf dem Gabriel stand. Aber Baptiste konnte nicht mehr als die Schemen seines Freundes erkennen, so sehr wurde er von der strahlend hellen Sonne geblendet.

Also sprang er von seinem Platz in den Sand und lief zu einem viel größeren Stein herüber, der Schatten und bessere Sicht versprach. Er hockte sich nieder und konnte Gabriel nun deutlich erkennen. Der stand da, dünn und schmächtig, mit nicht mehr als seiner Unterhose am Leib, und blinzelte ängstlich in die Tiefe. Dabei presste er seinen zerbrechlichen Körper an die Felswand, um bloß nicht den rettenden Kontakt zum sicheren Gestein zu verlieren, und musste sich zweifellos fragen, wie er in diese Misere hineingeschlittert war.

Es war Baptiste, der nach dem Mittagessen aus dem elterlichen Haus gestürmt war, weil er seit Tagen ungeduldig auf den richtigen Zeitpunkt für dieses Abenteuer gewartet hatte. Vorher hatte er seine Mutter mit herzerweichenden Bitten traktiert und ihr obendrein aufs Heiligste versprochen, sämtliche Schularbeiten am Abend nachzuholen. Während er um Erlaubnis bettelte, hielt es ihn kaum auf dem Stuhl. Sich zur Ruhe zwingend und auf seinem Gesäß hin und her rutschend – und dies beides zugleich – hörte er, wie seine Stimme vor Aufregung hüpfte und kiekste und sich ein ums andere Mal überschlug, während er seiner Mutter zu erklären versuchte, dass sein Vorhaben unaufschiebbar war.

Es war eine der seltenen Zeiten im Jahr, zu denen sich der Himmel tage- und nächtelang ohne Unterlass in reißenden Strömen auf die Erde ergoss, und die stürmischen Regenwolken den heißen Temperaturen der Wüste trotzten und ihre Ladung schmatzend und satt auf den ausgedorrten Boden des gesamten Atlasgebirges schütteten.

Und heute war endlich der erste Tag danach! Danach bedeutete, dass sich sämtliches Wasser aus dem Gebirge den Weg in die Täler suchte. Kleinere und größere Adern, plätschernde Rinnsale bis hin zu meterbreiten, kraftvollen, abwärts strebenden Strömen, die weder durch Stock noch Stein aufzuhalten waren und sich schließlich in den natürlichen, steinernen Bassins am Fuße der Bergketten sammelten und zur Ruhe kamen. Und heute, da die Sonne wieder in ihrer gewohnten Form und Hitze über Abda brütete, konnte Baptiste keinesfalls seine Zeit mit so profanen Dingen wie Hausaufgaben vergeuden, denn nun konnte man in die formidablen, natürlichen Auffangbecken springen und darin schwimmen, tauchen und auf Entdeckungsreise gehen. Sich wie die Höhlenforscher fühlen, von denen ihm Abbe Seth, sein Lehrer, so viel erzählte. Oder sich in einen Tiefseetaucher verwandeln. So, wie es das *Phantom* tat, wenn es zur Rettung nicht weniger als der gesamten Menschheit seine Heldentaten vollbrachte, von denen er jede Nacht in neuen Kapiteln heimlich unter der Decke las.

Doch leider saß da noch seine Mutter als zu bezwingende Hürde vor ihm, zwar liebevoll, aber nicht minder bestimmt und ohne jedes Verständnis. Dabei hatte er das Zauberwort doch schon mehrfach genannt. Wasser! Herrje, sogar ein Erwachsener sollte sich doch daran erinnern können, dass Wasser ein ganz besonderes Erlebnis versprach.

»Mutter, aber es geht doch nur heute. Morgen, da hat die Sonne das Wasser doch schon gedampft«, quengelte er.

»Verdampft«, korrigierte ihn seine Mutter, hielt kurz inne und schüttelte dann irritiert den Kopf. »Verdunstet natürlich. Das Wasser verdunstet, es verdampft nicht. Verdampfen heißt es, wenn …«

Baptiste verzweifelte. Seine Mutter saß da und begann eine pädagogische Choreographie. Wenn er Pech hatte, waren die nächsten fünfzehn Minuten unwiederbringlich verloren. Er versuchte, dem

Impuls zu widerstehen und sie nicht zu unterbrechen, denn dann würde sich das Prozedere nur verlängern, und die Chance, dem festgelegten Ritus der Schularbeiten nach dem Mittag zu entkommen, würde sich weiter minimieren. Doch da schoss es schon aus seinem Mund. »Aber Mutter. Bitte. Gabriel wartet doch bestimmt schon.«

Es entstand Stille. Flehend schaute er seine Mutter an. Ja, sie war wunderschön, sie hatte edles, goldenes und langes Haar, das ihr gleichmäßig vom Scheitel in seidenen Wellen über die Schultern fiel. Definitiv war sie die schönste Frau der Welt, aber manchmal war es kaum auszuhalten mit ihr. Und dies war so ein Moment. Wasser! Draußen hatten monatelang über vierzig Grad Wärme geherrscht. Dürre und sengende Hitze hatten das Spielen in der Sonne zu einer anstrengenden Sache gemacht. Und das Wasser des Regens war in der Welt eines Elfjährigen, was Gold für Erwachsene war. Dann verwandelte sich die Wüste um Abda binnen weniger Tage in ein vielschichtiges, seltenes Biotop. Dann keimten mit einem Mal die unter der Erde schlummernden Samen und verwandelten sich in wunderschöne Pflanzen. Große, gelb leuchtende Frösche kamen in Scharen aus dem Nirgendwo der Gebirgshöhlen. Laut, furchterregend und faszinierend zugleich. Ja, sogar der sonst so harte Boden würde sich plötzlich formen und die Spuren von Kinderfüßen zulassen und – noch wichtiger – die Entstehung ganzer Städte aus Lehm und Sand erlauben, aber dieses Wunder der Natur würde nicht lange anhalten. Bald schon würde die Hitze der Sonne das erwachte Leben wieder zerrösten. Kurzum – da draußen wartete ein wahres, aber sehr endliches Paradies inmitten des sonst so steinigen und sandigen Plateaus, in das Baptiste hineingeboren worden war.

Dass sein Leben irgendwie anders lief als das der anderen Jungen in seinem Alter, wusste er spätestens, seit er eines Nachts heimlich eine Diskussion zwischen seinen Eltern belauscht hatte. Seine Mutter schimpfte, dass *dies* keine Umgebung für einen heranwachsenden Jungen sei. Dass er weit mehr benötigte, als nur einen Hauslehrer. Dass eine ordentliche Schule mit gleichaltrigen Kameraden nicht durch einen einzigen Freund zu ersetzen sei, schon gar nicht durch einen, der das Kind einer Mörderin war und unter dem Einfluss von Meuchlerinnen und Diebinnen aufwuchs.

Das war in etwa der Zeitpunkt gewesen, in dem aus der Diskussion ein Streit entstand. Baptiste schlich nachdenklich in sein Zimmer und grübelte darüber nach, ob das Wort Meuchlerinnen, dessen Bedeutung er nicht kannte, der Auslöser gewesen sein mochte. Am nächsten Tag fragte er seine Mutter, ob sie Gabriel denn nicht ebenso liebte wie ihn selbst. Schließlich war er sein Gefährte, sein Freund, sein einziger, bester, und er reichte ihm vollkommen aus.

Einmal mehr fragte er an jenem Tag vorsichtig, warum Gabriel nicht bei ihnen im großen Haus wohnen dürfe. Warum er in der düsteren, engen und modrigen Zelle bei seiner seltsamen Mutter zu schlafen habe. Er ginge doch sowieso schon in ihrem Haus ein und aus und könne abends einfach bei ihm im Bett schlafen, das sowieso viel zu groß für ihn sei. Statt einer Antwort streichelte seine Mutter ihm liebevoll durchs Haar und erklärte mit ihrer sanften Stimme, dass Gabriel ja seine eigene Mutter habe, die ihn liebte. Ob er sich nicht vorstellen könne, wie traurig sie wäre, wenn er ihr entrissen würde?

Baptiste war sich da nicht sicher, denn Gabriels Mutter war ihm unheimlich. Sicher war er sich hingegen, dass er mit Gabriel alles Schöne teilte, alles Furchterregende, Neue, Geheimnisvolle und Traurige. Ernsthaft stritten sie sich höchstens, wenn es darum ging, wer in die Fußstapfen des *Phantoms* treten würde und wer von ihnen die undankbare Rolle des viel gewöhnlicheren Gehilfen zu übernehmen habe. Wie an jenem unsäglichen Tag, an dem Baptiste darauf beharrt hatte, sein eines Lebensjahr Vorsprung müsse den Ausschlag dafür geben, dass nur er dem *Phantom* nachfolgen könne.

Gabriel meldete zwar immer wieder Protest an, weil er sich nicht damit abfinden wollte, doch Baptiste blieb stur, und fing nach einer Weile sogar an, Gabriel zu foppen. Sein sonst so schüchtern, still und verschreckt wirkender Freund, war plötzlich unbeherrscht und wütend geworden. Sein Blick war starrsinnig und beängstigend, und nach weiteren dreißig Minuten des Streits begann er, mit dem Fuß laut aufzustampfen und versuchte, sein Argument herauszuschreien, was ihm nicht gelang und so zwischen Sprachlosigkeit und Wut gefangen blieb. In seiner Ohnmacht stürzte er sich völlig unvorhersehbar auf Baptiste und begann, wie ein Besessener um sich zu schlagen. Der Rotz lief ihm aus der Nase, während er die Augen fest zukniff. Ernsthaft verletzen konnte er Baptiste, der ihn um einen ganzen Kopf überragte, nicht, doch mit der Unberechenbarkeit und Heftigkeit seines Ausbruchs hatte er ihn zu Tode erschrocken.

Just in dem Moment kam Baptistes Vater ins Zimmer, trennte die beiden mit harter Hand und nahm sich Gabriel vor. Er zwängte sein zart geschnittenes Gesicht am Kinn mit seiner übermächtigen Hand wie in einen Schraubstock und schlug mit der anderen, flachen Hand so lange wohldosiert auf die Wange, bis Gabriel die Augen aufriss und seinen Widerstand aufgab. Dabei sprach Baptistes Vater zwischen jedem Schlag eine Mahnung aus, leise, ja fast schon rezitierend, doch deswegen nicht minder bedrohlich. Dies sei definitiv das letzte Mal, dass er Zeuge einer solchen Szene wäre. Danach rief er einen der Wärter herbei und ließ Gabriel zu seiner Mutter in die Zelle zurückschaffen. Während die beiden Kinder bei ihrem Wiedersehen nur Sekunden der Scham benötigten, um sich zu versöhnen, verfügte Baptistes Vater, dass Gabriel einen ganzen Monat weder das Haus betreten noch mit Baptiste ein einziges Wort wechseln durfte.

Baptiste empfing seine Strafe erst am Abend. Sein Vater hatte ihn wortlos in sein Zimmer eingesperrt und ließ ihn warten. Endlos langsam verging die Zeit. Immer wieder hörte Baptiste die aufbrandenden Stimmen seiner Eltern, doch die schwere Holztür verhinderte, dass er den Worten ihren Sinn entnehmen konnte.

Als dann endlich die Tür aufging und sein Vater im Rahmen stand, kam ihm die bevorstehende Strafe fast wie eine Erlösung vor, denn nichts war unerträglicher als Nichtbeachtung. Doch so bedrohlich wirkte sein Vater, dass Baptiste sich in die hinterste Ecke seines Zimmers drückte und beobachtete, wie das gesamte Licht aus dem Flur, das sich hinter dem Rücken des Vaters ins Zimmer drängeln wollte, vor seinem mächtigen Korpus kapitulieren musste.

Später wusste Baptiste nicht mehr, was den größeren Schmerz bedeutet hatte, die erniedrigende Züchtigung durch die Hand seines Vaters, die gebändigte Wut hinter den Schlägen oder die Tatsache, dass seine Mutter ihn nicht beschützte und auch den ganzen Abend nach dem Vollzug der Strafe nicht in sein Zimmer kam. Das war der Beweis seiner tatsächlichen Schuld, denn sonst wäre sie sicher rettend eingeschritten oder hätte wenigstens anschließend Trost gespendet, wenn sie den Vater schon nicht aufhalten konnte.

An diesem ersten Tag nach dem Regen waren all dies jedoch ferne und verschüttete Erinnerungen und Baptiste hielt es nicht länger auf seinem Sitz. Er rutschte vom Stuhl, stellte sich vor seine Mutter und trippelte unruhig von einem auf den anderen Fuß, als müsste er dringend Wasser lassen.

»Ich verspreche dir, dass ich pünktlich zum Abendessen wieder daheim bin, und dann hole ich alles nach.«

Er überlegte kurz. Für seine Mutter musste noch ein Vorteil her. »Und dann räume ich auch mein Zimmer auf.«

War es dieses laue Versprechen gewesen? Sicher nicht, aber endlich wurden ihre Gesichtszüge sanft und weich. Sie zog ihn zu sich, umarmte ihn, küsste ihn auf Stirn und Wange, glättete sein Haar, schaute ihm sorgenvoll in die Augen und begann mit der Aufzählung der zu beachtenden Vorsichtsmaßnahmen. Baptiste beantwortete jede ihrer Phrasen mit einem ungeduldigen »Ja, Mama«, »Natürlich, Mama« und »Sicher, Mama« und endlich, endlich gab sie ihn frei. Ihre letzte Mahnung zur Vorsicht vor den seifigen Felsen hörte er nur noch mit halbem Ohr, dann war er aus der Terrassentür ins Freie verschwunden. Von dort führte eine alte, hölzerne Treppe in langen z-förmigen Linien in die Tiefe, bis vor den einzigen Seiteneingang des Gefängnisses. Baptiste nahm zwei Stufen pro Schritt und wurde immer schneller, bis er endlich an die eiserne Tür gelangte, welche die himmelhohen Mauern unterbrach. Dort hob er den hölzernen Klöppel vom Boden und schlug gegen das Metall. Es dauerte eine Weile, aber dann öffnete Hamid ihm persönlich.

Hamid war einer der Alteingesessenen im Gefängnis von Abda, in dem sowohl algerische als auch französische Wärter dienten. Er kannte Baptiste seit seiner Geburt, war ein Vertrauter des Colonels und dessen Sprachrohr vor den Wärtern. Er gehörte zu den wenigen, die auf dem Anwesen der Dumonts ohne Vorankündigung ein und aus gehen durften. Er hatte gerade seine mittägliche Inspektion beendet und war am Seiteneingang angekommen, als er das Schlagen gegen die Tür vernahm.

Sicher erkannte er bereits am Klang, dass es sich um Kinderhände und somit nur um den Sohn des Direktors handeln konnte. Statt der vorgeschriebenen Sicherheitsprozedur zu folgen und zunächst nur die kleine, vom sandigen Wind blank gescheuerte Sichtklappe zu öffnen, schob er gleich den schwergängigen Riegel zur Seite. Der gab unter Ächzen und Stöhnen nach, was jedes Mal so klang, als wäre der Riegel seit Jahrhunderten nicht mehr bewegt worden. Das widerspenstige, metallische Schaben der Scharniere, die undurchdringlichen Mauern, die Einsamkeit der Wüste und die Gefahr, die vom Gefängnis ausging – all das erinnerte Baptiste so sehr an die Erzählung, die ihm seine Mutter abends vorgelesen hatte, ehe er selbst lesen konnte: Die Geschichte von der vergessenen Insel und ihren Gefangenen, die vom Grafen, seinem ungerechten Schicksal und seinem kühnen Ausbruchsplan. Beide Kinder, Baptiste wie Gabriel, bewunderten diesen Plan so sehr, dass sie ihn schon dutzende Male in der Wüste nachgespielt hatten. Ja, Baptistes Leben war anders als das gewöhnlicher Jungen. Aufregend anders.

Hamid empfing ihn mit einem breiten Lächeln. Sein Hemd war verschwitzt, und seine Haare klebten auf der Stirn. Mit dem Appetit und Umfang eines Riesen ausgestattet, litt Hamid unter der Sonne wie die Franzosen. Behauptete zumindest Baptistes Vater.

»Salaam, *Schaitan*«, grüßte Hamid. Seine Stimme war die eines großen Bären; tief, brummend und laut. *Schaitan*, das war eine der zahllosen Anreden, die sich Hamid für Baptiste immer aufs Neue ausdachte. Manchmal war Baptiste ein König, demnach *Malik*, dann wiederum ein Dämon, also wurde er *Djinn* gerufen, aber auch *Ibn* – Sohn, *Maula* – Meister, *Ras* – Häuptling oder sogar *Sikandar* – dann war er plötzlich Alexander der Große. Und heute war er eben *Shaitan*. Teufel! Dieses Spiel trieben sie freilich nur, wenn sie allein waren, denn Baptistes Vater hätte sicher nichts davon geduldet.

»Hallo Hamid«, grüßte Baptiste und strahlte zurück. Er mochte Hamid. Schließlich war er der einzige Erwachsene neben seinen Eltern, den er schon seit seiner Geburt kannte. Und in Ermangelung von Onkeln, Tanten, Großeltern und weiteren Verwandten war Hamid irgendwie seine Familie. »Ich möchte Gabriel zum Spielen abholen. Kannst du mich zu ihm bringen?«, fragte er.

Hamid wurde ernst und schüttelte dann geheimnisvoll den Kopf. »Besser nicht, junger Herr. Heute spüre ich schon den ganzen Tag eine aufrührerische Stimmung bei den Insassinnen. Und wenn ein solcher Leckerbissen von hübschem, jungem Mann in deren Nähe kommt, dann weiß ich nicht, ob ich die Menge noch unter Kontrolle halten kann«, sagte er mit gedämpfter Stimme.

Baptiste musterte Hamid. Ständig sagte er Dinge, von denen Baptiste nicht wusste, ob sie ernst gemeint waren. Aber plötzlich hellte sich Hamids Miene auf und er gab den Weg in das Gefängnis frei. »Nun komm schon rein.« Er grinste. »Wer weiß, vielleicht verdrehst du ja einer der jungen, hübschen Neuzugänge den Kopf und wir feiern bald eine Prinzenhochzeit.«

Baptiste errötete und schlüpfte an Hamid vorbei. Er war dankbar, dass die heutige Warnung nur ein Scherz war. Tatsächlich gab es Tage, an denen die Wärter entschieden, dass Baptiste den Innenhof nicht betreten durfte. Dann wurde Gabriel aus der Zelle seiner Mutter geholt und an die Tür gebracht, aber es konnte auch passieren, dass sie Gabriel die Erlaubnis verweigerte, mit Baptiste zu spielen. Zumindest waren die Chancen größer, wenn Baptiste direkt mit ihr sprach.

Hamid befahl noch einen weiteren Wärter hinzu, und zu dritt gingen sie den schmalen, gepflasterten Weg entlang, der vom Seiteneingang in Richtung der Zellenblöcke führte. Baptiste achtete darauf, dass er sich dicht zwischen Hamid und dem Wärter hielt. Obwohl er diesen Weg seit Jahren gewohnt war, wurde ihm stets mulmig, wenn er den großen Innenhof betrat. Dann sah er aus den Augenwinkeln die groben Frauen, die an den Mauern lehnten und in kleinen Grüppchen tuschelten. Manchmal musterten sie ihn und starrten ihn so böse an, dass er es mit der Angst zu tun bekam und nach Hamids Hand griff. Und manchmal, wenn die Frauen sich sicher waren, dass Hamid sie nicht sehen konnte, schnitten sie furchterregende Grimassen oder taten so, als schnappten sie nach ihm. Anschließend lachten sie hämisch, bevor sie sich wieder ihren Zigaretten, der Wäsche, den Kochtöpfen oder ihren undurchsichtigen Geschäften widmeten.

Natürlich gab es auch welche, die ihn ignorierten, und andere, die freundlich grüßten. Und gab es die ganz jungen Frauen, von denen manche so hübsch waren, dass Baptiste sich noch unwohler fühlte, wenn sie ihn anschauten. Die sahen aus, als wären sie nicht mehr als ein paar Jahre älter als er, und häufig fragte er Hamid, warum diese oder jene inhaftiert war. Hamid antwortete dann immer sehr ernst, und in seiner Stimme lag Unheilvolles. »Diese Teufelin da drüben«, flüsterte er beispielsweise, »ja, genau die, mit dem Gesicht eines Engels, hat ihrem Mann eines Nachts den letzten Atem geraubt. Hüte dich vor ihr also ganz besonders.« Wie automatisch gingen sie darauf ein wenig schneller durch den Hof, während Baptiste schüchtern jeden Blickkontakt vermied.

Yasmina hatte ihren Sohn nun schon mehrmals zur Ruhe ermahnt, doch Gabriel konnte einfach nicht still sitzen. Was wäre, wenn Baptiste nicht käme? Wenn er einfach ohne ihn ginge? Wenn er ihn vergaß oder keine Erlaubnis erhielt, ihn abzuholen? Dann würde er verpassen, was er keinesfalls verpassen durfte. Sie schmiedeten nun schon seit Tagen diesen tollkühnen Plan. Den Felsen, den sie aufgrund seiner eindeutigen Form den *Gorilla* getauft hatten, wollten sie vom hinteren, flacheren Zugang aus besteigen und sich dann an der Vorderseite an den wenigen Bäumen am Hang hinabhangeln, bis zu dem Plateau, das sie eines Tages beim Umherstreunen entdeckt hatten. Von dort aus würden sie die letzte Mutprobe bestehen, die höchste Prüfung, die aus ihnen würdige Mitglieder des Geheimbundes machte, der vom *Phantom* angeführt wurde. Sie bastelten sich sogar jeder einen eigenen Ausweis, den beide jederzeit mit sich führen mussten. Auf dem stand geschrieben, was sie nie vergessen durften, nämlich, dass Gerechtigkeit, Hilfsbereitschaft und Ehrlichkeit die obersten Gebote ihres Handelns zu seien hatten.

Endlich hörte Gabriel den Hall der vertrauten Schritte auf der Treppe zum ersten Zellengeschoss. Als Baptiste ans Gitter trat, berührten sich wie von selbst ihre Finger.

»Hast du deine Mama schon gefragt?«, flüsterte Baptiste.

Gabriel schüttelte den Kopf. Baptiste lugte an Gabriel vorbei in die Zelle und versuchte, Yasmina im Dunkel zu finden. Obwohl der

Raum nicht allzu groß war, entdeckte er sie nicht gleich. Ein dickes, lichtundurchlässiges Tuch war vor das einzige Fenster gespannt und schloss die Sonne aus. Nur eine Kerze warf einen schwachen Schein und reflektierte ihr Licht von den Wänden, die vom Boden bis zur Hälfte der Raumhöhe aus verblichenen und verdreckten grünen Kacheln bestanden.

Möbelstücke gab es nur wenige. Ein schmales Bettgestell aus Metall stand in der hinteren linken Ecke und rostete an allen möglichen Stellen. Die Breite reichte nicht für zwei, deshalb lag daneben eine Matratze auf dem Boden, kaum dicker als die Sohle einer Sandale. Auf der schlief Gabriel. An der gegenüberliegenden rechten Wand stand neben dem Bodenloch ein alter Kleiderschrank, so in den Raum gestellt, dass er einen Sichtschutz für die Notdurft bot. Der Schrank stand schräg und drohte, jeden Moment nach rechts weg zu brechen. Die Türen schlossen kaum und waren obendrein so schlecht gearbeitet, dass bei Tageslicht durch fingerbreite Schlitze der Inhalt sichtbar wurde. In ihm war das wenige Hab und Gut der beiden verstaut, das sie besaßen. An der Wand unterhalb des Fensters stand ein kleiner Tisch. Den hatte Yasmina bekommen, um ihren Sohn besser wickeln und ihm das Essen bereiten zu können, und später sollte er Gabriel für seine Schularbeiten dienen. Der Tisch war schon ein Privileg und besonders hilfreich gewesen, nachdem Colonel Dumont verfügt hatte, dass der Junge eine Bildung bekommen sollte, und ihm gestattete, an Baptistes Unterricht teilzunehmen.

Yasmina aber hatte den Tisch zweckentfremdet und zu einem Schrein umgestaltet. Sie hatte ein Tuch darüber drapiert und in die Mitte das vergilbte Abbild des blutenden Herrn Christus am Kreuz gestellt, in einem kitschigen Rahmen aus mit goldener Farbe bepinseltem Plastik und mit einer milchig trüben Scheibe davor, die an allen Ecken Kratzer und Risse aufwies. Daneben stand eine Kerze, und davor legte sie mit großer Sorgfalt ihre Kette mit dem Kreuz aus Holz, wenn sie sie überhaupt ablegte. Es gab Tage, da ergatterte sie von irgendwoher eine nicht ganz verdorrte Blüte oder sogar ein Schälchen mit duftender Essenz, die dann auch auf dem Tisch Platz fanden.

Nachdem Baptistes Augen sich an die Dunkelheit gewöhnt hatten, nahm er an der linken Wand eine Bewegung war. Da hockte Yasmina, den Rücken an die Mauer gelehnt, einen Rosenkranz in der Hand, und bewegte ihren Oberkörper rhythmisch vor und zurück.

»Sie betet«, flüsterte Gabriel, und dies konnte bedeuten, dass Baptiste zu spät gekommen war, denn oft genug ließ Yasmina sich dann nicht unterbrechen und sie mussten warten, bis sie ihre geheimnisvollen Rituale beendete.

Baptiste nahm seinen Mut zusammen und sprach sie an. Zunächst noch leise und unsicher, doch beim nächsten Mal schon mit festerer Stimme, und – welch ein Segen – heute antwortete sie, unterbrach ihre Litanei, stand auf und kam aus dem Dunkel an die Gitterstäbe. Yasmina trug einen langen, faltigen Rock, der schmutzig und staubig war, und ein nicht minder verdrecktes, ehemals weißes Oberteil aus so dünnem Stoff, dass Baptiste ihre Brüste durchschimmern sah. Beschämt zwang er sich, in ihre Augen zu sehen, statt diesen bisher so selten bemerkten Körperteil einer Frau wie gebannt zu begutachten. Irgendwas in seinem Inneren meldete eine Unbehaglichkeit, eine Abstoßung und sogar eine Gefahr.

»Madame, ich wollte Gabriel abholen, damit wir draußen spielen können. Meine Mutter hat mir die Erlaubnis schon gegeben, und wir sind vor dem Sonnenuntergang zurück.« Er fügte ungefragt ein bekräftigendes »versprochen« hinzu und versuchte, verantwortungsvolle und erwachsene Zuversicht auszustrahlen.

Als Nächstes bemühte er sich, ihrem skeptischen Blick standzuhalten. Yasmina hatte eine seltene grüne Augenfarbe, die nur bei den wenigsten Angehörigen der Berberstämme zu finden war. Baptiste fürchtete sich auch deswegen so sehr vor ihr, weil das leuchtende Grün etwas Unheilvolles ausstrahlte, und weil ihre Haut die dunkle, ewig sonnenexponierte Farbe angenommen hatte, sodass ihre Augen noch bedrohlicher wirkten. Dazu kamen die schlechten Zähne, die etwas von Jahresringen an sich hatten. Neuzugänge kamen mit dem strahlenden Weiß der Gesunden nach Abda, und mit jedem Jahr der Gefangenschaft verblich die Farbe, schwand die Festigkeit des rosigen Zahnfleischs und somit auch die Schönheit der Zähne. So spiegelte sich auch Yasminas Zeit in Abda in der Fäulnis ihres Mundes wieder, wie bei jeder anderen der Alteingesessenen.

»Was habt ihr vor?«, fragte Yasmina harsch und misstrauisch.

Baptiste wusste, dass nun diplomatisches Geschick notwendig war. Beide hatten in den vergangenen Jahren gelernt, dass Wahrheit zwar eine Tugend sein mochte, aber in den seltensten Fällen zum Ziel führte. Baptiste wusste nicht warum, aber jedes Mal, wenn sie Gabriels Mutter erzählten, dass sie etwas ganz Besonderes vorhatten, verweigerte sie ihrem Sohn die Erlaubnis. Wenn sie hingegen ihr Vorhaben zu sehr herunterspielten, konnte es ihnen passieren, dass sie das Gespräch mit einem endgültigen »na, dann verpasst Gabriel ja auch nichts« beendete. Nicht einmal die Bildung, die Gabriel neuerdings genoss, schien Yasmina zu gefallen. Ebenso wenig mochte sie es, wenn Gabriel zu lang im Hause der Dumonts blieb.

»Gabriel hat mir versprochen zu zeigen, wie man aus den Baumrinden Bänder schnürt, damit sie die Planken von meinem Miniaturfloß zusammenhalten«, log Baptiste. Gabriel nickte heftig und zustimmend.

Yasmina hatte schließlich ihre Zustimmung erteilt, und die beiden Freunde waren erfüllt von Vorfreude losgezogen. Jetzt allerdings stand Gabriel auf dem Plateau des Felsens und wünschte sich gewiss, seine Mutter hätte »Nein« gesagt.

»Ich kann nicht einmal den Grund sehen«, rief er zu Baptiste hinunter. Seine Stimme klang dünn und zittrig. »Was ist, wenn da ein Stein unter dem Wasser ist? Oder ein Unterwasser-Ungeheuer?«

Baptiste überlegte kurz. Ein Stein war da wohl nicht, sonst wäre er ihm bei seinem eigenen Sprung zum Verhängnis geworden. Er hatte zwar den mutigen Anfang gemacht – wollte er die Nachfolge des *Phantoms* für sich beanspruchen, blieb ihm keine andere Wahl – doch das trübe, schlammige Wasser war auch ihm unheimlich gewesen, und er hatte sich beeilt, aus der Brühe herauszukommen.

»Es gibt keine Ungeheuer, du Angsthase. Du bist doch keine Fünf mehr!«

»Und auch keine Schlangen«, kam er Gabriel zuvor, der eine fast panische Angst vor ihnen hatte.

Er wollte eben hinzufügen, dass der Vorsprung gar nicht so hoch über dem Wasser stand, wie es den Anschein hatte, als Gabriel ohne Vorankündigung etwas schrecklich Dummes tat. Er löste sich wie in Zeitlupe von der Felswand und ließ sich mit geschlossenen Augen, ohne das Bassin überhaupt anzupeilen, wie ein Stein in die Tiefe fallen.

Kapitel 2

Der Haushalt der Dumonts bestand aus fünf Bediensteten und neun Zimmern und glich in der Organisation und Hierarchie einem kleinen Hofstaat. Der Colonel war als Offizier der französischen Kolonialmacht vor fünfzehn Jahren nach Algerien übersiedelt und hatte um den Posten als Gefängnisleiter gebeten, als er erfuhr, dass seine Frau Celine mit Baptiste schwanger war. Er holte sie aus Frankreich – unter ihrer Bedingung, dass er sich aus den gefährlichen Zonen des Landes fernhielt. Also wurde er nach Abda versetzt. Celine kümmerte sich um sämtliche Belange im Haus.

Ihr zur Seite stand so etwas wie ein Hofminister, der die Belegschaft führte. Diesen Posten versah seit einigen Jahren Major Francis Laval von den französischen Heeresstreitkräften. Laval war gerade dreißig Jahre alt geworden und verkörperte den Prototypen eines Soldaten im Feld. Einen, den Generäle gerne in ihren Einheiten sahen, ausgestattet mit bedingungslosem Gehorsam und strategischer Intelligenz, körperlicher Überlegenheit und der zweifelsfreien Überzeugung, Teil der richtigen Seite zu sein. Eine Karriere schien ihm sicher, bis ein unglücklicher Waffenunfall ihm den Oberschenkelmuskel und zwei seiner Kameraden das Leben kostete. Infolgedessen war er dauerhaft auf einen Gehstock angewiesen, der ihm neben seiner Bewegungsfreiheit auch den Großteil seines Stolzes raubte.

»Wenn Sie mich fragen, ob ich als verkrüppelter Zivilist in meine Heimat zurückkehren will oder froh bin, in der Einsamkeit der Sahara weiterhin meinem Volk als Teil der Armee dienen zu dürfen, muss ich nicht eine Sekunde überlegen«, hatte er geantwortet, als ihm der zuständige Stabsoffizier in Algier die Stelle anbot.

Es gab nicht einen Tag, an dem Laval seinen Dienst nicht in Uniform verrichtete. Sogar die strenge Vorschrift des militärischen Kurzhaarschnitts missachtete er nicht ein einziges Mal, nicht einmal in dieser Einöde.

Es war Madame Dumont, die ihn eines Tages freundlich, aber bestimmt darauf hinwies, dass militärisches Salutieren bei den Entgegennahmen ihrer Bitten oder Anweisungen unnötig sei. Sie wurde dann einige Tage später noch deutlicher, insistierte, dass dies im eigentlichen Sinne keine Bitte, sondern ihr unbedingter Wille sei. Zu viele militärische Allüren würde sie in ihren vier Wänden nicht dulden. Schon gar nicht in der Nähe ihres Kindes, das womöglich der Versuchung erliegen und eine militärische Karriere anstreben könnte, wenn ihm dieser oberflächliche Schneid allzu sehr imponierte.

Laval dirigierte die beiden Reinemachefrauen, die er jeden Morgen persönlich um sieben Uhr am Dienstboteneingang einließ. Beide waren der französischen Sprache kaum mächtig und kamen aus dem nächsten Dorf, das einen einstündigen Marsch entfernt lag. Überhaupt unterhielt das Gefängnis intensive Beziehungen zu den drei kleinen Dörfern Sina, Saria und Molla, die zwar allesamt weit entfernt lagen – doch hier war Weite ein relativer Begriff.

Auch Miguel, der spanische Koch der Dumonts, fuhr oft in eines der Dörfer, um Vorräte für den Haushalt einzukaufen. Er übernahm nur die notwendigsten Dinge aus den Armee-Lieferungen für die Gefangenen, schloss in den Dörfern schnell mit den Händlern Freundschaft und deckte sich lieber dort ein, als von der unzuverlässigen und oft drittklassigen Armeelogistik abhängig zu sein. So gab es im Hause stets die besten Kräuter, die frischesten Gemüse, das süßeste Obst und die saftigsten Fleischstücke, die unter diesen Umständen zu erstehen waren. Das schien an manchen Tagen zwar ein Ding der Unmöglichkeit und kostete ein kleines Vermögen, doch was das Kochen anging, war Miguel ein Perfektionist, der keinen Millimeter von seiner Vorstellung abwich.

Vor Jahren hatte es Miguel aus Madrid nach Algier verschlagen, da er dem Ruf der Liebe und den Reizen einer wilden, umherziehenden Schönheit nicht widerstehen konnte. Eine aufregende Frau mit atemberaubenden Rundungen, selbstbewusstem Lachen und fordernden Lenden. Innerhalb eines einzigen Tages hängte er seinen Job in einem der feinen Restaurants von Madrid an den Nagel, wünschte seinem Chef, einem Despoten erster Güte, die künftige Führung eines übel riechenden Schaschlikbunkers an den Hals und schloss sich der Schönen und ihrer Schaustellertruppe an.

Eine Weile lang war er ihr Liebhaber und ein guter noch dazu, doch ihr Freiheitsdrang war größer als ihr Appetit, seine Mentalität eine andere als die der Übrigen, und so fand er sich eines Morgens zurückgelassen in einem Dorf mitten in der algerischen Wüste wieder, ohne auch nur einen einzigen algerischen Franc in der Tasche. Dort entdeckte er Madame Dumont an einem Marktstand. Er verfolgte sie im Schleichgang, hin und her gerissen, ob er sie in seiner Not bestehlen oder besser um Hilfe bitten sollte. Die beeindruckende Statur ihres militärischen Wachmannes gab trotz dessen Behinderung letztendlich den Ausschlag. Er umgarnte sie aufs Charmanteste und bat sie dann um das notwendige Geld für die Heimreise.

Doch Celine Dumont hatte andere Pläne, und zwar sobald sie erfuhr, dass Miguel – nach eigenem Bekunden – eines der größten Talente der mediterranen Küche war. Während also der arme Miguel noch glaubte, er sei die Spinne und sie das Opfer, hatte sie ihr Netz schon längst um das seine gewoben, ließ ihn in seiner überschwänglichen und blümeranten Art schmeichelnd um sie herumscharwenzeln – und ließ ihn dabei ihrerseits in die Falle tappen.

Später wusste Miguel nicht einmal mehr, wie Madame Dumont den Spieß umgedreht hatte, aber aus dem avisierten Gastmahl im Hause der Dumonts war mittlerweile ein seit über drei Jahren bestehender Vertrag geworden. Er hatte sich innerhalb weniger Tage bei den Dumonts heimisch gefühlt, umgehend eine gefährliche Liebschaft im Nachbardorf installiert und unter Einsatz seines Lebens die Tochter eines stolzen Tuareg verführt. Bald schon forderte er von Major Laval eine Gehilfin für die Küche. Dieses Anliegen markierte den Beginn einer lang anhaltenden Feindschaft. Major Laval schlug diese Forderung ohne Zögern aus: »Du wirst doch wohl in der Lage sein, die paar Kartoffeln alleine zu schälen, oder sind dir deine Künstlerhände zu schade dafür?«

Miguel blieb still, musterte ihn, zog dann eine seiner Selbstgedrehten aus seinem Tabakbeutel, zündete sie sich genussvoll an und blies ihm den im Haus der Dumonts streng verbotenen Rauch mitten ins Gesicht.

»Wir werden sehen«, sagte er mit Engelsruhe und ließ Laval einfach in der Küche stehen. Er ging geradewegs zum Colonel und hatte das Glück, dass Madame Dumont anwesend war. Nun wusste er umso mehr zu sagen, steigerte sich in einen lautstarken Monolog, bemühte jede Floskel, die sein Französisch hergab, und bekam unter Mithilfe der Madame schließlich die Zustimmung, sich eine der Insassinnen des Gefängnisses als helfende Hand auszusuchen.

Mit einem Wärter zum Schutz marschierte er noch am gleichen Mittag auf den Innenhof. Dort lehnte er sich gegen die Wand, rauchte und beobachtete aus der Ferne die Frauen, die an den Kochtöpfen standen. Nach über zwei Stunden erst traf er seine Wahl.

»Die da, die will ich«, sagte er unvermittelt, zeigte auf eine der Jüngsten und lief, ohne auf den Wärter zu warten, in seine Küche zurück.

Sie hieß Rani. Eine höchstens sechzehnjährige Rifkabylin, die von Marrakesch aus nach Algier geflohen war, als das Pflaster dort für sie zu heiß wurde. Eine begnadete Taschendiebin, trotz ihres Alters schon eine vollendete Künstlerin ihres Fachs. Rani, die nicht einmal wusste, ob sie eine Waise war, nachdem sie als Kind während einer der zahllosen Angriffe der Spanier auf die marokkanische Bevölkerung von ihren Eltern getrennt worden war.

Sie hatte mehr Nächte ihres Lebens auf der Flucht als in einem Bett verbracht und binnen weniger Jahre im dichten Gedränge der Wochenmärkte unzählige Opfer um ihre Geldbeutel erleichtert. Eines Abends jedoch war sie an den Falschen geraten: Sie hatte sich das Hab und Gut eines jener Denunzianten gegriffen, die gegen bare Münze mit den französischen Besatzern paktierten.

Den traf der Diebstahl derart in seiner Ehre, dass er sie wochenlang auf dem Markt suchte, entdeckte, jagte und schlussendlich auch stellte. Danach sorgte er mit seinen Beziehungen dafür, dass Rani die schärfste aller Strafen erhielt und nach Abda deportiert wurde. Nicht, ohne sich in der Nacht vor ihrer Abreise seinen männlichen Stolz zurückzuholen, sodass Ranis Seele auf lange Zeit verstummte.

Sie war es, die den Tumult von draußen als Erste wahrnahm. Sie ließ das Messer fallen, trat aus der Küche ins Freie und sah, wie Baptiste wild gestikulierend Laval am Arm durch den Ausgang zog. Kurze Zeit später kamen sie wieder, und ein Wärter trug Gabriel durch die Tür. Sein Körper war verschmiert vom Lehm, seine Augen rot und verheult, das Gesicht blass wie Mehl. Den einen Arm nutzte er, um den anderen zu halten, dessen Schulter wie fremd vom Körper abstand. Baptiste lief neben den beiden her, kreidebleich vor Schuld und Angst.

Der Gefängnisarzt wurde herbeigerufen, und Gabriel wurde die Schulter mit einem schmerzhaften Ruck wieder ins Gelenk reponiert. Dabei trickste der Arzt den Jungen einfach aus, indem er ihm befahl, locker zu lassen und bis drei zu zählen. Gabriel fragte mit in Tränen erstickter Stimme, ob es denn sehr wehtun würde, und der Arzt schwieg wissend. Als Gabriel zu zählen begann, zog der Arzt schon bei der »Zwei« mit so großer Heftigkeit an Gabriels Arm, dass Baptiste vor Schreck zusammenzuckte. Gabriel schrie auf und heulte noch lauter als zuvor. In dem Moment kam Madame Dumont ins Zimmer und erkundigte sich beim Arzt nach dem Zustand des Verletzten. Fast gleichzeitig stieß der Colonel hinzu. Baptiste sah seine Eltern sowie deren ernste Mienen und huschte schnell aus dem Zimmer. Er lief hinaus vor die Tore des Gefängnisses, trottete mit gesenktem Haupt durch die Landschaft, kickte eine Weile eher lustlos Steine vor sich her und wartete. Er wusste nicht einmal genau worauf, doch als es zu dämmern begann, begriff er, dass es Zeit wurde.

Als er das Haus betrat, versuchte er, so leise wie möglich in sein Zimmer zu schleichen, doch sobald er am Wohnzimmer vorbei kam, wurde ihm klar, dass er sich besser gleich bei seiner Mutter meldete. Also betrat er den Raum. Sie saß auf dem Sofa und stickte. Als sie ihn sah, bewegte sie sich, als wolle sie ihn gleich in ihre Arme schließen, doch dann senkte sie den Blick wieder auf ihre Handarbeit. Sie schwieg. Baptiste stand einen Meter vor ihr und wünschte sich, die Stille möge endlich enden, und sie zu schimpfen beginnen, ihm Vorwürfe machen, ihn bestrafen. Wenn sie ihn nur nicht länger ignorierte, ihre Stille nicht zum Ausdruck ihrer Enttäuschung machte. Sie aber schwieg unbeirrt. Also sprach er sie an.

»Es tut mir leid«, sagte er und schaute dabei zu Boden.

Sie schwieg weiterhin.

»Wie geht es denn Gabriel?«

Sie schaute nicht einmal auf.

»Bist du mir böse?«

Stille.

Baptiste kamen die Tränen. Er wollte ihre Hand ergreifen, sich in ihren Schoß legen, sich an sie schmiegen. Doch da war diese schreckliche Mauer des Schweigens, die ihm die Erlaubnis verweigerte.

»Geh auf dein Zimmer, nimm ein Bad, mach die Schularbeiten und warte, bis Vater dich aufsucht«, unterbrach sie endlich die Stille.

Baptiste hielt es nicht mehr aus. Er versuchte, ihre Hand zu packen, doch sie zog ihren Arm weg. Baptiste stiegen erneut die Tränen in die Augen.

»Bitte, Mutter. Es tut mir so leid. Sei mir nicht mehr böse, ich …«

»Geh jetzt«, unterbrach sie ihn.

Also trottete er in sein Zimmer. Er wusch sich den Dreck des Tages vom Körper, setzte sich an den Schreibtisch und begann mit der Mathematik. Doch nicht einmal die einfachsten Aufgaben wollten ihm gelingen. Er übertrug lustlos die Gleichungen auf das Papier und starrte auf die Zahlen, die ihm nichts sagten. Bei jedem Geräusch horchte er auf und zeichnete in seiner Vorstellung die Bewegungen draußen wie ein Fährtenleser nach. Die Haustür öffnete sich und fiel wieder zu. *Vater kommt nach Hause.* Die schweren Stiefel der Uniform hallten durch die Eingangshalle. Müde. Langsam. *Vater geht ins Wohnzimmer.* Ein Klicken. *Vater holt sich ein Glas aus dem Schrank, um einen Drink zu sich zu nehmen.* Was jedoch fehlte, und wofür Baptiste in diesem Moment alles hergegeben hätte, waren die Stimmen seiner Eltern. Aufgeregte, streitende, wütende Stimmen. Doch da war nichts außer furchtbarer Stille.

Ewigkeiten später ging die Tür zu seinem Zimmer endlich auf, und Vater erschien. Der Ausdruck im Gesicht war ernst und müde. Aber nicht wütend. Immerhin. Er setzte sich auf das Bett und sah seinen Sohn lange an.

»Warum tust du so etwas?«, fragte er.

Baptiste wollte sogleich antworten. Wollte sagen, wie schrecklich leid es ihm täte, wollte fragen, wie es Gabriel ginge, alle Schuld auf sich nehmen, beteuern, dass alles seine Idee gewesen wäre, Besserung geloben und um Verzeihung bitten.

»Weißt du, was du da angerichtet hast?« Die Stimme seines Vaters klang ruhig und sachlich, doch ohne ein Funken von Zuneigung. »Gabriel hat Glück, dass er noch lebt. Wäre er mit dem Kopf aufgekommen …« Sein Vater stockte.

Baptiste wünschte sich, er hätte eine Ohrfeige verabreicht bekommen, mehr noch, eine vollständige Tracht Prügel, wie er sie verdiente, damit danach *alles wieder gut* sei. Doch die Distanz und Enttäuschung in der Stimme seines Vaters war schlimmer als alle Strafen, die er hätte bekommen können. Dachte er. Denn dann sagte sein Vater etwas, das ihn schwach vor Entsetzen werden ließ.

»Wir überlegen, ob du nicht besser bei Tante Louise aufgehoben bist, wo du auf eine Schule oder ein Internat gehen könntest.«

Baptiste schaute ihn fassungslos an. »Aber … aber Tante Louise wohnt doch in Frankreich.« Irritiert schüttelte er den Kopf, als sei er in des Vaters Aussage auf eine Ungereimtheit gestoßen, einen Fehler, auf den er ihn hinweisen müsste, damit sein Vater ihn korrigieren könnte.

Statt einer Antwort holte Vater einen Federhalter aus seiner Innentasche. Er klemmte ihn so in seine linke Hand, dass Daumen und Mittelfinger jeweils ein Ende hielten, und stellte ihn schräg. »Dies ist ungefähr der Winkel, um den Gabriel anders hätte aufkommen müssen, um jetzt tot zu sein.« Ein matter, müder und alter Blick traf Baptiste. Dann stand sein Vater auf und ging wortlos aus dem Zimmer.

»Aber wie geht es denn Gabriel?«, rief Baptiste ihm hinterher.

Doch die Tür hatte sich bereits geschlossen.

Baptiste konnte nicht schlafen. Er wälzte sich im Bett herum und versuchte, sich das Leben ohne seine Familie auszumalen. Und ohne Gabriel! Einsamkeit überflutete sein Herz, seinen Bauch, seine Gliedmaßen, und stille Tränen flossen in das Kissen. Sie hatten *gespielt*. Er hatte den Sprung *geschafft* – er war *vorangegangen*. Verantwortungsvoll! Er hatte den Sprung als Erster gewagt. Was in aller Welt hatte *er* falsch gemacht?

Gabriel. Seine Gedanken wanderten zu seinem Freund, und nun wurde er noch ein wenig unruhiger. Wie es ihm wohl ginge? Warum sagte ihm niemand, wie es um ihn stand? Wo war er jetzt wohl? Baptiste hoffte inständig, in der Krankenstation, denn die Vorstellung, dass sein Freund die Nacht über den unberechenbaren Launen seiner Mutter ausgesetzt war, schien schlimmer als jede körperliche Verletzung. Je länger er sich im Halbschlaf durch die Nacht quälte, desto stärker zog es ihn zu Gabriel. Irgendwann in der Nacht stand sein Entschluss fest. Wenn er Glück hatte, würde Hamid die Nachtschicht leiten. Vielleicht könnte er ihn dazu bewegen, ihn zu Gabriel zu bringen. Falls der tatsächlich in der Krankenstation lag, mochte es eine Möglichkeit geben.

Und wenn er von seinen Eltern erwischt wurde? Und wenn schon – die konnten ihm nichts Schlimmeres antun als das, was sie ohnehin vorhatten. Frankreich – wie um alles in der Welt kamen sie denn auf so etwas? Aus der Unruhe erwuchs die Wut. Darüber, dass sie ihn straften, dass sie ihn in Unwissenheit hielten, dass sie ihn offensichtlich nicht mehr liebten. Und aus der Wut schälte sich der Trotz. Der beschwor ihn, dass er seine Eltern dann eben auch nicht mehr liebte. Dass er bei seinem waghalsigen Sprung vielleicht besser verletzt worden oder noch besser gestorben wäre. Dann würde sich umkehren, was sie ihm antun wollten, und sie würden am eigenen Leib *ihren* Fehler zu spüren bekommen.

Eine schöne Vorstellung war das, die da in seiner Phantasie entstand. Vom Aufschlag seines Körpers auf den harten Stein. Von der übermächtigen Angst seines Vaters, der versuchte, ihn ins Leben zurück zu holen. Von den verzweifelten Tränen seiner Mutter, erst an seinem Bett und schließlich am Grab, wenn die beiden sich mit ohnmächtigem Blick anschauten und die Erkenntnis ihnen wie eine schallende Ohrfeige ins Gesicht schlug, dass sie alles, aber auch alles falsch gemacht hatten. Doch dann wäre es zu spät. Baptiste beobachtete die Szene aus dem Grab heraus und kostete genüsslich den Trost des zu Unrecht Bestraften aus.

Dann erwachte sein unbändiger Tatendrang aufs Neue. Er musste zu Gabriel. Und zwar auf der Stelle!

Kapitel 3

Stolz betrachtete Gabriel seine Armschlinge. Der Arzt hatte ein großes, weißes Tuch zu einem Dreieck gefaltet und seinen Arm vorsichtig hineingebettet. Dann holte er einen Stift aus seiner Tasche und malte ein kleines Tier an den Rand, an einer Stelle, an der Gabriel es gut sehen konnte. Gabriel kannte so ein Tier nicht einmal – weder aus Büchern noch aus der Natur – doch der Arzt klärte ihn auf, dass es sich um einen Pinguin handle, der nur am Südpol lebte. Der würde in den nächsten Tagen auf ihn aufpassen. Ein wenig kitschig, wie Gabriel fand, doch er schwieg lieber.

Südpol. Das wiederum klang geheimnisvoll. Er stellte sich eine saftige Oase mit Palmen vor. Mit Blumen und grünem, frischem Gras, auf dem die Sonne sich wohlig und warm ausbreitete und eine kleine Horde vorwitziger Pinguine weiden ließ. Ja, an den Südpol würde er eines Tages einmal reisen. Er sog an einem Strohhalm, um vom Saft zu trinken, der ihm ans Bett gestellt worden war. Bisher hatte es kaum je eine Gelegenheit gegeben, zu der er einen frisch gepressten Saft hatte trinken dürfen. Er schmeckte klebrig und süß, und auf den Fasern, die darin schwammen, ließ es sich sogar kauen. Krank zu sein hatte demnach auch seine guten Seiten. Sein Schmerz hatte nach einer Spritze vom Arzt nachgelassen und sich in ein dumpfes Pochen verwandelt.

Plötzlich hörte er ein Geräusch von draußen. Wer mochte um diese Uhrzeit auf die Krankenstation kommen? Gabriel stand auf und schlich zur Tür. Der Vollmond, der das gesamte Zimmer erhellte, wies ihm den Weg. In dem Moment, da er sein Ohr ans Holz legen wollte, ging die Tür mit einem Ruck auf und hätte ihn um ein Haar von den Beinen geholt. Vor ihm stand Hamid. Der schaute ihn kurz an, wunderte sich wahrscheinlich, warum Gabriel nicht im Bett lag, sagte dann aber nur: »Komm mit. Und sei um Himmels willen leise.«

Obwohl Hamid wie ein riesiger, unumstößlicher Fels wirkte, schien er sich unbehaglich zu fühlen. Gabriel traute sich nicht zu fragen, wohin es ging, also trat er wortlos ins Freie. Er hörte, dass Hamid ihm leise fluchend folgte, Fragmente seines Ärgers ausspuckend, weil er einmal mehr um den Finger gewickelt worden war. Er dirigierte Gabriel durch einsilbiges Flüstern zum Wärterhäuschen am Seiteneingang.

Als Gabriel eintreten wollte, hielt ihn die schwere Hand Hamids zurück. »Einen Moment, junger Mann.« Sanft drehte er Gabriel zu sich, kniete sich zu ihm nieder und schaute ihm ernst in die Augen. »Wenn du jemals jemandem erzählst, dass du heute hier warst, bekomme ich einen Riesenärger.«

Gabriel verstand die Botschaft und nickte ehrfürchtig.

»Verstehst du, was ich damit sagen will?«

»Ja, Sahib«, flüsterte Gabriel zurück.

»Dann können wir keine Freunde mehr sein. Weder wir beide, noch Baptiste und ich und schon gar nicht wir drei.«

Gabriel erkannte an Hamids Blick, wie ernst es ihm war. Er wusste zwar nicht, warum, doch er schwor in die Stille, dass er auf ewig schweigen würde.

»Gut«, erwiderte Hamid.

In seinem Blick spürte Gabriel väterliche Liebe und er hätte ihn in diesem Moment am liebsten umarmt.

»Dann gehe jetzt ins Wärterhäuschen. Ihr habt fünf Minuten.«

Als Gabriel die enge Hütte betrat, die nicht mehr als einen Schreibtisch, einen alten Stuhl, einen verschlossenen Waffenschrank und ein großes Wandbrett voller Schlüssel beherbergte, sah er Baptiste sofort.

Er wollte vor Freude aufschreien, doch Baptiste schien damit gerechnet zu haben. Schnell machte er einen Schritt nach vorn, legte ihm die Hand auf den Mund und pfiff ein leises *Pssst* durch seine Lippen. Dann zog er ihn sanft hinunter, sie setzten sich auf den Boden und endlich hatten sie Zeit, sich in die Augen zu schauen. So nah waren ihre Körper, dass sie sich mit den Händen ertasten konnten.

»Tut es sehr weh?«, fragte Baptiste.

In seiner Stimme schwang die Unsicherheit, die von einem schlechten Gewissen herrührte.

Gabriel schüttelte den Kopf. »Gar nicht so schlimm«, antwortete er, »ich habe eine Mordsspritze bekommen.« Er zeigte mit seinen Händen, nicht ohne zu übertreiben, die Größe der Nadel an. »Und schau mal, was ich hier habe.« Er drehte sich so, dass Baptiste im Schimmer des Mondes den kleinen Pinguin betrachten konnte.

Baptiste nickte anerkennend. »Was ist das für ein Tier?«

Gabriel hatte sich den Namen nicht merken können, aber er klärte Baptiste auf, dass es sich um ein Herdentier der südlichen Sahara handele, das viel Gras, Wärme und Wasser benötigte.

»Was hat deine Mutter gesagt?«, wechselte Baptiste das Thema.

Bei der Frage stiegen Gabriel die Tränen in die Augen. »Sie hat getobt und schreckliche Dinge über dich gesagt. Über mich auch und sie hat mir verboten, dich jemals wieder zu sehen.«

Baptiste rückte noch näher an Gabriel. Er umarmte ihn behutsam und sagte nach einer kurzen Pause des Nachdenkens: »Das schafft sie nicht. Das schafft niemand.«

So saßen sie eine Weile da, bis sie hörten, dass Hamid leise an die Tür klopfte. Die Zeit war um. Als Hamid sich schon anschickte, Gabriel wieder in Richtung Krankenstation zu führen, fiel Baptiste noch etwas Wichtiges ein. »Moment«, sagte er ein wenig zu laut, griff sich unter sein Schlafanzughemd und zog einen kleinen, in Metall gefassten Stein hervor, der an einem ledernen Band hing, das er sich über seinen Kopf streifte. Er hielt Gabriel ungelenk das Geschenk entgegen. »Ich habe Nachricht vom *Phantom* erhalten. Du sollst sein Nachfolger werden«, flüsterte er schüchtern, und Gabriel wurde sprachlos vor Glück.

Drei Tage später wurde Gabriel zurück zu seiner Mutter geschickt. Als er die Zelle betrat, war sie nicht anwesend. Das war nichts Ungewöhnliches, denn die Insassinnen versorgten sich größtenteils selbst und verrichteten alle dafür nötigen Arbeiten. Da es Mittagszeit war, würde seine Mutter wahrscheinlich im Hof sein und sich ihr Essen zubereiten. Er wollte sich gerade auf seine Matratze setzen, als er ein Geräusch hinter sich wahrnahm. In der Erwartung, dass seine Mutter zurückgekehrt sei, drehte er sich um und erschrak, als er Sahira vor sich stehen sah. Vor Sahira hatte er Angst. Große, haltlose Angst. Sie war so unheimlich, dass er bei jeder Begegnung versuchte, sich so klein und unsichtbar wie nur irgend möglich zu machen. Doch so sehr er sich auch bemühte – ihr entging nichts. Das erschien ihm logisch, denn Sahira war ja bekanntermaßen eine Hexe und unterhielt diverse Pakte mit dunklen Mächten. Das wusste jeder in Abda und hier gab es nur wenige Albträume, die Sahira nicht beherrschte.

Von Sahira ging ein Geruch aus, den Gabriel unerträglich abstoßend fand. Nach dem alt gewordenen Dreck des Bodens, in den sich ihr Schweiß mischte.

»Komm mit«, befahl sie und war schon wieder aus der Zelle verschwunden. Gabriel überlegte kurz, wusste aber, dass er keinen Widerstand leisten konnte, denn Sahira war die, der seine Mutter gehorchte. Also trottete er hinter ihr aus der Zelle und sah eben noch, wie sie in ihre eigene ging. Als er den Raum betrat, fürchtete er sich bereits so sehr, dass er zu zittern begann.

»Setz dich«, befahl ihm Sahira und nickte in Richtung der Wand zu ihrer Linken.

»Kannst du lesen?«, fragte sie, während sie ihren Schrank nach einer Bibel durchsuchte.

»Ja. Sahib Seth hat es mir beigebracht«, antwortete Gabriel schüchtern.

»Na, dann hat der arme Tor in seinem Leben ja einmal etwas Sinnvolles angestellt.«

In ihrer Stimme klang pure Verachtung. Gabriel wunderte sich. Wie konnte sie Sahib Seth denn überhaupt kennen? Der Lehrer unterrichtete ihn an den fünf Tagen der Woche pünktlich ab acht Uhr im Studierzimmer der Dumonts und am Samstag ab neun, er lehrte alles, was Madame Dumont ihrem Sohn nicht selbst beibringen konnte, vor allem die naturwissenschaftlichen Fächer sowie Geschichte und Geographie.

Über Abbe Seth gab es mehr Geheimnisse als Bekanntes. Schon seine Haarfarbe kannte niemand genau, denn seinen Kopf bedeckte er stets mit einem indigofarbenen, fast sechs Meter langen Tagelmust, den er so gekonnt zu wickeln wusste, dass man ihm den Stolz der Tuareg darin ansah.

Einmal nur hatte Abbe Seth ein wenig von sich erzählt. Da verriet er den beiden Jungen in der Geschichtsstunde ein paar Einzelheiten über sein Volk. Beispielsweise, dass viele die Tuareg *Kel Tagelmust* riefen, die *Menschen des Gesichtsschleiers*. Oder dass die Franzosen glaubten, ein Tuareg wäre stets nur in einer Farbe gekleidet – weshalb sie sie auch das *blaue Volk* nannten. Und dass all dies absonderlicher Blödsinn sei, wie ihn sich nur die Europäer ausdenken konnten.

Den größten Wert legte er in seiner Erklärung darauf, dass es die Männer waren, die sich vor den Frauen verschleierten, denn die galten den Tuareg als das Sinnbild des Lebens. Und dass sie somit die fortschrittlichsten unter den arabischen und afrikanischen, ja im Grunde unter allen Völkern waren. So viel Stolz und Ehre schwang in seinen Worten mit, dass beide Kinder ein paar Wochen lang entschlossen waren, selbst zu Tuareg zu werden. Sobald ihr Alter es zuließ, würden sie auf Kamelen die Wüsten der Erde erobern, und erst, als das heimliche Färben der Bettwäsche aufflog und die Strafe dementsprechend ausfiel, verloren sie die Lust an ihrem Plan.

Jetzt saß Gabriel vor Sahira und wünschte sich nichts sehnlicher, als wieder bei Abbe Seth im Unterricht sitzen zu dürfen. Er verschlang alles, was er lernen konnte, ja, lernen durfte, all die Bücher, Erzählungen und Aufgaben und hätte am Ende des Unterrichts am liebsten um mehr gebettelt. Und wie gerne wäre er außerdem in den Unterricht der Madame gegangen, doch das erlaubte sie nicht. Er verstand nicht, wieso sich Baptiste so sehr langweilte, wenn sie von Städten wie Santiago de Chile erfuhren oder lasen, wie Hannibal die Alpen überquerte, und anschließend aufgeklärt wurden, was die Alpen überhaupt waren.

»Ab heute bin ich für deine Erziehung zuständig. Gewöhn dich dran. Nun gibt es keinen Abbe Seth mehr«, unterbrach Sahira seine Gedanken.

Gabriel war fassungslos.

Anschließend musste er ihr sieben Mal die ersten sieben Seiten der Bibel vorlesen, einmal sogar im rezitierenden Ton singen und anschließend die erste Seite auswendig lernen, um danach in eigenen Worten zu erzählen, was er daraus gelernt hatte. Anschließend erfuhr er von Sahira, dass er offensichtlich gar nichts verstanden hatte, und die Prozedur begann von Neuem.

Baptiste und Gabriel durften sich nicht sehen. Sowohl Yasmina als auch der Colonel hatten unabhängig voneinander verfügt, dass sie keinen Kontakt mehr haben sollten. Die beiden Jungen aber hielten die Trennung nicht aus, und bald schon schlich sich Gabriel mit einem Plan zu Ranis Zelle. Sie sollte als Informantin dienen.

Gabriel hatte einen Vorteil in Abda. Er war praktisch unsichtbar. Da er schon seit seiner Geburt hier war, wurde er nicht mehr wahrgenommen. Er konnte sich überall frei bewegen, unterlag wenigen Restriktionen, denn er war schließlich kein Gefangener. Und von einem Kind – zumal einem, an das sich hier jeder gewöhnt hatte – fühlte sich niemand gefährdet oder bedroht.

Also lief er kurz nach der abendlichen Schließung vor Ranis Zelle. Das war in der Regel die beste Zeit für ein unbemerktes Gespräch, denn dann waren die Insassinnen mit den unbedeutenden Resten ihrer unbedeutenden Tage beschäftigt. Damit, sich den feinen Wüstensand aus den Poren zu waschen, den der Wind ohne Mühe durch sämtliche Materie scheuchte. Oder einfach nur mit der Erleichterung, einen weiteren Tag in Abda überlebt zu haben.

Rani gehörte das vorderste Bett in der Zelle. Sie stand mit dem Rücken zum Gitter. Mit nacktem Oberkörper, denn sie war gerade im Begriff, sich ein Oberteil überzuziehen. Da sie leicht schräg stand, konnte Gabriel die Silhouette ihrer entblößten Brust sehen. Die Brust eines Mädchens, das nur wenige Jahre älter sein mochte als er selbst, dessen erblühende Weiblichkeit jedoch bereits weit voraus blicken ließ.

Gabriel war fasziniert. Ihm schoss das Blut ins Gesicht, die Hitze in die Ohren, und er konnte nicht anders, als hinzustarren. Er verstand nicht, was mit ihm geschah, konnte keine Worte für den Drang finden, der sich da regte, und am liebsten wäre er wieder davongelaufen. Doch er konnte eben nicht anders, als dazustehen und zu starren. Rani, deren Sinne von Berufs wegen geschärft waren, spürte den Eindringling sofort, streifte sich behände ihr Oberteil über und drehte sich dann so um, wie es Tiere – oder eben Diebinnen – tun, die gleichzeitig bereit zur Flucht sind. Sie rechnete wahrscheinlich mit einem Wärter, der bereit war, ihr für eine Gefälligkeit einen Wunsch zu erfüllen. Als sie stattdessen Gabriel entdeckte, der durch die Stäbe hindurch sah, entspannte sie sich und drehte sich wieder weg, um ihre langen, schwarzen Haare zu bürsten.

Gabriel wusste, dass Rani nur selten von sich aus redete, also sprach er sie an. Er war aufgeregt, wenn er Rani nur anschaute. Deshalb überschlug sich seine Stimme ein ums andere Mal, er erzählte ihr wirr, was alles passiert war, und redete wie ein führerloses Floß auf den Stromschnellen, das einmal hierhin und einmal dorthin getrieben wurde.

Rani ließ sich nicht stören und bürstete sich weiter. Als er endlich geendet hatte, schien sie kurz zu überlegen, dann nickte sie zustimmend, wandte sich ab und legte sich ins Bett. Sie schaute aus dem Fenster in den Himmel. Gabriel stand ein wenig verloren im Gang und betrachtete sie aufs Neue. Ihre Schönheit erschien ihm grenzenlos. Etwas zog ihn in ihre Nähe. Wie gerne hätte er sich neben sie gelegt, seinen Kopf an ihre Brust geschmiegt – an die, deren Geheimnis er eben noch in der Flüchtigkeit des Augenblicks entdeckt hatte. Als hätte sie seine Gedanken erraten, drehte sie ihm das Gesicht zu.

»Glaube nur nicht, dass du diesen Gefallen geschenkt bekommst. Eines Tages wirst du eine Rechnung dafür zahlen müssen. Verstehst du mich?«

Er nickte und spürte, wie ihm das Blut ins Gesicht schoss. Sie schenkte ihm ein Lächeln zum Abschied und wandte sich wieder ab.

Es dauerte eine geschlagene Woche, bis Baptiste die Nachrichten übermittelt bekam. Seine Mutter hatte ihn gebeten, einen frischen Krug Zitronenlimonade aus der Küche zu holen, und dort war er auf Rani gestoßen. Die Gelegenheit war günstig. Miguel war für eine

Stunde fort, also waren sie allein. Sie ging zu ihm, nahm ihn am Arm und zog ihn schnell in eine Ecke der Küche, die sie gut einsehen konnte, die aber vom Eingang nicht gut zu überblicken war. Mit einem Finger, den sie sich auf die Lippen legte, bedeutete sie ihm, stumm zu bleiben. Zusammen hockten sie sich hinter ein Regal und lehnten sich an die Wand. Rani erzählte Baptiste, was mit Gabriel geschah. Erzählte ihm, dass Yasmina die Erziehung nun mit aller Härte verfolgte, dass Gabriel jede Nacht beten musste. Stundenlang. Dass Yasmina ihn zwar nicht schlug, aber oft heftig und schmerzhaft schüttelte, wenn er nicht gehorsam war oder die Botschaft des Herrn nicht wortgetreu wiedergab. Berichtete, dass Gabriel eines Abends beim Spielen das Gebot der Stille missachtet hatte und Yasmina wütend geworden war. Sie hatte Sahira hinzugerufen, und die statuierte ein saftiges Exempel. Sahira erklärte Gabriel, dass Gott, den sie in seiner Gegenwart immer den *lieben Gott* nannte, die Elternschaft als heilig betrachte. Dass jeder Wunsch einer Mutter einem Befehl gleiche und die Strafe für jeglichen Ungehorsam klar und simpel sei. Es sei die Hölle, die auf ein solches Kind warte. Dann erklärte Sahira, was der *liebe Gott* unter Strafe verstand, schweifte durch alle Gebote und noch weiter. Dass am Tage des jüngsten Gerichts die Hände der Kinder, die ihre Eltern bestahlen, wie von selbst zu reden begannen. Sie würden dem *lieben Gott* berichten, was sie alles zu stehlen gezwungen worden waren, um die Gier des ungehörigen Kindes zu befriedigen. Der *liebe Gott* würde die sündigen Hände verbrennen und anschließend neu wachsen lassen, um sie anschließend erneut zu verbrennen. Das war der *liebe Gott*, der sich seiner angenommen hatte.

Baptiste kämpfte mit den Tränen. Er sah seinen Freund aufgrund seiner dummen Mutprobe dem Wahnsinn dieser Frauen ausgesetzt. Doch seit dem Unfall waren seine Eltern selbst sehr streng zu ihm. Er konnte ihm nicht helfen. Die Abschiebung zu Tante Louise schwang wie ein Damoklesschwert über seinem Haupt, und er wagte nicht, seinen Vater um einen Gefallen zu bitten. Es war zwar nicht mehr über das Internat und Tante Louise gesprochen worden, doch Baptiste spürte jeden Tag aufs Neue, dass er nur auf Bewährung bleiben durfte. Mit größter Mühe und diszipliniert arbeitete er seither im Unterricht von Abbe Seth mit und tat alles, um seiner Mutter zu gefallen. Er lauschte aufmerksam den alltäglichen Erzählungen seines Vaters und obwohl die kleinen, zärtlichen Gesten im Laufe der Zeit wieder zunahmen, wusste er, dass da noch eine Barriere war, die ihn von seinen Eltern trennte.

Eines Abends sagte ihm seine Mutter, dass es nicht dieses eine war, sondern die Summe seiner Verfehlungen, die sie so enttäuschte. Die ewige Zappelei, der immerwährende Drang nach Abenteuern und die Weigerung, sowohl die Wünsche seiner Eltern als auch ihre Richtlinien zu beachten. Und dann waren da natürlich noch die mäßigen Leistungen bei Abbe Seth.

»Baptiste, wenn du ein dummer Junge wärst, dann wären wir mit deinen Leistungen zufrieden. Aber du bist ein kluges Kind, und aus diesem Potenzial machst du nichts. Das enttäuscht uns.«

Baptiste reimte sich zusammen, der Grund für die strikte Trennung von seinem Freund müsse die Überzeugung sein, dass Gabriel einen schlechten Einfluss auf ihn ausübe, denn schließlich war er der Sohn einer Meuchlerin. Als er Rani diesen Gedanken verriet, schien sie zu lächeln und schüttelte gleichzeitig den Kopf. Baptiste schaute sie überrascht an. Es war selten, ja, vielleicht das erste Mal, dass er ihr Lächeln sah. So verwirrt war er von der Schönheit dieses Gesichtsausdrucks, dass er seinen Blick nicht abwenden konnte.

Aber dass Rani ihm widersprach, das konnte er dennoch nicht stehen lassen. Er erzählte ihr, was seit dem Sturz passiert war, erzählte jede Kleinigkeit. Wie furchtbar er sich gefühlt hatte, als Gabriel dalag, schreiend vor Schmerz. Wie sein Gewissen ihn quälte, obwohl doch beide nichts für das Unglück konnten. Wie er zwar gehofft hatte, dass Gabriel die Prüfung beim Sprung nicht bestehen würde, damit er selbst der Nachfolger des *Phantoms* werden konnte, wie er aber natürlich nicht gewollt hatte, dass Gabriel dabei verletzt wurde. Höchstens, dass der Freund sich nicht trauen würde, überhaupt zu springen. Wo doch Abbe Seth immer schon so viel Lob für Gabriel übrig hatte, obwohl der doch ein ganzes Jahr jünger war.

Baptiste begann zu weinen, aber er erzählte weiter. Davon, wie sehr er die Zärtlichkeiten seiner Mutter vermisste und den Stolz im Blick seines Vaters. Und wie sehr ihm Gabriel fehlte. Er reinigte sein Herz, und als er endlich zum Ende kam, fühlte er sich ein wenig besser. Rani versprach ihm, all das wortgetreu an seinen Freund weiterzugeben, und sagte dann einen Satz, über den Baptiste noch bis tief in die Nacht grübelte.

»Bist du schon einmal auf die Idee gekommen, dass es gar nicht um dich geht? Dass deine Eltern etwas ganz anderes umtreibt? Ein Geheimnis, das sie vor dir hüten und nicht mit dir teilen wollen?«

Baptiste verstand nicht. Welches Geheimnis konnten seine Eltern denn haben, das sie so schwermütig machte? Doch je länger er nachdachte, desto mehr Situationen fielen ihm ein, in denen seine Eltern ganz anders reagierten, als er es von ihnen erwartete. Zudem bekam er immer häufiger den gequälten Blick seiner Mutter zu sehen. Er war sich sicher gewesen, all das müsse an ihm und seinem Verhalten liegen, doch jetzt hockte da Rani – eine Diebin immerhin! – und behauptete das Gegenteil. Und die kannte seine Eltern nicht einmal richtig. Eine ungeheure Vorstellung, in seiner Familie könne etwas schwelen, von dem er nichts wusste. Er wurde eifersüchtig. Darauf, dass er plötzlich aus dem Leben der Erwachsenen, seiner eigenen Familie zumal, ausgeschlossen war. Er nahm sich vor, künftig genauer auf das Verhalten seiner Eltern zu achten, um das Geheimnis zu entschlüsseln.

Rani musste wohl seine Trauer bemerkt haben, denn zum Abschied strich sie ihm versöhnlich über die Wange. Noch bis tief in die Nacht spürte er ihre Berührung, ihre warme, zarte Hand und das mysteriöse Gefühl, das in ihm nachhallte, ohne dass er es einzuordnen wusste. Hatte er eine neue Vertraute gefunden? So fühlte es sich nicht an. Und was war das für eine Melancholie in ihrem Blick gewesen? Den Schmerz des Eingesperrtseins, der darin lag, hatte sie nicht zu verbergen vermocht. Ihr Blick glich dem eines schönen, nicht zu bändigenden Tieres, das der Freiheit beraubt war. Und dann war da noch ihre irritierende Schönheit, über deren Bild er einschlief.

Aus den Wochen wurden Monate und aus den Monaten ein ganzes Jahr. Die Gefahr einer Abschiebung zu Tante Louise verblasste zusehends. Zumindest wurde damit nie mehr gedroht. Allerdings lieferte Baptiste seinen Eltern auch kaum noch einen Grund dafür.

Gabriel war kein Gast mehr im Hause der Dumonts. Manchmal fragte Baptiste seine Mutter vorsichtig, wann der Freund denn wieder am Unterricht teilnehmen dürfe, doch die Antwort war stets ablehnend. Yasmina habe die Erlaubnis wohl endgültig verweigert. Doch auf die Frage, warum sein Vater Gabriels Anwesenheit nicht befehlen könne – schließlich war er doch der Chef aller Menschen hier – schwieg seine Mutter nur.

Eines Nachts, als Baptiste halb träumend zwischen Durst und dem Wunsch nach Schlaf aus dem Bett in die Küche getrieben wurde, entdeckte er, dass sein Vater im Wohnzimmer am Fenster stand. Mit einem Glas in der Hand starrte er regungslos in die Nacht, noch in Uniform, wenn er auch die Knöpfe der Jacke geöffnet hatte. Waren seine Eltern früher nicht immer gemeinsam zu Bett gegangen?

In den folgenden Wochen stand er heimlich auf, um seine Entdeckung zu überprüfen, und dabei machte er stets die gleiche Beobachtung: Sein Vater war bis tief in die Nacht wach. Allein. Manchmal saß er stumm mit einer Flasche am Esstisch und starrte aufs blanke Holz, manchmal saß er im Sessel und hielt die Augen geschlossen.

Auch die Gespräche beim Essen hatten sich verändert. Seine Mutter schwieg die meiste Zeit und im Gesicht war ihre innere Qual vollständig nach außen gekehrt. Etwas schien sie aufzuzehren. In manchen Momenten zog sie Baptiste plötzlich an sich heran und umarmte ihn so heftig und lang, dass er Angst bekam, sie würde ihn erdrücken. An die letzte Berührung zwischen seinen Eltern, an das frühere, verliebte Necken ihrer Hände, an ihre Blicke der Zuneigung – an all das hatte er kaum noch eine Erinnerung.

Eines Abends unternahm er den Versuch, die beiden auf das Sofa zu bekommen, indem er seinem Vater erzählte, was er kurz zuvor von Abbe Seth über den Kosmos erfahren hatte, und ihn dabei an die Hand nahm, um ihn sachte und unauffällig zu seiner Mutter zu führen. Wie in früheren Zeiten wollte er sich zwischen seine Eltern setzen, um sich an sie zu schmiegen. Um Familie zu sein. Aber in dem Moment, da er und sein Vater sich niederließen, stand Baptistes Mutter auf und verschwand in ihrem Schlafzimmer.

Auch das Spielen musste Baptiste jetzt allein gestalten, und die Zeit bei den Felsen, den Dünen und vor den Toren Abdas war furchtbar. Langeweile hieß sein neuer Gefährte, und mit dem zu spielen war eine grausame Angelegenheit. In diesen Stunden war seine Sehnsucht nach Gabriel am stärksten. Einmal hatte er verbotenerweise versucht, von außen das Fenster der Zelle zu erreichen, doch die Wärter hatten ihn sofort verscheucht. Manchmal bekam er noch eine Nachricht von Rani, aber auch das geschah immer seltener. Alles was er noch erfuhr, war, dass Gabriel bereits zweimal die komplette Bibel hatte durcharbeiten müssen und dafür sogar ein Lob von Sahira bekommen hatte.

Der Lauf der Historie half schließlich der Wiedervereinigung der beiden Freunde auf die Sprünge. Lautes Stimmgewirr hatte Baptiste eines Nachts aus dem Schlaf und seinem Zimmer getrieben. Er sah Major Laval mitten im Wohnzimmer stehen und hörte ihn in lauten, schnellen Sätzen reden. Er hatte eine Schlafrobe an, die alles andere als ordentlich saß und unter der sein Schlafanzug hervorragte. Dabei gestikulierte er wie ein Zivilist und hatte keinesfalls seine gewohnte, strenge Haltung eingenommen.

Baptistes Eltern standen dicht nebeneinander, der Vater ebenfalls in einer Robe, während Mutter sich eine Tagesdecke über die Schultern gelegt hatte. Sie hörten Laval fassungslos zu. Mutter legte ungläubig die Hände vor den Mund und Vater seinen Arm vertraulich um ihre Hüften. Als Major Laval das Wort »Kapitulation« aussprach, stieß seine Mutter einen spitzen Schrei aus, machte einen kleinen Luftsprung, umarmte ihren Mann und küsste ihn auf den Mund. Dann löste sie sich von ihm, wandte sich aufgeregt an Major Laval, küsste ihn auf die Wange und erst dann erblickte sie Baptiste. Sie stürzte an Laval vorbei, die Decke glitt dabei von ihrem Körper zu Boden, so, dass ihr feines Nachtgewand sichtbar wurde, und umarmte Baptiste überschwänglich.

»Baptiste, mein Schatz. Der Krieg ist vorbei. Die Deutschen haben kapituliert. Hitler ist besiegt.« Dann küsste sie ihn und drückte ihn wieder an ihre Brust.

»Wir müssen ein Fest feiern. Noch morgen! Nein. Noch heute. Wir werden alle einladen, die kommen können.«

Sie ging auf ihren Mann zu. Der rieb sich die Augen vor Müdigkeit und wusste in seiner Verwirrung offensichtlich nicht, was er dazu sagen sollte. »Bitte, Henry. Lass uns ein Fest feiern. Wie viele der Wärter kannst du heute noch entbehren? Wie lange dauert es, Monsieur Seth aus dem Dorf zu holen?« Die Stimme seiner Mutter überschlug sich.

Baptiste verstand nicht, was da vor sich ging, doch die Freude der Mutter wirkte ansteckend. Sie strahlte, also strahlte er mit ihr. Die Zeichen der Qual, die seit Monaten ihr Gesicht zerklüftet hatten, schienen verschwunden. War es der Krieg gewesen, der seine Eltern entzweit hatte? In diesem Moment war es Baptiste egal. Er jubelte mit, sprang auf seine Eltern zu und hängte sich in die Umarmung der beiden. Hitler war besiegt! Das musste gefeiert werden. Er hatte zwar keine Ahnung, wer dieser Hitler war, und eine Kapitulation kannte er auch nicht, aber ihm schien, dass er diesem Herrn Hitler beizeiten seinen Dank aussprechen musste.

Es war die Gunst dieser Stunde, die er für seine Wiedervereinigung mit Gabriel nutzte. Er wartete die beste Gelegenheit ab, nämlich, als sein Vater eine halbe Flasche von einem der edleren, unter Verschluss gehaltenen Getränke geleert hatte und lustig wurde. Und natürlich schlug er seinem Sohn an diesem Abend nichts aus.

Der Colonel rief nach Major Laval und gab ihm die Anweisung, sowohl Yasmina als auch Gabriel aus der Zelle in sein Arbeitszimmer zu führen. Der Major war so verdutzt, dass er kurz seinen Rang vergaß und den Colonel zweifelnd anschaute: »Sind Sie sich sicher, dass es eine gute Idee ist, diese Mörderin heute Nacht ins Haus zu lassen? Ich meine, wo doch Madame gerade so guter Laune ist?«

Der Colonel schaute seinen Untergebenen streng an. »Wenn ich befehle, dass ich Gabriels Mutter sprechen möchte, steht das nicht zur Diskussion.« Dann besann er sich eines Besseren und lieferte die Erklärung hinterher: »Ich werde dafür sorgen, dass Gabriel von seiner verrückten Mutter nicht noch dafür bestraft wird, dass ich meinem Sohn seinen Wunsch erfülle.« Daraufhin murmelte der Major eine Entschuldigung und lief sogleich aus dem Zimmer in Richtung Zellen.

Baptistes Mutter hatte inzwischen Miguel höchstpersönlich geweckt. Sie war ohne anzuklopfen in dessen Zimmer gestürmt, was ihm nach eigenem Bekunden um ein Haar einen Herzanfall beschert hatte, und hatte ihn zu einem Umtrunk eingeladen. Er kam verschlafen aus seiner Kemenate, verfiel aber binnen weniger Sekunden derselben Euphorie.

Baptiste waren die Gründe für die Ausgelassenheit egal. Er stand mitten in der Welt der Erwachsenen und freute sich mit ihnen. Er wurde Zeuge eines ungestümen Monologs, den Miguel mit den ungeheuerlichen Worten: »Ich spucke auf dich, Franco. Auch deine Tage sind bald gezählt« beendete. Doch sogar das schien heute erlaubt.

Franco. Hitler. Kapitulation. Baptiste nahm sich vor, Abbe Seth bei nächster Gelegenheit zu fragen, was heute eigentlich geschehen war. Gleichzeitig schielte er immer wieder in Richtung Flur. Konnte es wirklich sein, dass dort gleich Gabriel durch die Tür kommen würde? Baptistes Nervosität stieg und als der Moment endlich kam, wusste er nicht einmal genau, wie er reagieren sollte.

Gabriel war noch dünner geworden, als er ihn in Erinnerung hatte. Seine Haut war verblasst, denn sie hatte lange keine Sonne mehr gesehen. Gabriel war schon immer heller als die übrigen Algerier gewesen, doch nun war er so blass, dass er fast schon wie ein Franzose aussah.

Am liebsten wäre Baptiste zu ihm hingestürzt, hätte ihn umarmt und geküsst, doch alle Erwachsenen richteten ihre Aufmerksamkeit plötzlich auf die beiden Kinder.

Baptiste drehte sich zu seiner Mutter und schaute sie fragend und ungeduldig an. Sie nickte ihrem Sohn zu und erlaubte ihnen, in sein Zimmer zu verschwinden. Und da sah er ihn wieder, diesen gequälten Blick, der sich wie ein unheilvoller Schatten über ihr Gesicht legte.

Bis tief in die Nacht erzählten sich die beiden ihre Geschichte des letzten Jahres. Zunächst waren sie schüchtern. Vorsichtig. Obwohl Baptiste glücklich war. Doch er spürte, dass Gabriels Gemüt belastet war. Gabriel erzählte davon, wie tief Gott in seine Seele gefahren war. Dass er ein unwürdiges Kind sei. Dass Schuld auf ihm laste. Und dass er nun täglich um Vergebung beten würde. Baptiste verstand kein Wort, erfasste lediglich, dass Gabriel in großer Not war.

»Von welcher Schuld sprichst du nur?«, fragte Baptiste.

Gabriel schaute ihn gequält an. »Ich weiß es selbst nicht genau«, antwortete er. Dann zögerte er, da ihm die richtigen Worte zu fehlen schienen. »Sag, Baptiste. Weißt du, was ein Bastard ist?«

Baptiste schüttelte den Kopf. »Ich glaube, Miguel hat einmal einen solchen Fluch ausgestoßen. Ich bin mir aber nicht sicher.«

Baptiste schaute Gabriel an und wartete darauf, dass er seine Frage erklärte. »Was hat es mit diesem Wort auf sich?«, fragte er, als Gabriel stumm blieb.

»Sahira hat mich eines Tages so genannt. Sie war böse auf mich, weil ich die Apostel nicht in der richtigen Reihenfolge genannt habe. Da schrie sie mich an und sagte, man könne von einem Bastard wie mir nichts anderes erwarten. Und der heißeste Platz in der Hölle sei das Richtige für mein unreines Blut.« Gabriel schluckte. »Und ich habe gesehen, wie enttäuscht meine Mutter sich in diesem Moment von mir abwandte.« Verlegen sah er auf seine Hände. »Baptiste, ich bin ein Bastard, und ich glaube, das ist etwas ganz Furchtbares.«

In dieser Nacht weinte Baptiste für Gabriel, dessen Tränen in der Kälte des letzten Jahres erstarrt waren.

»Weißt du, worüber mein Vater gerade mit deiner Mutter spricht?«, fragte Baptiste, als er sich ein wenig beruhigt hatte.

»Nicht genau. Dein Vater hat mir ja verboten, im Raum zu bleiben. Aber im Gehen konnte ich hören, dass dein Vater sehr streng zu meiner Mutter war. Er sagte so etwas wie: ›Du hörst mir jetzt genau zu, Yasmina, denn ich sage es nur einmal …‹«

Beide schwiegen.

»Glaubst du an Gott, Baptiste?«, flüsterte Gabriel, als habe er Angst, Sahiras Macht könne sogar bis in dieses Zimmer reichen.

Baptiste zuckte die Schultern. »Vater sagt immer: ›Gott gibt es nicht. Nur den Teufel.‹ Das würde durch die Ungerechtigkeit in der Welt bewiesen werden.« Wieder schwiegen sie.

»Und du? Glaubst du an Gott?«, fragte Baptiste schließlich.

»Ich weiß es nicht genau. Ich muss mich jeden Abend vor dem Schlafengehen mit dem Gesicht nach unten auf den Boden legen und die Arme ausbreiten. Mutter sagt, dass ich dann Gott besser spüren könne.«

»Und? Spürst du ihn?«

»Ich spüre, dass er mich bestrafen und in die Hölle schicken wird. Also muss es ihn geben, denn sonst könnte ich ja keine Angst vor ihm haben«, antwortete Gabriel.

Baptiste erschien das unlogisch, doch ehe er etwas einwenden konnte, wurden beide unterbrochen. Musik drang durch die Wände. Gabriel war mit einem Mal hellwach.

»Deine Mutter spielt Klavier«, schrie er auf, sprang aufgeregt vom Bett und lief zur Tür. Baptiste war so verdutzt, dass er vergaß, hinterherzulaufen. Deshalb drehte sich Gabriel noch einmal um und wiederholte das Gesagte in einem schärferen, eindringlicheren Tonfall. Dann stürzten sie aus dem Raum und liefen hinüber ins Musikzimmer, das schon seit Jahren nicht mehr benutzt worden war. Früher, als die Stimmung im Hause der Dumonts noch fröhlicher gewesen war, hatten Gabriel und Baptiste oft auf dem schweren Teppich vor dem Klavier gelegen und zugehört, wie Baptistes Mutter gespielt hatte.

Über dem Klavier hing ein großes Plakat in einem edlen Rahmen. In der Zeit, als Gabriel noch nicht lesen konnte, hatte Baptiste ihm immer wieder vorlesen müssen, was da geschrieben stand:

Celine Fauré spielt Werke von Chopin, Liszt und Beethoven.

Darunter ein Foto von Baptistes Mutter. Sie hatte Gabriel eines Tages erklärt, dass Fauré ihr Mädchenname sei, und Gabriel beschloss darauf hin, auch eines Tages einen Mädchennamen anzunehmen.

Gabriel Fauré spielt auch Werke von Chopin, Liszt und Beethoven.

würde dann auf seinem Plakat stehen.

Und jetzt saß sie wieder am Klavier, dem so lange die Sprache verboten worden war, und gab ihm seine Stimme zurück. Leise und langsam entließ sie die Töne in den Raum, ließ es flüstern, ließ es hauchen. Sie streichelte die Tasten mehr, als dass sie sie niederdrückte. Dabei schaute sie verzückt erst auf die Hand, die das Stück begann, dann auf die andere, die die erste imitierte. Ganz so, als würden ihre Hände ein Eigenleben führen, das selbst Madame nicht beeinflussen konnte. Zunächst in kerzengerader, vorbildlicher Haltung, tauchte sie bald immer tiefer in das Instrument, flutete den Raum mit der sakralen Eleganz der Komposition. Gabriel schlich sich hinter sie und las in aller Ehrfurcht, was da über den Noten stand. Dann schlich er sich zurück.

»Die Kunst des Fugens«, flüsterte er stolz in Baptistes Ohr, als habe er es persönlich komponiert, und fügte sicherheitshalber ein »oder so ähnlich« hinzu. Musik duldete schließlich keine Ungenauigkeit. Das hatten die Jungen zumindest eines Tages von Baptistes Mutter aufgeschnappt und diese Botschaft seither nicht vergessen.

Mittlerweile tanzten ganze Schichten der komplexesten Klangteppiche durch den Raum, jede Linie führte dabei ihr eigenes Leben und doch – alle Stimmen waren wie magisch untereinander verwoben, untrennbar in ihrem Schicksal zueinander gehörig. Gabriel und Baptiste lagen auf dem Teppich, die Arme um den Rücken des anderen gebreitet, und versuchten, jede Bewegung der spielenden Finger zu erhaschen. Hofften, dass sie bald immer schneller und spektakulärer über die Tasten tanzen würden. Sie wurden nicht enttäuscht. An manchen Stellen schlossen sie die Augen, um sich besser vorzustellen zu können, selbst am Instrument zu sitzen und zu spielen.

Über die Stille nach dem letzten Ton würden sie ihr restliches Leben lang erzählen, sie habe bestimmt eine Stunde gedauert, bevor sich jemand getraut hatte zu atmen, geschweige denn zu klatschen. Wie laut ein Applaus so weniger Menschen ausfallen konnte, war beeindruckend. Ausgelassen wie eine junge Künstlerin spielte Baptistes Mutter zum Dank eine atemberaubend schnelle und voluminöse Zugabe. Schnalzte vorher nur mit der Zunge und sagte kokett: »Chopin!« Lachte dabei, schaute in die Runde und genoss den Abend, wie Baptiste es lange nicht mehr gesehen hatte. Miguel trank derweil das gleiche edle Gebräu wie der Colonel. Irgendwann lief er auf sein Zimmer, kam zum Erstaunen aller mit einer Darbuka zurück und trommelte eine rhythmische Improvisation, die Baptistes Mutter animierte, Major Laval zum freien Tanz zu zwingen. Zwar gebot ihm sein militärischer Kodex, ihr den Wunsch nicht zu verweigern, doch nicht nur wegen seines steifen Beins war er sichtlich überfordert. »Wer hätte jemals gedacht, dass Militaristen die Welt doch noch in etwas Schönes verwandeln können«, sagte Miguel und zwinkerte Major Laval zu.

»Ich nehme an, dass wir als Nächstes dein Land für dich von eurem Diktator befreien dürfen«, rief Laval zurück.

»Ach lasst nur, bevor ihr am Ende noch ein zweites Vichy in meinem schönen Madrid installiert, kümmern wir uns lieber selbst um unser Würstchen, den Herrn Franquito«, konterte Miguel, und schon war der kurze Austausch von Freundlichkeiten zwischen den beiden wieder vorbei.

Später in der Nacht wankte Miguel mit einem gehörigen Schwips in die Küche und zauberte aus den Resten des Vortags eine wohlriechende Suppe, die alle im Stehen verschlangen.

Mitten in der kleinen Gesellschaft tummelten sich Baptiste und Gabriel, und als Madame Dumont in den frühen Morgenstunden nach ihrem Sohn suchte, fand sie die beiden schlafend in Baptistes Bett. Da lagen sie wie zwei Brüder, die sich gegenseitig beschützten. Sie setzte sich ans Bett, zog das Laken über Baptiste und streichelte ihrem Sohn durchs Haar. Nach kurzem Zögern bedeckte sie auch Gabriel. Sie betrachtete nachdenklich seine Narbe von der Zangengeburt, die vom Hals, hinter das Ohr und bis zur Stirn führte. Sie berührte auch kurz seine Wange, besann sich aber eines Besseren, schreckte fast zurück und flüchtete aus dem Zimmer.

Kapitel 4

In den nächsten zwei Jahren beschützten die beiden Freunde ihre wiedergewonnene Gemeinsamkeit mit diversen Vorsichtsmaßnahmen. Gabriel nahm wieder am Unterricht teil, und beide bemühten sich, nicht mehr durch ihre wilden Spielereien aufzufallen. Baptiste hatte nach der Feier Abbe Seth etliche Fragen über den Krieg gestellt und aus den Antworten geschlossen, dass die furchtbare Drohung seiner Abschiebung zu Tante Louise, ins von den Deutschen besetzte Frankreich, nur ein Bluff gewesen sein konnte. Doch sie wollten sichergehen, dass sie kein zweites Mal getrennt wurden.

Deshalb half Gabriel Baptiste fortan, in Abbe Seths Unterricht bessere Fortschritte zu machen, indem er ihm während ihrer Streifzüge durch die Umgebung von Abda die wichtigsten Erkenntnisse in Form kleiner Geschichten servierte. Historisches spielten sie nach, Mathematisches zeichneten sie in den Sand, und manchmal begannen sie, sich auf Englisch zu unterhalten. Zunächst war er widerwillig, doch nach einer Weile gewöhnte sich Baptiste an diese Form der Nachhilfe, und nachdem ihn Abbe Seth eines Tages in Gegenwart seiner Mutter sogar gelobt hatte, wurde er fast süchtig nach den kleinen Lektionen. Nur, wenn Gabriel das Oberlehrerhafte übertrieb, stritten sich die beiden, doch der Zwist hielt nie lange an.

Etwa zur selben Zeit – Baptiste war vor zwei Monaten vierzehn Jahre alt geworden – wichen ihre Spielereien allmählich langen, ernsten Gesprächen. Das *Phantom* verblasste und mit ihm die Tuareg, Krieger, Helden und Sportler ihrer kindlichen Welten und an deren Stelle trat ein anderes, viel mysteriöseres Thema, das allerdings ähnlich phantomgleich durch ihre Träume geisterte.

Es hieß Rani.

Der schüchterne Gabriel machte eines Tages den Anfang und gestand Baptiste, dass er in der Stille der Nacht häufiger an sie denken müsse, als ihm lieb sei, und dass er den Drang verspüre, ihr nachzuschleichen und sie heimlich zu beobachten. Als Baptiste das hörte, machte er sich gehörig lustig über ihn, puffte ihn in die Seite, stellte sich dann ganz oben auf eine Düne und höhnte: »Gabriel ist verliebt« in die Wüste. Dabei zog er das letzte Wort in die Länge, wiederholte sich, tanzte albern auf der Stelle und bewegte die Hüften dabei rhythmisch vor und zurück. Als Gabriel jedoch nicht mitlachte, sondern auf ihn zulief und ihn anbrüllte, er solle damit aufhören, murmelte er erschrocken eine Entschuldigung und wurde ernst. Es entging ihm nicht, dass Gabriel auf den Boden schaute, ganz so, als suche er nach einem Stein, den er nach ihm werfen könne.

Baptiste brauchte drei Anläufe und eine geschlagene Stunde, bis Gabriel wieder auf Rani zu sprechen kam. Diesmal hörte er aufmerksam zu und gemeinsam rätselten sie, was in Gabriels Herzen vor sich ging. Baptiste versprach, Rani forthin zu beobachten und gemeinsam das Geheimnis zu lösen, das da in Gabriel brodelte. Früher, als sie Miguel noch fast täglich in der Küche aufgesucht hatten, auf den Schemeln gehockt, ihm beim Kochen zugeschaut und fasziniert zugehört hatten, war Rani stets unscheinbar geblieben. Nun aber dachten sie nur noch an sie.

Während ihres Gesprächs waren die beiden zurück bis ans Tor des Gefängnisses geschlendert, und als sie sich verabschiedeten, wurden sie schwermütig. Während es ihnen früher normal erschienen war, dass Gabriel am Ende des Tages wieder in die Zelle musste und Baptiste in Freiheit blieb, wurde es nun zunehmend schwieriger für beide. Einmal war Baptiste sogar der Meinung, er hätte Eifersucht in Gabriels Blick entdeckt, doch er war sich nicht sicher gewesen.

»Warum bin ich das einzige Kind hier in Abda? Haben die anderen Insassinnen keine Kinder?«, fragte Gabriel betrübt. In seiner Stimme lag die Schwermut des Einsamen.

»Ich weiß es nicht«, erwiderte Baptiste, »und ich weiß auch nicht, wer uns das beantworten könnte. Ich habe bereits Hamid gefragt, aber der hat nur geschwiegen und mich mitleidig angeschaut.«

Wie aus dem Nichts erhob sich eine unsichtbare Barriere zwischen den beiden Freunden. Sie spürten immer häufiger, dass ihr Schicksal sie nicht nur verband, sondern auch trennte.

»Ich möchte gerne wissen, woher ich komme. Wer ich bin«, verabschiedete sich Gabriel leise und eher an sich selbst gerichtet.

In den folgenden Tagen sahen sie sich wenig. Gabriel fühlte sich nicht wohl und blieb dem Unterricht fern. Baptiste nutzte die Gelegenheit und suchte Miguel in der Küche auf. Er fand einen Vorwand, denn es war selten, dass er sich ohne Gabriel hierher verirrte. Miguel ließ sich nicht stören, war er doch gerade damit beschäftigt, ein ganzes Zicklein auszuweiden. Fasziniert hockte sich Baptiste auf den Schemel und beobachtete Miguel bei der blutigen Arbeit. Miguel erklärte, dass jeder Teil eines Tieres für die Zubereitung eines Essens nutzbar sei, und er das unter »Respekt vor der Schöpfung« verstehe. Sogar aus dem Schädel ließe sich köstlicher Sud gewinnen. Während er das sagte, lugte Baptiste vorsichtig zu Rani hinüber. Sie stand hinter ihrem Tisch und schnitzte mit einem spitzen Messer kleine, verspielte Einbuchtungen in das vor ihr liegende Gemüse, um anschließend die einzelnen Stücke wie kunstvolle Intarsien mit einer zähen Paste zu füllen.

Zwischen ihr und Baptiste befand sich eine Feuerstelle, auf der ein brodelnder Kochtopf stand. Daraus stieg eine feine Säule Dampf auf, deren Irrläufer sich auf Ranis Haut legten und wie Samt wirkten. Ihre Haare hatte sie streng nach hinten gebunden, um das Essen zu schützen. Ihr Hemd sog den Dampf ins Gewebe auf und schmiegte sich um die Konturen ihres Oberkörpers. Plötzlich schaute sie auf und Baptiste direkt in die Augen. Sie lächelte ihn an. Er glaubte zu spüren, wie er errötete.

Dann bemerkte er, dass mitten in der Scham ein weiteres Gefühl in ihm aufwallte, das er nicht beherrschen konnte. Er wollte in ihrer Nähe sein. Sie berühren. Sie … ja, was denn eigentlich? Er wusste es nicht, doch es entzündete sich in ihm eine kleine Flamme, die noch keinen Namen trug und dennoch in eine Richtung wies. Eine Energie, eine Wärme und ein Zweck. Er vermochte das Gefühl nur zu vergleichen, nämlich damit, dass er die Anwesenheit seines Vaters manchmal als störend empfand, wenn er allein mit Mutter sein wollte. Damit, dass er Gabriel manches Geschenk nicht zeigen wollte, um es nicht teilen zu müssen. In diesen Augenblicken wollte er *besitzen*. Für sich allein haben. Er verdrängte den Gedanken, denn Gabriel hatte schließlich als Erster ausgesprochen, dass Rani etwas ganz Besonderes für ihn bedeutete. Deshalb nahm er sich vor, seine Gefühle für sich zu behalten. Doch er wusste im gleichen Moment, dass er das nicht schaffen würde.

Baptiste flüchtete aus der Küche. Seine Laune war mit einem Mal miserabel. Es gab so viel Unverständliches in seinem Leben, das auf sein Gemüt drückte. Wieso war Gabriel das einzige Kind in Abda? Von welchem Geheimnis hatte Rani geredet, das seine Eltern ins Unglück und in die Isolation trieb? Er konnte dieses Rätsel einfach nicht lösen. Bereits wenige Tage nach der ausgelassenen Feier über das Ende des Krieges war seine Mutter wieder schwermütig und traurig geworden. Und was waren das für Gefühle, die er in sich spürte, wenn er an Rani dachte? Wieso wollte er nicht, dass Gabriel davon erfuhr?

Baptiste bekam Kopfschmerzen und sehnte sich nach seinem Bett. Das konnte er gefahrlos tun, denn seine Mutter war nicht im Haus und hatte ihre Rückkehr erst für den Abend angekündigt. Sie mochte es nicht, wenn er sich ohne Grund im Bett verkroch. Und Vater kam tagsüber sowieso nie aus seinem Büro.

Als er in Richtung seines Zimmers ging, kam ihm eine Idee. Was, wenn die Antwort auf all die Fragen irgendwo in den Habseligkeiten seiner Eltern verborgen lag? Bevor er richtig darüber nachdenken konnte, war er schon in das elterliche Schlafzimmer geschlüpft, schloss leise die Tür und stand nun mitten im Raum.

Er schaute sich um. In diesem Zimmer war er das letzte Mal vor vielen Jahren gewesen, als er es geliebt hatte, am frühen Morgen zu seinen Eltern ins Bett zu schlüpfen, um mit seiner Mutter zu kuscheln, mit seinem Vater zu kämpfen und dann zwischen beiden, eingehüllt in elterliche Wärme und Sicherheit, wieder einzuschlafen, bis es zum Frühstück läutete. Später war dieses Zimmer für ihn zum Tabu geworden, weil seine Mutter es so wollte, und er nie den Wunsch entwickelt hatte, dieses Verbot zu umgehen. Dieses Zimmer strahlte einfach keine Faszination aus.

Er kam nicht dazu, sich durch die Schubladen zu wühlen, denn als er sah, dass es in dem Zimmer nun zwei Betten gab, die weit voneinander getrennt standen, spürte er einen tiefen Stich in seinem Herzen, der ihn aus dem Zimmer trieb. Sie schliefen in getrennten Betten. Vater und Mutter liebten sich nicht mehr!

Einsamkeit und Furcht waren die Beute seiner verbotenen Expedition. So verlassen und haltlos fühlte er sich, dass er sich in seinem Zimmer unter der Decke ganz klein machte. Eine Weile lag er da, traurig und wütend, bis seine Gedanken begannen, zurück zu Rani zu wandern. Wie schön sie war. Wie weiß ihre Zähne waren.

So begann er immer in der letzten Zeit, sich ihr in Gedanken zu nähern. Schickte seine Phantasie auf eine Reise, die nach Verbotenem schmeckte. Es war nur eine kurze Scham, eine kleine Hürde, die sich ihm in den Weg stellte, ehe er sie mit einem Handstreich wegwischte. Dann war er schon bei Rani, berührte sie in Gedanken, und mit einem Mal war sie nackt. Nicht völlig, denn dazu fehlte ihm das Bild, doch zumindest konnte er ihre Brüste sehen. Und dann küsste er sie. So, wie es Mutter eines Abends mit Vater getan hatte, damals vor etlichen Jahren auf dem Sofa, als seine Eltern sich allein wähnten, während Baptiste unter dem Esstisch hockte.

Ursprünglich hatte er sie zum Spaß erschrecken wollen, doch dann sah er voll Abscheu und Faszination ihren Küssen zu und konnte den Speichel fast auf seiner eigenen Haut spüren. Wie es ihn ängstigte, dass die Mutter wie vor Schmerzen stöhnte, als die Hand des Vaters unter ihre Bluse kroch. Und der Vater stöhnte auch. Baptiste flüchtete schnell aus seinem Versteck, wäre dabei fast erwischt worden und hatte danach nie wieder einen solchen Streich geplant. Doch jetzt kam diese alte Erinnerung in ihm hoch und diente sich ihm an, die Akteure auszutauschen.

Nun streichelten *seine* Hände *Ranis* Brüste. Nun war *sie* es, die stöhnte, aber nicht vor Schmerz. Und *er* war derjenige, der sie zum Stöhnen brachte, wie Vater es bei Mutter geschafft hatte. Innerhalb einer Sekunde nur wurde er süchtig nach diesem Spiel der Phantasie. Als würde ein lebenslang verborgener Schaltplan aus den Tiefen seines Körpers emporsteigen, sich von selbst aktivieren, erwachen. Seine Hände wanderten vorsichtig über seinen Körper und berührten bald sein Glied. Er hatte den Drang, sich zu reiben. Es war der schönste Reiz, der da aus seinem Innersten aufstieg. Er vergaß, dass er allein in seinem Bett lag, dass Rani unerreichbar war. Er küsste *sie*, spürte *ihren* Speichel, und da war nichts, was noch Ekel zu erregen vermochte, nur das jähe Gefühl, einem unerhörten Geheimnis auf der Spur zu sein. Und als die Gefühle nicht mehr auszuhalten waren und das Reiben dann am schönsten schien, wenn er seinem inneren Rhythmus folgte, ex- und implodierten sämtliche Gefühle, sodass auf einen Schlag alles vorbei war. Er erschrak zu Tode, denn er glaubte, ins Bett uriniert zu haben. Oder war es etwa Blut? Zumindest spürte er die Feuchtigkeit und damit auch das schlechte Gewissen. Was hatte er nur getan?

Er brauchte drei Tage, bis er in der Lage war, sich Gabriel anzuvertrauen. Er hatte jeden Abend weiter experimentiert, doch ihm fehlte das Verständnis, was da mit ihm geschah.

Er näherte sich behutsam dem Thema, kreiste es langsam ein, und als er merkte, dass Gabriel selbst aufmerksamer war, als er versuchte, den Anschein zu erwecken, gab er sich einen Ruck und erzählte ihm, was ihm passiert war. Nur, dass er dabei an Rani gedacht hatte, verschwieg er. Zumindest, bis ihm Gabriel einen Tag später berichtete, dass sein eigenes Experiment des Nachts, als seine Mutter schon schlief, gescheitert sei. Ja. Sein Glied hätte sich zwar fest angefühlt, doch sonst hätte sich nichts getan. Da gab Baptiste ihm den Rat, an Rani zu denken, an ihre Schönheit und Reife.

Am folgenden Tag, es war ein Sonntag, kam Gabriel nicht zur verabredeten Zeit vor das Tor. Mit zunehmendem Alter bewegte Gabriel sich zwar selbständig durch das Gefängnis, doch Baptiste durfte noch immer nicht allein durch den Innenhof, damit es nicht zu einer Geiselnahme kam. Also sparten sie sich das aufwendige Verfahren mit den Wärtern und verabredeten sich gleich vor dem Tor. Sogar einen alten Wecker spendierte der Colonel Gabriel zu diesem Zweck. Unruhig wartete Baptiste fast dreißig Minuten und machte sich dann missmutig auf, um allein durch die Gegend zu streunen. Er sammelte ein paar Steine, die ihm schön genug erschienen, um sie auf der Terrasse zu drapieren und seiner Mutter eine Freude zu machen.

Als Gabriel am nächsten Tag auch dem Unterricht fernblieb, lief Baptiste zu Hamid, der Gabriel aus der Zelle holte und vor das Tor brachte. Baptiste erschrak, denn Gabriel sah krank aus. Unter seinen Augen zeichneten sich tiefe Augenringe ab, und er hatte etwas Ausgemergeltes an sich. Es dauerte eine Zeit, bis er mit der Sprache herausrückte, dass er beim Versuch, an Rani zu denken, von seiner Mutter erwischt worden war.

»Was tust du da?«, hatte sie so laut geschrien, dass er fürchtete, der gesamte Trakt müsse es hören. Dann wurde er von ihr an den Haaren von der Matratze gezerrt und zu Boden geworfen. Er musste stundenlang auf seinen Knien und mit dem Gesicht auf der Erde kauern. Seine Mutter schickte in der Zeit Gebete und Flüche gen

Himmel, bis seine Gliedmaßen taub wurden und seine Knie blau anliefen.

Baptiste fühlte sich schrecklich. Wieder einmal hatte er seinen Freund in eine Falle getrieben. Er schickte sich an, sich zu entschuldigen, doch Gabriel winkte nur ab.

»Es ist eben so, dass *ich* nicht an Rani denken darf. Das ist eine Todsünde, für die *ich* in die Hölle kommen würde. Mutter hat mich nur davor bewahrt. Und weißt du was? Sie hat recht! Das, was du mir erzählt hast, ist unrein. Sahira hat mich oft davor gewarnt, dass der Tag käme, an dem Satan sich in meine Hose schleichen würde. Ich habe ihr nie geglaubt. Aber sie hat recht, denn ich denke nur noch an Rani. Ich fühle mich schon ganz verseucht. Von innen. Ich habe heute in aller Frühe gebetet, dass Gott mir vergeben möge, doch ich habe keine Antwort bekommen. Gott ist mir böse und daran bist du schuld.«

Wieder hatte er sich in Rage geredet und wieder sah Baptiste diesen Ausdruck des Unberechenbaren in seinem Gesicht. Dann ließ Gabriel ihn stehen und ging gesenkten Hauptes zurück in die Zelle.

In den folgenden Monaten waren sie distanzierter zueinander, als sie es bisher kannten. Sie mieden das Thema, obwohl Baptiste noch so viele Fragen hatte und einen Vertrauten brauchte, um über seine Fortschritte zu sprechen. Fast jede Nacht ging er freiwillig früher zu Bett, nur um zu experimentieren. Einmal nur versuchte er noch, das Gespräch darauf zu lenken, doch er merkte sofort, unter welchem Druck Gabriel stand. Er sah das Leiden seines Freundes, der schon immer der Neugierigere von ihnen gewesen war und sich trotzdem dieses faszinierende Neuland verbieten musste. Er sah auch, dass da eine Eifersucht in ihm loderte, die er vielleicht nur deshalb ertrug, weil er schon immer Baptiste den Vortritt bei allem gelassen hatte. Und weil die Kasteiung seinem Gott gefiel.

»Spürst du denn überhaupt Gott in dir?«, war damals die Frage gewesen, und Baptiste wiederholte sie immer wieder aufs Neue, in der Hoffnung, Gabriel würde begreifen, dass er sich auflehnen müsse gegen das, was die verrückten Frauen mit ihm anrichteten. Dass sie ihm eine weitere Zelle innerhalb ihrer eigenen errichtet hatten.

»Ich spüre ihn nicht. Aber ich glaube, er hat mich eines Abends einmal grau werden lassen.« Baptiste verstand nicht und Gabriel erklärte ihm, dass jedes Mal, wenn er in den alten, schäbigen Spiegel schaute, den Yasmina von einem Wärter geschenkt bekommen hatte, seine Haut fahl und grau aussah. Und zwar immer dann, wenn die unkeuschen Gedanken kamen. Er beteuerte, dass er wirklich versuche, nicht an Rani zu denken, dass es ihm aber nicht immer gelänge. Fast entschuldigte er sich dafür und herrschte anschließend Baptiste ohne Grund an, Rani trüge die Schuld daran, dass Gott ihn ignorierte und verschmähte. Dann drehte er sich um und wollte nichts mehr davon hören.

Baptiste suchte Rat bei Miguel.

»Ich weiß nicht, was mit Gabriel los ist«, sagte der. »Aber wenn ich sehe, in welchen Verhältnissen der Junge lebt, dann finde ich ihn noch erstaunlich normal. Falls du ihm wirklich helfen willst, würde ich zunächst versuchen, herauszubekommen, warum er eigentlich als einziges Kind unter Hunderten von Insassinnen lebt. Wenn du mich fragst – der Junge muss da raus und zwar schleunigst. Kennt ihr erst einmal den Grund, findet ihr vielleicht auch eine Möglichkeit.«

»Aber wen soll ich denn fragen? Hamid schweigt mich nur an, sobald ich das Thema auf Gabriel lenke, und mit meinen Eltern rede ich am besten überhaupt nicht über ihn. Mir scheint, dass meine Mutter ihn hasst und Vater – tja, Vater schaut ihn immer nur mit diesem Blick an, den ich einfach nicht zu deuten weiß.«

»Es gibt da jemanden, der dir vielleicht weiterhelfen könnte«, sinnierte Miguel. »Ich weiß, dass es in Sola eine Frau gibt, die wissen sollte, was damals rund um Gabriels Geburt geschehen ist. An deiner Stelle würde ich Laia aufsuchen«, sagte er.

»Wer ist Laia?«, fragte Baptiste verwundert. Diesen Namen hatte er noch nie gehört.

»Laia. Das ist die Hebamme, die Gabriel auf die Welt geholfen hat. Und dir im Übrigen auch. Sie ist mittlerweile alt wie ein Fossil, aber auch geschwätzig wie eine Gans. Was sie nicht über die Menschen weiß, das wissen sie selbst nicht. Fast alle Gerüchte, die hier umherschwirren, sind irgendwann einmal aus Laias Mund gekommen.«

Es dauerte noch viele Monate, bis sich die Gelegenheit ergab. Der Zufall wollte es, dass Baptiste Miguel nach Sola begleiten sollte. Miguel plagten schlimme Rückenschmerzen, unter den Wärtern grassierte eine Serie von grippalen Infekten, und der Junge war mit seinen nunmehr fünfzehn Jahren eine ideale Hilfe. Die sich intensivierenden Unruhen waren weit weg in den Städten des nördlichen Algeriens, und deshalb bat Major Laval Baptiste ohne Sorge, Miguel zu begleiten.

Miguel führte Baptiste durch die verworrenen Gassen von Sola. Baptiste war mulmig zumute und nach ein paar Abzweigungen hatte er keine Ahnung mehr, wo sie sich überhaupt befanden. Vor einem schäbigen Haus aus Lehm und Wellblech blieben sie stehen.

»Ich hole dich in einer Stunde wieder ab«, sagte Miguel, doch Baptiste hielt ihn zurück.

»Aber ich kenne die Frau doch gar nicht«, flehte er ihn an. Miguel seufzte. Er hatte es eilig, aber er kannte auch den jungen Herrn. Es würde wahrscheinlich länger dauern, Baptistes Gequengel zu unterbinden, als ein kurzes »Hallo« in Richtung Laia zu werfen. Und wenn sie wider Erwarten nicht da wäre, konnte er Baptiste schlecht eine Stunde auf der Straße stehen lassen.

Zu befürchten, Laia könnte nicht zu Hause sein, war absurd. Laia war mittlerweile alt geworden, aber vor allem war sie so dick, dass jede Bewegung in der Hitze zur reinen Qual wurde. Um zu leben, musste sie das auch nicht tun. So vielen Menschen hatte sie in den letzten Jahrzehnten geholfen, so vielen Kindern das Licht des Lebens ermöglicht, dass sie von allen Bewohnern des Dorfes gepflegt und geliebt wurde. Alle gaben ihr zurück, was sie ihnen Gutes getan hatte, und das war vor allem gutes Essen.

Als die beiden eintraten, müffelte es süßlich nach vergorenem Obst. Das Sonnenlicht wurde durch dünne Tücher gefärbt, sodass sowohl Laia als auch jedes Möbelstück in einen zarten Pastellton getaucht schien. Die Farbe, Laias Alter und ihre Leibesfülle reichten aus, um sie auf Baptiste weich, freundlich und liebevoll wirken zu lassen. Sie freute sich über jeden Besuch, und als Miguel ihr sagte, wer der junge Herr sei, verfiel sie sogleich in schwelgende Erinnerungen an den Tag seiner Geburt, an den Stolz seiner Mutter und an die vielen Tanten und Onkel, die um das Wochenbett gestanden hatten. Er brauchte eine Weile, um zu verstehen, dass Laia bereits hoffnungslos senil geworden war und ihn in ihrer Fröhlichkeit mit einem der zahllosen anderen Kinder verwechselte. Sie bemerkte nicht einmal, dass Miguel schon längst wieder ins Freie getreten war, und redete weiter wie ein Wasserfall. Alle Themen streifte sie, verschachtelte sich in Sätzen und Gedanken, Erinnerungen, Namen und Orten. Doch Gabriels Geschichte war nicht dabei. Als Baptiste sie danach fragte, wurde sie mit einem Mal still. Dann stieß sie drei *Allah* und ein lautes *toba, toba, toba* aus, wie es ihr alter indischer Freund jahrelang getan und auch sie es sich für jede Gelegenheit angewöhnt hatte.

Laia verweigerte die Aussage, doch es brauchte nur fünf Minuten des Löcherns und Bohrens, bis ihr Naturell sich durchsetzte. Und so erzählte sie Baptiste von Gabriels Geburt und den Tagen danach, nicht ahnend, wem sie die Historie eigentlich offenbarte.

Kapitel 5

Die Erinnerungen der Hebamme Laia

»Was soll mit dem Spross geschehen?«, wiederholte Hamid seine Frage. Er stand im Arbeitszimmer des Gefängnisdirektors, der hinter seinem Schreibtisch saß. Wie immer trug der Colonel seine Militäruniform und eine verdunkelte Brille, obwohl dichte Gardinen der Morgensonne den Weg versperrten. Doch der Direktor schwieg und schaute ins Nichts. Er hatte nicht geschlafen.

»Colonel Dumont?«, sprach Hamid ihn ein weiteres Mal an. Dass Kinder in der Anstalt geboren wurden, war nicht selten, und bei jedem Neugeborenen oblag es dem Leiter der Anstalt zu entscheiden, was mit dem Säugling zu geschehen habe. Der machte es davon abhängig, wie gut die Führung der Mutter war, ob es Verwandte gab, die das Kind aufnehmen konnten, oder ob sich ein Paar anbot, das verzweifelt auf Elternglück wartete. Dass jedes Kind von seiner Mutter getrennt wurde, war selbstverständlich. Schließlich war dies eine Strafanstalt. Hier in Abda gab es keine Strafe, die Mutterglück beinhaltete, schon gar nicht für Mörderinnen und erst recht nicht für diese afrikanischen Wilden.

Es war eher die Frage, wie schnell das Kind zu verschwinden hatte. In der Regel ließ Colonel Dumont das Kind für sechs Wochen bei der Mutter. Das hielt Unruhe aus den Gefängniszellen fern, denn frischgebackene Mütter waren emotional und unberechenbar. Außerdem sahen die Babys nach sechs Wochen nicht mehr so verschrumpelt aus und wurden lieber von den Adoptierwilligen übernommen. Es war schon schwer genug, Kinder von Mörderinnen anzupreisen, da zu befürchten war, ihr bösartiges Wesen könne sich vererben. Da konnte ein wenig Niedlichkeit, die den Blick der möglichen Pflegeeltern verklärte, nicht schaden.

Die Entscheidungen des Direktors wurden nicht diskutiert. Niemals. Nach einer langen Weile machte Colonel Dumont eine Handbewegung, die der Hebamme Laia hieß, mit dem Neugeborenen an den Tisch zu treten.

Sie gehorchte, trat hinter Hamids breitem Leib hervor und ging mit dem Kind am Schreibtisch vorbei, damit er einen freien Blick auf das schlafende Baby hatte.

Er schaute das Kind an. Keine Miene verriet seine Gedanken.

»Wie heißt das Kind?«, fragte er.

Laia schüttelte den Kopf. Die Mutter habe das Kind kaum angeschaut. Überhaupt, sie wisse nicht, was da geschehen sei, denn … Dumont unterbrach sie. Schweigen solle sie. Er schaute Hamid an, und der wusste, was der Blick bedeutete. Dieses Kind war eine Gefahr für die Reputation der Anstalt. Eine Schande für ihren Ruf. Was da vor neun Monaten passiert war, durfte nicht an die Öffentlichkeit gelangen. Je schneller dieses Kind in der Versenkung verschwand, desto besser.

»Ihr werdet das Kind abgeben. Sofort. Sollen die neuen Eltern sich um den Namen kümmern. Ihr wendet euch an folgende Frau und bringt ihr das Kleine. Sie wird wissen, was zu tun ist.«

Er schrieb einen Namen und eine Adresse auf einen Zettel und legte ihn vor sich auf den Schreibtisch. Dann stand er auf, musterte das kleine Wesen, das friedlich in Laias Armen lag. Mit einer überraschenden Geste der Zärtlichkeit streichelte er dem Neugeborenen kurz über den Kopf und verließ dann den Raum.

Laia war entsetzt. Sie wusste, dass Kinder hier nicht bleiben durften. Sie wurden nur die »schändliche Brut« genannt. Die meisten Kinder wurden deshalb hier geboren, weil die Mütter bereits schwanger hierher gebracht wurden. Selten kam es auch vor, dass sich eine heimliche Liaison zwischen einem Wärter und einer Insassin entwickelte. Das wurde dann zwar mit einer Entlassung bestraft, aber der Vater musste das Kind in seine Obhut nehmen.

Aber schon vom ersten Augenblick an das Kind von der Mutter zu trennen, das war barbarisch. Laia hatte zwar kein Mitspracherecht, und sie wusste, dass sie dem Direktor gegenüber schlichtweg den Mund zu halten hatte, doch zumindest Hamid gegenüber machte sie ihrem Unmut Luft.

»Eine Schande ist das, was für eine Schande«, zeterte sie. Gestern erst hatte sie das Kleine in dieser unheilvollen Nacht auf die Welt geholt. Und heute früh war sie schon wieder herbeigerufen worden, um den Abtransport vorzubereiten.

Trotz des hässlichen Hämatoms, das durch das Unglück mit der Geburtszange entstanden war, war es ein wunderschönes Kind. Wenn es Pech hatte, dann würde aus der Verletzung eine Narbe werden, würde die Haut an der Stelle kaum noch Blut bekommen und zeitlebens sichtbar bleiben. Sie fuhr vorsichtig mit ihrem kleinen Finger über die Stelle und schaute das kleine Bündel liebevoll an.

»Wie gottlos, dieses Kind bei Nacht und Nebel von seiner Mutter zu trennen«, begann sie von Neuem.

Hamid, der noch mehr schwitzte als üblich, schnaufte wütend. »Sei still, Hebamme«, herrschte er sie an. »Wer hat dich denn gefragt?«

Er ging auf sie zu, nahm das Kleine unsanft aus ihrem Arm und versuchte, sie in Richtung der Tür zu bugsieren.

Laia ekelte sich vor Hamid. Das Hemd seiner Uniform war dreckig, große Schweißflecken unter den Achseln mischten sich ins Khaki, die Schöße hingen hinten verknittert aus der Hose. Sein Haar war seit Tagen nicht gewaschen worden. Sie sah Essensflecken auf den Hosen, die Stiefel waren nicht poliert, und an den Spitzen war das Leder zerkratzt. Was für ein widerlicher Kerl, dem sie dieses kleine, unschuldige Wesen aushändigen sollte. Doch ihr blieb keine Wahl, denn sie war nur die Hebamme.

Hamid scheuchte Laia fort. Sie solle die Windeln holen, dann würden sie sich am Wagen treffen.

Sobald Hamid mit dem Kleinen allein war, wurde das Kind wach und fing an zu schreien. So laut und schrill, wie man es einem Frischgeborenen nicht zutrauen würde, so durchdringend, dass sogar Yasmina weit entfernt in ihrer Zelle aus dem Schlaf schreckte.

Yasmina stolperte aus dem Bett und weckte dabei Fatima, die nur ein Bett entfernt neben ihr lag. Die sah Yasmina und erschrak fast zu Tode. Yasminas Nachtgewand verriet Spuren der Geburt, denn Blut war ihr auf die Knie gelaufen und im Stoff getrocknet. Yasminas Gesichtsfarbe war trotz ihrer dunklen Anlage fahl wie Kalbsmilch, und kränkliche Augenringe zeugten von den Strapazen der letzten Nacht.

Sie ging zu den Gitterstäben und rüttelte daran, sie wollte schreien, doch mehr als ein ersticktes »Gebt mir mein Kind zurück« gelang ihr nicht. Ihr nächster Versuch verlor sich in Atemlosigkeit. Bevor sie zu Boden sinken konnte, hatte Fatima sie aufgefangen und versuchte, sie zum Bett zurückzubringen. Doch Yasminas Gewicht wog plötzlich schwer wie Blei. Alle Kraft wich aus ihrem ohnehin fast leblosen Körper und zog beide nach unten. Fatima, mager wie eine Kranke, war chancenlos. Während die anderen Zellengenossinnen an alledem kein Interesse zu haben schienen, legte Fatima sich in ihrer Hilflosigkeit neben Yasmina. Die war zusammengekrümmt auf dem staubigen Steinboden gesunken, und so hielt Fatima sie von hinten, so gut sie konnte. Irgendwann vernahm sie ein leises Flüstern: »Herr, dann nimm wenigstens ihn zu dir, und bewahre ihn vor diesem gottlosen Leben.«

Kurze Zeit später gaben sie das namenlose Kind ab. Dazu fuhren sie schweigend ins Dorf, suchten die Adresse auf und händigten das Kind der unbekannten Frau, deren Name auf dem Zettel stand, aus. Sie nahm es wortlos und kühl entgegen. Auf dem Rückweg ließ Hamid den Wagen auf halber Strecke stoppen, befahl dem Fahrer, einen Spaziergang zu machen, und begann, aus einer kleinen Metallflasche zu trinken, die er aus seiner Uniform zauberte. Es war harter Branntwein, den er regelmäßig aus dem Vorrat des Colonels abzweigte, indem er ihn im Laufe der Wochen geduldig umfüllte. Er bot Laia einen Schluck an, die mit einem Stoßgebet in Richtung Allah ablehnte.

Hamid fühlte sich mies und so trank er zu schnell in zu großen Zügen. Das löste seine Zunge. Seit Monaten hatte die Ankunft dieses Kindes über Abda gehangen. Er fing an, Laia zu erzählen, was sich in jener Nacht ereignet hatte. Erleichterte sein Gewissen durch den Akt des Verrats. Der Horror jener Nacht, als Yasmina gezwungen worden war, von der Zeugung zu berichten, stieg noch einmal vor ihm auf. Ihr Bauch war so groß geworden, dass sie ihren Zustand nicht mehr leugnen konnte, und der Colonel demütigte sie vor aller Augen und verlangte, dass sie preisgab, was vorgefallen war.

Fast schon apathisch kauerte sie nach Stunden des Leugnens vor ihrem Richter, dem Colonel, auf ihrem Stuhl. Fast alle Wärter mussten anwesend sein, standen an den Wänden in voller Montur und Uniform still, und irgendwann gab Yasmina unter Tränen zu, dass ihr Gewalt angetan worden war. Dass sie aus dem Schlaf gerissen und ein Leinensack über ihren Kopf gestülpt worden war. Dass ihr die Hände auf den Rücken gedreht worden waren. Dass das Fleisch an den Gelenken aufplatzte, weil das Seil sich bis auf die Knochen schnitt. Um den Hals hatte sie den bedrohlichen Gurt gespürt, die kalte Schnalle, die sich in ihre Kehle bohrte. Die Angst, die ihr die Luft stahl. In der Nacht hatte sie allein auf der Krankenstation gelegen, weil der Kopfschmerz ihr die Sicht vernebelte. Unter Wimmern gab sie zu, dass sie das widerliche Röcheln gehört hatte, das die elende Gier dieses Tieres verriet, während sie auf den Boden gerissen wurde, auf den Bauch geschmissen, und rohe Gewalt ihre Schenkel auseinandertrieben. Sie würgte, weil Panik in ihr aufstieg, und spie das Erbrochene, an dem sie leider nicht erstickte, in den Sack. Dann wurde sie ohnmächtig. Welch ein Glück.

Mehr bekam Colonel Dumont nicht aus ihr heraus. Er bemerkte nichts von ihrer Scham, die mit Worten nicht zu beschreiben war. Nichts vom Zustand des lebendigen Todes, in dem sie seither gefangen war. Nichts davon, dass kein Gefühl mehr zu ihr durchdrang. Kein Ekel, kein Schmerz, keine Trauer, keine Wut. Von ihr war nicht mehr als die fleischliche Hülle übrig geblieben.

Dann konnten alle sehen, wie der Colonel zu kombinieren begann. Wie er in den Dienstplänen blätterte. Wie er sich Notizen machte, einem Detektiv bei der Arbeit glich. Sich Zeit nahm, zu analysieren.

Schließlich stand er auf. Ging zu den Wärtern. Ganz in Ruhe. Befragte die Diensthabenden der damaligen Nacht. Alle starrten vor Angst auf den Boden, bis er aussprach, was alle dachten. Nämlich, dass nur Pascal sich vom Posten gestohlen haben konnte, um mit Yasmina allein auf der Krankenstation zu sein. Dann war er war zu ihm hinübergegangen. Pascal, Hamids Freund und Kollege. Pascal, der schon früher wegen zweier Übergriffe am Pranger gestanden hatte. Colonel Dumont baute sich direkt vor ihm auf. Es schien, als überrage er den armen Wicht um mehrere Körperlängen.

»Was hast du getan?«, fragte er mit bedrohlich wirkender Stimme.

»Wie bist du von deinem Posten in die Krankenstation gelangt?« Er wartete auf eine Antwort. Aber Pascal blieb einfach nur die Luft weg.

»Wieso?«, wiederholte der Colonel in Zeitlupe, und als Pascal unter tränenerstickter Stimme leugnete, mit der Sache etwas zu tun zu haben, brach die Hölle los.

Mit den Worten »Hurensohn« und »Schwein« stürzte sich Dumont auf den schmächtigen Pascal und streckte ihn gleich mit dem ersten Hieb nieder. Wie ein wilder Stier prügelte er ihn in seiner Rage besinnungslos, bei jedem Schlag schrie er auf und beschimpfte ihn wie einen räudigen Hund.

»Hast du einen Harten? Jetzt? Hast du? Du elender Feigling. Ich treibe dir aus, dich an meinen Insassinnen zu vergreifen.«

Keiner der Kollegen traute sich, einzugreifen. Hamid liefen die Tränen, doch auch er stand still da, schaute nach vorne ins Nichts und hielt aus, dass die Totenstille im düsteren Raum nur durch die trockenen Schläge und Flüche des Colonels durchbrochen wurde.

Irgendwann ließ der Colonel vom leblosen Pascal ab. Er stand auf, rückte sich seine Uniform zurecht, wischte sich mit einem Taschentuch den Speichel aus den Mundwinkeln und setzte sich dann hinter seinen Schreibtisch. Er starrte auf seine Hand, auf seine Knöchel, verschmiert von den blutigen Resten aus Pascals Kiefer, fast entrückt, ohne jedwede Regung im Gesicht. Und alle standen weiter still und wagten nicht, Pascal zu versorgen.

Nach einer unendlichen Zeit schaute der Colonel ins Rund. »Jeden, der künftig eine der Frauen auch nur zufällig anrührt …«, er machte eine lange Pause und flüsterte dann bedrohlich weiter, »… den bringe ich eigenhändig um.« Dann vergewisserte er sich mit durchdringendem Blick, dass jeder, aber auch wirklich jeder seine Worte verstanden hatte und hieß die Wächter anschließend, den Raum zu verlassen und den halbtoten Pascal mitzunehmen.

Baptiste war sprachlos. Laia, die schon vergessen zu haben schien, dass sie diese furchtbare Geschichte gerade noch erzählt hatte, und dass ein Junge im zarten Alter in ihrer Wohnung saß, für dessen Ohren solche Dinge nicht bestimmt waren, kramte gedankenverloren zwischen ihren Decken herum, als suche sie etwas.

»Aber wieso ist Gabriel dann wieder zurück nach Abda gekommen?«, wagte Baptiste kaum zu fragen.

Laia schreckte auf und musterte ihn, als würde sie ihn zum ersten Mal wahrnehmen. Doch dann schien sie sich zu erinnern: »Yasminas Junge hat nicht gegessen. Er wäre fast verhungert, der Arme. Ich wurde am dritten Tag gerufen. Da war er schon fast nicht mehr. Sie versuchten alles, gaben ihm sogar den Namen eines Engels, doch nichts half. Wie hieß er noch gleich?«

Laia suchte in den Falten ihrer Erinnerung nach dem Namen, den sie eben noch gehört hatte.

»Gabriel«, kam Baptiste ihr zur Hilfe.

»Richtig. Er trank nicht, der Kleine. Weder von der Brust der bestellten Amme noch aus der Flasche. Er weigerte sich und wurde immer schwächer. Der Arzt wollte ihn schon sterben lassen, doch ich habe ihn dann an mich genommen und zurückgebracht. Habe vor dem Colonel gekniet und gefleht, er möge Gnade walten lassen. Und schließlich erlaubte er mir, das Kind seiner Mutter zu übergeben. Augenblicklich erwachte das kleine Neugeborene aus seiner Apathie. Es hat der jungen Mutter die gesamte Brust leer gesaugt. Und die andere hinterher. Hat plötzlich geschrien wie am Spieß und um sein Leben gekämpft. Dieses Kind – das hatte eine Bindung an seine Mutter, wie ich sie all die Jahre nicht erlebt habe.«

Laia war erschöpft, und es schien, als würden ihr gleich die Augen zufallen.

Baptiste wurde die Luft mit einem Mal so zäh und stickig, dass es ihn nicht länger im Raum hielt. Am Türrahmen drehte er sich noch einmal um und rief wütend: »Hamid ist nicht eklig. Er ist ein guter Mensch!«

Aber Laia beachtete ihn gar nicht mehr.

An der Hauswand wollte er sich übergeben, aber da kam nichts. Stattdessen schoss ihm Blut ins Gesicht und ließ ihn schwindlig werden. Er wollte heulen, doch die Taubheit lähmte seinen Körper und mit ihm seine Gefühle.

Er hockte sich auf die Stufe des Eingangs und wartete auf Miguel. Der brauchte Baptiste nur einen Augenblick anzuschauen, um zu wissen, was in ihm vorging.

»Mein junger Freund. Ich könnte es lauter sagen, aber nicht deutlicher. Die Wahrheit ist eine Hure, von der man nicht immer bekommt, was man sich wünscht. Nur bezahlen muss man für sie jedes Mal.«

Er reichte Baptiste die Hand und zog ihn auf die Beine. Dann trotteten sie zum Wagen, der schon mit den Einkäufen beladen war und fuhren schweigend zurück.

Kapitel 6

»Ich spüre ihn einfach nicht«, dachte Gabriel. Er saß auf dem Boden, lehnte mit dem Rücken an der Wand und ließ enttäuscht die Hände sinken, die er eben noch zum Gebet gefaltet hatte. Die Sonne war längst untergegangen und nur eine Kerze flackerte neben ihm auf dem Boden. Elektrisches Licht wurde oft rationiert, und so war es der Kerzenschein, an dem sich Gabriels Gemüt des Abends orientierte. Seine Mutter lag auf dem Bett und schlief, während er einen erneuten Versuch startete, ein Gespür für Gott in sich zu entfachen.

Doch es war zum Verzweifeln. Da hatte er nun so oft das Buch aller Bücher gelesen. Hatte vom Schicksal des Jona erfahren. Hatte Sahira heimlich verachtet, weil sie immer vom Walfisch geredet hatte, wo doch jeder wusste, dass Wale keine Fische, sondern Säugetiere waren. Er hatte die Geschichte von Aaron aus dem Stamme der Levi verschlungen, und auch die hatte er wunderbar gefunden. Doch Gottes Gegenwart – die hatte er trotz größter Anstrengungen einfach nicht entdecken können.

Als er die Geschichte des Hiob las, war sogar das Gegenteil geschehen. Da ärgerte Gabriel sich maßlos über Gott und fürchtete sich anschließend zu Tode, denn mehr als einmal war ihm eingebläut worden, dass Gott ein solches Aufbegehren nicht tolerierte. Nachzulesen im Alten Testament, in dem Gott seinen Jähzorn so oft bewies. Aber Gabriel konnte einfach nicht anders, als Partei für Hiob zu ergreifen. Das geschah wie von selbst.

Was war das nur für ein menschenverachtendes Experiment, das Gott sich da mit dem Teufel ausgedacht hatte? Ein Spiel, nicht mehr als eine Wette. Um der eigenen Selbstherrlichkeit willen, nahm er dem frommen Hiob sein gesamtes Glück, ließ dessen zehn Kinder sterben, und strafte ihn dann auch noch mit einer widerlichen Krankheit voller Schmerzen und Geschwüre. Und all das nur, um Satan davon zu überzeugen, dass der im Unrecht war? Und Hiob, der Narr? Der ertrug und verteidigte Gottes Wirken auch noch von ganzem Herzen.

Immer, wenn Gabriel davon las, wurde er von Neuem wütend und sog vor Aufregung den Atem durch die Zahnlücke, die im Laufe der Jahre zwischen seinen Schneidezähnen entstanden war und manchmal sogar ein leises, pfeifendes Geräusch von sich gab. Dabei fuhr er Hiob an, er solle endlich Rückgrat beweisen und diese bodenlose Ungerechtigkeit nicht auch noch verteidigen.

Wie gerne wäre Gabriel Hiobs Anwalt gewesen. Er hätte Gott eine schöne Standpauke gehalten. Hätte ihm vorgeworfen, mit Kritik nicht umgehen zu können. Kleingeistig. Ungerecht.

Genau an solchen Überlegungen verzweifelte er. Er konnte einfach nicht an einen *gütigen* Gott glauben. Er mochte ihn nicht einmal. *Er war ihm nicht sympathisch.* Aller Angst zum Trotz begannen seine Gedanken immer wieder um die Frage zu kreisen, wieso Gott nach all den Geschichten, die er über ihn gelesen hatte, als *gütig* bezeichnet wurde. Was, wenn Gott böse war? So böse, dass Satan und er nicht Gegenpole, sondern Spielgefährten waren. Beste Freunde. Aber durfte er das überhaupt denken? Gab es nicht nur die Wahl zwischen dem gütigen und gar keinem Gott? Nach solchen Gedanken hatte er umso mehr Angst vor den Konsequenzen, die seine Blasphemie haben würde. Als wäre er ein Ungläubiger, der sogar selbst wusste, dass er im Unrecht war.

Gabriel legte sich auf den harten Steinboden. Drehte sich auf den Bauch. Streckte seine Arme aus. Drückte seine Nase in den Staub, schloss die Augen und versuchte es ein weiteres Mal. »Es tut mir leid. Entschuldige. Verzeih mir. *Bitte.*« Er konzentrierte sich. Horchte in sich hinein. Doch da war nichts. Es war so enttäuschend.

Immer wieder gingen seine Gedanken während der Gebete auf Wanderschaft. Er dachte an Baptiste, dachte an Rani. Ja! An die beiden konnte er glauben. Der Freund und die Schöne. Das war echt. Das ergab Sinn. Er musste an Ranis Busen denken. Der war ein Marienbild. Der war anbetungswürdig.

Busen. Was für ein herausforderndes Wort. Verboten und verführerisch. *Unerhört* in diesen Mauern. Und dazwischen der bittere Geschmack der Angst vor Gottes Zorn und das eigene Versagen. Unwürdig war er, deshalb offenbarte Gott sich ihm nicht. Ihm, dem Zellenkind. Dem Bastard.

Er erhob sich erneut und nahm die Bibel ein weiteres Mal zur Hand. Dann kam ihm eine Idee. Was, wenn Sahira falsch lag? Wenn irgendwo in den poetischen Passagen die Botschaft versteckt war, dass seine Sehnsucht nach Rani doch keine Sünde sei? Weil Liebe eben nicht falsch sein konnte?

Gabriel begann zu recherchieren. Eine Woche lang suchte und stöberte er in jeder freien Minute in der Bibel nach einer Hintertür, die es ihm erlauben würde, sich Rani zu nähern. Oder zumindest, an sie zu denken.

Es gab eine ganze Reihe von Passagen, die in Frage kamen. Da er jedoch viele von ihnen nicht verstand, begann er seine Mutter zu fragen, was Gott denn wohl mit diesem oder jenem gemeint haben könnte. Natürlich nur in Klauseln. Aber er bekam nie eine befriedigende Antwort und somit auch keinen Freibrief für Rani.

Im vierten Buch der Makkabäer meinte er, endlich fündig geworden zu sein. Er hätte die Textstelle fast übersehen, denn in seiner Ausgabe war sie nicht einmal vorhanden. Doch als er bei Sahira im Unterricht saß, hatte sie ihm ihre Bibel in die Hand gedrückt. Eine alte, vergilbte Ausgabe der Orthodoxen, in deren Anhang er zufällig diesen zusätzlichen Text entdeckte. So aufgeregt war er, dass er es kaum verbergen konnte.

Sahira lieh ihm die Bibel, wohl, weil seine Wissbegier ihr ein Zeichen schien, dass seine elende Seele endlich auf den rechten Weg gekommen sei.

Gabriel zerlegte die neu entdeckten Apokryphen in ihre einzelnen Bestandteile. Kämpfte um sein Recht, ungeschoren das Bildnis Ranis und ihrer Nacktheit in sich tragen zu dürfen. Ein komplizierter Text, der sich mit der Vernunft als Sieg über die Triebe beschäftigte und von dem er zu wenig verstand. Also baute er sich eine Brücke: Wenn es eine Sache der Vernunft war, dann war Gottes Aufforderung, seinen Trieben nicht nachzugeben, vielleicht gar kein Verbot! Vielleicht war es eine Empfehlung. Ein Ratschlag, nicht mehr als eine Erkenntnis, die Gott den Menschen schenkte, um ihnen das Leben zu erleichtern. Und auf die war er bereit zu verzichten! Zumindest vorerst.

Um das Recht, von Rani träumen zu dürfen, stritt er bald mit der Intensität und Leidenschaft eines Gandhi, eines Galileo und einer Jeanne d'Arc – Abbe Seths Unterricht sei Dank. Mit Hingabe focht er den Kampf, den seine Triebe schon vor langer Zeit begonnen hatten. Die Erektionen in der Nacht, die ihm den Schlaf und die Ruhe raubten, ließen daran keinen Zweifel. Doch er durfte sich nicht hinreißen lassen. Nicht, solange die Bibel ihm keine Absolution dazu gab. Zu groß war die Furcht vor den Konsequenzen. Also lag er da und versteckte sich vor der Lust.

So staute sich mit der Zeit eine Energie in ihm auf, die nach Befreiung gierte. Sie machte ihn aggressiv und wütend, unruhig und getrieben. Aus seiner Großmut wurde Jähzorn. Aus seiner Liebe gebar er Hass. Weitsicht wandelte sich in Neid. Mit ihm geschah das Gegenteil von dem, was Sahira prophezeit hatte. Die dozierte in ermüdender Gleichförmigkeit, dass so nur die Menschen würden, die ihre Triebe dem Glauben vorzogen und sie galoppieren ließen. Unberechenbar und innerlich zerfressen.

Im Laufe der Monate wurde der Schmerz größer. Während er sich damit abfinden konnte, dass Rani nie seine Liebe erwidern würde, und er auch in den drängenden Momenten seine Lust im Zaume hielt, wurde die Ignoranz Gottes, der sich ihm weiterhin nicht zeigte, immer frustrierender. Also arbeitete er noch verbissener an seinem Glauben. Akzeptierte, dass er ein Ausgestoßener war, ein Unwürdiger und nahm sich vor, durch besondere Frömmigkeit in den Kreis der Gläubigen aufgenommen zu werden.

Mit Baptiste redete er nie über all seine Nöte. Er bemerkte wohl, dass der Freund ihn in letzter Zeit befremdet anschaute. Aber er konnte es eben nicht ändern.

Er gewöhnte sich an, am Ende des Unterrichts Abbe Seth vor die Tür zu begleiten und mit ihm über Religion zu reden. Der war Moslem und erklärte ihm, dass seine Zweifel möglicherweise daran lägen, dass er der falschen Religion angehörte. Dass das Konzept der Dreieinigkeit der Beweis sei, dass das Christentum sich irrte. Dass drei Götter aus dieser Religion eine Sekte machten. Doch obwohl Abbe Seth einiges dafür tat, um Gabriel einen neuen Virus einzupflanzen, und ein ums andere Mal versuchte, ihn zum Islam zu bekehren, erfüllte er Gabriel nicht den Wunsch, ihm einen Koran zu besorgen, und daran tat er gut. Denn Abbe Seth wusste um die Härte Sahiras, die Gabriel getroffen hätte, wenn sie ihn damit erwischt hätte.

Dies war die Zeit, in der Gabriel begann, sich mit kleinen scharfen Gegenständen zu schneiden. Zunächst wie zufällig. Feine Linien, die er mit einer Scherbe in seinen Unterarm ritzte und fasziniert beobachtete, wie das Blut aus der gespaltenen Haut quoll, während der Schmerz eine süßliche Färbung bekam. Eine, die er bis dahin nicht kannte. Schon bald wurde er süchtig danach, denn in den Sekunden, in denen er sich die Verletzungen beibrachte, durchfuhr ihn ein herrlicher Schauer der Wollust. Und der hatte nichts mit Rani zu tun!

Konnte es das sein, wonach er so lange gesucht hatte? Die Offenbarung Gottes, die da in Schüben seinen Rücken hinunter rieselte? Der zu ihm dann sprach, wenn Gabriel die scharfe Kante vom Glas ansetzte und die Spannkraft des Gewebes durchbrach?

Er teilte sich die Momente gut ein. Nichts wäre schlimmer gewesen, als wenn jemand die Narben entdeckt hätte, und daher waren die Abende, an denen er sich diesen schönen Schaden zufügte, rar und wertvoll. Manchmal hielt die Erregung Tage, ja Wochen an. Dann streichelte er zärtlich mit seinen Fingern über die Kruste der Narbe und fühlte seinen Triumph. Und wenn die Wirkung nachließ, dann gab es die tagelange Vorfreude, die er bis ins Äußerste hinaus zögerte.

Die Unterarme wurden bald zu gefährlich als Quell der Freude, denn in der Hitze Abdas fielen langärmelige Hemden auf.

Deshalb bat er Baptiste eines Tages um lange, dünne Stoffhosen, die er in dessen Zimmer entdeckte und aus denen sein Freund herausgewachsen war. Nur ganz kurz war da die Scham, keine eigene Kleidung zu besitzen, doch der Zweck war es wert. Von dem Tag an beschädigte er die Haut seiner Oberschenkel.

Trotzdem blieben Baptiste die Narben nicht verborgen. Obwohl ihr kindliches Spiel im Freien nachgelassen hatte, war für ihn der Anblick von Gabriels Haut das Normalste der Welt. Gabriel presste verbissen die Lippen zusammen, wenn Baptiste versuchte, ihn auszufragen. Er wusste, wenn er nur hartnäckig genug schwieg, würde Baptiste annehmen, dass Sahira oder seine Mutter dahinter steckten. Und dann würde auch Baptiste schweigen, da ihm klar war, wie schlimm die Konsequenzen für Gabriel wären, wenn er die beiden Frauen bei seinem Vater anschwärzte.

Und genau so kam es. Baptiste setzte zwar ein ums andere Mal zum Plädoyer an und bestand fast darauf, Gabriel müsse sich endlich wehren. Schließlich sei er kein kleines Kind mehr, und vielleicht wäre es an der Zeit, einmal die Sprache der Gefangenen zu sprechen, mit einer ernsten Drohung anzufangen, damit klar würde, dass auch *er* sich verteidigen könne, wenn es denn nötig wäre.

Doch Gabriels Schweigen war mächtiger. Dagegen fand Baptiste kein probates Mittel.

Als Gabriel sechzehn wurde, hatte er an beiden Armen und Beinen, am Rumpf, ja sogar an seinem unteren Rücken eine Mischung aus alten und neuen Wunden, die Zeugnis für seinen Weg zu Gott ablegten. Und trotzdem – die Intensität ließ nach einiger Zeit nach. Nicht so die sexuelle Begierde, die nahm mit jeder Nacht der Enthaltsamkeit sogar weiter zu, und die Angst, die Gebote des Herrn nicht sorgfältig genug einhalten zu können, wuchs von Tag zu Tag.

Eines Nachts, als die Natur wieder einmal ihr Recht forderte und er durch einen verruchten Traum aus seinem Schlaf gerissen wurde, fühlte die Gier sich wie Fieber an. Sämtliche Muskeln waren starr und verkrampft, Lust pulsierte in seinem Glied und an eine Abwehr seiner Triebe war nicht mehr zu denken. Da ließ er sich hinreißen.

So heftig war die Eruption, die sich binnen weniger Sekunden in sein Laken ergoss, und so herrlich war das Gefühl entfesselter Vorstellungskraft, dass es ihm den Atem raubte, seine Kraft aus sämtlichen Gliedern trieb und ihm die Unterdrückung der Schreie, die aus ihm herauszubrechen drohten, fast schon körperlichen Schmerz bereitete.

Doch am Ende seines Ausflugs ins Mannsein blieb nur die Scham zurück. Und natürlich die Angst. Schnell und leise, mit Tränen in den Augen, kroch er hinüber zum Schrank, wischte sich die klebrigen Flecken seiner Verfehlung vom Bauch und holte sich eine Glasscherbe, mit der er durch tiefe Schnitte Buße tat.

Das Ritual sollte sich in den folgenden Monaten noch häufig wiederholen, bis eines Tages sein schlechtes Gewissen erneut die Oberhand gewann und er sich die Experimente zur Entdeckung seines Körpers endgültig versagte.

So lebte Gabriel fast ein Jahr im quälenden Griff einer Moral, in der er keinen Halt fand. In dieser Zeit hatte er wenig Kontakt zu Baptiste. Er wurde fahrig, denn seine Gedanken hielt es selten am gleichen Ort. Mal wanderten sie zu Gott, der stumm blieb, oder zu den heimlichen Wunden, die Gottes Stimme ersetzten. Und natürlich zur Lust, die er nicht zu entdecken wagte.

Bis eines Tages Rani auf ihn zukam. Er war so verwirrt, als sie ihn ansprach, dass er kaum mehr als sinnlos Gestammeltes herausbrachte. Das Gespräch dauerte nur wenige Minuten und noch lange danach fragte er sich, was eigentlich gesprochen worden war. Er hatte im Gang des ersten Stockwerks gesessen und auf den Abend gewartet, an einer Stelle, die kaum einsehbar war, die ihm jedoch durch eine Luke Einblick in den Innenhof gewährte. Der Tag war ungewöhnlich schwül, als ob ein Gewitter drohte, doch der Regen wollte einfach nicht kommen. Jede Bewegung war eine Qual, also verzichtete er darauf, so gut es irgend ging.

Plötzlich spürte er ihre Präsenz. Keinen Schritt hatte er gehört, so lautlos konnte Rani sein. Als er sie sah, meinte er, sein Herz bis an seine Ohren schlagen zu hören. Er glaubte, puterrot zu werden, so entwaffnend war sie. Sie trug ein enges weißes Hemd, das keine Ärmel besaß. Ein großes Amulett an einer Lederkette baumelte im Tal zwischen ihren Brüsten und zog seinen Blick magisch auf sich. Sie lächelte. Fragte, ob sie sich neben ihn setzen dürfe. Wartete weder eine Sekunde noch eine Antwort ab. Seufzte. Ganz offensichtlich beschäftigte sie etwas. Schüchtern wirkte sie dabei nicht, nur nachdenklich. Irgendwann fing sie ganz von selbst an zu erzählen. Gabriel wurde atemlos. Sie sprach über ihre Eltern, an die sie keine Erinnerung mehr hatte. Und über ihr Leben, das ganz anders hätte verlaufen sollen. Eine Träne rann über ihr Gesicht. Dann stand sie auf, schämte sich und lief davon. Gabriel blieb zurück, unfähig sich zu bewegen.

Drei Tage später – Rani hatte seinen Blick täglich und nicht einmal unauffällig gesucht – wiederholte sich das Ereignis. Gabriel saß nun fast ständig auf dem Gang bei der Luke und wartete. Tat so, als wäre dies sein angestammter Platz und er säße dort ohne besondere Absicht. Endlich kam sie, setzte sich erneut, rückte diesmal ein Stück näher und fragte ihn, wer er sei. Er verstand nicht. Sie wurde präziser. Was er denn dabei fühle, hier zu leben. Sie überforderte ihn, und während er hektisch nach einer klugen Antwort suchte, berührte ihre Hand die seinige. Wie gerne hätte er sie weggezogen, geschrien vor Schmerz, weil ihre Berührung zu viel für ihn war. Die Haut brannte dort, wo sie ihre Finger auf seinen Handrücken gelegt hatte, wie im Fegefeuer. Welche Sensationen, die da in ihm ausgelöst wurden! Aber sie tat sogar noch so, als wären da hunderte Meter Abstand oder als wäre es das Normalste der Welt, diese Berührung zwischen den jungen Geschlechtern. Junge und Mädchen, ach was, Junge und Frau. So klein fühlte er sich, und so reif erschien sie.

Die Magie wirkte. Ein kleiner Spalt nur, der zwischen den verbarrikadierten Toren zur Männlichkeit geöffnet wurde, reichte aus, um Gabriels Seele zu entzünden und davonzutragen.

War es das? War das Gott? Oder Rani? Die Gefühle und seine Liebe zu ihr? Die Urkraft, die all die Worte der Bibel nicht auszulösen vermochten?

Erst jetzt konnte er sich zu ihr drehen. Sich trauen, ihr ins Gesicht zu schauen, unterbrochen von Momenten, wo er den Blick doch wieder abwandte, um nicht vor Scham im Boden zu versinken. Und dann sagte sie: »Ich mag dich.«

Er wäre so gern aufgestanden und davongelaufen. Aber da waren keine Beine mehr. Nur Überwältigung. Und Angst.

Die Sünde, die er spürte, und die Liebe die er fühlte, verbissen sich wie kämpfende Schlangen, die um Leben und Tod rangen, während ihm selbst gelähmt der Atem fehlte. Und da die Stille so entblößend wirkte, antwortete er zur Rettung mit einem wehrlosen: »Ich dich auch.«

Und dann geschah das Unfassbare. Wie in einer Blase, unempfindlich gegen Raum und Zeit, in der nur die beiden Platz fanden, lehnte sie ihren Kopf an seine Schulter. Er spürte ihr Haar. Er atmete ihren Duft. Er hörte ihren Atem. Doch dann stand sie mit einem Mal auf und war wieder verschwunden. Welch ein Glück! Nur eine Sekunde länger, und er wäre auf der Stelle gestorben.

So wiederholten sich ihre Begegnungen. Immer ein Stück näher, und jedes Mal erstarrte Gabriel und wünschte sich trotzdem nichts sehnlicher, als dass die Berührungen wieder stattfanden, Rani wieder ihren Weg zu ihm fand. Ein wenig näher. Ein wenig stiller. Ein wenig vertrauter. Nach dem fünften Mal bekam er einen flüchtigen Kuss auf die Wange, der ihn fast das Leben kostete. So schnell schlug sein Puls noch Stunden später, dass sich rote Flecken am Hals und auf der Brust abzeichneten.

Einige Wochen lang ging es so, und immer waren es wenige Millimeter der Distanz, die Rani ihm raubte. Stück für Stück. Mit der Kunstfertigkeit einer Diebin. Bis sie ihm eines Tages ihre Sehnsucht beichtete, mit ihm allein zu sein. Als Frau. Im Schutz der Nacht. Aber ihre Angst vor der Entdeckung sei allzu groß – warum gab es denn keinen Ort, an dem niemand sie stören konnte? Gabriel wurde hektisch. Er kannte einen solchen Ort! Draußen vor den Toren. Dort, wo er früher immer mit Baptiste gespielt hatte. Da, wo ihr Geheimbund seinen Anfang genommen hatte.

Also begann er mit den Vorbereitungen.

Kapitel 7

Der Besuch bei der Hebamme Laia lag nun schon fast ein Jahr zurück, doch Baptiste brachte es nie übers Herz, Gabriel davon zu berichten. So wurden die Umstände von Gabriels Geburt sein ständiger Begleiter in Gedanken, und bald schon konnte er dem Freund nicht mehr unbefangen in die Augen sehen, ohne an das dunkle Geheimnis zu denken, das ihm offenbart worden war.

Aber durfte er das überhaupt tun? Gabriel erzählen, warum er von Sahira als Bastard beschimpft worden war? Konnte er seinem Freund einen solchen Schmerz bereiten? Ihm zu verstehen geben, dass er das Ergebnis einer Gewalttat war, von der seine Mutter nicht zu sprechen wagte? Dass er einen Erzeuger zum Vater hatte, der nicht mehr als ein Tier war? Ein versoffenes wahrscheinlich. Eines, das bestialisch genug war, sich an Frauen zu vergreifen.

Und noch etwas ließ Baptiste keine Ruhe. War es das, was er in Gabriels Verhalten all die Jahre beobachtet hatte? Die Unbeherrschtheit und der Hang zur Gewalt, die sich in manchen Momenten zeigten, wenn er wütend war? War es nicht sogar ein Wunder, dass Gabriel nicht schon viel gewalttätiger geworden war, wo schließlich das Blut eines Schänders in ihm floss? War es nicht nur eine Frage der Zeit, bis Gabriel es seinem Erzeuger gleichtun würde? Konnte der Freund sich überhaupt gegen den Trieb wehren, der ihm da vererbt worden war?

Baptiste wünschte, er hätte besser zugehört, als Abbe Seth über Vererbung gelehrt hatte. Gelangweilt hatte er sich und sich nur gewundert, warum Gabriel so fasziniert von dem Stoff war. Jetzt erschien es ihm einleuchtend. Vielleicht spürte Gabriel, dass sein eigenes Blut ein dunkles Geheimnis barg, das es zu ergründen galt.

»Unsinn«, rief Baptiste im selben Augenblick. Gabriel konnte keinem Menschen etwas zuleide tun. Nicht einmal dem kleinsten Tier. Schon immer hatte Gabriel versucht, Baptiste davon abzuhalten, Heuschrecken zu fangen oder Spinnen zu töten. Er litt regelrecht, wenn Baptiste mit einem Glas bewaffnet auf die Jagd ging, um irgendein Kriechtier aus der Wüste zu erhaschen und zu Beobachtungszwecken einzusperren. Denn so fasziniert, wie Baptiste von der praktischen Erkundung des Lebens war, so heftig brannte Gabriel für dessen Freiheit und Unantastbarkeit. Vielleicht lag das gar nicht an dem Umstand, dass Gabriel selbst als Eingesperrter lebte, wie Baptiste immer vermutet hatte. Sondern eher daran, dass Gabriel gegen das ankämpfte, was in seinen Genen brütete; die Gewalttätigkeit seines Erzeugers.

Baptiste wurde missmutig. Plötzlich hasste er alles, was er in seinem Zimmer sah. Seine Spielsachen, denen er längst entwachsen war. Seine vermeintliche Freiheit, auch die Tatsache, dass er es im Gegensatz zu Gabriel gut hatte und dass er sich dafür auch noch schämen musste. Er hasste sein Zimmer, er hasste Abda, er hasste die ewige Schwermut seiner Mutter und noch mehr die nächtliche Isolation seines Vaters.

Kurz entschlossen stand er auf, lief in die Küche, ging wortlos an Miguel vorbei und suchte in der Vorratskammer nach einem großen Sack. Als er nicht fündig wurde, fragte er Miguel, doch der zuckte nur mit den Schultern. »Rani wüsste sicher, wo einer zu finden ist, doch die ist heute krank, also habe ich sie nicht ans Essen gelassen.«

Auf dem Weg zurück ins Zimmer lief Baptiste Major Laval über den Weg, und der konnte ihm helfen. Er schloss die kleine Kammer auf, in der das Personal seine Utensilien verstaute, und drückte ihm ein paar große Säcke in die Hand. Seine Frage nach dem Zweck ignorierte Baptiste, denn der war ihm selbst noch nicht völlig bewusst.

Im Zimmer fing er an, seine Spielsachen in die Säcke zu stopfen. Er konnte sie nicht mehr ertragen. Irgendwann hörte er auf zu sortieren und schmiss mit ausladenden Gesten einfach alles fort, was er mit den Spielen früherer Tage verband. Dabei kamen ihm die Tränen. Er wusste nicht einmal genau, wieso, doch eine ungeheure Traurigkeit stieg in ihm hoch. Und Wut. Er nahm sich vor, als Nächstes seine Eltern zur Rede zu stellen. Er wollte wissen, was da in seiner Familie vor sich ging. Er hatte ein Recht darauf. Er war kein Kind mehr!

Er nahm die Säcke, trug sie hinter das Haus und stellte all die nicht länger geliebten Zeugen seiner Kindheit zum Müll des gestrigen Abends. Dann suchte er nach seiner Mutter, doch die war nirgends zu finden. Als er an ihrem Schlafzimmer vorbeikam, hörte er ein Geräusch. Er ging behutsam zur Tür und legte sein Ohr daran. War sie da drinnen? Am helllichten Tag?

Er rief nach ihr, allerdings viel zu leise. Eine innere Stimme mahnte ihn zur Vorsicht. Auch sein Klopfen geriet zu leise. Dann drückte er langsam die Klinke hinunter. Es war abgeschlossen.

Plötzlich hielt er es hier nicht länger aus. Ihm war, als würde er keine Luft mehr bekommen. Die Atemnot trieb ihn weg. Weg von der Tür, am liebsten hinaus aus dem Haus. Doch er konnte nirgends hin. Ihm wurde bewusst, dass er schon immer ein Gefangener gewesen war, nicht anders als Gabriel, nur kam seine eigene Zelle im viel schwerer zu entlarvenden Gewand der Freiheit daher.

Frustriert ging er ins Wohnzimmer und setzte sich auf einen der Stühle. Er mochte da zehn Minuten gesessen haben, als ihm die Flasche auffiel, die auf der Anrichte stand. Vaters Alkohol, den er wohl einzuschließen vergessen hatte. Es dauerte nur wenige Sekunden, und die Abscheu vor Vaters Geruch, wenn der zu viel getrunken hatte, war überwunden. Der Vorsatz, ein mustergültiger Sohn zu sein, wich der Verlockung, es den Erwachsenen gleichzutun. Er stand auf und schlenderte hinüber, so, als fürchtete er, beobachtet zu werden. Dann horchte er in die Stille des Hauses. Es gab kein Geräusch, das er nicht kannte, keine Diele, von der er nicht wusste, wessen Fuß sie an welcher Stelle zum Knarren brachte. Er nahm die Flasche und betrachtete sie. Ein Glas schien gefährlicher Luxus, denn er müsste es holen und anschließend unbemerkt spülen und zurücktragen. Also öffnete er kurz entschlossen die Flasche, setzte sie an seine Lippen und nahm einen großen, eiligen Schluck.

In seinem Kopf explodierten Sterne, von deren Existenz er vorher nichts gewusst hatte. Sein Mund brannte wie Feuer, und in seiner Nase sammelte sich der Geruch von Benzin. Doch er konnte das Gebräu schlecht auswürgen, denn das Wohnzimmer war beileibe kein Ort dafür. Stattdessen setzte er sogar ein weiteres Mal an, angewidert zwar, doch er zwang die Brühe seine Kehle hinunter, fing an zu husten und hatte das Gefühl, das Zeug brenne ihm ein Loch in die Speiseröhre. Widerlich. Gleich darauf trieb er sich jedoch bereits den nächsten, noch größeren Schluck in den Hals, und dann noch ein viertes, letztes Mal, bis der Brechreiz so groß war, dass er ihn kaum noch zurückhalten konnte.

Das würde seine Eltern lehren, ihn nie wieder aus ihrem gemeinsamen Leben auszugrenzen!

Noch bevor er die Flasche an ihren Platz zurückstellte, wurde ihm speiübel, denn Vaters Alkohol besaß die Zuverlässigkeit und Präzision eines militärischen Erstschlags. Binnen weniger Sekunden drehten sich Mageninhalt und Wohnzimmer in diametrale Richtungen, doch trotz der Übelkeit musste Baptiste anfangen zu kichern.

Er wankte in sein Zimmer und wäre fast noch vom Major erwischt worden, der jedoch glücklicherweise in letzter Sekunde abgelenkt wurde. Baptiste setzte sich aufs Bett. Ihm war wohlig und übel zugleich. Die Leichtigkeit, die der Alkohol bewirkte, der Schwindel und der heimliche Triumph über seine Eltern ließen ihn schweben.

Rani. Die Schöne kam ihm in den Sinn und verführte ihn. Er legte sich hin, schloss die Augen, dachte an ihren Körper und streichelte ihn in Gedanken, doch die geschlossenen Augen verstärkten den Schwindel, sodass ihm noch schlechter wurde. Er riss sich aus dem Taumel und rannte ins Bad, um sich zu übergeben. Etwas ernüchtert putzte er sich die Zähne und setzte sich dann wieder auf sein Bett. Die Leichtigkeit war verflogen. Wut kam hoch, und durch den Alkohol angestachelt wog sie doppelt. Er tat sich leid, vermisste seine Eltern, vermisste Gabriel und hatte Angst, dass dieses schreckliche Gefühl nie wieder aus seinem Herzen verschwinden würde. Er schluchzte leise Gabriels Namen und beschloss, seinen Freund sofort aufzusuchen, um ihm alles zu gestehen. Sich zu entschuldigen, dass er so lange sein Wissen um dessen Geburt für sich behalten hatte, und auch, dass die Eifersucht an ihm nagte, wenn Abbe Seth Gabriel so oft lobte. Dass es ihm leidtäte, in Freiheit zu leben, während Gabriel eingesperrt war. Und dass er Rani liebe wie niemanden sonst.

Er trank gierig einen großen Schluck aus dem Wasserkrug, der ihm täglich ans Bett gestellt wurde, und wankte benommen nach draußen. Die Sonne strafte ihn für seine kleine Expedition in die Welt der Erwachsenen auf ihre Weise. So heiß kamen ihm ihre Strahlen vor, dass er sich kurz auf die Treppe setzen musste, um sich auszuruhen.

Ihm kam die Idee, dass er Rani seine Gefühle gestehen müsse. Dass er dazu eine Blume aus der Vase im Wohnzimmer mitnehmen könne. Doch die bloße Vorstellung, mit einem solchen Symbol durch den Innenhof an den Insassinnen vorbei zu spazieren, erschien ihm allzu tollkühn. Nein, er würde sich ohne ein solches Geschenk offenbaren müssen.

Das war der Vorsatz. Ein für alle Mal musste die Wortlosigkeit beendet werden. Gegenüber Gabriel. Und auch gegenüber Rani.

Und seinen Eltern. Also stand er auf und marschierte geradewegs ins Gefängnis.

Der Wächter, der ihn durch den Innenhof begleitete, bemerkte glücklicherweise nichts von Baptistes alkoholischen Eskapaden, und als er ihn an der Treppe zur Zelle kurz allein ließ, um zwei keifende Weiber zu trennen, war Baptiste heilfroh, sich unbemerkt im Schatten ein wenig ausruhen zu können. Er beobachtete den Disput der Gefangenen, doch nach einer Weile wurde ihm langweilig. Er wollte seinen Plan in die Tat umsetzen. Also missachtete er die strikte Sicherheitsanweisung und lief allein die Treppe hinauf.

Doch Gabriel war nicht in seiner Zelle. Das war verwunderlich, denn auf dem Hof hatte Baptiste ihn auch nicht gesehen. Aber natürlich kannte er Gabriels Verstecke und Lieblingsplätze, wo er nach ihm suchen konnte. Weit weg waren die nicht. Er lief den Gang entlang und bog um die Ecke. Barfuß. Geräuschlos. Und dann blieb ihm fast das Herz stehen. In den Winkel gedrückt, vor aller Augen verborgen, saß Gabriel neben Rani. *Seiner* Rani. Genau in diesem Moment steckte ihr Gabriel etwas zu, das sie sogleich in ihrem Rock verschwinden ließ. Dann küsste sie Gabriel. Flüchtig und heimlich, wie es Diebinnen tun. Aber auf den Mund! Danach stand sie auf.

Baptiste war wie benommen. Gabriel, dieser Verräter hatte eine Liebschaft mit Rani. *Seiner* Rani. Während er vor Sorge um seinen Freund fast verging, betrog der ihn mit dieser, mit dieser – er verbot sich das Wort. Mit dieser HURE!

Er drehte auf der Stelle um, rannte am verdutzten Wärter vorbei, missachtete von Neuem sämtliche Sicherheitsmaßnahmen und rannte quer über den Innenhof, rannte die Treppe hinauf, rannte bis in sein Zimmer. Zwischendurch übergab er sich über das Treppengeländer, aber das war ihm egal. In seinem Zimmer angekommen riss er sich die Kleider vom Leib, spülte sich den Mund vom Erbrochenen sauber und verkroch sich dann schluchzend unter der Bettdecke.

Er heulte in Schüben. Mal aus Wut, mal aus Einsamkeit. Dann wegen der himmelschreienden Ungerechtigkeit, die ihm widerfahren war. Er schmeckte den Hass, von dem er annahm, dass er jedem in die Wiege gelegt wurde, der auch zu lieben vermochte.

Er schmiedete diverse Pläne. Der erste war einfach: Nie wieder würde er Gabriel auch nur eines Blickes würdigen. Dieser Bastard! Solle der doch in seiner Zelle verrotten – es wäre nur gerecht. Baptiste sprang auf, ging ins Wohnzimmer und trank einen weiteren großen Schluck von Vaters Alkohol. Dass der schwindende Pegel in der Flasche auffallen könnte, war ihm mittlerweile egal.

Der zweite Vorsatz war auch klar: Er würde Rani verraten. Würde zu seinem Vater gehen und ihm erzählen, was er da gesehen hatte, und die Strafe würde furchtbar sein. Und auch das wäre nur gerecht.

Wieder lag er auf seinem Bett, betrunken und voller Hass. Der bohrte sich immer tiefer. Er schloss die Augen und begann, Rani in Gedanken zu schlagen. Sah Bilder, wie er sie niederwarf, ihr die Kleider vom Leib riss, sie gegen ihren Willen küsste und sie bestrafte für das, was sie ihm angetan hatte. Bis seine Gier nach Gerechtigkeit und Lust in einer heftigen, schmerzhaften Ekstase endete.

Das ließ ihn wieder zum Kind werden und gab ihm zu spüren, was er ihr angetan hatte. Was er *sich* soeben angetan hatte. Darüber schlief er weinend ein.

Der Ruf zum Abendessen weckte ihn. Er stand auf und bemerkte im selben Augenblick, dass sein Kopf zu platzen drohte. Er bemühte sich, das Gleichgewicht zu halten, doch das gelang ihm kaum, und wieder spürte er den Drang, sich zu übergeben. Schwerfällig schleppte er sich zu seiner Mutter und bat um Erlaubnis, sich wieder ins Bett legen. Sie prüfte sorgenvoll seine Stirn und beschloss, dass es sich nur um den Anflug einer Grippe handeln könne. Also entließ sie ihn in sein Zimmer, brachte ihm eine Hühnersuppe ans Bett und pflegte ihn ein wenig. Das tat gut.

Baptiste hatte die ganze Zeit über einen Kloß im Hals und wünschte sich, seiner Mutter alles zu erzählen. Von Laia, vom Bastard und von der Hure. Alles wollte er ihr beichten. Doch er brachte keinen Ton heraus. Kurze Zeit später glitt er in den bleiernen Schlaf der Betrunkenen.

Am nächsten Morgen wurde er durch gellende Sirenen geweckt. Der Ton war so durchdringend, dass er dachte, er müsse auf der Stelle sterben. War das der Kater, von dem Miguel am Morgen nach Hitlers Kapitulation schon fast stolz erzählt hatte? Zunächst wusste er nicht einmal genau, wo er sich befand, so sehr hatte die Droge während der Nacht in seinem Körper gewütet. Er spürte einen Riesendurst, doch den Krug hatte er offensichtlich zwischen Phasen seines unruhigen Schlafs geleert. Nachdem er richtig wach geworden war und sich den widerlichen Geschmack aus dem Mund gespült hatte, war zumindest klar, dass die Sirenen nicht das Ergebnis seines Exzesses waren. Es waren die Sirenen der Anstalt.

Mit nicht mehr als seiner Schlafanzughose am Körper stürzte er auf die Terrasse und sah, wie die Wärter aufgeregt durch den Innenhof rannten, die Insassinnen auf den Boden zwangen, sie in den sandigen Staub rissen. Mit dem Schlagstock nachhalfen, wenn die Frauen den Befehlen nicht schnell genug folgten, ihnen das Gesicht in den Dreck drückten, die Arme dabei hinter den Kopf zerrten, Verbote bellten und verlangten, dass sie alle bis auf Weiteres liegen blieben. Andere Wärter durchkämmten derweil das Gelände in der Nähe der Außenmauern.

Major Laval trat auf die Terrasse. Sein Gesicht war erregt und rot vor Anstrengung und Hitze.

»Was ist passiert?«, fragte Baptiste verwirrt. Das war ihm alles zu viel Hektik nach dieser Nacht.

Major Laval legte eine Hand auf den Griff seiner Waffe. »Eine Insassin ist geflohen. Ich werde bei dir bleiben, bis wir sie wieder eingefangen haben.« Er überlegte kurz und fügte dann hinzu: »Hab keine Angst, in der Wüste wird sie nicht weit kommen, und ich bin ja bei dir, falls sie hier im Hause auftaucht.«

»Wer ist denn entkommen?«, fragte Baptiste, obwohl er die Antwort längst kannte.

»Es ist Rani. Rani, die Diebin.«

Baptiste schoss das Blut in den Kopf. Er dachte kurz nach. Gabriel. Wo war Gabriel? Was, wenn ihm etwas zugestoßen war? So panisch machte ihn der Gedanke, dass er gleich loslaufen wollte, hinunter ins Gefängnis, um Gewissheit zu erlangen. Doch der Aufruhr, den er beobachtete, war derart beängstigend, dass er sich nicht traute. Also fragte er Laval, ob er Gabriel heute schon gesehen habe.

Der verneinte natürlich, denn der Major war selten innerhalb der Gefängnismauern. Doch dann stutzte Laval und sagte: »Du hast recht. Gabriel ist in dem Tumult da unten nicht gut aufgehoben. Ich lasse ihn herbringen.«

Laval wollte sich gerade an eine der im Haus postierten Wachen wenden, als Hamid schnaufend die Treppen hinaufkam. Die Hektik, die Hitze und sein Gewicht machten ihm zu schaffen. Bevor Laval etwas sagen konnte, hatte Baptiste Hamid schon nach Gabriel gefragt.

»Nein. Ich habe Gabriel nicht gesehen«, erwiderte der. »Ich habe die Morgenzählung im Hof abgehalten und dann sofort Alarm geschlagen. Gabriel ist ja bei der Zählung nie dabei«, murmelte er und es klang wie eine Entschuldigung.

Er schien vergessen zu haben, warum er überhaupt hergekommen war, und wollte gleich wieder ins Gefängnis zurück, um Gabriel zu finden, doch am Treppenabsatz besann er sich seines ursprünglichen Auftrags, drehte sich um und wandte sich an Laval: »Sie sollen sich mit Madame Dumont und Baptiste im Arbeitszimmer einschließen und sich aus dem Waffenschrank versorgen. Befehl vom Chef.«

Kaum, dass Hamid verschwunden war, suchten sie Baptistes Mutter, die zitternd und ängstlich im Wohnzimmer auf und ab ging, bewaffnet mit einem lächerlich wirkenden, kleinen Brieföffner. Dann gingen sie zu dritt ins Arbeitszimmer und schlossen sich ein. Baptiste fand das übertrieben. Was konnte Rani schon gegen sie ausrichten?

Sie blieben ewig in dem Raum und allmählich wurde Baptiste langweilig. Draußen ging es hoch her, und hier im Haus bekam er nichts mit. Er erinnerte sich an die Bilder des gestrigen Tages. An Gabriel und Rani. Daran, wie die beiden getuschelt hatten, und an die ungeheuerliche Zärtlichkeit in Ranis Gesten.

Und mit einem Mal wurde ihm alles klar! Sie würden Gabriel nicht finden. Er war mit Rani geflohen! Die beiden Liebenden waren gemeinsam unterwegs.

Baptiste saß auf Vaters Schreibtischstuhl und wurde unruhig. Was sollte er nur tun? Das Beste wäre sicher, sofort zu seinem Vater zu gehen. Der würde Wertvolles mit der Information anzufangen wissen, und Baptiste würde dazu beigetragen haben, die beiden wieder einzufangen. Vater würde stolz auf ihn sein, und Gabriel würde es eine Lehre sein – nie wieder würde er ihn so hintergehen.

So gut schmeckte die Vorstellung von der Vergeltung und dem damit verbundenen Heldentum, dass es eine Weile dauerte, bis Baptiste klar wurde, wen er da eigentlich verraten wollte. Gabriel war sein Freund. Er konnte nicht zu seinem Vater gehen. Andererseits – war es nicht Gabriel gewesen, der ihn hintergangen hatte? Hatte er nicht eine Liebschaft mit Rani begonnen, vor Baptiste geheim gehalten und in aller Heimlichkeit ihre Flucht vorbereitet? Baptiste wurde wütend, weil er der Ausgeschlossene war. Wieder einmal.

Gerade wollte er den Major bitten, ihn auf der Stelle zu seinem Vater zu bringen, als die Tür aufgeschlossen wurde. In der Erwartung, dass sein Vater eintreten würde, lief er in Richtung Tür.

Doch es war Hamid, der eintrat. Und hinter ihm stand Gabriel!

Für Baptiste fühlte es sich wie ein Widerspruch an. Schließlich hatte er Gabriel längst vor seinem geistigen Auge gemeinsam mit Rani durch die Wüste hetzen sehen, verfolgt von einer Meute Wärtern mit aufgepeitschten Hunden, die es in Abda nicht einmal gab.

Während Hamid begann, den übrigen Erwachsenen von den Geschehnissen zu berichten, drückten sich Baptiste und Gabriel in die Ecke des Zimmers. Zunächst schwiegen sie. Baptistes war noch immer böse, doch gleichzeitig bemerkte er, dass Gabriel etwas bedrückte. Er war hin- und hergerissen. Was Gabriel ihm angetan hatte, konnte er nicht einfach vergessen, doch das Gabriel eben doch nicht mit Rani geflohen war, fühlte sich so erleichternd an, dass er ihm schon in der gleichen Sekunde halb verziehen hatte, als Gabriel durch die Tür gelaufen kam. Und dann war da noch die Neugier, denn sein Freund machte einen elenden Eindruck.

»Was hast du denn?«, fragte Baptiste und versuchte möglichst desinteressiert zu klingen.

Gabriel schüttelte nur den Kopf. Dabei machte er einen noch bemitleidenswerteren Eindruck. Baptiste fing an zu bohren.

Gabriel, auf dessen Seele offensichtlich eine große Last lag, schwieg zunächst hartnäckig, doch je häufiger Baptiste nachhakte, desto schwächer wurde sein Widerstand.

»Oh mein Gott. Ich bin so dumm«, gab er schließlich sein Schweigen auf.

Aus seinem Körper wich alle Spannung. Er senkte den Kopf und begann Baptiste im Flüsterton zu beichten, was da in den letzten Wochen passiert war. Dass Rani sich so sehr in ihn verliebt habe, dass sie sich nach ihm sehnte, und sie beide ihrer Liebe eine Chance geben wollten. Und dass sie sich vorgenommen hatten, vor den Toren nur ein einziges Mal ohne Angst vor Entdeckung Zeit miteinander zu verbringen. Alles, was er dazu hatte tun müssen, war, ihr den kleinen Schlüssel zu bringen, der an der Wand des Wärterhäuschens hing, denn er war doch der Unsichtbare, der von den Wachen seit seiner Geburt nicht mehr gesehen wurde. Er konnte doch überall ein und aus gehen.

»Bist du verrückt geworden?«, zischte Baptiste zurück. Er konnte nicht glauben, was er da erzählt bekam.

Gabriel stiegen die Tränen in die Augen.

»Aber sie hat mich doch geliebt«, presste er mit erstickter Stimme heraus.

Baptiste war fassungslos. Aber es änderte nichts. Rani war verschwunden. Hatte Gabriel genarrt, wie es vielleicht nur Diebinnen konnten.

Plötzlich wurde die Tür aufgestoßen und Baptistes Vater kam herein. Außer sich vor Zorn herrschte er Hamid an: »Wo ist Miguel? Warum ist der weg? Warum ist sein Zimmer leer? Warum sind seine Messer nicht mehr in der Küche?«, brüllte er und schmiss eine Vase vom Regal.

Miguel?

Und dann wurde Baptiste schlagartig klar, was da in den letzten Monaten tatsächlich vor sich gegangen war. Miguel, der lachende Dritte. Miguel, der undurchsichtige Kluge. Miguel, der Initiator. Miguel und Rani waren das Liebespaar! Wer konnte wissen, wie lange schon.

Miguel hatte sich Gabriel ausgesucht, den Jungen mit den weichen Zügen und den Sehnsüchten, mit der Einsamkeit im Herzen. Miguel musste Rani instruiert haben, Gabriel so lange schüchtern anzulächeln, bis der in ihr eine Verbündete zu erkennen glaubte.

Welch ein Plan! Welch eine Kunst! Baptiste sah, wie nahe Liebe und Verrat beieinander lagen, und musste lächeln, ja, er musste sich fast das laute Lachen verkneifen.

So befreiend war das Ende seiner Eifersucht, dass er mit dem Ausgang der Geschichte gut leben konnte. Hätte er Gabriel an Rani verloren – er hätte es keine Sekunde ertragen. Aber an Miguel? Der war ein anderes Kaliber.

Gabriel registrierte Baptistes Gesichtsausdruck. Das Lachen verstörte ihn. »Wirst du es deinem Vater erzählen?«, presste er gequält aus sich heraus.

»Natürlich werde ich das tun«, antwortete Baptiste. Dabei wurde er mit einem Mal ganz ernst. Gabriel war entsetzt, doch im gleichen Moment begann Baptiste zu schmunzeln und puffte ihn in so hart die Seite, dass Gabriel mit einem unterdrückten Schrei auswich. Major Laval und der Colonel unterbrachen ihr Gespräch und schauten irritiert herüber, also schwiegen die Jungen sofort, doch als die Erwachsenen wieder in ihre aufgeregten Diskussionen verfielen, flüsterte Baptiste weiter: »Was redest du denn da für einen Unsinn? Natürlich werde ich es ihm *nicht* erzählen. Wir sind Freunde. Weißt du überhaupt, was das bedeutet? Wie kannst du so etwas von mir annehmen?«

Dann drehte er sich zur Seite, damit Gabriel seine Scham nicht entdeckte und nie erfuhr, wie nah er dieser Versuchung gewesen war.

Das gesamte Wachpersonal befand sich in höchster Anspannung. Kleine Einheiten stellten jeden Trakt auf den Kopf, verwüsteten die Zellen, schmissen Schränke um, rissen Bilder von den Wänden und zerstörten die wenigen Besitztümer, die den Insassinnen geblieben waren. Die Rage des Colonels trugen die Wärter in die Zelle. Halb aus Angst, den Zorn des Direktors zu spüren zu bekommen, halb aus dem Hang zur Gewalt, mit dem die Mächtigen den Ohnmächtigen begegnen. Allein Sahira versuchte, sich den Wärtern in den Weg zu stellen, und wurde brutal in die Ecke ihrer Zelle geschleudert, wo sie mit schmerzverzerrtem Gesicht liegen blieb, bis die Raserei ein Ende hatte.

Das Wüten half nichts. Rani blieb verschwunden und mit ihr Miguel. Am Ende des Tages hatten die Wärter nicht einmal eine Ahnung, die sie vorweisen konnten. Mit leeren Händen standen sie da, verdreckt vom Staub der Zellenböden, dem Sand der Wüste und dem verwesenden Unrat der Abflüsse, durch die nicht wenige hatten kriechen müssen.

Der Colonel ließ sie spät in der Nacht antreten. Er begann sein Resümee ruhig, fast sachlich, steigerte sich dann jedoch langsam in unbändige, haltlose Wut. Er zerschmetterte den Zierrat, der sein Büro schmückte, fegte mit einem Handstreich seine Unterlagen vom Tisch, und es schien, als hätte er Mühe, seine Untergebenen nicht wahllos mit Tritten zu malträtieren.

Im Zimmer nebenan saßen Gabriel und Baptiste und zuckten bei jedem Geräusch zusammen. Gabriel, der vor kurzer Zeit noch generös angeboten hatte, sich dem Colonel zu stellen, um seine Schuld abzutragen, schaute Baptiste flehend an, als fürchte er, dieser könne es sich anders überlegen und ihn verraten. Baptiste wiederum schickte zahllose Stoßgebete gen Himmel, sein Vater möge ihn nicht fragen, ob er nähere Kenntnis über die Vorfälle habe.

Beide hatten Glück, denn niemand kam auch nur auf die Idee, sie könnten etwas mit der Sache zu tun haben. Zumindest niemand vom Personal, denn Sahira bohrte eines Abends tief in Gabriels Seele, hatte sie doch zur Genüge seine Blicke und heimlichen Ambitionen bemerkt. Gabriel aber blieb standhaft und verweigerte jegliches Geständnis.

Die Auswirkungen der Geschehnisse wurden deutlich, als die neuen Sicherheitsregeln bekannt gegeben wurden. Baptistes Vater beantragte aus der Hauptstadt die Überstellung dreier belgischer Schäferhunde, die nach ihrer Ankunft für Angst und Schrecken sorgten. Fünf Tage lang wurden sämtliche Wärter aufs Schärfste gedrillt, anfangs sogar durch den Colonel persönlich, sodass am dritten Tag bereits zwei Wärter vor Erschöpfung zusammenbrachen.

Die Zellenschließung fand ab sofort um sechs Uhr abends statt. Patrouillen marschierten durch die Gänge und verwüsteten wieder und wieder die Zellen. Der Colonel war häufig dabei. Manche der

Insassinnen sahen ihn zum ersten Mal, denn es war Jahre her, seit er sich in die Innereien Abdas begeben hatte.

Der Soldat, den die Truppenleitung mit den Hunden geschickt hatte, wurde von allen nur *Eisscholle* genannt, ein Name, den er selbst mitgebracht hatte. Er hatte ihn sich durch seine Unbarmherzigkeit und Kälte in früheren Einsätzen verdient, und er war stolz darauf, umso mehr, als der Name so gar nicht in die Wüste passen wollte.

Jeder hatte Angst vor *Eisscholle*.

Er war nicht nur der Hundeführer, sondern selbst ein scharfer Hund. Er ließ die Frauen sich nackt ausziehen und inspizierte sie höchstpersönlich. Dabei ging er nicht gerade zimperlich vor und binnen kürzester Zeit war ein Besuch von *Eisscholle* die effektivste Drohung, die sich die Wärter zunutze machten, um ihre längst verlorene Autorität zurückzuerobern.

So machte Ranis Flucht das Leben der Übrigen noch härter und beschwerlicher, und nicht selten hörte man den Fluch in der Nacht, Rani möge lebendig in der Hölle schmoren.

Fast wäre die unfreiwillige Fluchthilfe Gabriels doch noch ans Licht gekommen. Nachdem das Wort die Runde machte, dass Rani ihr mysteriöses Verschwinden dunklen Mächten zu verdanken habe, fiel der Verdacht unweigerlich auf Sahira. Der Colonel ließ sie daraufhin in eine leere Zelle schaffen, deren Gitter mit einem großen schwarzen Tuch verhängt wurden. Dann schickte er *Eisscholle* hinein.

Niemand wusste genau, was dort geschah. Zu hören waren allein die erbarmungswürdigen Schreie, die von Zeit zu Zeit durch die Gänge hallten. Und als *Eisscholle* wieder heraustrat, waren seine Augen so voller Leidenschaft und orgiastischer Freude, dass Hamid, der von all dem nichts wusste, mit ungutem Gefühl an ihm vorbeieilte und gleich in die Zelle ging, um nach dem Rechten zu sehen.

Er sah mit Entsetzen, was geschehen war. Was von Sahira übrig blieb, war kümmerlich, und schnell wurde klar, dass *Eisscholle* ihre dunkle Macht auf immer gebrochen hatte. Unter der Folter waren ihr die Fragmente ihrer Beobachtungen wieder eingefallen und sie schrie ihren Verdacht gegen Gabriel heraus.

Eisscholle berichtete das Ergebnis seines Verhörs persönlich dem Colonel, und der ließ sich Gabriel in sein Büro holen. Dann gingen die beiden Männer zum Essen und ließen Gabriel allein zurück.

Mit jeder Minute, die Gabriel warten musste, wurde sein Kragen enger. Er begann zu schwitzen und zu zittern. Er wollte fast schon aus dem Zimmer laufen, hinein in die Wüste oder besser noch, direkt ins Esszimmer der Dumonts, sich auf den Boden werfen und alles beichten, was er angerichtet hatte. Doch plötzlich kam Baptiste ins Zimmer gehuscht. Schnell, leise und behände.

»Mein Vater weiß gar nichts«, zischte er. »Er glaubt dem Verdacht des Wärters nicht einmal und schenkt dem Gerücht, das Sahira in die Welt gesetzt hat, überhaupt keinen Glauben. Alles, was du tun musst, ist ungläubig dreinzuschauen und überrascht zu wirken. Dann wird alles gut. Du darfst nur nicht einknicken. Bereite dich vor. Vater wird noch dreißig Minuten brauchen. Lass dich nicht ins Bockshorn jagen.« Damit war Baptiste auch schon aus dem Zimmer verschwunden, und Gabriel war wieder allein.

Baptiste kehrte ins Esszimmer zurück. Als er eintrat, hörte er seine Mutter aufgebracht auf seinen Vater einreden. Doch die einzigen Worte, die er verstand, ergaben keinen Sinn: »... weißt du eigentlich, welche Erniedrigung das für mich bedeutet?«

Seine Eltern verstummten, sobald sie Baptiste entdeckten. Als er sich wieder an den Tisch setzte, war die Mauer zwischen ihnen bereits in den Himmel gewachsen. Die Stille wog wie Blei und wurde für den Rest des Essens nicht mehr unterbrochen. Während der Nachtisch serviert wurde, stand Baptistes Vater auf und verließ den Raum. Kaum zehn Minuten später kam er zurück und setzte sich wortlos wieder zu ihnen. Baptiste konnte aus dem Augenwinkel sehen, dass die Mutter hart und erwartungsvoll zum Vater hinüber starrte. Der würdigte sie keines Blickes und sagte nur: »Der Junge hat mit der Sache nichts zu tun.«

Baptiste fiel ein Stein vom Herzen, doch dann stand seine Mutter mit einem Ruck vom Tisch auf, hätte dabei fast ihren Stuhl umgerissen und verließ wutschnaubend den Raum. Sekunden später fiel die Schlafzimmertür krachend ins Schloss.

Baptiste schaute seinen Vater an. Der war matt und müde. Das Alter hatte Besitz von ihm ergriffen. Die Haare waren licht und grau, der einstmals muskulöse Körper hatte seine Spannung verloren. Stattdessen wirkten die Konturen unscharf. Ungepflegte, graue Stoppeln konnten das Doppelkinn nicht verbergen. Am schlimmsten waren die Augen. Die waren glasig. Stets und immerzu.

Baptiste war das egal. Er liebte seinen Vater über alles und vermisste dessen frühere Ausbrüche von Zuneigung, wenn er sich leise hinter ihn geschlichen, ihn ohne Ankündigung gepackt und in die Höhe geworfen hatte. Immer wieder, während Baptiste vor Spaß und Lachen die Luft weggeblieben war.

Baptiste verließ den Tisch und schlich sich hinüber zum Schlafzimmer seiner Eltern. Er legte sein Ohr an die Tür und versuchte, ein Geräusch auszumachen. Doch da war nur Stille. Er klopfte vorsichtig und rief nach ihr. Aber er bekam keine Antwort. Da fasste er sich ein Herz und drückte die Klinke hinunter.

Als er das Zimmer betrat, lag seine Mutter auf ihrem Bett und starrte ins Nichts, ein seidenes Taschentuch in der einen und ein Röhrchen mit Tabletten in der anderen Hand. Er ging zu ihr, setzte sich ans Bett, nahm behutsam den Behälter aus ihrer Hand und begann, durch ihr Haar zu streichen. Sie schaute ihn kurz an, versuchte sich ein Lächeln abzuringen, doch mehr als eine Grimasse gelang ihr dabei nicht.

Baptiste versuchte, den Namen der Tabletten zu entziffern, doch der lateinische Name sagte ihm nichts.

»Was steht zwischen euch beiden?«, fragte er. Um seiner Frage den nötigen Ernst zu verleihen, fügte er hinzu, »Mutter, ich bin nun kein Kind mehr. Vielleicht kann ich euch helfen.«

Doch sie griff nur seine Hand, drückte sie und schüttelte mutlos den Kopf. Eine ungeheure Last schien sie in den Abgrund zu ziehen.

In den folgenden Monaten veränderte sich die Situation im Haus der Dumonts mit beängstigender Geschwindigkeit. Baptiste war alt genug, um zu verstehen, dass der Verfall seiner Familie schon seit

Jahren fortschritt, aber erst jetzt an die Oberfläche stieg, wie eine Wasserleiche, die langsam ihr Gewicht verlor. Er schlich sich regelmäßig ins Zimmer seiner Mutter und kontrollierte, was mit den Tabletten geschah. Wie zu erwarten, verringerte sich der Vorrat rasch. Mit dem Medikament fiel seine Mutter in eine tiefe Apathie, die nicht mehr als ihre äußere Hülle zurückließ.

Zudem entdeckte Baptiste, dass Mutter sich immer weiter in ihre Vergangenheit verkroch. Es begann damit, dass sie auf dem Sofa saß und in alten Fotoalben blätterte. Dann war ihr Gesichtsausdruck verzückt. Zunächst hielt er dies für ein gutes Zeichen, doch als er sich neben sie setzte, nahm sie ihn nicht einmal wahr. Es war beängstigend.

So schlimm wurde der Zustand, dass der Arzt ein regelmäßiger Besucher im Haus wurde. Doch auch er konnte ihr nicht helfen. So tief und mit solcher Kraft wurde die Mutter in die Dunkelheit gesogen, dass Baptiste dies fast schon mit Händen greifen konnte. So, als würde das Tageslicht im Haus absorbiert, als würden selbst die alltäglichsten Geräusche dumpf und matt. Irgendwann schlichen alle nur noch um Madame herum, mieden sie und versuchten, keinen Laut in ihrer Gegenwart von sich zu geben.

Baptistes Vater ließ den Arzt durch einen Spezialisten vom Militär ersetzen. Der brauchte geschlagene zwei Wochen, ehe er seinen ersten Besuch abstattete. Dann entschied er nach eingehender Prüfung, dass die Medikamente von nun an infundiert werden müssten, und erreichte damit, dass Baptistes Mutter das Bett noch seltener verließ. So schnell ging die Transformation, dass sie Baptiste Angst machte. Täglich ging er in ihr Zimmer, saß an ihrem Bett, las ihr aus Büchern vor und sprach mit ihr. Doch nur selten antwortete sie überhaupt.

Dann kamen die Wochen, in denen die Medikamente schneller ihre Wirkung verloren. Seine Mutter war aufgedreht, laut und unberechenbar, sie erdrückte Baptiste mit ausladenden Gesten der Liebe, redete unaufhörlich von den »guten alten Zeiten« und entwickelte die Energie eines ganzen Kraftwerks. Manchmal haderte sie mit dem Personal, meckerte wie eine Ziege, suchte nach Fehlern, stellte die hilflosen Putzfrauen zur Rede und stieg dabei persönlich auf die Leitern, um sie in ihrer Liederlichkeit zu überführen.

Einmal schmiss sie mit dem Essen nach dem neuen Koch, der nach kürzester Zeit die Stellung wieder aufgab. Dann – von einem auf den anderen Tag – folgten wieder Phasen völliger geistiger Narkose.

Baptistes Vater ertrug ihren Zustand am besten mithilfe von Alkohol und kam erst spät in der Nacht aus seinem Arbeitszimmer. Der Geruch nach Hochprozentigem umfing ihn jetzt ständig, und zum Schlafen verzog er sich in einen der Gästeräume.

Es war die Zeit, in der Baptistes Abschlussprüfung bevorstand. Abbe Seth erklärte ihm, dass das Prozedere sich durch die immer heftigeren Unruhen im Land verändern würde. Man könne den Eindruck gewinnen, dass die algerische Bevölkerung sich allmählich formiere und es nur eine Frage der Zeit sei, bis sie sich gegen ihre Usurpatoren erheben werde. Der Colonel machte daher von seinem Recht Gebrauch, seinen Sohn die Prüfungen, die ihn zu weiteren Studien befähigen sollten, allein in schriftlicher Form ablegen zu lassen. Die Arbeiten sollten anschließend durch das Militär an die Schulbehörde nach Paris weitergereicht und dort von einem Prüfer begutachtet werden.

Baptiste war fleißig und ehrgeizig. Er bat Gabriel um Hilfe, der ihm im Verständnis des Lehrstoffs trotz der Unregelmäßigkeit seines eigenen Unterrichts um Längen voraus war. Doch die Zeit des Lernens gestaltete sich schwierig, denn Baptiste fiel es schwer, sich zu konzentrieren. Dazu kam, dass Gabriel oft desinteressiert wirkte und übellaunig reagierte.

Diese neue Seite an Gabriel, die seine kindliche Schüchternheit abzulösen begann, schob sich zwischen die beiden. Es war nicht so, dass Baptiste ihre tiefe, lebenslange Bande nicht mehr spürte. Er bemerkte jedoch, dass Gabriel in anderes Fahrwasser geraten war, denn es mischten sich schwer verständliche Anflüge von Jähzorn in sein Verhalten. Unruhig lief der Freund im Zimmer auf und ab, war unkonzentriert, herrschte Baptiste unnötig an, machte sich lustig über ihn und verlor oft den Faden.

All das ertrug Baptiste. In seiner gesamten Umgebung waren die Menschen verändert, sodass es ihm nicht einmal verwunderlich erschien, dass dies nun auch mit seinem Freund geschah. Was er jedoch nicht ertrug, waren die Monologe voller Selbstgerechtigkeit. Dann lobte Gabriel seine Mutter über alle Maßen, zitierte die Bibel und spann ein Weltbild, voller Gerechtigkeit und Gottes Barmherzigkeit. Das machte Baptiste wütend, und immer häufiger kam es zu lautstarken Auseinandersetzungen oder gereizten Diskussionen.

Die schulische Abschlussprüfung fand einen Monat vor Baptistes achtzehntem Geburtstag statt und wurde in drei Etappen aufgeteilt. Während der gesamten Zeit war ein Soldat der Streitkräfte anwesend und kontrollierte den korrekten Ablauf. Es war eine dröge Zeit, die nur aus Lernen, Essen und Schlafen bestand.

Nach der letzten Prüfung zog Baptiste sich zurück. Er mochte weder Gabriel um sich haben noch der deprimierenden Stimmung seiner Eltern ausgesetzt sein. Außer zum Abendessen sah er sie kaum. Zu Mittag holte er sich aus der Küche eine Kleinigkeit, die ein neuer, namenloser Koch lieblos zubereitete. Jedes Mal, wenn er in dieser Küche stand, musste er an Miguel denken. Und natürlich an Rani. Daran, wie der Rosmarin seinen Duft durch die Küche verströmt hatte, oder wie das Stakkato der Metallgeräusche durch den Raum gehallt war, sobald die Messer eingesetzt wurden. Und natürlich, wie sie als Kinder zwischen den Arbeitsflächen hindurchgesaust waren, um sich zu necken, Fangen zu spielen oder sich einfach nur wohl und heimisch zu fühlen. Heimat – das war hier in der Küche gewesen.

Dann kamen die Prüfungsergebnisse. Baptiste hatte bestanden. Das hatte er zwar nicht anders erwartet, doch die Noten waren besser, als er gedacht hatte. Die Feier ließ jedoch noch eine Woche auf sich warten, denn seine Mutter beschloss, dass Baptistes nahender achtzehnter Geburtstag ein würdiger Tag sei, um beide Anlässe gebührend zu feiern. Sein Vater erhöhte die Spannung, indem er zwinkernd verlautbarte, Baptiste könne noch nicht ahnen, dass dies vielleicht der schönste Tag dessen Lebens werden würde. Für den Geburtstag wurde ein Abendessen organisiert, zu dem Hamid, Abbe

Seth und Major Laval von Baptistes Mutter eingeladen waren. Sie selbst bereitete zur Feier des Tages die Hors d'œuvres zu, was die Gesellschaft mit Fassung ertrug. Das übrige Essen kam aus einem der Dörfer, nachdem wieder einmal der Koch gekündigt hatte.

Abbe Seth beschenkte Baptiste mit einem alten, wertvoll aussehenden Buch über die Geschichte der Menschheit. Major Laval hatte in der Einöde einen eleganten Füllfederhalter aufgetrieben und Hamid beglückte ihn mit einer Kupferplatte, in der unzählige seiner früheren Spitznamen in schwungvoller arabischer Schrift eingraviert waren.

Dann kam Gabriel ins Zimmer. Madame Dumont schaute ungläubig auf, wollte in einem ersten Impuls nach den Wachen rufen, doch Baptistes Vater unterband dies mit einer autoritären Geste, die keinen Widerspruch duldete. Er hatte Baptistes Freund persönlich eingeladen.

»Setz dich zu uns, Gabriel«, sagte er zu dem Jungen, der sich schüchtern neben Abbe Seth niederließ. Major Laval kümmerte sich umgehend um ein weiteres Besteck. Plötzlich sprang Gabriel auf, erinnerte sich an den Anlass, ging zu Baptiste, umarmte ihn und wünschte ihm alles Gute und Liebe zur Feier des Tages. Dann überreichte er ihm eine hölzerne Schatulle, die er selbst geschnitzt hatte und der er mit dünnen, fragilen Pinselstrichen die Historie der beiden Freunde aufgemalt hatte. Da waren Baptiste und Gabriel, angedeutet durch zwei Hände, die sich hielten, da war das *Phantom*, das einen Schurken niederrang, der Pinguin, den sie nie wieder vergessen hatten, und sogar Rani und Miguel. Natürlich unerkennbar für all die anderen, angedeutet nur durch das Amulett, das die Diebin stets getragen hatte, doch das genügte, damit Baptiste sie sofort erkannte. Baptiste war gerührt und fasziniert. Wie Gabriel in seiner Zelle so etwas überhaupt erschaffen konnte, war unfassbar. Baptistes Vater lüftete das Geheimnis: Er hatte Gabriel die Erlaubnis erteilt, die kleine, anstaltseigene Werkstatt zu nutzen. Seine Entscheidung hatte er vor allen außer Hamid geheim gehalten, doch ihr verdankte Gabriel die Entdeckung seines handwerklichen Talents.

Kaum saß Gabriel am Tisch, da erhob sich Baptistes Vater zu einer feierlichen Rede. Seine Mutter, die während der liebevollen

Szene zwischen den beiden Jungen verbissen geschwiegen hatte, war mit einem Mal hellwach. Es schien, als überlegte sie sich, ob sie ebenfalls aufstehen solle, sie besann sich dann aber eines Besseren und verriet nur durch ihre Aufregung, das da etwas Besonderes kommen würde.

»Mutter und ich wollen dir danken …«, begann der Vater seine Rede und imponierte den Anwesenden mit der Klarheit seiner Formulierungen, die durch seinen Alkoholpegel kaum beeinträchtigt wurde. Er zeichnete das Bild eines guten Sohnes und ambitionierten Jugendlichen, dessen Liebe zu seiner Familie aufrecht war. Dann erzählte er einige mehr oder weniger peinliche Anekdoten aus Baptistes Leben als Kind, die von den übrigen Erwachsenen mit besinnlichem Lächeln goutiert wurden.

Danach kam er zum Geschenk der Eltern für ihren fast erwachsenen Sohn:

»Mein lieber Baptiste. In diesem Land gibt keine Zukunft für einen Jungen deines Alters. In Algier, wo die Unruhen brodeln, hat kaum ein Franzose mehr eine ruhige Minute ohne Sorge um sein Wohl. An der dortigen Universität zu studieren, wäre viel zu gefährlich, und eine Militärakademie kommt für deine Mutter nicht in Frage.« Er warf seiner Frau einen kurzen Blick zu, damit sie das Gesagte durch ein kurzes Nicken bestätigen konnte. Dann fuhr er fort: »Deshalb haben wir beschlossen, dich zum Studium nach Paris zu schicken, wo du von uns ein kleines Apartment gestellt bekommst. Es wird nichts Luxuriöses sein, aber ich denke, es wird angenehmer sein, als bei Tante Louise zu leben.«

Baptiste war sprachlos. Während es seine Mutter vor Aufregung über die Überraschung kaum auf dem Stuhl hielt und sie wie infantil zu klatschen begann, wusste er nicht, wie ihm geschah.

Paris. Das klang nach Freiheit. Nach Entfaltung und Leben. Aber es klang auch nach Abschied. Nach Hinter-sich-lassen und Verrat. Dann wieder nach Neuanfang. Er blickte hinüber zu Gabriel, der betrübt zu Boden schaute.

»Und dann ist da noch etwas«, nahm der Vater den Faden wieder auf. An der Reaktion seiner Mutter erkannte Baptiste, dass sie überrascht war, dass er etwas ankündigte, das auch ihr noch unbekannt war. Der Colonel wandte sich an Gabriel: »Gabriel, du bist unserem Sohn stets ein loyaler Freund gewesen. Dass dein Leben nicht leicht war, wissen wir, und du hast dich mit Bravour deinem Schicksal gestellt.«

Gabriel schaute verschüchtert zum Colonel hinüber. Aufmerksamkeit und Lob waren ihm unangenehm.

»Ich bin der Direktor dieses Gefängnisses. Mir obliegt die Obhut aller Menschen, die hier leben. Aller!«, sagte der Vater nachdrücklich. Dann schaute er generös in die Runde und zeigte sich amüsiert, weil so viel Spannung von seinem Publikum Besitz ergriffen hatte. Nur Baptistes Mutter schaute so grimmig drein, als fürchte sie ein Desaster.

»Ursprünglich hatte ich vor, dir eine Arbeit in einer der Städte im Norden des Landes zu verschaffen«, fuhr er fort. »Mein treuer Hamid hatte schon einiges organisiert.« Er schaute zu Hamid herüber, der stolz über die vertraute Anrede wirkte. »Doch ich habe mich anders entschieden.«

Jetzt war die Spannung auf dem Höhepunkt.

»Gabriel, ich möchte, dass du unseren Sohn nach Paris begleitest. Dass ihr gegenseitig auf euch aufpasst und dass du dort die Chance erhältst, eine Lehre als Schreiner zu absolvieren.«

Nun wurde es totenstill. Baptiste unterdrückte einen Freudenschrei und sah zu seiner Mutter. Die war erstarrt. Nur ihre Mimik verriet Hass, Erschöpfung und eine endgültig scheinende Enttäuschung.

Gabriel wirkte so verblüfft, als verstünde er nicht, dass er überhaupt gemeint war. Das Gefühl von Freiheit mischte sich auf seinem Gesicht mit dem der Angst, und gewiss drängten sich Gedanken an seine Mutter in seine Freude. Würde er es über sich bringen, seine Mutter zurückzulassen? *Unmöglich*, dachte Baptiste.

Der immer besonnene Abbe Seth durchbrach die Stille und klopfte Gabriel auf die Schulter. »Herzlichen Glückwunsch euch beiden!«

Hamid, der wohl gewartet hatte, wie die Stimmung sich entwickeln würde, schien im Begriff, etwas Ähnliches hinzufügen, als Baptistes Mutter mit einem Mal aufstand. »Du widerwärtiger Sohn einer Mörderin«, zischte sie zum Entsetzen der Anwesenden. »Niemals werde ich erlauben, dass du in der Nähe meines Sohns leben wirst, ohne dass ich ihn vor dir beschützen kann. Niemals! Wie ich dich hasse.« Sie fuhr wie eine Furie um ihren Stuhl herum, bereit, sich auf Gabriel zu stürzen. Doch der Major war schneller. Er fing sie ab, versuchte sie zu beruhigen und musste seine gesamte Kraft mobilisieren, um sie im Zaum zu halten. Nach kurzem Widerstand fiel sie in sich zusammen, die Nerven versagten und sie begann, hemmungslos zu weinen.

So endete der schönste Tag im Leben der beiden Freunde.

Am nächsten Tag war der Arzt zur Stelle, der Madame Dumont mit hohen Konzentrationen diverser Medikamente regelrecht niederstreckte. Von dem Tag an lag sie apathisch im Bett, und nur noch selten hörte Baptiste sie reden – und dann meist mit sich selbst.

Er mied seine Mutter, denn ihr Zustand war unerträglich. Paris lockte plötzlich mit heilender Entfernung, durch die er die Augen vor dem Unglück seiner Eltern verschließen konnte. An manchen Abenden, meist, wenn er schon schlafbereit im Bett lag, öffnete sich die Tür und seine Mutter stand im Nachtgewand im Türrahmen. Bleich wie ein Geist fragte sie ihn dann, ob er noch wach sei. Die ersten Male bejahte er, bereute es jedoch sogleich. Dann nämlich kam sie an sein Bett, strich durch sein Haar und fing meist an zu weinen. Sie stellte immer wieder die Forderung, er müsse bei ihr bleiben, erklärte, dass er sie nicht verlassen dürfe, dass sie ohne ihn nicht leben könne.

Schon bald ertrug er es nicht mehr, sondern geriet in Sorge und Wut. Er war der Sohn. Es waren nicht seine Probleme, nicht seine Bürde. Es war das Unglück seiner Eltern. Er versuchte, seiner Mutter das zu erklären, und sie wurde böse. Warf ihm vor, dass er sie nicht mehr lieben würde, ein Egoist sei, dass ein Mitglied ihrer Familie sich so nicht verhalten dürfe. Dass es seine Pflicht sei, das Wohl dieser Familie im Auge zu behalten. Deshalb stellte sich Baptiste fortan schlafend, wenn sie kam, und konnte den Tag der Abreise kaum erwarten, der in wenigen Wochen bevorstand.

Gabriel erging es nicht besser. Zunächst verbot Yasmina ihm schlichtweg die Übersiedlung nach Frankreich. Wo denn sein Stolz geblieben sei, die Almosen ihrer Peiniger anzunehmen? Sie machte ihm den Vorwurf, dass er sich selbst wie ein Franzose benehme und dass dies der schreckliche Einfluss seines Freundes sei. Einen rückgratlosen Lakaien schimpfte sie ihn, gerade gut genug, um auf den »Herrn Sohn des Direktors‹ aufzupassen. Was er denn glaube, warum er ein solches ›Geschenk‹ überhaupt erhalte? Eben nicht, weil es um sein Wohl ginge, sondern weil er die Rasse und Demut eines Dieners habe und deshalb auch nur zum Diener für diese Herrenmenschen tauge.

Und was er denke, was ihn in Paris erwartete? Allenfalls die billigen Huren, die ihm seine wackelige Gottesfürchtigkeit schon austreiben würden.

Gabriel hatte nicht die Möglichkeit, seine Augen zu schließen und sich schlafend zu stellen. Also versuchte er, seine Mutter zu beruhigen und ihr keine weiteren Argumente zu liefern. Doch ohne die Zustimmung seiner Mutter – wie sollte er diesen Ort nur verlassen können?

Eines Abends, als der Tag nicht mehr fern war, fragte ihn Yasmina, ob er auch bedacht habe, dass sie selbst in wenigen Monaten entlassen werden würde. Dass die zwanzig Jahre nun vergangen seien, in denen sie für den Fehler gebüßt hatte, ihren Ehemann überhaupt kennengelernt zu haben. Wie er sich vorstellte, dass sie die Zeit da draußen alleine überleben solle?

Damit rang sie Gabriel nieder, brach seinen Widerstand. Die Vorstellung, dass seine Mutter die ersten Schritte in Freiheit – hilflos und gealtert – allein versuchen sollte, wog zu schwer. Das würde er nicht ertragen.

Einmal noch unternahm er einen halbherzigen Versuch, ihr die Chancen zu erläutern, die Paris ihm – und damit ihnen beiden – bieten würde. Von dem, was er als Schreiner verdiente, würden sie einmal leben können. Er gestand ihr natürlich nicht, welcher Sehnsucht er da eigentlich folgte, doch merkte bald, dass sie seine Schwäche schon längst erkannt hatte und ihn niemals gehen lassen würde.

Nach drei weiteren Tagen suchte er den Colonel auf, bat ihn darum, das Geschenk ablehnen zu dürfen, und versuchte zu verhindern, dass der sich Yasmina vorknöpfte. Nach einer halben Stunde hatte der Colonel ein Einsehen und bot ihm an, er könne Baptiste nachfolgen, wenn seine Mutter sich in der Freiheit eingewöhnt hatte. Gabriel schaute ihn an, wohlwissend, dass dies nie geschehen würde. Mütter waren heilig und deren Wille das Wort Gottes. Und sie würde ihn nicht gehen lassen. Niemals. Stattdessen fragte er vorsichtig, ob das Angebot, sich zum Schreiner ausbilden zu lassen, weiterhin bestünde, und vielleicht fände sich eine Werkstatt nicht im Norden des Landes, sondern hier in der Nähe.

Der Colonel blickte kaum von seinem Schreibtisch auf, aber er versprach, darüber nachzudenken.

Kapitel 8

Der Abschied war furchtbar. Am Vorabend begann es zu regnen. So selten waren diese Tage im Jahr, dass sich die Menschen eigentlich darüber freuten, doch in Baptiste stiegen wehmütige Erinnerungen hoch. Das Gepäck für seinen Umzug war bereits vor Tagen abgeholt worden, und nun wartete er auf die letzte Nacht. Während seine Mutter ihn mit Ignoranz, Enttäuschung und Vorwürfen überhäufte, hatte er einige schöne Gespräche mit seinem Vater gehabt. Der hatte ihm von Paris erzählt, Anekdoten aus seiner Zeit in der Stadt der Liebe zum Besten gegeben und auch mit Ratschlägen und Mahnungen nicht gespart. Eines Abends hatte er ihn in die Weihen des Alkohols eingeführt. Baptiste schwieg verschämt und tat so, als trinke er zum ersten Mal. Es schmeckte keinen Deut besser.

Es war schon seltsam. Da hatte er all die Jahre um die Nähe zu seinem Vater gebuhlt und jetzt, da er das elterliche Haus verließ, entstanden die Bande, die er sich so sehr wünschte. Er war versucht, einen letzten Anlauf zu starten, das Geheimnis seiner Eltern zu erfahren, beschloss dann aber, diese Bürde nicht mit in sein neues Leben zu nehmen.

Die Trauer und das Unbehagen, mit dem er an das fremde Land dachte, wichen der Neugier auf das Neue und Unbekannte. Tante Louise, die er in seinem Leben nur zweimal gesehen hatte, würde in den ersten Monaten sein Anker sein, bevor er sich in seinem eigenen Apartment ein selbstständiges Leben einrichten durfte.

Dann kam der Abschied von Gabriel. Der wog schwerer als alles andere. Als Gabriel zu ihm ins Zimmer trat, war es bereits dunkel. Das elektrische Licht flackerte im ungleichen Takt der Transformatoren und tauchte den Raum, der kaum noch persönliche Gegenstände beherbergte, in künstliche, harte und kalte Farben.

Gabriel gab sich große Mühe. Er lachte beim Eintreten und gab einige joviale Sprüche zum Besten. Ob er denn bereit sei für die große Reise und das Abenteuer, wollte er wissen. Dass die französischen Frauen als gefährlich und schön galten, erklärte er und bat Baptiste, er möge dem Eiffelturm in seinem Namen eine Kerbe ins Gestänge ritzen.

Es gab nicht viel zu besprechen und doch blieben sie lange beieinander. Genossen die Nähe und versicherten sich, dass es nicht allzu lange dauern würde, bis sie sich wiedersähen. Sie verzichteten auf Geschenke, denn es sollte sich nicht wie ein Abschied anfühlen. Irgendwann fragte Baptiste dann doch, ob er seinen Freund nicht umstimmen könne, und darüber gerieten sie in einen hässlichen Streit.

»Du bist deiner Mutter nichts schuldig«, begann Baptiste.

»Das kannst du nicht beurteilen«, konterte Gabriel trotzig.

»Warum nicht? Glaubst du, dass der Terror meiner Mutter leichter zu ertragen ist?«

»Wieso glaubst du, dass du deine Mutter mit meiner vergleichen kannst?« In Gabriels Stimme lag bereits das Gewitter, dessen Ausbruch er nicht kontrollieren konnte.

Doch Baptiste insistierte weiter: »Du hast dein ganzes bisheriges Leben hinter Gittern verbracht. Wem hast du das zu verdanken? Meinst du nicht, dass du schon genügend geopfert hast und dass du die Chance, die mein Vater dir bietet, annehmen solltest?«

»Willst du mir etwa weismachen, dass das Angebot deines Vaters uneigennützig ist?« In Gabriels Augen flackerte der Jähzorn. »Im

Gegenteil. Ich bin nicht mehr als ein Ding, das er braucht, um seinem geliebten Sohn ein angenehmes Leben zu bereiten. Dein Diener und Lakai«, zitierte Gabriel die Worte seiner Mutter.

Baptiste schaute seinen Freund betroffen an. »Was ist nur los mit dir?«, rief er aus. Er wollte noch etwas hinzufügen, etwas, das Gabriel dazu bewegen könnte, die Ungerechtigkeit gegen seinen Vater zurückzunehmen, ihm die Hand zu reichen und eine Brücke zu bauen, ihre Freundschaft nicht am letzten Tag aufs Spiel zu setzen. Doch dann hielt er inne. Warum sollten sie nicht ehrlich zu einander sein? Wem wollte er etwas vormachen? Die Unbedarftheit früherer Tage war dahin. Ihre Freundschaft, so tief sie auch ging – sie hatte sich verändert. Hatte er nicht all die Jahre Rücksicht auf die schwierige Lage seines Freundes genommen? Er stellte die Frage laut.

»Genau«, fuhr ihn Gabriel an. »Aber wer kann denn überhaupt Rücksicht nehmen? Doch nur der Lehnsherr, der seinem Untertan generös verzeiht.«

Baptiste wollte zurückschlagen, Das Selbstmitleid, in dem Gabriel sich suhlte, entlarven, doch mit einem Mal war es ihm zu viel. Er freute sich auf den Neuanfang, der da lockte. Die Umstände schienen ihm plötzlich so schwierig und kompliziert, dass er glaubte, eine Saat in sich zu spüren, die in anderer Erde zu keimen bereit war. Fort aus Abda und der quälenden Schwere dieser schrecklichen Verhältnisse, hinein in Leichtigkeit und Autonomie. Also schwieg er. Sie vertrugen sich nach einiger Zeit und schoben den Grund für den Streit auf den Schmerz der bevorstehenden Trennung, beteuerten sich gegenseitig, dass nur der Streit die Kraft besäße, Freundschaften von Zeit zu Zeit zu reinigen. Doch ein Makel – und das wussten beide – würde von dem Gesagten haften bleiben.

Zurück in der Zelle lag Gabriel bis tief in die Nacht wach. Da war plötzlich der Wunsch, blind um sich zu schlagen. Immer wieder und ohne an die Konsequenzen zu denken. Jetzt kam sie wieder, die zerstörerische Kraft, die er schon als Kind in sich gespürt hatte und die weder vor Gott noch vor der Liebe oder gar vor seiner einzigen Freundschaft haltzumachen schien. Die Kraft, die seine Wut nährte, die ihn isolierte und einsam machte. Er klagte Rani an. Zum ersten

Mal wagte er das. Warum hatte sie nicht *ihn* mitgenommen? Wie gerne wäre er mit ihr geflohen.

Seine Mutter kam zu ihm herüber und setzte sich neben ihn. Umarmte ihn. Ungelenk, weil unerfahren. Es war eine Geste, die in diesen Wänden selten war. So selten, dass Gabriel nicht wusste, wie er darauf reagieren sollte. Also ertrug er die Umarmung und versuchte, sich seine Verstörung nicht anmerken zu lassen. Doch das gelang ihm nicht, denn seine Mutter brach den unbeholfenen Versuch ab und wandte sich wieder ihrer Beschäftigung zu.

Am nächsten Morgen schreckte Gabriel aus einem Traum, in dem er stundenlang gefangen schien. Er hatte von einem Riesen aus Stein geträumt, der ihm mit seiner massiven Faust immer wieder auf die Hände schlug, seine Finger zerschmetterte, die Knöchel zerbrach und wieder und wieder aufs Neue ausholte.

Als er endlich wach wurde, bemerkte er, dass es der ferne Lärm von Motoren war, der sich in das mahlende Geräusch des Traums gemischt hatte. Gabriel stürzte ans Fenster, um am Sonnenstand die Tageszeit abzulesen, denn der Wecker funktionierte schon lange nicht mehr, und sofort wusste er, dass Baptiste im Begriff war, Abda zu verlassen. Für immer!

Vergessen war die gestrige Wut, und bevor er sich besinnen konnte, war er schon aus seinem Schlafanzug heraus, hatte sich flüchtig Hemd und Hose übergestreift und lief barfuß hinüber, um Baptiste ein letztes Mal zu sprechen.

Doch er kam zu spät. Er konnte nicht mehr tun, als Baptiste, der bereits im Auto saß, aus der Ferne in die Augen zu schauen. Kurz keimte die Hoffnung auf, Baptiste werde dem Fahrer ein »Halt« zurufen, doch er erwiderte nur regungslos Gabriels Blick, wandte sich dann nach vorne, als sei der Freund gar nicht anwesend, und sie fuhren los.

Gabriel stand ohnmächtig neben dem Colonel, die Madame war nirgends zu sehen. Als Gabriel ihn grüßte, erntete er nur einen befremdeten Blick. In den Augen des Colonels war zu lesen, was Gabriel schon lange wusste: Dass er nicht mehr als der Hütehund seines Sohnes hätte werden sollen und dass er durch seine Verweigerung wertlos geworden war.

Drei Monate später wurde Yasmina entlassen. Vom Angebot des Colonels hatte Gabriel nie wieder etwas gehört, und es gab kaum einen Tag, an dem er nicht den Hohn seiner Mutter zu hören bekam: Die ganze Sache sei ihm hoffentlich eine Lehre, wie sie nur das Leben schreiben könne – also Gott.

Sie bezogen eine schäbige Unterkunft, nicht mehr als ein Loch, und auch die konnten sie kaum bezahlen. An eine Ausbildung zum Schreiner war nicht zu denken. Stattdessen schuftete Gabriel von früh bis spät, nahm jeden sich bietenden Aushilfsjob an, um ein wenig Geld zu verdienen, und selbst dazu benötigte er Hamids Starthilfe, ohne die er mit seiner Mutter wahrscheinlich verhungert wäre.

Er lernte den rauen Ton auf der Straße kennen. Das wüste Streiten. Das Stehlen. Und natürlich den Umgang mit dem Nebel aus Drogen, durch den er immer häufiger watete, seit sie ihm von seinen neuen Freunden angeboten wurden.

Und Baptiste? Der war nicht mehr als ein ferner Schimmer in den Schwaden seiner Erinnerungen. Es gab Tage, da kochte Hass hoch, ebenso wie es mit der Liebe geschah, doch immer seltener hatte Gabriel die Ruhe oder auch nur genug Klarheit, sich seines besten und einzigen Freundes zu erinnern.

Auch die Gebete wurden heftiger. Verbissener. Er rang mit Gott. Fanatisch versuchte er, ihn zu spüren, ach was, überhaupt etwas zu empfinden, irgendetwas zu fühlen, das ihm Wärme und Halt hätte geben können. Doch da war nichts. Außer der Gewissheit, gescheitert zu sein.

Bald schon hatte er eine neue Sorge: In den Klang von Yasminas Husten mischte sich eine Färbung, die Angst machte, doch sie waren gezwungen, ihn zu ignorieren. Das, was Gabriel heimbrachte, reichte kaum für zwei, und manchmal war es nicht mehr als ein wenig altes Mehl oder trockenes Brot. Hamid half, so gut es ging, doch für Medikamente war einfach kein Geld da.

Dann brach das Jahr 1954 an, und die Stimmung begann, im Land überzukochen. Der Virus der Freiheit griff um sich. Gerüchte drangen bis nach Abda, dass eine neue Bewegung im Anmarsch sei, die sich in Kairo formiert hatte. Das waren die Tage, an denen jeder stolze Algerier heimlich von der Gründung einer neuen Bewegung, der *Nationalen Befreiungsfront FLN* sprach, und vom bewaffneten Kampf, der überall geführt wurde.

Gabriel war fasziniert. Freiheit. Das bloße Wort ließ ihn schaudern, und die Vorstellung von einem bewaffneten Kampf erregte ihn ganz besonders. Auf den Straßen des Dorfes führte er nicht selten das Wort. Da kam er plötzlich zu einer Überlegenheit, die er seinem Unterricht bei Abbe Seth zu verdanken hatte.

Jetzt war er nicht mehr das Zellenkind, jetzt war er der Führer, der das *Franzosenpack* aus den Städten treiben und schlachten würde.

Nur zu Hause war er wieder Gabriel, der Fürsorgliche, der seine Mutter pflegte.

Bis es eines Abends an der Tür klopfte.

Kapitel 9

Baptiste war glücklich wie lange nicht mehr. Oft saß er im Café an einem gut ausgeleuchteten Platz und beobachtete stundenlang das Treiben der Pariser Studenten. Dort lernte er Lola kennen. Und mit ihr die körperliche Liebe, mit der sie ihn süchtig machte.

Rasch hatte er Tante Louise dazu beschwatzt, ihm Geld zuzustecken, damit er sich eine modische Jacke kaufen konnte. Er ging zu einem Friseur, zum ersten Mal zu einem echten, der das Handwerk gelernt hatte. Einem, der ihm die Frisur so föhnte, dass er sich richtiggehend elegant vorkam.

Er studierte sogar sorgsam, denn das Lernen machte ihm Spaß. Weniger der Stoff, doch wenn er sich selbst beobachtete, wie er dasaß, brütend über seine Bücher gebeugt, mit dem geschenkten Füllfederhalter und einer schönen Kladde, in die er seine Erkenntnisse eintrug, dann war er erfüllt von Stolz. Dann bekam sein Leben eine Bedeutung.

Er begann zu rauchen. Selbstgedrehte, weil das die Studenten so taten. Und weil er Miguel schon als Kind bewundert hatte, wenn er den Tabak lässig in das dünne Papier rollte.

Überhaupt begann er, vieles den älteren Semestern gleichzutun. Er las Sartre. Der schlug sich zu den Kommunisten. Also sympathisierte er ebenfalls mit der KPF.

Dann las er Camus. Und bald schon plädierte er für die bürgerliche Gleichstellung der *Arabes*.

In den studentischen Kreisen in denen er verkehrte, wurde er nach seiner Meinung gefragt – als Franzose, der in Algerien aufgewachsen war, als Experte quasi. Er hielt mit seiner Auffassung nicht hinter dem Berg. Klärte seine Freunde auf, dass die Algerier ein stolzes Volk seien, deren Intellekt ihm allerdings begrenzt schiene – wie hätte sich bei all der Unterdrückung denn auch etwas entwickeln können? Er erzählte die Geschichte der stolzen Tuareg und über die Bedeutung des *Tagelmust*. Abbe Seth sei Dank.

Einmal pro Woche schrieb er einen Brief an seine Eltern. Vieles verschwieg er. *Lola.*

Vieles übertrieb er. *Seinen Fleiß.*

Anderes schmälerte er. *Das Glücksgefühl der Freiheit.*

Manches ignorierte er. *Die Sehnsucht nach seiner Familie. Und nach Gabriel.*

Etwa jeder vierte seiner Briefe wurde von seinem Vater beantwortet. Mutter richte ihre Liebe aus, lauteten stets die letzten Worte. Die Sorge, dass es ihr schlecht gehen könnte, verdrängte Baptiste in die letzten Winkel seines Bewusstseins. Dort, wo es selbst der Seele zu dunkel wurde, um genauer hinzuschauen.

So ging das alles eine Weile. Aus Lola war eines Tages Chloé geworden. Aus Chloé recht bald Louna. Bei der nächsten konnte er sich nicht einmal an den Namen erinnern.

Dann folgte eine schmerzhafte Erfahrung. Jade. Die gefiel ihm, weil sie verwegen und intensiv in die Nacht hinausschrie, und ehe er dessen überdrüssig wurde, hatte sie Baptiste gegen irgendeinen Joel getauscht und ihn gelehrt, was Verlassen werden bedeutete. Doch als er inmitten des Marais auf der Place des Vosges Catherine kennenlernte, war die Schmach überstanden.

In erregendem Taktschlag strichen die Monate dahin.

Bis es eines Abends an der Tür klopfte.

Kapitel 10

Vor der Tür stand Sahira. Wobei *stehen* das gänzlich falsche Wort war, denn nach der Behandlung durch *Eisscholle* war sie auf Krücken angewiesen, mit denen sie eher schlecht als recht zurechtkam.

Gabriel war überrascht, denn Sahira außerhalb der Gefängnismauern zu sehen, war neu. Sahira, die offensichtlich nichts von ihrer Bissigkeit eingebüßt hatte, drängelte sich an ihm vorbei, hieß ihn, den Kiefer wieder hochzuklappen und ihr einen Tee zu bringen. Sahira war aus der Haft entlassen!

Als sie Yasminas Husten hörte, verfinsterte sich ihr Blick. Sie befahl Gabriel, auf der Stelle loszuziehen und ausreichend Samen des Echten Schwarzkümmels zu besorgen. Wenn nötig solle er sie stehlen, einbrechen, was auch immer. Nur herbeischaffen solle er sie. Sofort.

Gabriel war ungehalten. Sie habe ihm nichts zu befehlen, und was hatte sie überhaupt unter seinem Dach zu suchen? Hier in Freiheit habe sie keine Macht über ihn. Verschwinden solle sie. Augenblicklich! Doch Sahira lachte nur.

Yasmina versuchte, ihrem Sohn den Mund zu verbieten, doch jedes Wort endete in blutertränktem Husten. Gabriel wollte Sahira von seiner Mutter wegdrängen. Gab sich Mühe, bedrohlich zu wirken.

»Was fällt dir ein, du Franzosenbrut?«, schrie Sahira ihn an, als er sie wegstieß.

Gabriel spannte seine Muskeln an. Er versuchte, sich im Griff zu behalten. »Nenne mich nie wieder einen Franzosen, du Hexe«, zischte er. Er ging einen Schritt auf sie zu, bereit, ihr Gewalt anzutun, wenn sie nicht augenblicklich aufhörte, ihn derart zu beleidigen. Doch sie lachte wieder nur.

»Wie soll ich dich denn sonst nennen?«

»Mein Vater war ein algerischer Wärter, der meine Mutter geliebt hat«, presste er hervor.

Sahira schaute die beiden verdutzt an, doch schon im nächsten Moment kreischte sie lachend auf, dass ihr die Tränen kamen. »Hast du ihm das erzählt, Yasmina?«, rief sie zu seiner Mutter hinüber.

»Hast du ihm diese Lüge aufgetischt? Bist du damit durchgekommen?«

Sie drehte sich wieder zu Gabriel, der wie unter Strom stand. »Hast du das Getuschel in Abda all die Jahre einfach ignoriert? Willst du mir erzählen, dass du das geschafft hast? Meinen Respekt.« Sie krümmte sich vor Überheblichkeit.

Gabriel drohte, jeden Moment zu explodieren.

Doch Sahira hörte nicht auf. »Was denkst du, woher du deinen hellen Teint hast? Und warum dein Gesicht Züge aufweist, die du bei keinem Algerier je sehen wirst?« Sie war dabei, sich in Rage zu reden, und Yasmina konnte sie nicht aufhalten. »Weißt du, was dein Problem ist, Junge? Du hast in deinem Leben zu wenig Spiegel gesehen. Ein leidiger Umstand in Abda, denn dort gibt es kaum welche. Sonst wäre dir längst aufgefallen, wie ähnlich du ihm bist, deinem Vater. Und auch deinem Bruder. Habt ihr nicht die gleiche Haut? Habt ihr nicht die gleiche Statur? Und deine Augen? Du könntest sie ihm gestohlen haben.« Sie setzte sich zufrieden auf die Kante des Bettes, um Yasminas Stirn zu fühlen.

Gabriel verstand kein Wort.

»Bist du tatsächlich so naiv? Herrgott, ich schäme mich, dass du jemals mein Schüler warst. Ich habe dir ganz offensichtlich nichts beibringen können.«

Gabriels Knie begannen zu zittern, so wie es seine Stimme tat. Seine Hände ballte er zu Fäusten. »Mutter. Was sagt die Hexe da? Was soll das bedeuten?«

Doch Yasmina, deren Haut blass und fad geworden war, schwieg nur. Flehte Sahira mit ihrem Blick an, endlich still zu sein.

Doch die hörte nicht auf. »Was das bedeutet? Junge, denk nach. Was glaubst du, warum du so viele Jahre bei deiner Mutter bleiben durftest? Als einziges Kind an einem kinderlosen Ort.«

»Weil ich sonst gestorben wäre. Weil ich als Baby nicht habe trinken wollen«, blaffte Gabriel zurück.

Sahira winkte herablassend ab.

»Ach, Junge. Das Leben in Abda hat keinen Wert. Du bist doch nicht allen Ernstes der Meinung, dass einem beliebigen anderen

Kind diese Gnade zuteilgeworden wäre. Nein, niemand anderes als du durfte in Abda Kind sein.«

Als sie bemerkte, dass Gabriel noch immer nicht verstand, holte sie zu ihrem letzten Schlag aus. »Du Narr. Wem siehst du so ähnlich, dass jeder Blinde erkennen könnte, aus wessen Samen du entstanden bist?«

Und dann begriff Gabriel all die Anspielungen. Wurde mit einem Mal starr wie ein Fels. Das Blut wich aus seinem Kopf. Ihm wurde schlecht.

»Haha, welch ein Schauspiel«, krächzte die Hexe.

Gabriel schien, dass der spärliche Kerzenschein sich nur noch auf ihren faltigen Zügen fing, sodass ihr Gesicht wie eine unheimliche Fratze wirkte.

»Endlich! Seht her«, rief sie aus und wandte sich an ihr imaginäres Publikum. »Jetzt hat er es begriffen. Trau dich nur, es auszusprechen. Du bist die Frucht des Colonels. Er hat sich eines Nachts genommen, was ihm zustand, denn wir sind alle nur seine Sklavinnen gewesen.«

Gabriel fühlte sich wie ein Toter. Alle Kraft wich aus dem Körper, der eben noch bereit gewesen war, Sahira in Stücke zu reißen. Er wimmerte nicht mehr als ein hilfloses *Nein*, sank zu Boden und schluchzte. Er kroch zu seiner Mutter, verbarg seinen Kopf in ihrem Schoß und wünschte sich, sie möge alles ungeschehen machen.

Und dann begann Yasmina zu erzählen. Leise und krank. Davon, wie der Colonel versucht hatte, sie zu verführen. Sie eine Schönheit nannte. Seine *Perle von Abda*. Wie er sie in sein Zimmer bestellte. Wieder und wieder. Ihr davon erzählte, dass seine Frau ihn so unglücklich mache, dass sie ihm vorwarf, sie habe seinetwegen »alles aufgegeben, um in Abda zu verrotten.« Er klagte, dass die Madame sich ihm verweigert hatte, als sie mit Baptiste schwanger war. Und auch danach noch. Er behauptete zu spüren, dass sich dies nie wieder ändern würde. Sie erzählte, wie er ihr geschmeichelt hatte. Ihr eine Einzelzelle versprach. Und andere Vergünstigungen. Sie hatte es gewagt, Sahira danach zu fragen, ob es nicht sogar möglich war, dass der Colonel aufrichtige Gefühle für sie hegte. Dass sie vielleicht etwas besonderes sei und dass er dies erkannt habe. Schließlich war der Colonel innerhalb dieser Mauern allmächtig und konnte sich nehmen, was und wen er wollte. Er brauchte keine Zustimmung von ihr, schon gar keine Erlaubnis, und trotzdem bemühte er sich um sie, rührte sie nicht an.

Doch als Sahira in schallendes Gelächter ausbrach, hatte sie auf die Ältere gehört. Hatte verstanden, dass dies nur der Anfang sein würde, und sich ihm verweigert. Dem Direktor! Der Fehler ihres Lebens.

Sahira keifte sie verächtlich an: »Was denkst du, was er mit dir gemacht hätte, wenn du dich darauf eingelassen hättest? Ein Leben lang hätte er sich bedient, wann immer es ihm beliebt hätte. So hast du es mit einem Mal hinter dir gehabt. Richtiggehendes Glück hast du gehabt. Nichts weiter. Dass dieser Bastard dabei herauskommen würde – wer hätte das ahnen können?«

»Was ist dann passiert?«, fragte Gabriel, dem der Rotz aus der Nase lief.

»Was denn wohl? Genommen hat er sich, was er haben wollte. Hat deiner Mutter einen Sack über den Kopf gestülpt. Dachte wohl, dass sie nicht merken würde, wer es da mit ihr trieb. Aber ich sage dir eines, Junge. Der Geruch, den kann keiner verstecken. Wenn's um die Gier und die Laute geht, kann keiner sich verstellen. Jede Frau hätte bemerkt, wer da mit Gewalt ihn sie eingedrungen war.«

So abfällig sagte sie es, dass sie anschließend auf den Boden spuckte, mit dem Ärmel den Mund abwischte und dann nachdenklich einen Satz hinzufügte:

»Deine Mutter hatte Glück, dass er um seine Entdeckung fürchten musste. Doch die Madame war nicht dumm. Hat ihn gelöchert und gebohrt. Hat wahrscheinlich den Geruch der Fremden gerochen.«

Sie machte eine kurze Pause. »Und clever war er, das muss man ihm lassen. Hat den armen Pascal fast zu Tode geprügelt. Welch ein Glück für den Colonel, dass der arme Tor sich schon an zweien von uns vergriffen hatte. Wenigstens in dem Punkt hat deine Mutter auf mich gehört und verschwiegen, wer das wahre Tier gewesen war.«

Gabriel konnte das alles nicht mehr ertragen. Aber Sahira hatte noch ein letztes Wort zu sagen. »Was denkst du, warum er dich nach Paris verfrachten wollte? Nicht als Aufpasser. Nein. Weil er dich aus dem Weg haben wollte. Wie bei deiner Geburt schon. Weit weg. Weil er hoffte, dass er wieder ein normales Leben mit seiner Frau führen könnte, wenn du nur aus ihren Augen wärst.«

»Aber warum hat er mich dann so lange bei Mutter leben lassen?«

»Wer weiß das schon? Vielleicht hatte er väterliche Gefühle. Vielleicht wurde er mit zunehmendem Alter sentimental. Vielleicht wollte er Baptiste nicht seinen einzigen Freund in dieser Einöde stehlen. Junge, es ist egal. Du bist nicht mehr als eine Schachfigur gewesen. All die Jahre.«

Er nahm kaum noch wahr, dass Sahira immer weiter redete. Dass sie erzählte, wie sie Yasmina damals vorgeschlagen hatte, mit einem Drahtbügel persönlich eine Abtreibung durchzuführen. Dass es für Gabriel und Yasmina das Beste gewesen wäre, dass ihr aber wie so oft – niemand geglaubt habe.

Gabriel wankte nach draußen. Er brauchte Luft. Auf der Straße sackte er nieder und schrie so lange und laut in die Nacht, bis ihm der Kopf schmerzte. Dann kam der unbändige Hass auf das, was der Colonel seiner Mutter angetan hatte. Und ihm. Er würde ihn zur Rede stellen. Sofort.

Er rannte los. Rannte den langen Hang hinauf, bis die Lungen fast explodierten. Nach kurzer Zeit hatte er das Gefühl, dass er sich übergeben müsse, doch er rannte weiter. Kurz vor dem Gefängnis blieb er stehen, versuchte, sich zu ordnen, den Schweiß trocknen zu lassen, denn am Wärter musste er vorbeikommen.

Er hatte Glück, da in dieser Nacht einer der freundlichen Wärter Dienst hatte, der ihn sofort erkannte. Dass er den Colonel überraschen wolle, schien dem nicht seltsam vorzukommen. Warum auch, er war ja all die Jahre wie ein Sohn ein und aus gegangen. Ganz harmlos also. *Wie ein Sohn*. Eben nicht. Er *war* der Sohn. Und dem war der Bruder genommen worden. Und ein anständiges Leben.

Kaum, dass der Wärter ihn hatte passieren lassen, lief er durch die große Eingangshalle. Wo war das Schwein?

Es herrschte Stille. Nur aus dem Arbeitszimmer fiel Licht in den Flur. Er schlich sich an, schlüpfte durch die Tür und sah den Colonel hinter dem Schreibtisch, halb liegend in seinem Sessel, den Kopf ihm Nacken, die Augen geschlossen. Er ließ wohl den Alkohol wirken, der auf dem Tisch vor ihm stand.

Als die Diele knarrte, schreckte er auf, und obwohl er Gabriel gleich erkannte, schaute er ihm nur bleiern entgegen. Er war offensichtlich schwer betrunken.

»Was willst du hier?«, lallte er.

Gabriel wollte antworten, doch die Wut versagte ihm die Stimme.

»Hey, ich rede mit dir«, schob der Colonel nach. Dann stand er auf. Taumelte. Wäre fast gestürzt.

»Ach was, es ist egal. Alles ist egal.«

Er fummelte am Knopf seiner Jacke, doch die Motorik hatte längst die notwendige Präzision eingebüßt. »Verschwinde von hier. Du hast hier nichts mehr zu suchen«, herrschte er ihn an und wollte an Gabriel vorbei aus dem Zimmer torkeln.

Gabriel rang um Fassung. In ihm loderte ein gefährliches Feuer, das jede Sekunde auszubrechen drohte. Als der Colonel auf seiner Höhe war, hielt er ihn fest und stieß ihn zurück. Der verlor den Halt und rettete sich im Fallen auf einen der Stühle, die in der Nähe standen.

»Wie konnten Sie das meiner Mutter antun?«, presste Gabriel mühsam hervor.

Der Colonel war zu verdutzt, als dass er hätte antworten können. Er schaute Gabriel nur fragend an.

»Sie haben sie vergewaltigt, Sie Schwein.«

Der Hass saß so tief, dass Gabriel zwischen Betäubung und Rage gefangen war. Der Colonel verstand nicht gleich, doch als er schließlich begriff, worum es ging, lachte er schallend auf. »Deswegen bist du hier? Weil deine Mutter dir irgendeinen Mist erzählt hat? Was es auch immer war, es wird gelogen sein. Alle Huren lügen hier.« Er war jämmerlich betrunken.

»Was sind Sie für ein Widerling? Schauen Sie sich an. Nicht einmal genug Mut haben Sie, zu Ihrer Tat zu stehen. Ich schäme mich, dass Sie mein Erzeuger sind.«

Der Colonel schien erst jetzt wirklich zu erfassen, was Gabriel gemeint hatte. Ihm war wohl nicht klar gewesen, dass die Erkenntnis seines Sohnes schon so weit gediehen war. »Und wenn schon. Sei es drum«, lallte er. »Du bist so ein dummer Junge. Wie lange du gebraucht hast, um herauszufinden, was du in deinem eigenen Gesicht seit Jahren hättest lesen können.« Er versuchte aufzustehen, doch es gelang ihm nicht. »Und nun? Was willst du? Dass ich zu Kreuze krieche? Um Verzeihung bitte? Lächerlich! Glaub mir, Junge. Ich habe längst für das, was damals passiert ist, bezahlt. Tausendfach. Weißt du, was dagegen heute passiert ist? Meine Frau hat mir gesagt, ich widere sie an. Meine eigene Frau. Für die ich alles getan habe, was ein Mann zu tun in der Lage ist. Ist das Dank? Habe ich ihr nicht ein schönes Haus verschafft? Hab ich ihr nicht Baptiste geschenkt? Hat sie hier nicht alles, was eine Frau braucht? Stattdessen habe ich mir anhören müssen, dass sie ihre Karriere für mich aufgegeben hat. Karriere. Als ob man mit dem Geklimpere eine Karriere hätte machen können. Für eine Provinzposse hätte es nicht einmal gereicht.« Er dachte kurz nach. »Glaub mir. Du bist besser dran, nichts mit meiner Familie zu tun zu haben.«

Gabriel war fassungslos. Wie schallende Ohrfeigen dröhnten die Sätze in seinem Kopf.

Und der Colonel legte sogar noch nach. »Was glaubst du, was für eine Hölle mein Leben in den letzten Jahren gewesen ist, seit Celine hinter die Wahrheit gekommen ist? Wie sie mich hat leiden lassen?« Er nickte kurz, mehr an sich selbst gerichtet, und redete dann weiter. Viel lauter nun. Viel aufgewühlter.

»Und das alles nur, weil deine Mutter, diese Hure, mir ständig schöne Augen gemacht hat. Wollte sich mir verkaufen. Hat sich mir an den Hals geschmissen, bis ich nicht mehr konnte.« Dann sah er auf. Sah Gabriel. Und schrie ihn an:

»Schau nicht so, Junge. Ja! Eine Hure war sie. Wie sie da vor mir hergewackelt ist mit ihrem aufreizenden Hintern. Und dann, als ich darauf eingestiegen bin, da hat sie nur gelacht und mich einfach stehen lassen. Wie einen dummen Schulbub. Mich! Diese Schlampe.«

Sein Gesicht war aufgedunsen und rot vor Erregung. »Doch. Hör es dir genau an. Deine Mutter ist ein richtiggehendes Stück Dreck, das mir mein Leben zerstört hat. Du fragst, wie ich dir das antun konnte? Frag lieber, wie du es mir antun konntest, in der Nacht deiner Geburt nicht einfach zu verrecken.«

Und dann beging er in seinem Suff den Fehler, vor lauter Verachtung auf den Boden zu spucken. Darauf verlor Gabriel endgültig die Beherrschung. Er stürzte sich auf seinen *Vater*, schrie laut auf, brüllte ohrenbetäubend, laut wie ein verwundetes Tier. Er solle das sofort zurücknehmen! *Du Schwein! Du Bestie! Du Scheusal!*

Er riss ihn zu Boden, versuchte im Fallen Halt zu finden, bekam irgendetwas Schweres vom Schreibtisch zu fassen und drosch damit auf seinen *Vater* ein. Immer wieder. Wusste gar nicht, was er da tat. Entlud nur die Spannung, die seit Jahren im Innern geschwelt hatte. Schlug auf seinen *Vater*, auf Sahira, auf Gott und seine Mutter ein. Schrie dabei vor Raserei. Erhob seinen Körper über den liegenden *Vater*, der vor Schreck und Todesangst erstarrt war und nur noch die Arme vor das Gesicht legen wollte. Doch Gabriel war schneller. Sah ihm in die Augen und doch durch ihn hindurch. Hob seine Arme in die Luft, hob den schweren Gegenstand und ließ ihn auf die widerliche, hässliche, tierische, verzerrte und versoffene Fresse seines *Vaters* herabstürzen.

Bis der nicht mehr zu erkennen war. Bis er das Ding nicht mehr halten konnte, das durchtränkt war vom klebrigen Blut.

Dann rutschte er vom leblosen Körper. Schaute ihn an. Den *Vater*. Schaute seinem toten *Vater* ins Gesicht. Oder in das, was davon übrig geblieben war.

Jetzt spürte er endlich wieder etwas. Luft. Trauer. Liebe. Zu seiner Mutter. Zu Baptiste. Wie erleichternd. »Du fehlst mir so sehr«, schluchzte er und wusste nicht einmal genau, wen er damit meinte.

Dann kam die Panik und mit ihr die Lähmung. Er hatte soeben einen Menschen getötet. Nein! Er hatte Baptistes Vater getötet. Noch einmal nein! Er hatte *seinen Vater* getötet!

Wie seine Mutter eine Gattenmörderin war, war er nun zum Vatermörder geworden. Er presste eine Hand auf die Lippen, um nicht laut aufzuschreien. Inhalierte den Geruch des frischen Blutes. Schaute auf seine Hände. Auf das Blut. Auf die Fetzen, die Haare. Wimmerte und flüsterte unendlich viele *Neins* in die Stille. In die Totenstille. Suchte danach, wie er all das ungeschehen machen könnte. Wieder zum Kind werden könnte. Unschuldig.

Er erschrak vor dem Leichnam. Seine Beine zuckten wie von selbst. Der Ekel kam. Er kroch fort, drückte sich in eine Ecke des Raumes und starrte dabei auf den Matsch, in den er das Gesicht seines *Vaters* verwandelt hatte. Er begann zu beten, doch brach nach wenigen Sekunden ab. Vor ihm lag der Beweis, dass es Gott nicht geben konnte.

Plötzlich hörte er eine Stimme. Er erschrak fast zu Tode. Redete sein *Vater*? Doch der lag da und blieb tot. Als Nächstes hörte er Schritte. Sie waren noch weit entfernt, doch am Klang des Stocks erkannte er, dass Major Laval kam, wahrscheinlich, um nach dem Rechten zu sehen.

Jetzt kam Leben in Gabriels Körper. Er sprang auf, stolperte zum Leichnam und nestelte die Pistole aus dem Halfter. Dabei fiel ihm sofort auf, wie dumm sein kaum gefasster Plan war. Hierzubleiben und sich zu verteidigen, würde nicht funktionieren. Also lief er zur Terrassentür, riss sie auf und stürzte aus dem Arbeitszimmer hinaus ins Freie.

Das Mondlicht empfing ihn, als wäre nichts geschehen, und warf ein gespenstisches Licht auf die Szenerie. Er sah aus den Augenwinkeln, wie der Major ins Zimmer trat, die Augen weit aufgerissen vor Schreck und Unglauben über das, was er da vorfand. Er sah, wie Laval seine Waffe zog. Sich wie ein Jäger umschaute. Nach draußen spähte. Sah, dass er eine Gestalt erkannte, dass er die Waffe hob und auf ihn zielte. Hörte, wie er schoss. Wie das Glas zerbarst. Wie die Kugel neben ihm in das Holz der Balustrade einschlug.

War es Glück, dass der Major so lange nicht mehr geschossen hatte? Oder dass Gabriel im Dunklen stand und Laval nicht mehr als die Schemen eines Unbekannten erkennen konnte? Oder war es sogar Pech, dass er Gabriel nicht traf, ihn nicht erschoss und damit aus der Hölle befreite, in die er soeben eingetaucht war? Er wusste es nicht.

Als der Major die Waffe erneut hob, lief Gabriel los und hörte nicht mehr auf zu laufen. Dachte an nichts, außer wegzukommen. Hatte das Glück, dass der Wachposten bei dem Schuss ins Haus geeilt war und ihn so verpasste. Lief, so weit es ging. Stundenlang. Und hielt erst an, als er vor Erschöpfung in irgendeinen Graben fiel, um dort für den Rest der Nacht wie ein verwundetes Tier liegen zu bleiben.

Kapitel 11

Baptiste saß in einer Militärmaschine und flog durch die Nacht. Er war blass, denn seine Gesichtsfarbe hatte er durch den fehlenden Schlaf der letzten Tage eingebüßt.

Mitten in sein federleichtes Leben war plötzlich ein uniformierter Soldat gedrungen, war vor seiner Wohnungstür aufgetaucht und hatte sich mit ernster Miene von seiner Identität überzeugt. Baptiste hatte augenblicklich Angst verspürt. Hatte etwa das Militär oder schlimmer noch, sein Vater aus der Ferne von seinen Eskapaden Wind bekommen? Hatte jemand nach Abda übermittelt, dass der Sohn des Colonels den Kommunisten nahestand, dass er den Algeriern die Freiheit wünschte oder einfach nur, dass er sich hübsche Frauenkörper in Scharen nahm, um die Liebe kennenzulernen. Als der Offizier ihn stattdessen vom Tod seines Vaters unterrichtete, konnte Baptiste nicht mehr tun, als ihm verständnislos ins Gesicht zu starren. Den Sinn der Worte erfasste er nicht.

Tante Louise, die kurz darauf eintraf, war die Erste, die in Tränen und Litaneien ausbrach und sich dabei an Baptiste klammerte. Und er selbst? Er saß einfach nur da. Gelähmt und erloschen.

Es dauerte zwei Tage, nämlich bis zum Tag des Abflugs, bis er aus dieser Starre erwachte. Bis Tränen fließen konnten. Bis er fähig war, gen Himmel zu fluchen.

Am schwersten wog die Ungewissheit darüber, was eigentlich passiert war, denn der Offizier hatte keine Informationen preisgegeben. Weder, wer der Mörder war, noch, warum diese Gräueltat geschehen war, oder wenigstens wie es seiner Mutter ging. Eine Telefonverbindung in dieses gottverdammte Stück Erde, das er aus tiefstem Herzen zu hassen begann, hatte nicht klappen wollen, und so saß er noch immer ahnungslos in der Maschine und wartete voller Schmerz auf die Landung in Algier.

Von dort wurde er den gefährlichen Weg nach Abda gefahren. Zu seinem Schutz saßen in dem Jeep zwei Soldaten, die während der langen und zehrenden Fahrt kein Wort sprachen. In den Morgenstunden erreichten sie das Gefängnis. Baptiste betrat sein Geburtshaus und wusste nicht einmal, wohin er sich wenden sollte. Doch da kam auch schon Major Laval, gezeichnet von der Qual der letzten Tage, die Augen voll Schwermut, das Gesicht in Trauer. Und die stolze Haltung? Die war ihm abhandengekommen.

Er redete nicht viel. Nahm Baptiste beim Arm, führte ihn ins Wohnzimmer und berichtete mit gedeckter Stimme, was in den letzten Tagen geschehen war. Vom heimtückischen Mord und von dem schrecklichen Anfall und Zusammenbruch, den Madame erlitten hatte. Seit Tagen erkenne sie schon keinen Menschen mehr, erklärte er, stattdessen pfeife sie leise Melodien und lebe in irgendeiner Welt, in der sie den Schmerz nicht spüren müsse. Es nehme bereits makabre Züge an. Leider.

Nachdem der Arzt eingetroffen war, gingen sie zusammen hinüber in ihr Schlafzimmer. Der Arzt war gerufen worden, weil sich niemand mehr traute vorauszusagen, was geschehen würde, wenn Baptistes Mutter ihren Sohn erblickte. Würde ihr dann alles wieder einfallen, würde sie wahnsinnig werden, womit beispielsweise die Putzfrauen rechneten?

Doch seine Mutter erkannte Baptiste nicht einmal. Sie lächelte ihn an, ließ sich sogar streicheln. Wechselte einige Freundlichkeiten mit ihm, Worte zwischen Fremden, und wandte sich danach wieder ihrer eigenen Welt zu, in der das Leben womöglich schön war.

Der Major und Baptiste setzten sich ins Wohnzimmer. Laval verbot ihm, den Tatort zu besichtigen. Dann schien es dem Major an der Zeit, das letzte verbleibende Detail auszusprechen, das, was so schwer wog: Der Wachposten hatte Gabriel als Täter identifiziert. Baptiste glaubte ihm kein Wort. So überrascht war er, als er Gabriels Namen in Verbindung mit der Tat hörte, dass er für kurze Zeit sogar seine Verzweiflung vergaß.

»Das kann nicht sein. Sie müssen sich täuschen«, platzte es aus ihm heraus.

»Nein, Baptiste«, erwiderte der Major gequält. »Ich selbst habe zwar nur wenig gesehen, doch als der Wachposten mir den Namen nannte, da fiel es mir auch auf, da konnte ich es bestätigen.«

Es entstand eine lange Stille im Raum. Tausende von Gedanken und Gefühlen, denen er Struktur und Ordnung geben wollte, schwirrten um ihn herum, doch mit jedem Anlauf verwirrten sie ihn nur noch mehr. »Warum sollte Gabriel meinen Vater töten? Das ergibt doch überhaupt keinen Sinn.«

Der Major zuckte ratlos mit den Schultern. »Keiner weiß, was da geschehen ist. Keiner weiß, was Gabriel in eine solche Rage versetzt haben könnte.« Er zögerte kurz und fügte dann an, was er zu Beginn nicht über seine Lippen gebracht hatte:

»Es tut mir leid. Ich hätte schneller bei ihm sein müssen. Vielleicht hätte ich ihn retten können. Ich habe das Geschrei gehört, aber ich habe nicht sofort reagiert. Ich dachte, die Madame hätte wieder …«, er stockte. »Ach, wenn nur die verdammte Verletzung nicht wäre.«

Baptiste nickte und dachte nach. »Gibt es denn eine Spur von Gabriel?«

»Er ist geflohen, und wir suchen ihn. Doch wir wissen nicht einmal, wo wir anfangen sollen. Bei seiner Mutter ist er nicht, und ich bekomme nicht die notwenigen Soldaten, um die Suche effektiv und systematisch durchzuführen. Im Land brodelt es, und wir rechnen bald mit noch schlimmeren Unruhen, vielleicht sogar mit einem Krieg. In dieser verfluchten Einöde gibt es ja nicht einmal eine Polizei, die diesen Namen verdient. Sogar der Chef von denen legt einen dörflichen Dilettantismus an den Tag, der einen verzweifeln lässt.«

Wieder schwiegen beide. Major Laval saß geduldig auf seinem Stuhl, vermutlich ahnte er, was in Baptiste vor sich ging. Er wollte ihm Zeit geben, doch Baptiste sagte irgendwann nur: »Danke, Major. Können Sie mich jetzt bitte allein lassen?«

»Selbstverständlich, junger Herr.«

Er stand auf und ordnete seine Uniform. Dann salutierte er.

An der Tür drehte er sich noch einmal um, als sei ihm etwas eingefallen. »Baptiste, was haben Sie jetzt vor?«

Baptistes Gesichtsausdruck musste ihm verraten haben, dass er die Frage nicht ganz verstand.

»Sie werden doch nichts Dummes tun, oder? Gabriels Mutter scheint todkrank zu sein. Sie kommen doch nicht auf solche Gedanken, sich an ihr zu rächen?«

Baptiste schüttelte den Kopf, doch am liebsten hätte er sich für die gute Idee bedankt.

Er saß noch Stunden da und bewegte sich dabei kaum. Einmal stand er auf, wollte zum Tatort gehen, doch auf halbem Wege verlor er den Mut, kehrte wieder zurück und setzte sich an den gleichen Platz.

Ganz langsam ließ die Taubheit nach. Es dauerte eine Weile, bis das Geschehene überhaupt Gefühle auslöste. Zunächst war da nur Müdigkeit, als wäre das Leben vorbei. Dann plötzlich entfaltete sich in ihm eine Welle der Verzweiflung, die ihn zusammensinken ließ. Mit einem Mal schluchzte er auf. Immer lauter und schneller. Wie die Wellen auf dem Meer, die vom Bug weggestoßen wurden, sich mit denen der Schiffschraube sammelten und immer größer wurden.

Als Nächstes kam die Wut auf seine Mutter, auf die emotionale Folter, unter der sie alle gelitten hatten. Für den Verfall seines Vaters war sie verantwortlich und ebenso für die jämmerliche Flucht, mit der sie sich nun aus ihrer Verantwortung stahl.

Zuletzt kam der Hass. Auf Gabriel. Auf den Menschen, den er am meisten geliebt hatte, der ihm wie ein Bruder gewesen war und der es doch am besten von allen in Abda gehabt hatte. Hatte nicht jeder Rücksicht auf ihn genommen? Hatte Vater nicht höchstpersönlich für eine gute Schulbildung gesorgt? Hätte er ihn nicht sogar bis nach Paris gebracht? Wie einen eigenen Sohn hatte er ihn behandelt. Und dieser Ziehsohn hatte ihn nun ermordet.

Es war so unerträglich, dass der Hass leichtes Spiel hatte. Büßen würde er dafür! Töten würde er ihn. Dessen Mutter gleich mit. Die Hure, die den Bastard geboren hatte! Er würde ihn finden und zur Strecke bringen, er brauchte keine Soldaten dafür. Wenn die Hure todkrank war, dann würde der Bastard früher oder später dort auftauchen. Keine Macht der Welt würde ihn davon abhalten. Der Bastard würde es riskieren, ja, riskieren müssen, denn die Hure war ihm ja heilig, und selbst wenn er Gefahr lief, bei ihr gestellt zu werden – was blieb ihm anderes übrig? Sterbend würde er sie niemals zurücklassen.

Langsam formierte sich Baptistes Plan. Während er ihn schmiedete, bemerkte er, dass die Rache noch süßer schmeckte, wenn der Bastard eben nicht sterben, sondern den Rest seines Lebens hinter Gittern verbringen würde. Von der Geburt bis zum Tod im Gefängnis zu verrotten, das wäre eine Strafe, die ihm gebührte. Der Tod wäre für den Bastard nicht hart genug.

Also bereitete er alles vor. Brachte in Erfahrung, in welchem Loch die Hure hauste. Legte sich ins Bett und wartete, bis es dunkel war. Starrte dabei an die Decke. Fühlte keine Verzweiflung mehr, sondern nur bittere Vorfreude. Seine Phantasie malte ihm bereits aus, wie er den Bastard stellen würde. Wie der um Vergebung bettelte, um die Gnade, sterben zu dürfen, um nur nicht wieder ins Gefängnis geworfen zu werden.

Baptiste sah vor seinem geistigen Auge, wie der Bastard von brutalen, furchteinflößenden Gefängnisinsassen geschändet wurde. Vergewaltigt und verprügelt, gedemütigt und bespuckt. Er lächelte vor Freude. Verglichen mit dem, was ihm blühte, würde Abda das Paradies für ihn gewesen sein.

Als es endlich Nacht war, stand er auf, packte Essbares, Wasser und eine Taschenlampe in einen Rucksack und ging hinunter ins Dorf. In der Nähe der Wohnung, in der die Hure wohnte, suchte er nach einer verlassenen Bruchbude, in die er einbrechen konnte, doch er hatte kein Glück. Stattdessen fand er einen Bretterverschlag, der in besseren Zeiten sicher irgendeinem Zweck gedient hatte und von dem aus er die Rückseite der Wohnung beobachten konnte. Er sah sogar das Fenster der Hure, das allerdings so weit weg war, dass er nur Schemen erkennen konnte. Dort wartete er zwei Tage und eine Nacht. Hockte einfach nur da. Dachte nichts, fühlte nichts, sondern wartete nur darauf, dass der Bastard endlich aus seinem Versteck käme. Kauerte, schlief in der Nacht höchstens minutenweise und schreckte immer wieder auf.

Er würde kommen. Ohne jeden Zweifel. So abhängig war der Bastard von der Hure, dass er sowieso nicht wüsste, wohin er sonst hätte gehen können. Sein elender Gott hatte ihm sicher befohlen, sich der Hure anzunehmen. Stand das nicht sogar in den Geboten? Dass die Eltern heilig seien? Sobald er sich blicken ließ, würde Baptiste ihn stellen. Und an den Haaren in das nächste Loch zerren.

Kurz vor Ende des zweiten Tages verließ er seinen Posten. Fühlte noch immer nichts in seinem Herzen, außer dem Hass und seinem Ziel. Er duschte zu Hause, schaute nach seiner Mutter, setzte sich an ihr Bett und streichelte ein wenig durch ihr Haar. Sie ließ es geschehen und lächelte ihn mit hohlem Ausdruck an. Major Laval kam dazu, den Blick voller Sorge. Wo Baptiste denn gewesen sei, fragte er.

»Dazu möchte ich mich nicht äußern«, erwiderte Baptiste abweisend. Laval sandte ihm einen betrübten Blick und seufzte schwer. Dann ging er aus dem Zimmer und kam mit einem Funkgerät mit großer Reichweite zurück, wie es nur Soldaten vom Militär benutzten.

»Versprechen Sie mir, dass Sie mich rufen, wenn Sie in Schwierigkeiten geraten.« Er schien erraten zu haben, dass Baptiste auf der Jagd war. »Es ist genug Unglück geschehen. Versprechen Sie mir das.« Dabei legte der Major seine gesamte Autorität als Offizier in seine Stimme.

Baptiste nahm wortlos das Gerät entgegen, musterte es und nickte.

Kaum war die Sonne untergegangen, lief er wieder los, beladen mit neuem Proviant und mit dem gleichen Ziel. Er haderte weder, noch änderte er seinen Plan, überlegte nicht einmal, ob ein anderer Posten vielleicht besser geeignet sei. Er wurde nicht ungeduldig. Er war nicht mehr als eine kalte Hülle, die einen Auftrag zu erfüllen hatte.

Erneut wartete er zwei Tage. Irgendwann kam die Trauer, schmerzhaft und willkürlich. Er weinte um seinen Vater, vermisste ihn und auch seine Mutter, die wie Fleisch ohne Seele wirkte. Und auf seltsame Weise vermisste er auch Gabriel – den Freund, der ihn hätte trösten können, der ihm das Leben wieder erträglich gemacht hätte und den es nicht mehr gab.

Er verließ den Posten gegen Nachmittag. Zu Hause bereitete er sich auf die Zeremonie vor, mit der sein Vater verabschiedet werden sollte. Der Sarg würde dem Militär übergeben und sein Vater auf die letzte Reise nach Frankreich geschickt werden. Auf dieser Reise hätte er ihn eigentlich begleiten müssen. So verlangte es die Tradition. Doch er weigerte sich. Hier galt es, einen Mörder zu stellen, und ehe er diese Aufgabe nicht erfüllt hatte, würde er Abda nicht verlassen.

Die Zeremonie war schlicht, wenn nicht sogar lieblos und billig. Die Wärter waren vollzählig versammelt und hatten die Insassinnen antreten lassen, die gelangweilt in Reih und Glied standen. Die französische Flagge wurde vom Halbmast geholt, ein schäbiger Fetzen Stoff, der seit Jahrzehnten das Klima in sich aufgesogen hatte. Einer der Wärter versuchte sich an dem lächerlich wirkenden Imitat eines Stechschritts, nachdem er die Flagge geradezu dilettantisch gefaltet hatte, um sie hinüberzutragen und Madame Dumont auszuhändigen. Dabei spielte eine Kapelle einen Trauermarsch, als sei es das erste Mal. Baptiste wurde bewusst, wie schäbig Abda war. Wieso hatte er das vorher nie wahrgenommen? Als Kind war Abda sein Paradies gewesen, die Festung, die Uneinnehmbare, die auf ihre Weise mystisch, groß und mächtig war. Und nun? Die Wärter wirkten wie Abziehbildchen echten Personals. Die Uniformen waren verdreckt, zerschunden und entweder zu groß oder zu klein. Und der militärische Schneid? Der wirkte nun wie das erbärmliche Plagiat eines drittklassigen Studententheaters.

Major Laval hatte Baptistes Mutter mit einiger Mühe in Schwarz hergerichtet. Es ließ sich kaum noch etwas finden, das ihr passte, so abgemagert war sie.

Sie erschrak vor dem Licht der Sonne, das sie seit Ewigkeiten nicht mehr gesehen hatte, da in ihrem Zimmer alles mit schweren Vorhängen abgedunkelt worden war. Keiner wusste, ob sie verstand, wen sie da verabschiedete, und der Arzt schüttelte nur mit dem Kopf, als er um eine Prognose gebeten wurde.

Die Wärter salutierten vor der Familie und dem Sarg, und entluden ihre Salven dreimal in die Luft. Es sah albern aus, wie sie in

Ermangelung von Gewehren mit ihren Pistolen in die Luft schossen. Wie die, die überhaupt keine Schusswaffen trugen, ihre Schlagknüppel in den Himmel reckten. Innerhalb weniger Minuten war das Ganze vorbei, der Sarg wurde auf einen Lastwagen geladen und holperte vom Hof.

Baptiste zog wieder los, um zu jagen. Vorher hatte Major Laval noch die Frage gestellt, ob er sich schon Gedanken über die Zukunft gemacht habe. Hier konnte seine Mutter nur noch so lange bleiben, bis der Nachfolger kam. Das könne zwar noch einige Wochen dauern, da die Unruhen drohten, in heftige, blutige Gemetzel auszuarten, und die Leitung anderes zu tun habe. Doch die Zeit wäre trotzdem endlich. Baptiste schwieg nur und ging.

Auf seinem Posten grübelte er über mögliche Lösungen nach. Sie könnten gemeinsam nach Paris übersiedeln. Dort würde er seine Mutter selbst pflegen oder in ein Sanatorium einliefern. Doch wie sollte er das bezahlen? Er wusste nicht einmal, wie hoch die Rente war, die das Militär stellen würde. Flüchtig fragte er sich, ob es überhaupt eine solche Rente geben würde.

Das Kind in ihm, das unschuldige, das naive, spielte mit dem Gedanken, seine Mutter einfach hier im Land zurückzulassen. Zu fliehen. Zurück nach Paris. Zu seinen Freunden. Doch die Realität holte ihn schnell wieder ein. Sein Los würde bald ein anderes sein. Das des Pflegers und Ernährers. Vielleicht mit Hilfe von Tante Louise.

Inmitten der Überlegungen nahm er eine Bewegung in der Wohnung wahr. Plötzlich war er hellwach. Er verließ sein Versteck und schlich sich ans Fenster, ganz langsam und behutsam, denn nun durfte er keinen Fehler mehr machen.

Als er in den Raum spähte, sah er zu seiner Überraschung Sahira am Bett stehen. Sie räumte einen Eimer fort sowie Geschirr, auf dem Spuren vertrockneten Essens verrieten, dass es seit Tagen dort gestanden haben musste.

Baptistes Enttäuschung war so groß wie seine Überraschung. Woher kam die Hexe? Er wusste nicht einmal, dass sie entlassen worden war. Wenn Sahira die Hure pflegte, konnte es natürlich sein, dass der Bastard hier nie auftauchen würde.

Enttäuscht zog Baptiste sich in sein Versteck zurück und dachte nach. Was, wenn der Bastard sich bei Sahira versteckte? Oder zumindest Kontakt hielt, um Nachrichten mit der Hure auszutauschen? Die hiesigen Polizisten hatten sicher nicht an Sahira gedacht, sie kannten sie ja nicht einmal.

Je länger Baptiste darüber nachdachte, desto plausibler erschien ihm diese Vermutung. Ja. Der Spur musste er folgen, sie konnte der Schlüssel zum Bastard sein. Er raffte seine Sachen zusammen, schlich zurück zum Fenster und beobachtete sie weiter.

Etwas war allerdings verwunderlich. All die Zeit, während Sahira im Raum war, sprach sie weder, noch beachtete sie die Hure, ganz so, als wäre die gar nicht da. Er versuchte, durch einen Wechsel der Seite, eine bessere Sicht auf das Bett zu bekommen. Und dann sah er es.

Da, wo er die Hure zu sehen erwartete, hatte Sahira das Laken bis ans Kopfende gezogen. Darunter zeichnete sich die Kontur eines Körpers ab, der nun komplett verdeckt war. Die Hure war tot!

Baptiste schnappte nach Luft. Er spürte, dass seine Knie weich wurden. Der erste, unüberlegte Impuls war die Trauer über den Verlust, den sein Freund Gabriel erlitt. Doch gleich darauf verdrängte die Freude über das Leid des Bastards sein Mitgefühl.

Er spähte noch einmal in die Wohnung und sah, wie Sahira einige Lebensmittel in ihre Tasche packte. Das sah ihr ähnlich. Sogar die Toten bestahl sie. Er wollte sich gerade wieder zurückziehen, um über die Konsequenzen seiner Entdeckung nachzudenken, da kam ihm die Idee, dass er den Bastard womöglich bei ihrer Beerdigung stellen könnte. Und gleichzeitig wurde ihm klar, dass durch den Tod der Hure vielleicht seine letzte Chance dahin war, ihn jemals aufzuspüren.

Wenig später humpelte Sahira mit ihren Krücken in Richtung Tür. Baptiste schreckte auf. Er lief ums Haus und wartete auf ihr Erscheinen. Dann folgte er ihr. Das war gar nicht so einfach, denn Sahira war so langsam, dass er Mühe hatte, nicht aufzulaufen.

Sie ging weiter, bis sie am Ende des Dorfes angelangt war. Irgendwann legte sie eine kurze Rast ein, bevor es weiterging. Nun gab es keinen Sichtschutz mehr und Baptiste musste hoffen, dass die tief stehende Sonne blendend genug wirkte.

Sahira drehte sich öfter um und schaute hinter sich, doch die beginnende Blindheit des hohen Alters schien auszureichen, damit sie Baptiste nicht entdeckte. So liefen sie eine Weile in Richtung Gebirge, bis die Alte in einer der zahllosen kleinen Höhlen verschwand. Er versteckte sich hinter einem Felsvorsprung und wartete. Hier also wohnte Sahira. Eigentlich war das einer Hexe würdig.

So sei es, dachte er. Dann würde er eben hier warten, bis der Bastard auftauchte.

Er wollte es sich gerade bequem machen, als er von einem Geräusch aufgeschreckt wurde. Er machte sich klein und lugte vorsichtig hervor. Zu seiner Verwunderung kam Sahira wieder heraus und humpelte zurück in Richtung Dorf. Als er sich wieder an ihre Fersen heften wollte, fiel sein Blick auf ihre kleine Tasche, in der sie eben noch die Lebensmittel transportiert hatte. Sie war leer! Augenblicklich kam ihm der Gedanke, dass es nicht Sahira war, die hier lebte, und dass sie das Essen nicht für sich eingesammelt hatte. Dies konnte ebenso das Versteck des Bastards sein!

Er wartete, bis Sahira außer Sichtweite war und schlich dann leise in Richtung Höhleneingang. Nun musste er schnell sein. Irrte er sich, würde er die Verfolgung der Hexe wieder aufnehmen müssen. Doch kaum war er eingetreten, sah er schon den flackernden Schein der Kerze und entdeckte in deren Licht seinen einstigen Freund! Erregung packte ihn. Endlich hatte er seine Beute gefunden. Von seinem Platz hatte er gute Sicht und konnte den Bastard beobachten, der versunken in die Kerze starrte.

Er sah erbärmlich aus. Unter den Augen zeugten blutunterlaufene Ränder von Schlaflosigkeit. Seine Wangen waren eingefallen. Sein dichtes Haar war fettig von den Tagen auf der Flucht.

Er musste soeben vom Tod seiner Mutter erfahren haben.

In Baptiste machte sich ein wohliges Glücksgefühl breit. Sollte er leiden, der Bastard! Sollte ihm endlich klar werden, dass sein Leben am Ende war. Dass er allein war auf der Welt, dieser Mörder, dieses Schwein. Sollte er spüren, wie es sich anfühlte, seine Familie zu verlieren.

Er war mitten im Sog dieser Szene, die geeignet war, seinen eigenen Schmerz ein wenig zu lindern, als sie beide gleichzeitig auf denselben Gedanken kamen.

Gabriel wischte sich die Tränen ab. Er schaute sich um. Hier hielt ihn nichts mehr. Er musste für immer verschwinden. Er sprang auf und begann, seine Sachen zusammenzuräumen.

Baptiste zog sich derweil aus dem Höhleneingang zurück, kramte in sicherer Entfernung das Funkgerät hervor und sendete einen Hilferuf an Laval. Der war sofort alarmiert und bat Baptiste inständig, nun nicht den Fehler zu begehen, sich Gabriel in den Weg stellen. Er fragte nach einer genauen Wegbeschreibung, doch die konnte Baptiste ihm nicht geben. Nur ungefähr. Laval fing an zu diskutieren, er könne die Polizei doch nicht »ungefähr« ins Gebirge lotsen. Also versuchte Baptiste, den Weg aus dem Gedächtnis nachzuzeichnen, aber Laval begriff offenbar, dass die Beschreibung nicht besser werden würde. Also versprach er, es zu riskieren, auch wenn seine Leute wertvolle Minuten durch das Gebirge irren würden, ehe sie die beiden fänden.

Laval versuchte, Baptiste zu beruhigen. Er würde nur ein paar Minuten brauchen, um die Polizei zu alarmieren, dann würde er selbst hinaufgefahren kommen. Baptiste solle mit höchstens einer halben Stunde rechnen, und um Himmels Willen nichts auf eigene Faust unternehmen.

Doch da sah Baptiste Gabriel schon aus der Höhle hasten und lief ihm hinterher. Gabriel wiederum brauchte nur wenige Sekunden sowie einen Blick, dann wusste er, wer da hinter ihm war. Er rannte los. Und Baptiste folgte ihm.

Der Bastard war schneller als gedacht. Also warf Baptiste seine Tasche mit dem Funkgerät auf den Boden, um schneller laufen zu können.

Vor ihm rannte der Bastard. Ihm kam in den Sinn, dass es ein Fehler gewesen war, die Tasche zurückzulassen. Dass er das Funkgerät brauchen würde, um seine neue Position durchzugeben. Aber für solche Überlegungen war es jetzt zu spät. Wenn er umkehren würde, wäre der Bastard verschwunden. Also dachte er nicht länger nach und konzentrierte sich auf die Verfolgung.

Doch Gabriel blieb schneller. Behänder. In ihm steckten nicht der gute Wein und die süßen Mehlspeisen des Pariser Nachtlebens, sondern die Härte des Überlebens auf der Straße. Aber Baptistes Hass war ein starker Motor. Er konnte den anderen zwar nicht einholen, doch er ließ sich auch nicht abhängen.

Sie rannten durch den Sand und durchs Gebirge, gaben beide nicht auf. Rannten um ihr Leben. Bogen nach links ab, in die Felsen, vom Weg nicht länger einsehbar. Bogen nach rechts ab, weg von den Bergen. Hinein in die Wüste.

Manchmal blieb Baptiste stehen, weil er kaum noch atmen konnte. Dann stützte er sich auf die Knie und versuchte Luft in seine Lungen zu zwingen.

Sobald Gabriel merkte, dass Baptiste zurückblieb, blieb auch er stehen. So schlecht war ihm vom Rennen, dass er spucken musste. Gleich darauf ging die Jagd wieder los. So trieb Baptiste ihn immer tiefer in die Wüste.

Langsam wendete sich das Blatt. Gabriel konnte tun, was er wollte, doch er vermochte Baptiste nicht abzuschütteln, ja nicht einmal den Abstand zu vergrößern. Im Gegenteil, irgendwann war Baptiste ihm so nahe, dass er wusste, gleich würde er ihn erreichen. Da torkelten sie bereits. Vor Durst und Hitze.

Minuten später hatte Baptiste ihn gestellt.

Er riss ihn zu Boden.

Er schrie sich den Schmerz aus der Seele.

Er schlug auf ihn ein.

Immer wieder.

Gabriel versuchte sich zu schützen, sich zu wehren, doch seine Muskeln versagten ihm den Dienst. Beide fielen zu Boden. Im Sturz schrie Gabriel Baptiste an, er solle aufhören. »Willst du mich umbringen?«, schrie er. »Deinen eigenen Bruder?«

Als Baptiste das hörte, ließ er von Gabriel ab. Weil er nicht mehr konnte und weil er die Worte nicht verstand. »Was redest du da?«, keuchte er und rutschte von Gabriel herunter. Er war am Ende seiner Kräfte.

Sie lagen nebeneinander im Wüstensand und konnten sich kaum sehen, so dunkel war es mittlerweile. Gabriel wiederholte seine Worte und nannte ihn seinen Bruder.

Baptiste fuhr ihn erneut an: »Wag es nicht, mich deinen Bruder zu nennen, nur weil wir einst die engsten Freunde waren und du um dein erbärmliches Leben bangst. Es wird dir nichts nutzen. Du bist der Mörder meines Vaters, du Bastard. Du wirst dafür büßen.«

»Nicht *deines* Vaters. Ich bin der Mörder *unseres* Vaters.« Gabriel spuckte Blut in den Sand.

Der Mond vertrieb die Wolken, hinter denen er sich verborgen hatte, und nun konnten sie sich in die Augen schauen. Baptiste wollte nicht glauben, was er da hörte. Gabriel begann zu erzählen, gab wieder, was er von seiner Mutter und Sahira erfahren hatte. Als er an die Stelle gelangte, wo der Vater Yasmina vergewaltigt hatte, schrie Baptiste auf, brüllte in den Himmel und stürzte sich erneut auf Gabriel. Schrie, dass das gelogen sei. Dass die Hebamme Laia alles ganz anders erzählt hatte. Wie ein Berserker schrie er und prügelte dabei wie von Sinnen auf Gabriel ein. Der sah in die Augen seines Bruders und bekam Todesangst.

Er versuchte sich zu befreien. Im Sand prügelten sie aufeinander ein, rollten die Düne hinab und kämpften um ihr Leben.

Dann – plötzlich und unvermittelt fiel ein Schuss. So erschreckend laut hallte er durch die Wüste, dass die Brüder voneinander abließen und sich konsterniert anschauten.

Dann sahen sie, wie sein Blut aus der Wunde zu sickern begann.

Wie es auf den Boden tropfte.

Wie es im Sand versickerte. Fast rostig glänzend im Mondschein.

Und mit dem Blut verschwand auch der Hass aus den Gesichtern der beiden, und sie wurden zu Brüdern.

Er lag still. Lag in den Armen seines Bruders, und das Leben wich aus seinem Körper. Er spürte, wie seine Haut warm wurde, an den Stellen, an denen sein eigenes Blut aus der Wunde trat und sein Hemd durchtränkte. Er konnte kaum noch atmen. Sein Bruder setzte sich über ihm auf. Bettete seinen Kopf in den Schoß und hielt ihn fest. Er weinte. Flehte ihn an, er solle bitte nicht sterben. Er liebe ihn. Seinen Bruder. Seinen Freund. Seinen einzigen. Auf ewig.

Und der lächelte zurück. »Das ist eine feine Ironie. Nun habe ich gerade einen Bruder bekommen, einen, den ich mir schon immer gewünscht habe, und dann passiert uns solch ein Missgeschick.« Es dauerte lang, bis er diesen Satz beendet hatte, denn immer wieder füllte sich sein Mund mit dem warmen Blut, das seine Kehle hinaufwallte.

»Es hat sich ein Schuss aus der Waffe gelöst. Ich hatte sie in meine Hosentasche gestopft und vergessen. Wir müssen bei der Prügelei an den Abzug geraten sein.«

Er presste das Hemd, das er sich ausgezogen hatte, mit aller Kraft auf die Wunde seines Bruders. Das verlangsamte zwar die Blutung, doch ihnen blieb trotzdem nicht viel Zeit. Der Tod würde kommen. Das wussten beide.

»Ich liebe dich, mein Bruder.« Er musste röcheln, denn die Lungen wollten die Luft nicht mehr einlassen.

Zögern.

»Ich liebe dich auch.«

»Hast du geglaubt, Vater könnte ein solches Tier sein?«

Nachdenken.

»Ich weiß es nicht. Aber wie konntest du ihn töten? Deinen eigenen Vater ermorden?«

Scham.

»Ich weiß es nicht. Vor Zorn habe ich die Kontrolle verloren. Ich kann mich nicht einmal genau erinnern, was geschehen ist. Kannst du mir das je verzeihen?«

Hoffnung.

»Nein. Das kann ich nicht. Du hast Vater ermordet.«

Die restliche Zeit nutzten sie, um sich noch so viel zu erzählen, wie sie konnten, von all den Geschehnissen, die einer ohne den anderen erlebt hatte. Sie gedachten ihrer Kindheit, fingen sie mit ihren Geschichten ein und hörten auch nicht auf, als die wirklich schlimmen Dinge kamen. Gabriel erzählte von seiner Suche nach Gott und wie er zu dem Schluss gekommen war, dass es nur eine Antwort gäbe: Gott müsse böse sein, schließlich wäre der Mensch nach seinem Ebenbild erschaffen. Und der Mensch wäre schlecht. Durch und durch. Was Abda und die Geschehnisse bewiesen hätten. Und wenn dem so sei, wäre er sogar stolz darauf, sich einem rachsüchtigen Gott nicht ergeben zu haben. In der Hölle wäre er dann besser aufgehoben.

Baptiste erzählte von Paris. Von den Frauen, und wie es sich anfühlte, wenn man mit einer schönen Frau verschmolz. Sich ihr hingab. Wild wurde. Ekstatisch schrie, bis die Nachbarn gegen die Wand schlugen. Wie man immer tiefer eindrang, in ein Paradies voller Lust, Blöße und Gier. Weil man aufgesogen wurde. Verschlungen. Haltlos vor Lust und Vertrauen.

Dann kam die Stille. Und mit ihr der Tod.

Dritter Teil

Kapitel 1

Malawi

Zunächst war da nur ein fauliger Geschmack in ihrem Mund, und der war trocken wie die Wüste. Sie hatte Schwierigkeiten, überhaupt noch Speichel zu produzieren. Das erste Schlucken tat weh, denn ihr Rachen war wund. Sie versuchte die Augen zu öffnen, doch das war noch schlimmer. Obwohl nur wenig Licht im Raum war, schmerzte und stach schon der schwache Schein. Sie roch ihren eigenen Schweiß. Sie spürte einen Körper, der sie fest umschlungen hielt. Langsam wurde sie wach und befreite sich vorsichtig aus der Umklammerung. Sie wusste weder, welcher Tag es war, noch wie spät es sein mochte.

Als sich ihre Augen an die Dunkelheit gewöhnt hatten, zuckte sie zusammen. Dachte sie eben noch intuitiv, dass nur Jason an ihrer Seite liegen konnte, bemerkte sie nun, dass es Baptiste war, und dessen Zustand war erschreckend. Sie wollte sich aufrichten, Baptiste wach rütteln, aber die schnelle Bewegung führte nur dazu, dass ihr schwindlig wurde und sie innehalten musste. Sie brauchte dringend Wasser und frische Luft.

Sie stand langsam auf, wankte zur Tür, stieß sie auf und erschrak. Die Sonne war kräftig und blendete sie vom wolkenlosen, blauen Himmel herab. Jetzt erst wurde ihr klar, dass sie nicht in ihrer eigenen Hütte war. Was sie dann sah, konnte sie kaum glauben. Vor ihr türmten sich Berge aus Morast und Schlamm. Was beim Einschlafen noch ein intaktes Dorf gewesen war, glich nun einem Trümmerfeld. Sie schaute nach rechts und sah Dorfbewohner, die versuchten, der ärgsten Verwüstung Herr zu werden.

Sie schaute nach links, und ihr blieb fast das Herz stehen. *Little Hearts!* Die Baustelle war nicht mehr als ein Häufchen zerstörten Elends. Was zum Teufel war hier passiert?

Sie ging wieder in die Hütte, suchte nach Trinkbarem, konnte aber nichts finden. Sie riss die Vorhänge herunter und ließ Licht und Luft hinein, um den furchtbaren Gestank und die Feuchtigkeit zu vertreiben. *So wird wohl ein Sarg von innen stinken*, schoss es ihr durch den Kopf. Dann setzte sie sich zu Baptiste. Sie schüttelte ihn sanft. Doch er reagierte nicht.

Während sie still bei ihm saß, schälte sich langsam und wie von selbst seine Stimme aus den Tiefen ihrer durchlittenen Ohnmacht empor. Wie ein Traum, der einem erst nach Stunden eines fortschreitenden Tages wieder einfällt, während man mit etwas anderem beschäftigt ist.

Sie spürte den Fragmenten nach, an die sie sich erinnern konnte. Fand einen roten Faden. Nahm ihn auf. Folgte ihm. Fand einen zweiten und einen weiteren.

Baptiste … Gabriel … Abda … und was gab es da noch?

Sahira und Yasmina.

Ein Schauder lief ihr über den Rücken.

Was war das nur für eine Geschichte, die da wie eine Spinne aus einer Höhle gekrochen kam?

Der Colonel und Celine.

Rani und Miguel.

Die Verwegenheit der beiden Jungen bei ihrer dummen Mutprobe am Felsen. Sie musste lächeln. Diese Lausbuben!

Abbe Seth. Wie der wohl unter seinem *Tagelmust* aussah?

Aus welchem Niemandsland kamen nur all diese Figuren? Waren sie Teil ihrer fiebrigen Phantasien gewesen? Und was hatten sie mit Baptiste zu tun, der so krank im Bett lag? Doch je länger sie dasaß, desto mehr verstand sie, dass es sich mitnichten um Phantasien und Fieberträume handelte.

Sie fühlte Baptistes Stirn. Sie war heiß, unnatürlich heiß. Sie schüttelte ihn ein wenig fester und rief seinen Namen. Schaute sich erneut nach Wasser um und begann zu verzweifeln. Baptiste war definitiv schwer krank.

Dann plötzlich öffnete er die Augen. Orientierte sich. Sah Ella und lächelte.

»Was ist denn nur passiert, Baptiste?«

»Wie geht es dir?«, ignorierte er ihre Frage.

»Ich fühle mich schlapp. Als wäre ich krank gewesen«, antwortete sie.

»Und wie geht es dir jetzt? Bist du noch immer krank?«

Ella spürte kurz in sich hinein und schüttelte dann den Kopf. »Nein. Ich glaube, ich hatte Fieber, aber das scheint vorbei zu sein.«

Baptiste lächelte erneut und schloss die Augen. Vermutlich brannten sie ihm und die Lider wogen schwer.

»Wie hast du das nur angestellt?«, platzte es aus ihr heraus. »Mir war, als wäre eine Erzählung wie ein Strom unbändiger Energien in mich gefahren.« Sie dachte angestrengt nach. Da war noch etwas. »Und ich hatte das Gefühl, dass dein Leib das Fieber aus meinem Körper gesogen hat. Aber das kann ja alles nicht sein, so etwas ist nicht möglich.«

Baptiste schaute sie zufrieden an. »Dann habe ich meine Schuld beglichen. Zumindest einen Teil davon.«

»Was meinst du?«

»Zu viele schreckliche Erlebnisse, die auf meiner Seele liegen. So schwer haben die gewogen. Doch jetzt kann ich endlich ein gerettetes Leben auf meiner Habenseite verbuchen.« Baptistes Gesicht wurde fahl. Er überlegte eine Weile und seufzte dann. »Schade, dass Gott kein Freund von mir hat werden können.«

»Ich verstehe nicht.«

»Hätte Gott sich mir offenbart, dann gäbe es vielleicht ja auch das Paradies. Und dann würde ich dort sicher meine Claire wiedersehen.« Er hielt kurz inne. »Andererseits – dort wäre wohl kaum mein Platz.«

Ella wollte etwas Aufmunterndes sagen, doch ihre Stimme versagte. Sie nahm Baptistes Hand und drückte sie. Dann endlich schaffte sie ein »Danke.«

Baptiste schaute sie an. »Darf ich dich um einen Gefallen bitten?«

Ella lächelte. »Mir scheint, du hast mir das Leben gerettet. Ich würde sagen, du darfst mich um alles bitten.«

»Dann hole dir bitte einen Stift und Papier. Ich möchte dir einen Weg beschreiben.«

Wieder verstand sie nicht.

»Es wird nicht heute sein und wohl auch nicht morgen, aber ich möchte dich bitten, eines Tages nach Abda zu reisen. Wenn du Geld dafür benötigst, trenne die Innennaht meines Koffers auf, dort wirst du genügend finden. Ich brauche es nun nicht mehr.« Baptiste wurde kurzatmig. »Schnell, Ella. Es bleibt nicht viel Zeit.« Mit einer fahrigen Handbewegung scheuchte er sie fort und wies sie an, den Reißverschluss im Kofferdeckel zu öffnen.

Dort fand sie Schreibutensilien, die zwar zerknittert waren, was aber keine Rolle zu spielen schien. Dann eilte sie zurück ans Bett. »Ich sollte mich zunächst lieber um deine Gesundheit …«

Baptiste unterbrach sie: »Keine Zeit! Jetzt musst du mir gut zuhören. Es ist ein Weg, den ich ein halbes Jahrhundert in meinem Gedächtnis habe konservieren müssen. Vieles kann seither passiert sein. Vielleicht gibt es die drei Dörfer nicht mehr. Oder Abda. Vielleicht haben sie Häuser, Straßen oder ganze Städte gebaut. Vielleicht haben sie die Felsen gesprengt, um nach Bodenschätzen zu suchen. Ich weiß es nicht, denn ich habe meinen Blick nie wieder nach Abda gewandt. Du wirst suchen müssen. Bitte schreibe sämtliche Details auf, an die ich mich noch erinnern kann. Es könnte von großem Nutzen sein.«

Ella fragte nicht nach dem Sinn. Wie befohlen notierte sie jede Einzelheit, die er ihr diktierte.

Dann endlich klärte er sie auf: »Du wirst dort das Grab meines Bruders finden. Ich habe ihn tief im Gebirge begraben, umgeben von steilen Felsen, uneinsehbar von allen Seiten.«

»Was möchtest du, das ich dort tue?«

»Suche in meinem Koffer. Dort findest du einen Anhänger mit einem Stein. Leg ihn aufs Grab. Nimm vielleicht Blumen mit. Aber das ist nicht der Grund meiner Bitte. Ich bitte dich, weil ich meinem Bruder aufs Heiligste versprochen habe, eines Tages zurückzukehren. Nimm bitte geweihtes Wasser mit und sprich ein Gebet. Welches du aussuchst, das ist nicht wichtig. Sie gleichen sich ja doch alle.«

Baptiste hielt inne, als würde ihm etwas bewusst. Dabei stiegen ihm Tränen in die Augen. »Nicht einmal das habe ich ihm erfüllen können«, sagte er nachdenklich.

Dann schaute er sie an. »Aber du kannst es für mich tun.«

Ella zögerte. »Baptiste, ich …« Sie wusste nicht, was sie sagen sollte. Sie konnte doch nicht dem alten Mann dieses Versprechen geben, nur um einer sentimentalen Geste willen. »Versprich es mir«, flüsterte er wieder. Der glasige Blick verriet seine Verzweiflung. »*Bitte.*«

Ella konnte nicht anders. Schließlich hatte sie ihm ihr Leben zu verdanken. Erst als sie zum zweiten Mal »Ja« sagte, ließ sich Baptiste erschöpft ins Kissen fallen. Seine Stirn war durchnässt von der Anstrengung, aber sein Gesicht war nun sanft und friedlich. »Du erinnerst mich an Michelle, an meine liebe Tochter. Du hast die gleiche Schönheit. Innen wie außen.«

Doch dabei erstarb schon seine Stimme. Und mit ihr Baptiste.

Ella versuchte noch, ihn ins Leben zurück zu holen. Rief seinen Namen. Rief um Hilfe. Schrie ihn an. Rief Dinge wie: »Hey, *alter Kauz*, du kannst mich doch jetzt nicht alleine lassen.« Fluchte ihm hinterher. Ärgerte sich, weil Jason nicht da war und auch, weil sie damals beim Erste-Hilfe-Kurs nicht besser aufgepasst hatte. Doch es half nichts.

Es fühlte sich an, als wäre die Zeit einfach abgestellt worden. Sie stand still, während Ella sich über ihn beugte. Auf seinen Brustkorb schlug. Wie ein Vogel auf einem Baum konnte sie sich dabei beobachten. Spüren, dass dieser *alte Herr* ihr tatsächlich das Leben gerettet hatte. Seine Stimme war in sie gefahren, und seine Geschichte hatte sie durch die Nächte gebracht. Sie war mit seiner Erzählung und ihrem Erzähler verschmolzen.

Baptiste musste einen Zauber angewendet haben, der ihre Krankheit aufsog, sodass sie auf ihn überging. *Auge um Auge.* Sein Leben hatte er hergegeben, um ihres zu retten. *Zahn um Zahn.*

Sie wollte es ihm gleichtun, ihn zurück ins Leben holen, versuchen, ihn zu beatmen. Dabei bemerkte sie den eigenartigen Geschmack in ihrem Mund, der ihr vertraut schien, nämlich den der widerlichen Blätter, die der Medizinmann ihr in den Mund getrieben hatte. Auch das hatte sie in ihrem Delirium mitbekommen. War das etwa ein schwarzer Zauber gewesen, der ihre mystische Genesung eingeleitet hatte?

Nach fünfzehn weiteren Minuten gab sie auf. Baptiste blieb tot.

Es war der erste Tote, der so dicht vor ihr lag. An den Leichnam ihrer Mutter hatte sie keine Erinnerung mehr. Zu jung war sie gewesen.

Sie blieb noch sehr lange Zeit bei ihm sitzen. Schluchzte enttäuscht. War böse auf sich, da sie ihm nicht hatte helfen können. Wurde traurig, weil sie diesen alten Mann so sehr ins Herz geschlossen hatte. Wurde ganz ruhig. Nachdenklich. Lächelte bei den Erinnerungen an seine glücklichen Tage hier in Malawi.

Sie wusch ihm den Schweiß vom Körper. Sie faltete seine Hände. Sie fand ein sauberes Laken, in das sie ihn bettete. Sie entschied sich gegen ein Gebet, an dessen Wirkung sie schließlich selbst nicht glaubte.

Dann verließ sie die Hütte, verschloss die Tür und ging hinüber in ihre Behausung. Sie schloss sich ein, trank den Rest ihrer Wasservorräte in einem großen, gierigen Schluck und schlief bleiern bis weit in den folgenden Morgen hinein.

Am nächsten Tag kamen die anderen nach Chila zurück. Ohne Marie. Krank vor Sorge liefen sie aufeinander zu. Versicherten sich, dass sie diesen furchtbaren Sturm wirklich überstanden hatten. Erzählten sich, wie es ihnen ergangen war.

Als Jason von seinem Streit mit Marie zu berichten begann, winkte Ella energisch ab. Die Journalistin hatte die Geschichte von *Little Hearts* verfälschen wollen, um noch mehr Spenden zu bekommen, doch Ella wollte nichts davon hören. Die Hauptsache war, dass Marie nicht zurückgekehrt war, sondern umgehend den Heimflug angetreten hatte. Sie verschwieg Jason Baptistes Geschichte, denn die war vertraulich. Intim. Persönlich.

Sie begruben Baptiste noch am gleichen Tag und feierten ein Fest zur Beerdigung. Sie waren fröhlich und ausgelassen. Es war der erste Tod, mit dem *Little Hearts* konfrontiert wurde, und sie hatten lange darüber beratschlagt. Was gab es Schlimmeres als die Beerdigungen, die sie, so jung wie sie waren, bereits erlebt hatten? Trauernde, weinende in schwarz gehüllte Zurückgebliebene, salbadernde Reden von routinierten Angestellten der jeweiligen Konfession. Gedeckte Musik, die den Schmerz der Lebenden noch verstärkte, dazu verlogene Rückblicke. Keine Ecken und Kanten, die vom Toten noch übrig blieben. Nein. Das war keine Ehre, die da den Verstorbenen zuteilwurde, und deshalb wurde all das Bier, das sie aus Chipita mitgebracht hatten, in die Mitte gestellt, die Trommeln geholt und ein Feuer entfacht. Trotz der Hitze. Sie machten Musik, tranken, tanzten und feierten. Und gedachten ihres neuen Freundes, den sie für viel zu kurze Zeit in ihrer Mitte gehabt hatten.

Ella zog in Baptistes Hütte, denn sie brauchte Abstand zu Jason, der das nicht verstehen wollte. Sie erklärte ihm, was sie empfunden hatte, als Marie aufgetaucht war. Erklärte ihm, wie verletzend seine Illoyalität gewesen war, während er versuchte, sie zu überzeugen, dass er Marie nie berührt hatte. Sie beendete das Gespräch und riet ihm, begreifen zu lernen, wovon sie *eigentlich* redete.

Als sie Baptistes Sachen zusammenräumte, fiel das Lederband mit dem Stein aus dem Koffer. Das musste es sein. Der Freundschaftsbeweis, den Baptiste vor über einem halben Jahrhundert seinem Bruder geschenkt hatte, nachdem der Unfall am Felsen passiert war. Das Abzeichen des *Phantoms,* welches sie nach Abda an das Grab bringen sollte. Während sie das Kleinod betrachtete, entschloss sie sich, *Little Hearts* für immer zu verlassen.

Später wusste sie nicht einmal mehr, ob sie sich wegen des Versprechens dazu entschieden hatte oder weil es sie auf einmal mit aller Macht von hier wegzog.

Schließlich war es eine ungeheuerliche Lüge, die sie entlarvt hatte: Als die tumbe Marie mit Erfolg und Ruhm kokettiert hatte und alle bereit gewesen waren, ihr zu folgen, war ihr klar geworden, dass *Little Hearts* seinen eigenen Idealen nicht standhielt. Dass all die wunderbaren Momente zwar real waren und ihre Zeit in Malawi zu etwas Besonderem machten, dass sie ihre Freunde auch liebte und respektierte, doch dass ihr Bedürfnis nach Echtem hier nicht mehr zu Hause war.

Dazu fielen ihr die Worte ihres Onkels ein, als sie Baptiste damals in dem Altenstift versetzt hatte: *Unerledigte Dinge fühlen sich meist nicht besonders gut an.*

Und deshalb musste sie an das Grab reisen.

Jason war am Boden zerstört. Er wollte zunächst von ihrem Abschied nichts hören und versuchte einiges, um sie zurückzuhalten. So oft gestand er ihr seine Liebe, dass es Ella bald schwerfiel, ihn zurückzulassen. Doch sie blieb dabei. Etwas trieb sie fort. Zum Abschied küsste sie ihn und sah in sein verstörtes Gesicht. »Es gibt immer ein Wiedersehen im Leben. Du musst nur daran glauben.« Doch im Grunde zweifelte sie selbst daran. Dann brach sie nach Algerien auf.

Kapitel 2

Sie landete in Algier und hatte keine Ahnung, an wen sie sich wenden sollte. Obwohl sie sich vom ersten Tag an in dieser pulsierenden Metropole wohlfühlte, wuchs die Unruhe. Wie sollte sie Abda nur finden? Einen Ort, irgendwo zwischen Fels und Wüste gehauen, kaum größer als das Areal eines Krankenhauses.

In der Kasbah fragte sie die Straßenhändler, doch alle schüttelten nur den Kopf. Nicht einmal die Namen der drei Dörfer, die Baptiste ihr genannt hatte, waren hier bekannt. Jemand erklärte ihr, dass viele der Dörfer ganz eigene Namen erhielten, sobald sich Nomaden in ihnen niederließen, und diese Bezeichnungen hatten oft nichts mit den offiziellen Namen zu tun.

In der Hoffnung, Spuren von Abda im Internet zu finden, verbrachte Ella einige Zeit in den gemütlichen Cafés der Altstadt, die meist nicht mehr als einen alten Rechner in einer Ecke zur Verfügung stellten. Doch außer, dass es in Deutschland einen Apothekerverband gab, der sich mit ABDA abkürzte, fand sie nichts mit diesem Namen im Netz.

Sie hätte früher darauf kommen können, aber es dauerte fast drei Tage, bis sie zufällig an der *Universite d'Alger* vorbeischlenderte. Und von da an war es nur noch eine Frage der Beharrlichkeit, bis sie den richtigen Mitarbeiter mit der richtigen Nickelbrille und dem richtigen Wissen gefunden hatte, der sie zum richtigen Institut mit der richtigen Bibliothek und schließlich zum richtigen Regal verwies.

Dort fand sie in schweren Aktenordnern den archivierten Schriftverkehr des in Algier stationierten Truppenkommandos.

Endlich wurde sie fündig. Entdeckte Verzeichnisse von Lieferungen, Auszahlungsbelege von Gehältern, Anforderungen von Medizin und Material, Personallisten und handschriftliche Notizen, die sie sämtlich kopierte. Sie wusste nicht einmal, warum, aber ihr schien, als wären sie Teil einer Dokumentation, die wiederum Teil ihres Auftrags war. Und was am wichtigsten war – sie fand die Hinweise, die ihr die Himmelsrichtung wiesen.

Sie blieb noch weitere drei Tage, denn in die Altstadt und in ihren Flair hatte sie sich regelrecht verliebt. Dann mietete sie sich ein Auto mit Fahrer und brach in Richtung Abda auf.

Sie fuhren über so holprige Straßen und Wege, dass Ella bald den Glauben daran verlor, jemals mit gesundem Rücken aus dem Auto zu steigen. Nach zwei Stunden streikte zudem die Klimaanlage, und der Schweiß legte sich wie Klarsichtfolie über ihre Haut. Der Fahrer, ein freundlich dreinschauender, geschwätziger Zeitgenosse, brabbelte ohne Punkt und Komma auf sie ein, ohne, dass sie auch nur ein Wort verstand.

Am späten Nachmittag fanden sie die drei kleinen Dörfer rund um Abda. Die Tortur der Reise und die tief stehende Sonne hatten Ella zermürbt. Nachdem sie eine Unterkunft gefunden und sich den Staub der Landstraßen aus den Haaren gewaschen hatte, schlenderte sie durch die Straßen und fragte so lange freundlich wirkende Anwohner, bis sie jemanden fand, der sich an die früheren Tage Abdas erinnern konnte, und der ihr die Adresse von Hamids Familie gab.

Dort angelangt, lernte sie Amir kennen. Er war ein Sohn Hamids, der schon lange an den Folgen seiner Zuckerkrankheit verstorben war. Amir war derart überrascht, als auf einmal eine Fremde vor ihm stand, dass er zunächst kein Wort herausbrachte. Ella bat ihn um ein ausführliches Gespräch, doch die islamische Konvention ließ das nicht zu. Ella blieb hartnäckig, und da Amir sie nicht enttäuschen wollte, bat er seine Schwester hinzu, die widerwillig akzeptierte und dabei gelangweilt ein abgegriffenes Videospiel malträtierte. Sie setzten sich in die aus verschiedensten Farben und Formen zusammengestückelte Küche und tranken aus kleinen, kitschigen Plastiktassen viel zu süßen Tee. Dabei ließ Ella sich berichten, was Amir im Laufe der Jahre von seinem Vater über Abda erfahren hatte. Amir kannte Abda gut. Das war kein Wunder, denn mit Abda war er aufgewachsen. Wie eine Mutter ihre Kinder bettet, hatte Hamid die seinen an den Abenden mit den Geschichten aus Abda zugedeckt und ihnen so Moral und Anstand beigebracht.

Auch viel später noch, als Hamid längst pensioniert war, hatten sich Vater und Sohn diese Tradition bewahrt.

Amir wusste sogar, was mit Madame Dumont geschehen war. Sie hatte ihr restliches Leben in einem abgeschiedenen französischen Sanatorium verbracht und sich nie wieder an einen Menschen aus ihrem früheren Leben erinnert. Dies hatte zumindest sein Vater ihm erzählt, der es wiederum von Major Laval erfahren hatte.

Der Major hatte Abda den Rücken gekehrt, sobald der neue Direktor ernannt worden war. Es war *Eisscholle* gewesen und der hatte seine gesamte Grausamkeit in Abda institutionalisiert. Er hatte aus Abda einen der furchtbarsten Orte Algeriens gemacht. Und das, obwohl es an grausamen Orte seinerzeit im ganzen Land schon so viele gegeben hatte.

Eisscholle war eines Nachts eines schlimmen Todes gestorben. Die Geschichte kannte niemand genau, doch Amir konnte ihr all die Gerüchte erzählen, die durchs Dorf geisterten. In dem schrecklichsten, das man nur dann erzählte, wenn die eigenen Kinder zu unartig gewesen waren, war die tote Sahira eines Nachts in *Eisscholles* Schlafzimmer geschwebt und hatte sich auf schlimmste Weise an ihm und seinen kalten Augen gerächt. Dabei flüsterte Amir ehrfurchtvoll, und Ella glaubte, ein wenig Angst vor Sahira, der Hexe, herauszuhören.

Sie ertappte sich dabei, dass sie Amir immer wieder musterte. Sein Wesen schien weniger durch seine vermeintliche Schüchternheit, als vielmehr durch seine natürliche Vorsicht geprägt. Ein sensibler Mann. Attraktiv obendrein. *Schluss damit.*

Als sie in der Nacht im Bett lag, ergriff eine schlafraubende Nervosität von ihr Besitz. Sie war nicht hier, um über Abda zu recherchieren, auch nicht, um Tee mit gut aussehenden Männern zu trinken, sondern um ein Grab zu finden und ihr Versprechen einzulösen. Mitten im Gebirge, an einem vergessenen Ort. Mit einem Geheimnis. Bei der Vorstellung fröstelte es sie, und sie ärgerte sich, weil sie ein solcher Hasenfuß war. Doch am nächsten Morgen drückte sie sich erneut vor ihrer Mission und wanderte stattdessen den Hügel nach Abda hinauf.

Als sie an die Ruinen gelangte, glaubte sie sich von Historie umweht wie in einem Museum. Verrostete Gitter, vermoderte Mauern und der Nachhall unzähliger Schicksale durchfuhren ihren Körper. Sie ignorierte die Verbote, die von irgendeinem Amt aufgestellt worden waren, und streifte durch die Zellengänge. Es hatte etwas Schauriges, denn der seltene Wind sorgte mit seinem Weg durch die Ritzen und Hohlräume für asthmatisches Rasseln.

Als sie ihren Aufenthalt mit einigen Fotos dokumentierte, entdeckte sie etwas, das Baptiste mit keinem Wort erwähnt hatte. Dieser Ort warf Schatten. Manchmal schien es ihr sogar, dass sie in alle Richtungen gleichzeitig strebten. Unterschiedliche Grautöne legten sich übereinander, ergossen sich düster über den Boden, verdunkelten die Eingänge oder flirrten durch die Luft. Wie zähflüssiges Pech, das sich unaufhaltsam ausbreitete und dabei mit seiner Leichtigkeit den Naturgesetzen trotzte.

Bald schien ihr sogar, dass die Sonne ihr Licht nur nach Abda warf, um den Schatten ihr Leben zu ermöglichen. Sogar der Schauder, der über ihren Rücken hochgekrochen kam, fühlte sich mit einem Mal an wie ein Schatten.

Plötzlich bekam sie regelrechte Angst und beeilte sich, aus den Ruinen von Abda zu verschwinden. Sie lief zurück ins Dorf, nachdenklich und irritiert. Die Traurigkeit, die sie auf dem Weg ergriff, führte sie fast wie von selbst vor Amirs Wohnung und sie brauchte nicht lang, bis sie ihn überredet hatte, sie ins Gebirge zu begleiten. Diesmal verzichtete er sogar auf seine Schwester als Anstandsdame.

Als sie den Fuß des Gebirges erreichten, war die Sonne bereits im Begriff, den Tag zu verlassen. Amir war besorgt, denn in nur einer Stunde würde die Dämmerung in Dunkelheit übergehen. Keine gute Zeit, um sich in den Bergen aufzuhalten. Doch Ella ließ sich nicht umstimmen. Mit ihrer Wegbeschreibung machte sie sich an den Aufstieg und folgte dem immer steileren Pfad.

Ihr Respekt wuchs von Minute zu Minute, denn so präzise und bildreich hatte Baptiste jede Einzelheit beschrieben, dass sie den Weg bis auf die nächstgelegene Ebene ohne Schwierigkeiten fanden. Nur einmal waren sie ratlos, weil ihnen ein großer Felsabriss die Sicht auf einen wichtigen Hinweis versperrte. Amir, der immer nervöser wurde, lief eilig voraus, kletterte über die herabgestürzten Brocken und entdeckte den richtigen Weg. Dann fanden sie den Platz. Er lag so verborgen, dass jemand ohne genaue Kenntnis unmöglich jemals dorthin gelangt wäre. Die Stelle hatte einen Durchmesser von etwa zwanzig Metern und war umsäumt von aufragenden Steilwänden, die jeden Schritt hallen ließen.

Nur an einer Stelle drang die letzte Sonne noch in den Kessel und färbte die Luft in sanftes Abendrot. Ella atmete tief durch. Der Weg war anstrengend gewesen. Kaum zu glauben, dass Baptiste mit einer Leiche bis hierher hatte aufsteigen können. Dann entdeckte sie den Stein mit der Inschrift. Er stand direkt an der gegenüberliegenden Felswand. Sie löste sich von Amir, der respektvoll zurückblieb.

Obwohl verwittert, waren die geritzten Buchstaben gut zu erkennen. Während Ella auf den Stein zuging, kramte sie in ihrer Tasche nach dem Anhänger und dem Behälter mit dem Weihwasser aus der *Basilique de Notre-Dame d'Afrique*, die sie einige Tage zuvor eigens zu diesem Zweck besucht hatte.

»Verdammt«, entfuhr es ihr. Sie hatte die Blumen vergessen. Ihre Gedanken lenkten sie ab, sodass es einige Zeit dauerte, bis sie aufschaute und die verwitterte Inschrift las:

Hier liegt mein Bruder, mein Freund,
der einzig würdige Nachfolger des Phantoms.

Sie drehte sich um, winkte Amir zu, um ihm zu bedeuten, dass sie die richtige Stelle gefunden hatte. Sie hätte auch rufen können, doch sie wollte die friedliche Stille nicht unterbrechen.

Amir winkte zurück, doch da wandte sich Ella auch schon wieder um. Und entdeckte noch etwas.

Etwas Irritierendes.

Etwas, das da nicht hingehörte.

Etwas, das nicht stimmte.

Auf dem Stein stand noch mehr. Jahreszahlen. Und über diesen ein einziger Buchstabe.

Und es war der *Falsche.*

B
1933 – 1954

»Was zum Teufel …?« Doch sie brachte den Satz nicht zu Ende. Mit der Wucht eines tosenden Wasserfalls stürzten die Erkenntnisse auf sie nieder, als dekonstruiere sich ihre bisher gültige Wahrheit von selbst, um sich zu einer neuen, noch ungeheuerlicheren Wirklichkeit zusammenzufügen.

Nicht, dass sie das Gedachte überhaupt benennen konnte. Doch sie konnte es spüren. Fast gleichzeitig fielen ihr all die kleinen Ungereimtheiten ein, produzierten einen ureigenen Geschmack, sichteten das Unsichtbare. Ihr Blick schien sich nur noch auf den Buchstaben zu fokussieren. Da wo *Gabriel* oder zumindest »G« hätte stehen, und wo die Geschichte ihr Ende hätte nehmen sollen, schien sie eben erst zu beginnen.

Sie musste sich setzen. Amir bemerkte, dass etwas nicht stimmte, löste sich aus dem Hintergrund, kam zu ihr und ließ sich neben ihr nieder. Ella war es unmöglich, schon etwas zu erklären. Stattdessen lehnte sie ihren Kopf an seine Schulter und ignorierte, dass Amir durch diese Berührung selbst zum Stein wurde.

Kapitel 3

So musste es geschehen sein. Im Ringkampf der beiden hatte sich versehentlich ein Schuss gelöst. In jenem tragischen Moment hatte die überbordende Liebe in ihren Herzen wieder Platz gefunden hatte, die dem Hass keine Chance ließ. Nur, dass es Baptiste war, der blutend zu Boden ging. Der dabei erkannte, dass nur die bestialische Tat seines Vaters Gabriels Raserei hatte auslösen können. Ella begriff, dass der sterbende Baptiste seinem Bruder zwar nicht verzeihen, ihn aber dennoch hatte lieben können. Und dass Gabriel mit dem Namen seines Bruders aus dem Land verschwunden war. Gelungen war dies vielleicht nur aufgrund ihrer Ähnlichkeit oder mit einem Ausweis, den er bei seinem toten Bruder gefunden haben könnte. Zudem war er zu einer Zeit entflohen, als die Franzosen Mühe hatten, die Situation im brodelnden Hexenkessel ihrer zerfallenden Kolonie im Griff zu behalten, weshalb es wohl auch keine Jagd, keine Verfolgung oder Aufklärung der Todesfälle gab. Da war kein Colonel mehr und auch keine Madame, die dafür hätten sorgen können, dass der Täter gestellt wurde. Auf einmal waren sie alle nicht mehr als die Opfer eines Krieges gewesen, von denen es in dieser Zeit so viele gab.

Deshalb war Gabriel die Flucht nach Frankreich gelungen, wo er fortan sein Leben als Baptiste geführt hatte.

Je länger sie nachdachte, desto mehr Krumen fand sie, die Baptiste – nein! – die Gabriel gestreut hatte. Die scheinbar unlogischen, letzten Worte, bevor er starb:

Schade, dass Gott kein Freund von mir hat werden können. Und: *Hätte Gott sich mir offenbart, dann gäbe es vielleicht ja auch das Paradies.* Und schließlich: *Andererseits – dort wäre wohl kaum mein Platz.*

Das waren die Worte gewesen, die Ella einem sterbenden Greis zugeschrieben hatte. Nun aber verstand sie, dass es die Worte eines Kindes gewesen waren, dem Gott hatte eingeprügelt werden sollen.

Je länger sie dort saß, desto mehr Erkenntnisse rieselten wie alter Putz von der Decke. Das Pfeifen aus der Zahnlücke, das Alinafee stets so verzückt hatte. Hatte er nicht über diese Zahnlücke in irgendeinem Nebensatz während ihrer Fieberträume berichtet, geeignet, um im Delirium für immer verloren zu gehen? Oder eben nicht.

Er war Gabriel.

Und dann war da die Sonnenbräune, die er in Malawi bekam, die aber nicht in der Lage war, die feine, kaum sichtbare Narbe hinter seinem Ohr zu bedecken. Weil das tote Gewebe die Strahlen der Sonne nicht annehmen konnte und deshalb weiß blieb. Eine Narbe, die durchaus bei einer Zangengeburt entstanden sein konnte und die allen aufgefallen war.

Immer wieder Gabriel.

Es verging eine Ewigkeit, bis Amir sie ansprach und sich in aller Bescheidenheit anbot, sich anzuhören, was auf ihrer Seele lag.

Ella erzählte ihm, wie dieser friedliche, nette, alte Herr zum Mörder geworden war. Zum Vatermörder und dann zum Brudermörder. Und zum Lügner, der sie alle genarrt hatte. Aber eben auch hierher geführt, damit sie die Wahrheit erfuhr. Die Wahrheit über die Geschichte ihres Lebensretters!

Sie fragte Amir, ob eine so tragische Figur überhaupt jemals Platz in der Bibel gefunden hatte. Oder im Koran. Oder überhaupt in irgendeiner Religion. Er wusste es nicht.

Sie fragte ihn, ob es in Ordnung sei, einen Mörder zu mögen. Eine Verbindung mit ihm zu spüren. Denn das traf es am besten. *Sie mochte den alten Herrn.* Sie hatte ihn schon gemocht, als sie im Altersheim von Claire erfahren hatte.

Und außerdem – er hatte für seine Taten gebüßt. Schließlich hatte er schon viele Jahre in einer Zelle gesessen, bevor er überhaupt eine Straftat beging.

Er hatte gelitten. Sein Leben lang.

Zudem hatte er eines erreicht: Er hatte ein Leben gerettet! Ihr Leben.

Trotz der ungeheuerlichen Bürde der Schuld, unter der jeder andere vielleicht zerbrochen wäre, hatte er schöne Zeiten erlebt. Mit Claire und seiner Tochter ganz sicher – und bei ihnen in Malawi auch. Und er hatte sich diese Tage verdient.

Sie mochte den alten Herrn.

Epilog

Sie stand auf der Veranda und schaute in den Hof. Sie beobachtete die Kinder beim Spielen. Sie kannte die Regeln nicht, aber da schien sie die Einzige zu sein. Während Gabriel mit dem Rücken zu seinen Spielkameraden stand, liefen die anderen Kinder hinter ihm auf ihn zu. Plötzlich, ohne jede Ankündigung schwang er herum, und alle Kinder, die eben noch gerannt waren, erstarrten im gleichen Moment. Durften sich nicht mehr bewegen. Dabei gab es ausgelassenes Geschrei.

Obwohl die Sonne die Erdkrümmung schon fast erreicht hatte, war es im Freien noch allzu heiß, und so ging sie ins Schlafzimmer zurück, um sich auf ihr Bett zu legen.

Es dauerte keine zehn Minuten, da polterten ihre Söhne durch die Tür. Vorneweg Baptiste, der Wirbelwind, mit einem Glas Wasser in der Hand, lachend und schubsend, weil er seinem Bruder nichts abgeben wollte. Gabriel hingegen versuchte grinsend, Baptistes ausgestreckte Hand zu erreichen, die aber gut fünfzehn Zentimeter zu hoch für ihn war.

Beide strotzten vor Dreck und sahen aus, als habe sie der Erdboden persönlich paniert.

»Gib Gabriel auch etwas vom Wasser«, befahl sie ihrem Ältesten liebevoll. »Und wehe, ihr legt euch auf die Laken«, schob sie hinterher.

Aber da war es schon zu spät. Quietschend vor Vergnügen warf sich Gabriel mit Schwung auf die weißen Betttücher, ignorierte den Dreck am Leib und kuschelte sich an seine Mutter.

»Iiih«, »Ach« und »Nein«, rief sie aus, doch es half nicht. Baptiste hatte derweil in einer fließenden Bewegung seine Schuhe ausgezogen, das Glas abgestellt und war hinterher gesprungen.

Dann lagen sie da wie drei Knäuel aus Wolle, die im Nähkästchen zu wenig Platz gefunden hatten und schmusten.

Ella seufzte und fuhr durch das Haar ihrer Söhne, deren Pulsschlag sich langsam senkte, immer leiser wurde und in den ruhigen Takt des Abends wechselte.

Gleich würde ihr Vater kommen. Gabriel schaute seine Mutter an. »Erzählst du bitte weiter?«, drängelte er. Gemeint war die Geschichte vom Vortag, die Ella den beiden zum Einschlafen aufgetischt hatte. Eine spannende Geschichte, in der die beiden zu Unrecht Verurteilte waren, in einem grausigen Gefängnis darbten und an ihrem Ausbruchsplan feilten.

Ella seufzte noch einmal. Mit dem Vorschlag, die Geschichte auf später zu verschieben, würde sie keinen Erfolg haben, denn die beiden Jungen würden so lange quengeln, bis ihr Widerstand gebrochen wäre. Würden sie zum *Prisoner of War* erklären und sie quälen, bis sie aufgab. Also erzählte sie weiter.

Doch es dauerte keine zehn Minuten, da waren die beiden eingeschlafen. Auf der Welle ihrer Stimme waren sie ins Reich der Träume gesegelt, begleitet von den Farben und Bildern, zu denen Ellas Erzählung sie eingeladen hatte. Während ihre Söhne auf ihrem Bett lagen und schliefen, gingen auch Ellas Erinnerungen auf die Reise. So viel war passiert, nachdem sie das Geheimnis um Baptiste und Gabriel gelüftet hatte.

Sie hatte sich von Amir verabschiedet. Vorübergehend. Sie war nach Australien gereist und hatte ihren Stiefvater zur Rede gestellt, denn endlich verstand sie, woher ihr tiefsitzender Ekel vor Haaren kam, der sie all die Jahre verfolgt hatte. Danach verklagte sie ihn.

Als dies ausgestanden war, kehrte sie nach Frankreich zurück und begann zu studieren. Geschichte und Archäologie, denn die Zeit in Abda hatte sie zu einer Grabenden gemacht. Auch nach Algerien kehrte sie so schnell wie möglich zurück.

Nur einen Tag, nachdem sie Amir das erste Mal geküsst hatte und er durch die Flut seiner Gefühle und der Scham hilflos zu Boden gestarrt hatte, rief Jason an und kündigte seinen Besuch in Frankreich an. Er wollte um sie kämpfen.

Sie trafen sich, um zu reden. *Little Hearts* existierte nicht mehr. Die Schäden am Gebäude, der Streit und die anschließende schlechte Presse durch Marie, aber auch Ellas Weggang hatte die Gruppe nicht überstanden. Das Wiedersehen stellte Ella vor die vielleicht schwerste Wahl ihres Lebens. Amir oder Jason.

Ihr Mann kam zur Tür herein und die wenigen Geräusche reichten aus, um sie in die Gegenwart zurückzurufen.

Er lächelte sie an, als böte sich ihm das schönste Bild: Da saß seine Frau, seine Geliebte und Göttin, die Liebe seines Lebens, und hielt die Arme um ihre Söhne geschlungen, um ihre tollkühnen Wunder, ihre Energiebündel. Mit den Lippen formte sie ein *Psst*, damit er sie nicht weckte.

Er setzte sich auf das Bett und schüttelte schmunzelnd den Kopf, als er die verschmutzten Bengel betrachtete. Zärtlich strich er Ella über die Wölbung ihres Bauchs. Sie nahm seine Hand und küsste seine Fingerspitzen. Sie wusste, dass sie die richtige Wahl getroffen hatte.

»Wenn es ein Mädchen wird, dann nennen wir sie Rani«, flüsterte sie. »Wärst du damit einverstanden?«

Ende

Die Musik dieses Romans

Franz Schubert
Streichquartett Nr. 14 in d-moll (D.810) »Der Tod und das Mädchen«, *Alban Berg Quartett*

Kate Bush
Hounds of Love/The Ninth Wave

Rage against the machine
Rage against the machine

Wolfgang Amadeus Mozart
Requiem d-moll (KV626), *La Chapelle Royale/Collegium Vocale Gent, Orchestre des Champs-Elysées, Philippe Herreweghe (Leitung)*

Anton Bruckner
Sinfonie Nr. 9 in d –moll (WAB 109), *NDR-Sinfonieorchester, Günter Wand (Leitung)*

Johann Sebastian Bach
Die Kunst der Fuge (BWV 1080) – Contrapunctus I

Frederic Chopin
Walzer in Des-Dur, Op. 64, Nr. 1 (Minutenwalzer)

Antonio Vivaldi
Die vier Jahreszeiten, *Sonatori De La Gioiosa Marca, Giuliano Carmignola*

Wenn Danken Spaß und Freude macht

Ich danke Rainer Wekwerth von ganzem Herzen für seine Kompetenz, sein großartiges Gespür und für den Weg, den er mir zu ebnen bereit war. Roman Hocke und Markus Michalek für das Vertrauen und ihre unermüdliche Hartnäckigkeit – und für den Weg, den sie mir zu ebnen bereit waren. Lisa Blenninger von hockebooks und dem AVA international Team. Charlie Lyne für ihre Bereitschaft und faszinierende Fähigkeit, tief in das Innerste von Baptiste hinabzusteigen. Sabine und Steph für lange Diskussionen, all ihre Erfahrung, Motivation und Geduld. Meinen nimmermüden Freunden Anja, Ariane, Nils, Madi, Seb und Tanja, die so viel gelesen oder zugehört haben – immer und immer wieder. Und natürlich all meinen anderen Freunden für ihre Energie, die sie mir täglich schenken.

Der Autor

»Life is about making mistakes.
And death is about wishing
you made a lot more.«

Haroon Gordon, Jahrgang 1969, geboren als Sohn eines Auswanderer-Ehepaares vom indischen Subkontinent, lebt viele verschiedene Leben. Nach seinen erfolgreichen Studien der Musik und Informatik arbeitete er in jungen Jahren unter anderem als Programmierer, Musiker, Lehrer, Musikkritiker, Texter, Produzent, Tontechniker und Dirigent. Während er in seiner Freizeit schon als Jugendlicher am liebsten Flugzeuge mit und ohne Motor flog, taucht er heute gerne Haien hinterher, klettert trotz ungünstigem Kraft-Masse-Verhältnis immer wieder für ihn gefährlich anmutende Steilwände hinauf, verliert aus seiner Sicht viel zu häufig im Squash und Badminton und reist so oft es irgend geht durch die Welt, um möglichst viele Länder und deren Leibgerichte kennenzulernen – nicht ohne seine Reisen in Bild und Blog zu dokumentieren.

In seinen Romanen bringt Gordon den indisch und südamerikanisch inspirierten, magischen Realismus auf andere Kontinente und in deren Kulturen, um so »große« Themen wie Freundschaft, Liebe, Loyalität, Verrat, Tod, Religion und Eifersucht in spannenden Erzählungen mit überraschenden Wendungen neu zu beleuchten.